FIEBRE DE ORO

VIDIS

HISTÓRICA

Es posible que de todo lo que despierta nuestra curiosidad,
nuestro pasado, sea lo más intrigante. Porque es real
aunque poco sepamos de esos hechos y de esas personas
que vivieron años o siglos antes que nosotros.

Nos fascinan las películas históricas porque durante dos horas
somos verdaderos testigos, vemos hasta el detalle
lo que pudo ser en un auténtico viaje al pasado. *Hemos visto:*
eso quiere decir VIDIS, nuestro sello de novela histórica.

Cada libro te transportará desde la Antigua Grecia
a la Segunda Guerra Mundial. Descubrirás hechos, personajes,
costumbres, tragedias y emociones que pudieron ser reales.
Si te llegan como un relato imaginario, es porque
la Historia, para ser contada, debe ser imaginada.

Cuando acabes la última página, sentirás que además
de haber recorrido un viaje lleno de aventuras,
emociones y puro entretenimiento, habrás
descubierto un episodio de la Historia que no
conocías y estarás feliz por haberte enriquecido.

Te damos la bienvenida a VIDIS,
sabemos que ocupará un importante lugar en tu biblioteca.

¡Que lo disfrutes!

Título original: *The Rush*
Edición original: Profile Books derechos gestionados a través de Andrew Nurnberg Asociasión Limitada.

Diseño de cubierta: Laura Lagunas

Traducción: Noelia Staricco
Corrección de estilo: Elena Rueda

© 2025 Beth Lewis

© 2026 Trini Vergara Ediciones
www.trinivergaraediciones.com

© 2026 Vidis Histórica
www.vidishistorica.com

ISBN: 978-84-19767-89-9
Depósito legal: M-2900-2026

Primera edición en España: abril 2026
Impreso en Romanyà Valls S.A.
Printed in Spain · Impreso en España

FIEBRE DE ORO

Beth Lewis

Traducción: Noelia Staricco

VIDIS

HISTÓRICA

Para mi esposa.

KATE

Skaguay, Alaska.

Finales de abril de 1898

Descendí del muelle y mis botas se hundieron en el barro hasta los cordones. Skaguay se desplegaba ante mí: una flotilla de tiendas de lona en un mar de lodo con los buscadores de oro zumbando como moscas sobre el estiércol. Esperaba esa imagen después de haber leído los informes, pero ninguna palabra impresa puede preparar a una mujer para un lugar como este… el hedor, el vértigo… un lugar en el mundo donde la civilización termina y la naturaleza indiferente toma el relevo. Me fascinó de inmediato.

Debía encontrarme aquí con un hombre que me guiaría por la ruta del Paso Blanco. El señor George Everett (mi financiero en Kansas) lo había organizado todo, pero, hasta el momento, nadie se había presentado ante mí.

Yukón, mi perro, me rozó la mano con el hocico buscando un premio que yo no tenía. Es un sabueso de raza incierta, atigrado y cálido, con carácter. Me lo regaló el hombre de confianza de George Everett para que me hiciera compañía durante el viaje, y ahora, apenas tres meses después, Yukón se había convertido en mi sombra.

Un enjambre de hombres pasó dando empujones, golpeándome el hombro y casi haciéndome caer; Yukón les gruñó, pero no le hicieron caso. Cargaban fardos envueltos en lona, cajas de conservas, cajas de herramientas y jaulas con perros de trineo que aullaban dentro. También, provisiones para un año, que cada hombre debía transportar hasta los campos de oro. Me dolía la espalda solo de verlos. La cadena interminable de cajas, bolsas y jaulas comenzaba en la bodega del barco y todo era llevado hasta los trineos y los caballos que esperaban fuera.

Gunderson era el que debía venir a mi encuentro. Un sueco alto, "un hombre de confianza" conocido del señor Everett por un negocio fluvial de unos años atrás. Pero el agua y el barro que empapaban mis botas contaban otra historia.

Mi padre, cuando se despidió de mí en Kansas con un beso, me dijo que en caso de duda debía entrar en algún salón y buscar a una mujer que me ayudara.

Silbé para llamar a Yukón y saqué los pies del lodo. Pagué a unos estibadores para que llevaran mis pertenencias del barco al Hotel Pullen y me dirigí hacia las pasarelas más secas que bordeaban las construcciones de Skaguay, que era la puerta de entrada al Klondike.

Fue un recorrido corto, pero en cada paso sentí las miradas y las risas que provocaban mis faldas empapadas y embarradas; los borrachos me criticaban, cada uno a su manera, y aseguraban que yo no pertenecía a aquel lugar. Yukón trotaba a mi lado mientras yo dejaba que los insultos resbalaran sobre mí como la nieve sobre un tejado inclinado. Había llegado hasta allí y unas pocas palabras no me iban a hacer retroceder.

—Debo deshacerme de estas faldas —dije bajito a Yukón.

Él olfateó el vuelo inmundo de mi falda y sacudió la cabeza con tanta fuerza que las orejas le golpearon las mejillas.

—¿Cómo sobrevive una mujer con enaguas aquí?

El perro bostezó.

La ciudad de Skaguay bullía a mi alrededor y me alegró ver que no era la única mujer. Sin embargo, por cada dama había al menos diez hombres y la mayoría de esas damas eran de las que trabajan, si entienden lo que quiero decir.

Los hombres se alineaban en los bordes de los caminos enfangados fumando, comiendo, negociando con guías, mercancías y pasajes. Los caballos avanzaban penosamente, cargados hasta el límite con provisiones y dirigidos por almas decididas. Uno de los caballos se negó a moverse; su lomo estaba casi vencido por el peso, y un hombre grande, cubierto con pieles, tiró de una cuerda y azotó el lomo del animal hasta hacerlo sangrar. Otro hombre estaba a su lado, uno más civilizado, más limpio; parecía recién llegado en el mismo barco que yo.

—¡Vamos! —gritó el hombre limpio—. Debemos avanzar.

El hombre de las pieles balbuceó algo por lo bajo y luego lo atacó.

—Tu mujer puede esperar. Estos caballos se romperán las patas en este lodo.

—Te pago para guiar, no para hablar. ¡Date prisa!

Había algo en el hombre limpio que me resultaba familiar. Como si lo hubiera visto en una fotografía alguna vez, una fotografía borrosa, claro. No conseguí situarlo, pero supe que lo conocía.

El hombre de las pieles volvió a azotar al caballo y entonces el chasquido del cuero y el grito del animal rompieron el hilo de mi recuerdo. El pobre caballo al fin avanzó y el hombre limpio desapareció en medio del tumulto.

Dejé el pensamiento a un lado porque era casi imposible que yo conociera a alguien en aquel lugar y tal vez lo había visto en el barco. Miles y miles ya habían pasado y seguían pasando por Skaguay, miles de personas de todos los rincones del país y del mundo también. Encontrarme con alguien conocido sería como hallar una gota de agua salada en un río embravecido.

Una mano me sujetó de la muñeca y me hizo girar.

—Buenos días, señorita —dijo un hombre pequeño y vivaracho, vestido con traje.

Me zafé mientras Yukón le gruñía; el hombre levantó las manos en señal de rendición y sonrió bajo el bigote.

—Se equivoca, estoy aquí para ayudarla —me dijo—. Mi nombre es Picket, Terence Picket. Soy dueño del Grand Hotel, justo a las afueras del pueblo, cerca de donde comienza el sendero. Tengo habitación y comida por solo sesenta dólares la noche, cincuenta y ocho para usted.

Conocía a ese tipo de hombres, en Kansas los llamábamos vendedores de aceite de maíz.

—Muchas gracias, pero ya tengo alojamiento.

Alojamiento que ya había arreglado el señor Everett, o eso esperaba.

—¿Y dónde se alojará? Le aseguro que ningún otro establecimiento en Skaguay tiene las camas más limpias que el Grand Hotel, reconocido en el mundo entero.

—No necesito habitación, pero podría ayudarme. Estoy buscando a un hombre llamado Gunderson, Lars Gunderson. ¿Lo conoce?

Sus ojos se iluminaron.

—Claro que sí, claro que sí.

Y no dijo nada más hasta que deposité en su palma un billete de cinco dólares.

—Suele beber en el Soak Inn, a unos minutos a pie por este camino. Creo haberlo visto entrar esta mañana.

—Gracias señor Picket, ha sido usted de gran ayuda.

El hombre se inclinó con su sombrero y siguió su camino, sorprendentemente. Yukón se relajó, moviendo la cola mientras me miraba emocionado.

—Comeremos cuando encontremos al señor Gunderson.

Agachó la cabeza y caminó como si lo hubiera regañado. Es un perro dramático...

El Soak Inn estaba exactamente donde el señor Picket había dicho. Un lugar sencillo de madera con un cartel blanco recién pintado en la fachada para la nueva temporada.

Dentro era más pequeño de lo que había esperado y estaba agradablemente concurrido. La sala se encontraba dividida por una pared interior. Unos carteles de tiza ofrecían baños por cuatro dólares o una medida de oro, o apenas dos dólares si no te importaba compartir el agua. El olor era abrumador: una mezcla entre el moho húmedo de cien baños ya derramados y el hedor agrio de los que todavía esperaban su turno sin haberse lavado.

Yukón y yo nos acercamos a la barra, donde un hombre con un delantal mugriento servía *whisky*.

—¿La ayudo, señorita? ¿Busca un baño?

—Hoy no. Estoy buscando a un hombre llamado Gunderson que debía encontrarse conmigo en el muelle.

El camarero asintió hacia el rincón del fondo, donde un hombre dormía en un banco.

—¿Ese? Me temo que necesitará esto.

Me alcanzó un vaso de agua. Yo enderecé los hombros y me abrí paso entre las mesas hasta llegar al banco. El señor Gunderson soltó un ronquido gutural; Yukón se colocó detrás de mí y yo carraspeé para anunciarme.

El señor Gunderson siguió roncando. Parecía como si la sala entera estuviera conteniendo la respiración mientras me observaba.

Pateé el banco sin resultado.

—Muy bien —murmuré, y vacié el vaso de agua en la cabeza del hombre dormido.

Se incorporó de un salto gritando y frotándose el rostro ahora empapado, con el cabello despeinado. Yukón se tensó a mi lado mientras yo retrocedía unos pasos.

—Pero... ¿qué demonios? ¿Quién ha sido? —gritó mientras entrecerraba los ojos frente a la luz, girando sobre sí mismo y con los puños apretados buscando pelea.

—¿Señor Gunderson?

Su mirada vidriosa por el *whisky* se detuvo finalmente sobre mí.

—¿Y usted quién diablos es?

—Soy Kate Kelly. El señor George Everett le avisó de mi llegada y se suponía que usted me recibiría en el muelle para acompañarme por la ruta del Paso Blanco.

Parpadeó de pronto, tranquilo, pero sin dejar de fruncir el ceño. Me miró fijamente, como esperando que lo reconociera. Era un desastre de hombre, con una larga melena rubia hecha de hebras grasientas, una barba casi blanca teñida de marrón por el tabaco de mascar y ropa resistente, gastada, desgarrada y manchada de lodo, tal vez hasta de sangre. Le temblaron las manos cuando se pasó los dedos por el cabello para peinarlo un poco.

—Señorita Kelly —dijo con una voz fuerte y con acento—. Tengo la misión de llevarla a Dawson City. ¿Va a escribir usted historias sobre los mineros?

Todos en el salón soltaron el aliento contenido y sus ojos regresaron a sus cartas y copas.

—Soy reportera, señor. Informaré sobre las condiciones de los campamentos, los pueblos y su gente para mis lectores en Kansas y Missouri. También para el señor Everett, si decide iniciar un negocio minero aquí.

—Está usted muy lejos de Kansas, señorita Kelly.

—No me lo diga —dije, estudiando al hombre frente a mí.

—Pero no se preocupe por esa cabecita suya. Lars Gunderson siempre cumple su palabra y yo prometí a George que la llevaría hasta Dawson.

Me invadió un profundo alivio y los hombros se me relajaron un poco.

—¿Ese es su perro? —preguntó agachándose con la mano extendida.

—Él es Yukón —respondí.

El perro me miró como esperando mi permiso y luego caminó hacia el sueco. El señor Gunderson le revolvió el pelaje y le frotó el rostro contra el hocico. La cola de Yukón empezó a batir el aire. Estaba encantado, era evidente, y yo confiaba mucho en su instinto.

—Un buen perro vale más que el oro por estos lares. Hay gente malvada que robaría un perro así para usarlo en trineos o en peleas. Manténgalo cerca.

Apoyé la mano en la cabeza de Yukón.

—Esa es mi intención. ¿Cuándo partimos, señor Gunderson? Me gustaría echarme a andar ya.

El señor Gunderson se puso de pie y miró por la ventana sucia hacia el cielo. Sí que era alto; si hubiera llevado sombrero, habría rozado las vigas del techo.

—Mañana.

—¿Mañana? Pero aún es temprano, podríamos avanzar bastante si saliéramos ya mismo. Debo llegar a Dawson, ¿entiende?

Inclinó la cabeza y me miró como si yo fuera una rareza, una chica de ciudad que no entendía nada sobre aquel lugar.

—Ya es muy tarde. ¿Ve las nubes? Negras y pesadas, lloverá más tarde. Si nos llueve en el Paso Blanco, ¡zas! Saldremos de la ruta y... *crrrk*.

Se pasó el pulgar por el cuello con un gesto de degüello.

No serviría de nada a nadie si acababa muerta.

—Está bien, mañana.

—Bien. ¿Tiene alojamiento para esta noche?

—Sí.

—Entonces vamos a cenar, cortesía de George. La habrá mandado con algo de dinero, ¿verdad?

Suspiré, resignada al retraso.

—Sí.

—Pues comeremos en el mejor lugar de Skaguay.

Se me cayó el ánimo ante semejante idea, dada la condición general del pueblo. El señor Gunderson me llevó por las calles, que de pronto no parecían tan hostiles ahora que caminaba junto a un hombre. Las miradas y las burlas cesaron como si yo ya no estuviera disponible para sus pensamientos. A veces me agotaba ser mujer en un mundo de hombres. Allá, en el norte salvaje, los hombres iban perdiendo poco a poco cualquier rastro de civilización (si es que alguna vez lo habían tenido), y eso suponía un peligro para una mujer que fuera sola. Era un alivio contar con un escolta masculino (además, uno alto y conocido), por mucho que me molestara la idea.

Cenamos pastel de carne y cerveza, y él consiguió un hueso para que Yukón pudiera morder. Pensé que la carne sería de vaca, tal vez de caballo, pero Gunderson me corrigió.

—Es oso negro.

El trozo de carne que tenía en la boca se volvió de pronto pesado y demasiado grande para masticar.

—Bajan de las montañas después de su gran siesta, *pop-pop-pop*, fáciles de cazar. Sabroso, ¿no?

Forcé mi mandíbula a moverse: era dulce y blando, con una especie de salsa. Me gustó.

—Nunca pensé que comería oso —dije, empujando lo que quedaba en el plato—. Me parece mal comer a un depredador tan feroz. Es casi como el mundo del revés.

El señor Gunderson soltó una carcajada que esparció migas de hojaldre por toda la mesa.

—Ya verá, lo que está al revés es lo correcto por aquí, todo va al contrario. Y espere a probar cola de castor.

Sonreí y nos dejamos caer en un silencio bastante cómodo.

La posada estaba llena y había una fila de personas en la calle que esperaban para comprar pasteles. Los hombres se los llevaban envueltos en papel encerado de regreso a sus campamentos, entregando a cambio una bolsita con pepitas de oro que se pesaban en una balanza para calcular el pago. Era un método de comercio basado en la confianza y yo sospecho que aquellas balanzas estaban trucadas a favor del establecimiento.

Mi vista se perdió en la ventana y en la sombra de las montañas al fondo; sentí que me llamaban. Había leído historias de lugares salvajes como este desde que era niña, sentada junto a mi hermana bajo las mantas que nos mantenían calientes.

Los inviernos aquí, según había leído, eran muy duros, épocas oscuras en las que un hombre podía congelarse en una hora. Circulaban relatos de cuerpos encontrados bajo los árboles (tan tranquilos que parecían dormidos) o congelados en el hielo del río tras haber caído al agua. Incluso ahora, que la época del deshielo había llegado y el sol volvía a brillar, el señor Gunderson me habló de dos hermanos encontrados cerca del sendero; habían intentado cruzar al comienzo del invierno y no los hallaron hasta la primavera.

Esta no era una tierra para asumir ningún riesgo y, sin embargo, cada hombre lo arriesgaba todo solo por estar aquí.

Salimos de la posada y el señor Gunderson me acompañó hasta mi hotel. Pasamos frente a las construcciones de madera levantadas en días o semanas para recibir a los buscadores de oro, y llegué a ver muy fugazmente la ciudad de tiendas en la llanura del oeste: un mar de carpas que se extendía hasta donde alcanzaba la vista, cercadas por montañas enormes a ambos lados.

"La puerta hacia el interior", decían los folletos del barco a vapor en el que viajé. Lo que me sorprendió al caminar por Skaguay junto al señor Gunderson fue que había esperado encontrarme con una ciudad sin ley y frenética, pero estaba organizada, era ruidosa por su actividad y no mucho más, como si cada hombre estuviera concentrado únicamente en su viaje, en sus provisiones y en cómo transportarlas, sin dejarse distraer por el vicio o por la bebida. Incluso las mujeres que trabajaban me parecieron mayoritariamente indiferentes.

La ciudad seguía viva por el comercio a pesar de la hora: las tiendas de herramientas, los proveedores, los carros luchando por abrirse paso, los hombres cargando y descargando, los caballos agotados. Pensé en el dinero que debía circular en un lugar así; allí estaba la verdadera fortuna: no en algún metal escondido en tierra helada a mil kilómetros de distancia.

El señor Gunderson me dejó en el Hotel Pullen haciendo un gesto con su sombrero y con la promesa de venir a recogerme una hora después del amanecer. Dijo que tenía asuntos que atender y cuando se fue me di cuenta de que yo no sabía cuáles eran esos asuntos. Tampoco sabía nada más sobre este hombre, en quien estaba depositando toda mi confianza para recorrer cientos de kilómetros por un sendero traicionero.

Yukón y yo entramos al hotel, pero una vez allí dormir no fue fácil: estaba ansiosa por comenzar, por salir al camino. Volví a leer las cartas de instrucciones del señor Everett, llené la primera página de notas y pensé en mi hermana.

Mi querida Charlotte… en algún lugar de estas tierras.

Abrí su carta (recibida hacía un mes) y volví a leer las palabras que me habían traído hasta aquí, las mismas que me llevaron corriendo a la puerta del señor Everett para proponerle que financiara un viaje al Klondike, las que me llevarían por estas montañas hasta Dawson:

Puede que esta sea mi última carta. Finalmente me ha encontrado y ya no tengo adónde huir.

ELLEN

Boulder Creek, Klondike.

Finales de junio de 1898

AQUÍ HAY BELLEZA MÁS ALLÁ DE LOS CAMPAMENTOS Y DE las bateas, lejos de los hombres y de sus herramientas. Me gusta quedarme fuera y mirar hacia la montaña antes de que los campamentos despierten y el ruido comience, en la penumbra anterior al amanecer, cuando el frío muerde la piel desnuda y deja su marca.

La nieve se aferra a las cumbres, el hielo se rompe en los ríos anchos y el lodo se espesa con el deshielo. Respiro el aire puro y me duele el pecho. Las montañas aquí se alzan y se extienden, superponiéndose como en una especie de *collage*. El arroyo, glacial y de un azul lechoso, fluye hasta la altura de mis rodillas y pasa por encima de cantos rodados. Lo amaría aún más si hubiera decidido venir aquí por mí misma, no obligada.

A veces oigo lobos entre los árboles, más allá del campamento. Buscan debilidad y aquí hay de sobra. Un lobo se llevó a un perro el mes pasado. Escuché los aullidos del pobre… hasta que no los escuché más.

Pienso en mi vida antes de este lugar.

Conocí a Charles cuando yo tenía diecinueve años y él, veinticinco. Mi padre aprobó la relación... y mi madre estaba muerta, así que no pudo decir nada. Los Rhodes eran una buena familia; a pesar de no ser ricos, tenían intereses crecientes en el transporte marítimo y en el ferrocarril. Su padre tenía un rancho de caballos y criaba purasangres por afición. De Seattle, de sangre fría y del noroeste.

Su madre impulsaba el sufragio femenino y a su padre le gustaba el brandy. Eran buena gente a su manera. Nos casamos un año después; mi vestido era de encaje europeo y llevaba flores en el cabello y en las muñecas. Pronuncié mis votos ante Dios y creí cada palabra que dije: era lo que una joven decente hacía, vivir el cortejo, casarse, llevar una casa, tener hijos. No sabía que eso, además, debía hacerme feliz. Acepté mi destino con gracia y con buen humor, pero la verdad es que en mis pensamientos por las noches (esos que son solo míos) siento que habría sido más feliz estando sola.

Sin la presencia de una madre y con un padre que estaba más interesado en su negocio que en su propia hija, nunca me ocupé de cultivar mi propia felicidad. Mi padre jamás fue cruel, jamás me levantó la mano con ira y rara vez la levantó con ternura. Hizo lo que pudo.

Dicen que una acaba casándose con su padre. Miro a Charles, que ronca en la cama que mandó a hacer en Dawson y por la que pagó a cuatro hombres para que la trajeran hasta aquí. Mi padre jamás habría caído tan bajo.

El frío se vuelve insoportable, es imposible sentir los dedos de manos y pies; he visto a hombres perderlos por completo por culpa del frío: se ponen negros y después se quiebran.

Me quedo fuera hasta que las puntas de mis dedos se ponen azules. Mañana me quedaré más tiempo.

Una vez dentro, me ocupo de las tareas de una esposa

obediente. Alimento el fuego, preparo una tetera, lodo el suelo. Debo despertar a Charles cuando la luz entra por la ventana de atrás. Valoro mi tiempo a solas hasta ese momento.

Llevábamos un año de casados cuando Charles oyó rumores de presencia de oro en el norte. Era el verano de 1894 cuando sus contactos en Seattle y Juneau empezaron a hablar de ciertas fortunas bajo el hielo.

—Debemos ir nosotros también —me dijo—. Será la aventura de nuestras vidas; quiero hacer mi propio camino, Ellen. No quiero depender de la fortuna de mi familia.

Dijo que había rechazado el dinero cuando su padre se lo ofreció, pero siempre sospeché que fue su padre quien lo había rechazado a él. Ahora lo sé, aunque demasiado tarde: Charlie no era una inversión segura. Prometió que haríamos lo suficiente en un solo verano como para vivir como reyes por el resto de nuestros días y quizá también seríamos bendecidos con un hijo con el aire de montaña.

Charlie oyó una conversación en un bar a finales de ese año. Las palabras habían venido del mismísimo Skookum Jim. Así que reclamó dos terrenos en Boulder Creek sin haber pisado nunca esas tierras ni lavado una sola batea en su vida. Era una apuesta tan segura como cualquier otra, me decía. Nuestras parcelas, anchas franjas de tierra en la curva de un río, estaban a unos pocos kilómetros de la famosa concesión de Skookum Jim en Bonanza Creek. Seríamos ricos en cuanto el hielo comenzara a romper.

El día comienza cuando Charlie se despierta. Come y se va a cavar sin apenas cruzar palabra conmigo; lo observo por la ventana y recuerdo sus promesas. Él las creía y yo también, qué ingenua. He visto los reclamos por cada rincón de la ribera en los tres años que llevo viviendo aquí. Tiendas de campamento y cabañas que aparecen de repente; varios hombres y unas pocas mujeres que ocupan los espacios, encuentran poco y desaparecen, solo para ser reemplazados por otros. Con eso y todo, nosotros seguimos: él sigue cavando; yo sigo lavando, limpiando y cocinando. Porotos. Tocino. Cerdo. Papas. Pan. Y todo otra vez. Y otra. El mismo día, una y otra vez. Lo único que ilumina nuestra rutina son los viajes a la Dawson City; yo voy una vez al mes, y él, una vez a la semana. A veces pasa la noche allí; creo que tiene una prostituta y creo que la paga con el dinero de mi padre.

El sol se pone y Charlie aparece en la puerta.

—Huele bien, Ellen —dice cuando olfatea mi comida.

Aquí, en este lugar salvaje y sin amansar, mi marido se ha convertido en uno más, en un buscador de oro: más tierra que piel en el rostro, la barba crecida, el cabello grasiento bajo un sombrero ajado. Ya no son hombres, son solo Hombres.

Supo ser Charlie alguna vez, solía tener el cabello limpio, castaño y espeso. Era demasiado joven cuando me casé con él.

—Tocino salado y papas, lo de siempre —digo yo.

—Y siempre está bueno, eso sí.

—Te estaba esperando. Dijiste que volverías a las cinco. ¿Tu reloj se ha averiado?

—No te enojes, Elly. Llegué a la grava del arroyo y la grava esconde oro. Tenía que seguir cavando.

—¿Y lo encontraste?

—Mañana. Puedo sentirlo.

Siempre es mañana.

Come con las botas puestas, duerme con su abrigo y con su escopeta junto a la cama.

—Esos malditos ladrones de parcelas no son broma, nena. Debo proteger lo mío.

Él no hablaba así en Seattle. No me llamaba nena ni maldecía. Su lengua de caballero se pudre dentro de su boca, tiene mugre bajo las uñas, cortes en las manos, la espalda y el cuello encorvados de tanto cavar con la pala. Yo no me casé con un hombre vulgar ni con un simple obrero de manos ásperas y modales más ásperos aún. Me casé con Charles Rhodes, un hombre con futuro. Y ahora mira dónde estamos.

Fuimos de los primeros en llegar y sobrevivimos el invierno en una tierra privilegiada y con una parcela grande. Pero hasta ahora solo ha encontrado algunas escamas de oro y no son suficientes para sobrevivir. Comemos cerdo gracias al dinero de mi padre. Hace tiempo decidí sacar lo mejor de este lugar, de esta vida y de la fortuna que seguro nos traerá, pero mi esposo, con sus fracasos y sus vicios, lo hace muy difícil.

Lo observo dormir cuando el día termina. Sus ronquidos animales llenan la cabaña.

Me acuesto a su lado, pero el sueño no llega. Rara vez lo hace.

Siento algo. Un cambio en el viento, quizás el fin de todo esto.

Quizás el comienzo de la vida que debí haber tenido.

La escopeta brilla a la luz de la luna. El invierno ha terminado, la nieve se derrite y la fiebre del oro se acerca.

MARTHA

Dawson City, Klondike.

Finales de junio de 1898

—Soy una mujer común que se convirtió en una dama poco común —dije al caballero recostado en mi barra—, pero puedes llamarme Martha.

Tenía ojos solo para mí; llevaba un día en Dawson y ya había gastado la mitad de su dinero en este lugar. Hace tiempo que dejé de advertirles que guarden algo para el pasaje de vuelta a la pradera de donde han salido; no hay forma de razonar con un hombre que tiene el oro en la cabeza.

—Bebe algo conmigo. En un mes seré rico y nos casaremos —dijo el buscador arrastrando sus palabras.

El que habla es el *whisky*. Yo ya lo he oído todo y solo lo creí una vez.

—Vuelve cuando seas rico y te venderé un buen baño y un baile privado con una de mis chicas.

—Preferiría contigo, Martha.

Fui amable. Le sonreí, pero no tenía paciencia esta mañana.

—No tienes dinero para pagarme. Te recomiendo que

vayas al Café Aurora y pidas un plato caliente; di a Tom que te envía Ma y te descontará un centavo.

El hombre se quedó un poco más, con sus ojos borrachos y cansados posados en mi corsé y mi cintura.

Hice una señal a Harry (que vigilaba la puerta) levantando el mentón. Grande, con su camisa limpia y el cuello abotonado, se acercó de inmediato y obligó al minero a ponerse de pie.

—Hora de irse, amigo.

Los ojos del hombre se abrieron como los de un pez.

—Ya me voy, ya me voy.

Se soltó y avanzó tambaleándose hasta la puerta. Y luego, riendo como estos idiotas suelen reír, gritó:

—¡Un mes…! ¡Volveré en un mes y entonces tú te casarás conmigo!

Yo lavé su vaso y Harry volvió a su puesto.

Un borracho dormía sobre la mesa de las cartas, pero no podía despertarlo. De lo contrario, el Hotel Dawson, *mi* hotel, el que construí tronco a tronco con mis propias manos, estaría vacío.

—Cuidado con este —dije a Harry.

Me quité el delantal y subí las escaleras. Veinte habitaciones privadas, dos habitaciones compartidas, seis bañeras; un dólar por un baño frío, cinco por uno caliente; un dólar por dormir sobre una manta en el suelo, treinta dólares por una cama en la habitación compartida, cien por la privada, doscientos por una privada con una de mis chicas y dos mil por el mes entero. Tres caballeros ya habían reservado hasta el invierno. Tenía una concesión en el condado de Forty Mile que ayudaba con los gastos, pero solo un tonto busca hacerse rico con el oro por aquí.

Golpeé en la puerta de la habitación número 3 y entré sin esperar respuesta.

Molly seguía dormida en la cama del caballero. Él se

había levantado al amanecer para salir a buscar una concesión; le había preparado el desayuno y le había dado indicaciones para que probase suerte en Gooseneck Creek, cerca del río Yukón. Estará fuera tres días y volverá más pobre.

Siempre vuelven más pobres.

Quité la manta a Molly y di una palmada en su trasero desnudo.

—Arriba.

—¿Ya se fue? —dijo, mirando hacia la puerta.

—Al amanecer, y ya son pasadas las nueve. Tienes cosas que hacer, mi niña.

Se desperezó y se incorporó: no hay lugar para la vergüenza en este lugar. Ya lo he visto todo… excepto esas moraduras.

—¿Él hizo esto? —Le pasé la mano por el hombro, sobre las marcas violáceas.

La muchacha se estremeció.

—No, no fue él.

—¿Entonces quién?

—No importa.

—No permitiré que los hombres lastimen a mis chicas, dime quién fue.

Miró sus rodillas.

—Fui torpe. Ya sabes cómo me pongo después de un poco de gin.

—Y yo sé que no te emborrachas lo suficiente como para luego mentirme. Tenemos reglas y tú las conoces: nada de mentiras ni trabajos fuera de mi hotel o te irás con lo puesto. Dime qué pasó.

Molly resopló como una niñita pequeña, pero no lo era: tenía veintitantos, había estado casada… y ahora era viuda. Pero tenía el rostro limpio, sin marcas de viruela ni cicatrices, era lo suficientemente menuda como para parecer delicada y sabía comportarse como una dama. Eso la hacía popular entre los hombres que buscaban algo exquisito y la volvía muy valiosa para mí; la había convertido también en blanco de Bill Mathers, que la quería para su local. Había intentado seducirla más de una vez y estaba convencido de que la amaba, pero ella conocía bien a los de su calaña y prefería quedarse conmigo.

Claro que este no era un burdel, no como esos antros de Klondike City; mis chicas eran bailarinas y animadoras, lo mejor del Yukón, solo que a veces ofrecían espectáculos privados a mineros adinerados y la policía montada sabía mirar para otro lado.

—Dime, Molly.

—Ya basta, Ma, es solo una moradura. Usaré algo de polvo para taparla y ya está.

La observé mientras se levantaba, se colocaba el vestido y se recogía el cabello.

—Tengo reglas —le recordé, pero ya se había marchado.

Estrujé las sábanas con rabia, acomodé las almohadas y abrí la ventana; hice lo mismo en la habitación contigua. Cumplí con mis tareas rápido y en silencio, bullendo por dentro ante la falta de respeto de Molly. Después de todo lo que hice por ella...

Giselle se estaba vistiendo en la siguiente habitación. Me hizo señas para que guardase silencio: su cliente seguía roncando, completamente desnudo y echado en medio de la cama.

—Le has dado una buena noche, mi niña —dije al salir al rellano.

—El viejo se desmayó después de una sola embestida y tuve que quitármelo de encima. Pero me aplastó con su brazo, así que debí quedarme a su lado.

Me reí.

—Noche fácil.

Giselle chasqueó la lengua.

—¿No lo oyes roncar? ¡Ya estoy medio sorda de un oído!

Me agaché a juntar las sábanas y un dolor me atravesó el vientre.

—Ma... —Giselle me tomó del brazo—. ¿Te encuentras bien?

El dolor se fue tan rápido como había llegado, siempre era así. Seguramente solo era aire retenido. Hice un gesto para quitarle la preocupación.

—Estoy bien, estoy bien, son mis huesos viejos, eso es todo. Hay panceta en la sartén, ve y come algo.

Giselle se apartó, pero la tomé del brazo antes de que se fuera.

—No le quites los ojos de encima a Molly, ¿me oyes?

La niña, que tampoco era tan niña, frunció el ceño.

—¿Es por esos moretones?

Alcé una ceja: no era un secreto.

—¿Qué sabes tú?

—No sé quién fue —dijo, dándose cuenta de que estaba atrapada.

—Dime, Giselle.

Miró alrededor y bajó la voz.

—Está viendo a un tipo fuera de aquí... bah, fuera de tus cuentas. Quizá sea amor, quién sabe. Anteanoche volvió un poco lenta, ¿sabes? Como si le doliera algo; dijo que estaba cansada, pero noté que no usaba mucho el brazo izquierdo. Me dijo que se había caído, que bebió más de la cuenta. Ya sabes cómo es.

Sí. Sí, sabía.

—Gracias, Giselle —le di unas monedas por la información—. Si te enteras de algo más sobre ese tipo...

Ella aceptó las monedas y me dio un beso en la mejilla.

—Lo que escuche irá directo a tus oídos, Ma.

—Vamos, ve —le dije, y bajó las escaleras casi corriendo.

La observé desde el rellano. Molly salió de la cocina con

dos platos y charlaron un rato sobre sus respectivas noches. Molly reía entre bocado y bocado y estoy segura de que Giselle le estaría contando lo del viejo dormido con el falo tieso.

Me fue creciendo una especie de incertidumbre en el pecho mientras las miraba. Este lugar lo levanté desde los cimientos, conozco cada tablón y cada clavo, puedo leer la historia de peleas y arrebatos en cada una de las vetas de la madera. He ayudado a decenas de chicas a salir adelante para marcharse luego con más dinero. Este es mi hogar y, como todo hogar, tiene sus reglas.

Nada de mentiras, ni fisgoneos ni trabajos por fuera. Les ofrezco un lugar seguro donde trabajar, techo y comida, caballeros que yo misma selecciono, el pago por adelantado y la promesa de no terminar en Klondike City en esos ranchos llenos de lodo y piojos con mujeres desesperadas colgadas de las puertas. Todas estas muchachas vinieron aquí por la misma razón: quieren encontrar su propia fortuna y las mujeres no tienen muchas opciones. Una de esas pocas opciones es la de uno de los oficios más antiguos del mundo. Prefiero que lo hagan en un lugar seguro si lo van a hacer y yo solo me quedo con la mitad de lo que cobran. Mejor trato que en cualquier otro lado del Klondike... y del país, me atrevería a decir.

Pero no soy ninguna tonta y si rompen una regla, deben marcharse. Molly lo sabe; todas lo saben.

Mis manos se apretaron al pasamanos y mis uñas marcaron medias lunas en la madera.

Las relaciones aquí son como el hielo, se forman rápido y son fuertes, pero se quiebran igual de fácilmente. Molly lleva casi un año conmigo, ha sobrevivido al invierno, pero ahora, al comienzo del verano, sigue siendo un misterio. Tiene secretos tan hondos como el mismísimo río Yukón. Trabaja bien, es selectiva con sus hombres, cuidadosa para no quedarse embarazada (algo que yo valoro mucho), vigila a las nuevas, las invita a jugar a las cartas y se asegura de que usen sus esponjas. Pero ahora me miente y está viendo a un hombre por fuera de aquí, dos cosas que no puedo perdonar.

Sentí una oleada queriendo arrasarme, una oleada detenida en el aire, congelada, esperando el deshielo.

Algo oscuro se alzaba sobre las montañas. Otra vez se avecina el cambio.

KATE

Skaguay, Alaska.

Finales de abril de 1898

AMANECIÓ Y CON LA LUZ LLEGARON UNA EXALTACIÓN Y un temor que no había sentido desde que dejé Topeka; Yukón resoplaba a mi lado en la cama. Hoy emprenderíamos un viaje que ya había matado a decenas, quizás a cientos de personas, y que había obligado a muchos más a regresar, muchos hombres fuertes y preparados. ¿Y qué era yo? Una mujer con la falda manchada de lodo y ya cansada del camino.

Yukón despertó y comenzó a saltar sobre la cama, con la lengua fuera y moviendo la cola con entusiasmo. Me lamió la cara y gimoteó pidiendo comida.

Abrí una lata de carne y dejé que la devorara. Miré mi vestido, mis zapatos y mi sombrero, la marca del lodo y el agua absorbida hasta las rodillas. Levanté el vestido y me asombró lo mucho que pesaba. Iba a tener que caminar cuesta arriba bastante tramo de aquel sendero. No podía cargar también con la mitad del lodo de Skaguay.

—Esto no va a servirme, ¿no crees, Yuke?

Pero el perro no me prestó atención.

Faltaba una hora para encontrarme con el señor Gunderson y pensaba aprovecharla. Me vestí rápido, me aseguré de que mis bolsos y mi baúl estuvieran listos y etiquetados, y silbé llamando a Yukón.

Skaguay estaba más tranquilo que ayer, pero lleno de vida. Había filas de caballos y burros con carga siendo revisados, y los hombres aseguraban bultos y gritaban a sus compañeros para que se dieran prisa. Siempre más prisa.

Fui a la tienda al otro lado de la calle. Era una de las edificaciones más grandes y tenía varios clientes incluso a esa hora de la mañana. Un mostrador alto dominaba la sala y una mujer estaba de pie del otro lado. Eso me tranquilizó de inmediato. De una pared colgaban raquetas de nieve; otra pared estaba cubierta de sombreros; en el centro del local había una pila de cajones junto a una caja lavadora ya montada para separar el oro de la tierra; sacos de arpillera, bandejas, herramientas de mano. Pilas de ropa ordenadas hasta el techo detrás del mostrador. Había picos, palas, hachas, carteles que decían "Se vende dinamita". Estaba maravillada. Aquí había todo lo que un hombre (o una mujer) necesitaba para arrancar riquezas a la tierra.

—¿La ayudo, señorita? —preguntó la mujer del mostrador. Me miró con recelo... y no la culpé.

—Necesito pantalones y botas resistentes, un abrigo y un sombrero. Las faldas deberían estar prohibidas para cruzar el sendero.

La mujer alzó las cejas y sonrió.

—Muy cierto.

Estaba lista para mi viaje veinte minutos después. Añadí una batea por si acaso, segura de que el señor Everett querría una crónica de primera mano sobre las condiciones y los métodos de la minería.

Me cambié en la trastienda, me puse los pantalones de

pana con tirantes y la mujer silbó al verme salir. Yukón bostezó desde su rincón. Las botas de cuero eran de segunda mano (ya ablandadas, pero en buen estado) y elegí un sombrero de fieltro de ala ancha para protegerme del sol.

Bajo una vitrina en el mostrador había cuchillos y uno en particular me llamó la atención: una hoja larga y delgada con rosas talladas en el mango de madera. Mi madre siempre decía que una mujer debía tener protección; se refería a un marido, pero yo prefería un cuchillo.

—Y eso también.

Pagué y me até el cuchillo a la cintura. Me sentí una lugareña, preparada y ansiosa por comenzar mi aventura, tal como lo haría cualquier hombre en este lugar; me coloqué el abrigo (una levita de lana verde) y me despedí de la mujer.

—Mucha suerte, cariño —me dijo.

Me adentré en las calles de Skaguay y me volví invisible entre la marea de hombres vestidos de la misma manera. Aún me quedaba algo de tiempo antes de encontrarme con el señor Gunderson, así que paseé por el pueblo absorbiéndolo todo, preguntándome qué habría pensado Charlotte cuando pasó por aquí. Todavía me sorprendía que mi hermana, la más correcta de las dos, hubiera hecho este mismo viaje. ¡Anhelaba oír su historia! ¿Habría tomado el camino de Skaguay o el sendero Chilkoot desde Dyea? ¿Viajaba sola o en grupo? La próxima vez que la viera le preguntaría cada detalle.

Pasé otra docena de tiendas y de comercios generales, una biblioteca circulante, el despacho de un médico, una taberna, un salón que vendía ginebra y una barbería; también, otros puestos más pequeños; me crucé con un hombre en una mesa que vendía zapatos a un dólar; otro, bateas de la suerte, y otro, picos y martillos.

—Una moneda por tu futuro —dijo una voz extrañamente suave.

Me giré y vi a una mujer de pie en la entrada de una especie de tienda de lona pintada con símbolos y colores. Era anciana, tenía los ojos delineados, los labios rojos y llevaba un pañuelo con monedas doradas sobre la cabeza.

—Una moneda por una lectura —me dijo, y extendió un brazo como invitándome a pasar.

Percibí un espeso aroma a incienso cuando se movió, sándalo, cedro y algo más. Dentro de la tienda vi alfombras rojas con dibujos, una mesa y dos sillas en el centro. Ni rastro de lodo.

—Gracias, pero debo encontrarme con alguien —le dije.

La mujer sonrió y asintió.

—Vuelve si cambias de idea. Veo muerte en tu futuro.

Solté una breve risa.

—¿No deberías decirnos que ves amor y riqueza?

Su sonrisa se desvaneció y me sostuvo la mirada.

—A los hombres les digo lo que quieren oír. A las mujeres les digo lo que necesitan saber.

Su tono me inquietó más de lo que quería admitir. Había algo en ella que no encajaba en este lugar, como si aquella mujer hubiera aparecido con el amanecer y fuera a desaparecer al final del día. Yukón gimió a mi lado y se apretó contra mis piernas; escuché a mi perro y me marché. Sentía los ojos de la mujer clavados en mi espalda a cada paso que daba, hasta que doblé una esquina y regresé al Pullen.

El señor Gunderson me esperaba fuera y no me reconoció hasta que estuve a un paso de él. Se quitó el sombrero y yo hice lo mismo. Se rio.

—¡Santo cielo, señorita Kelly! Sí que está lista para el Klondike, no hay duda.

—Me alegra verlo, señor Gunderson. Espero que haya dormido bien.

—Lo suficiente. Ya hemos llevado su equipaje hasta los caballos.

—¿Cuánto tardaremos en llegar a Dawson?

El señor Gunderson movió la cabeza de un lado a otro.

—Diría que menos de dos meses si el lago Bennett y el Klondike ya se han descongelado. Si aún hay hielo... solo Dios sabe.

Se me encogieron las entrañas.

—¿Dos meses?

No sabía si Charlotte tendría dos meses.

—Sí, es un camino muy largo. Quizás podamos ir un poco más rápido si la Madre Naturaleza está de nuestro lado.

—Entonces no perdamos ni un momento.

Teníamos siete caballos. Dos para montar, cuatro para cargar nuestro equipamiento y un séptimo que llevaba pacas de heno. Yukón corría a su lado. Como yo no venía a buscar oro ni a excavar, no estaba obligada a llevar el suministro reglamentario de un año completo, y el señor Gunderson, al ser técnicamente un porteador, tampoco. Él había cargado pocas pertenencias sobre su segundo caballo. Supe que iríamos rápido y llegaríamos a Dawson City en la mitad del tiempo. La policía montada, encargada de pesar los suministros de cada hombre y dar paso, revisó mi documentación y nos dejó avanzar.

La esperanza me impulsaba mientras cabalgábamos por las calles de Skaguay, siguiendo el mismo camino que miles habían tomado antes que nosotros. La fila de caballos se extendía desde el pueblo hasta las montañas. Parecía infinita. Más adelante nos aguardaba el Paso Blanco: setenta kilómetros para atravesar un cañón traicionero no apto para caballos hasta llegar a una cima helada y luego un descenso por una ladera fangosa e inestable para cruzar después un valle pantanoso hasta el lago Bennett. Pero al menos no era el Chilkoot. Tan solo ver las Escaleras Doradas y aquel paso montañoso infernal cubierto de nieve bastaba para hacer retroceder al más obstinado de los buscadores de oro.

Creo que el señor Gunderson vio el miedo escrito en mi rostro al comenzar el trayecto, porque tomó mi mano y me sonrió.

—Yo cuidaré de usted —me dijo—. Y ese buen sabueso también.

Yukón corría delante de nosotros con la lengua fuera, feliz de moverse tras tanto tiempo en el barco y en el hotel. Corría de un lado a otro y no molestaba a los caballos.

Me permití sonreír.

—Gracias, señor Gunderson.

Pero la advertencia de la adivina resonaba en mis oídos: ella había visto la muerte en mi futuro.

A las mujeres les digo lo que necesitan saber.

Miré al señor Gunderson y luego el largo camino que teníamos por delante y pensé en mi hermana, que me aguardaba en Dawson City y temía por su vida. ¿Estaría allí la muerte de la que hablaba la mujer? ¿O en el sendero que teníamos por delante? ¿O en el hombre que cabalgaba a mi lado?

Palpé el cuchillo en mi cadera y me preparé para lo que vendría.

ELLEN

Boulder Creek, Klondike.

Finales de junio de 1898

EL DÍA AVANZA MIENTRAS CHARLIE EXCAVA Y EL HOMBRE llega. Es el mismo hombre que vimos en Dawson, el mismo que ha venido aquí antes.

Él llama a esto "pasar a saludar a sus viejos amigos".

Su nombre es Croaker y no golpea a la puerta, sino que grita desde fuera y se supone que yo debo salir corriendo a abrirle, pero yo no corro hacia mi marido y mucho menos correré ahora hacia él.

Croaker es grande, intimidatorio; tiene el cabello negro y apenas se le ve un poco de piel entre la barba y el sombrero.

—¡Hola hola mis amigos! —grita.

Cierro los ojos y respiro profundo. Abro la puerta.

—Hola, señor Croaker. Mi esposo está trabajando en la concesión ahora mismo. ¿Puedo ofrecerle algo de beber?

Se quita el sombrero como haría un caballero y se me acerca. Veo las llagas en sus mejillas, justo debajo del vello, y el diente negro que no acaba de caerse.

—Qué amable señora Rhodes. Tomaré un *whisky*.

Ya lo había servido y puesto sobre la mesa en el momento

en que lo oí llegar en su caballo; le acerco el vaso sin invitarlo a pasar y me quedo en la puerta como si estuviera disfrutando del paisaje, mirando a cualquier cosa menos a él. Bebe a sorbos mientras se pasea, echando un vistazo a la cabaña, a nuestros dos caballos en el corral, olfateando y escupiendo a cada paso.

—Tiene usted un hogar bonito —me dice.

—Gracias. Hacemos lo que podemos.

—Tienen algunas tejas sueltas, una ventana rota y a su letrina le vendrían bien unas tablas nuevas.

—Ha sido un invierno duro para todos.

Chasquea los dientes y emite un sonido que me revuelve el estómago.

Oigo los picos y las palas valle abajo, el traqueteo de un carro sobre los rieles y el agua que lava las rocas. Los hombres cantan mientras trabajan.

—Está todo muy tranquilo por aquí, ¿eh? ¿Ya han encontrado algo? —No respondo. Él tampoco espera una respuesta de mi parte—. Parece que a los caballeros de más abajo les va mejor que a nuestro Charlie. ¿Por qué cree usted que será?

—No sabría decirle.

—Ajá... —Sacude el poste que sostiene el porche para comprobar su firmeza—. Su Charlie reclamó estas dos concesiones ya hace un tiempo, ¿no es así? Una a su nombre, otra al suyo, como dice la ley. Fue Skookum Jim quien le recomendó este lugar, según él.

—Así es.

—Esa es una buena historia, da para una charla agradable con trago de por medio.

Siento que a esa frase le sigue un "pero". Ahora yo también dudo. ¿Será verdad esa historia? La inseguridad se arrastra dentro de mí y de pronto lo único que quiero es que este hombre se vaya de mi casa.

—¿Hay algo más que pueda hacer por usted, señor Croaker?

Se apoya en el poste del porche mientras bebe su *whisky* y me mira de una forma que no me gusta, pero a la que ya me he acostumbrado en este lugar.

—Charlie es un hombre afortunado. Una mujer como usted no debería estar por estos lares con tipos tan brutos como nosotros.

Aprieto los dientes.

—A mí me gusta. Ahora, si me disculpa, yo tengo…

—¿Frank?

Charlie llega con la pala al hombro. Tiene el rostro sombrío y cansado; me mira a mí, luego a Croaker y otra vez a mí. Croaker me sonríe y me sostiene la mirada un segundo de más. Luego se aparta del poste y se gira hacia mi esposo.

—Qué bueno verte, Charlie.

Los dos hombres se estrechan la mano.

—Frank… ¿en qué puedo ayudarte?

—Hablemos de negocios sin la señora delante.

Charlie me lanza una mirada por encima del hombro de Croaker.

Croaker es una cabeza más alto que Charlie y lo hace parecer pequeño y débil, cuando antes yo pensaba que era todo lo contrario. Palmea la espalda de mi esposo y se alejan; se inclinan hacia adelante mientras susurran.

El rostro de Charlie empalidece y su mandíbula se tensa. Niega con la cabeza.

Siento que algo cambia en el aire, que el olor de su conversación se vuelve rancio. Croaker le da otra palmada en la espalda, la mano abierta se convierte en puño y lo toma de la camisa. Croaker se inclina aún más hacia adelante y le dice algo que no alcanzo a oír. Charlie asiente. Toman distancia.

Croaker le entrega con brusquedad su vaso vacío haciéndolo retroceder un paso.

Charlie lo acepta.

Croaker se vuelve hacia mí y se coloca el sombrero.

—Muy amable, gracias por su hospitalidad, señora Rhodes. Hasta la próxima.

Luego monta su caballo y tira de las riendas; el animal relincha. Los hombres se detienen al verlo pasar abajo en el camino y nos miran como si tuviéramos la peste. Todos conocen a Croaker y saben para quién trabaja.

Charlie se queda inmóvil con la pala clavada en la tierra.

—¿Tenemos problemas con ese hombre?

Me mira como si de repente se acordara de que estoy allí.

—Nada de qué preocuparse.

Bajo del porche y voy hacia el lodo. La tierra está blanda, pero se puede caminar. Con el calor del verano, el lodo se volverá polvo.

—Dímelo, Charlie.

—Una apuesta. Aposté de más y perdí contra el señor Croaker, eso es todo.

Suspiro.

—¿Necesitas que escriba a mi padre?

Charlie frunce el ceño y me dedica una sonrisa débil.

—Tal vez sería lo más sensato. Una pequeña ayuda, lo justo como para saldar la apuesta y comprar algo de equipamiento nuevo. Necesitamos dinamita, hay piedras que son demasiado grandes para mover con la palanca de hierro. En la tienda de materiales trajeron una caja cribadora nueva y dicen que atrapa hasta las hojuelas más diminutas de oro.

—Necesitamos pepitas, no hojuelas.

—Y las tendremos. Con esa caja encontraremos más oro que ninguna otra familia en el Klondike. Cuesta dinero, pero es una inversión para nuestro futuro. ¿Hablarás con tu padre?

Su entusiasmo me repugna incluso más que la mirada de Croaker sobre mi cuerpo. ¿Quién es este hombre con el que me casé?

—Por supuesto —le respondo con dientes apretados—. Estará encantado de ayudar.

El rostro de Charlie se ilumina y me besa la mejilla.

—Saldremos para Dawson a primera hora de la mañana.

Él regresa a su excavación. Veo a Croaker más abajo en el valle; se ha detenido a hablar con un hombre que conozco por el nombre de Early, al que algunos llaman Bird[1]. Early le entrega a Croaker una bolsa de algodón del tamaño de mi puño. Él la inspecciona, la pesa en la mano y luego se marcha. Early se quita el sombrero y lo estruja entre las manos. Es difícil verlo a esta distancia, pero creo ver en su rostro un dejo de ira... o miedo.

Su mirada se encuentra con la mía. Para todos ellos, yo soy la mujer en la colina. Saben quién soy, pero también saben que soy intocable. Early parpadea, asiente y levanta el pico una vez más.

Veo la estela que deja Croaker al marcharse. Los hombres ya no cantan y los picos golpean las piedras con más fuerza.

Charlie excava hasta llegada la noche y vuelve a casa dolorido y en silencio. Cenamos y se duerme, y yo me quedo fuera, expuesta al frío.

Los últimos restos de nieve se aferran a la ladera, brillantes bajo la luna. El viento susurra, trayendo murmullos de los campamentos valle abajo. Aquí los hombres se duermen temprano y yo los observo.

Mis caballos descansan en su corral, el carro espera el viaje de la mañana y el frío no duele tanto esta noche. El verano ha llegado y, junto con el deshielo, sé que ha traído algo nuevo.

1*   N. de la T.: este apodo funciona como un juego de palabras con la expresión *early bird* en inglés, que significa literalmente "pájaro madrugador" y que se usa para describir a alguien que se levanta temprano o que llega antes que los demás.

MARTHA

Dawson City, Klondike.

Finales de junio de 1898

—Veinte libras de manzanas, cinco de mantequilla —dije a Sutter, el dueño del almacén que llevaba su nombre—. Todos culpan a estos buscadores de oro de comer como bestias, pero son mis chicas las que vacían la despensa antes de tiempo.

—Sí, señora. ¿Acaso va a hacer sus famosos pasteles de nuevo?

Sonreí.

—Puede que sí.

—Entonces le encargo dos para mí también.

—Por supuesto, John. ¿Entregarás el pedido esta tarde entonces?

—Freddy pasará con el carro.

Asentí y tomé mi chal. Todavía hacía frío a pesar del sol; aún había nieve en las montañas y el lodo se congelaba en las calles por las noches. Era tiempo de mis famosos pasteles de manzana y un poco de consuelo mientras estos hombres comenzaban su arduo trabajo después de tanta espera durante el invierno. Sentía compasión por ellos y me asombraba la esperanza a la que se aferraban. Bastaban apenas unos pocos meses de tierra vacía para que dieran media vuelta y regresaran al mundo civilizado.

Dawson había vuelto a cambiar. Vimos surgir del lodo negocios nuevos de la noche a la mañana; caminé sobre las pasarelas de madera y sentí el bullicio. Siempre me habían gustado el ruido y la vida de este lugar. Dawson no era más que unas cuantas chozas en la curva de un río, de apenas trescientos habitantes, cuando compré mi terreno, hace dos años. Pero ahora había cien veces más, nunca estaba tranquilo y nunca era aburrido.

Un par de caballeros construían un almacén de herramientas al final de la calle. Tierra privilegiada que no era de ellos, sino alquilada. Carpas y carros que ocupaban el medio vendían artículos abandonados por los mineros. De la oficina de concesiones salía una fila larga y los vendedores ambulantes acosaban a cada uno de los hombres, prometiéndoles terrenos vírgenes que valían millones y que estaban ubicados no muy lejos de allí.

No era un trabajo honesto, pero era trabajo, y por aquí arriba todos teníamos que ganarnos la vida de algún modo.

Pasé por la oficina de correos, que, junto con mi hotel, era una de las construcciones más antiguas de Dawson.

—¿Lista para el verano, Ma? —preguntó Harriet detrás del mostrador. Era una mujer robusta, hecha casi toda de piedra, o al menos eso parecía.

—¿Alguna vez lo estamos?

Harriet se rio.

—Esa es la pura verdad. ¿Has visto que están empedrando Front Street?

—Así es.

Intentar convertir a Dawson en una ciudad rica del sur era como intentar hacer que un buey tirase del carro con solo pedirlo por favor.

—Podrán ponerle todas las piedras bonitas que quieran, pero Dawson siempre será un lodazal... y ellos lo saben. Espera a que intenten otra vez meterme en un corsé y la ciudad será conocida por la peor revuelta de la historia.

—Nunca se ha pronunciado palabra más cierta, Harriet. ¿Tienes algo para mí?

—Una carta.

Me entregó el sobre y supe al instante quién la enviaba. Traté de esconder la sonrisa, pero Harriet era rápida.

—¿Buenas noticias? —preguntó apoyándose en el mostrador como si estuviéramos chismorreando en un baile—. ¿Un hombre quizás?

Metí la carta en el bolsillo de mi vestido y di una moneda a Harriet.

—Diría que no es asunto tuyo, pero todos sabemos que abres las cartas con vapor.

Una gran sonrisa se extendió por su ancho rostro.

—No sé de qué hablas, Ma.

Estaba a punto de marcharme, pero me detuve para hacerle una última pregunta.

—¿Has oído algo de mi Molly?

—Puede ser.

Puse otra moneda sobre el mostrador con gesto cansado.

—Ha estado por aquí. Recogió dos cartas que llegaron después del primer deshielo y fueron enviadas con unas semanas de diferencia.

Nada malo en eso. Todo el mundo recibía cartas de vez en cuando y a veces estaban retenidas en la zona del lago Lindeman o del Bennett si el clima no las dejaba pasar.

—¿Las abriste? —pregunté.

Ella negó con la cabeza.

—No reconocí el nombre así que no me interesó su contenido.

—¿De qué hablas?

Harriet apoyó el mentón sobre sus manos y sonrió. Otra vez con exigencias. Solté dos monedas más y la mujer se apuró a tomarlas.

—Gracias por su generosa donación a nuestra querida oficina de correos.

—Harriet... ¿Cómo es que no reconociste el nombre?

—No era el suyo. Dijo que recogía el correo para otra persona, pero no lo sé...

—¿Cuál era el nombre? Y si me haces meter la mano en el bolso una vez más, borraré esa sonrisa de una bofetada.

—No lo recuerdo, de verdad. Fue un día muy ajetreado, con gente entrando y saliendo desde el amanecer e incluso llamando a mi puerta a la medianoche para reclamar sus paquetes. Solo lo recuerdo porque no suelo ver a tus muchachas por aquí y tú eres como familia para mí, así que las cuido como si fueran mis propias hijas. Si tuviese alguna claro.

—Te lo agradezco.

Harriet asintió.

—¿Tú y mi hermanito han tenido problemas con los nuevos buscadores de oro que van llegando?

—Tuvimos un par de borrachos, algunos hombres alborotados tras perder una concesión en una partida de cartas... Ya conoces cómo es esto. Pero Harry sabe manejar cualquier asunto que este lugar le arroje, igual que tú.

Harry y Harriet. Los nombres de los dos hermanos hacían honor a su padre. Cuando su madre parió a una niña primero, el hombre le puso su nombre de todos modos. Cuando tuvo un hijo varón años después pensó: ¿por qué no repetir? Cosas de hombres y sus legados.

Dawson se había despertado en los diez minutos que estuve en la oficina de correos. Cientos de personas llenaban ahora las calles. Era día de correo, de entrega, de abastecimiento. La mayoría venía al pueblo una vez por semana y el viernes era tan buen día como cualquier otro.

Los tramperos llegaban a intercambiar sus pieles, los mineros hacían fila fuera de la oficina del ensayador[2], las mujeres cargaban bolsas de comida y latas o miraban los escaparates de las dos únicas tiendas de ropa, esperando que sus hombres encontraran oro pronto para poder dejar de usar los harapos que usaban.

Había música en el aire. Gritos de vendedores, notas de piano que salían de los salones de baile, cafés que vendían sus desayunos y el murmullo de conversaciones llenas de emoción por las pepitas encontradas. Qué harían, dónde irían, qué vida llevarían después. No se podía caminar dos pasos sin ser alcanzado por algo de todo eso.

Pero el aire cambió de repente, el entusiasmo se apagó y yo vi por qué.

Un pequeño grupo de indígenas encabezado por el cacique Isaac avanzaba por Front Street. Lo saludé y él levantó la mano como respuesta. Su sonrisa podría alegrar hasta el peor día de un minero. Su gente arrastraba un carro con carne de alce. Se reconocía por el tamaño; no había animal más grande por aquí y nadie los cazaba mejor que ellos.

El cacique y sus hombres giraron por Princess Street y oí los susurros y las burlas que los seguían. Algunos en el pueblo simplemente los ignoraban, pero otros no escondían su crueldad. Ojalá pudiera decirles a todos que mostraran respeto; la gente de Dawson City no habría sobrevivido el invierno del 96 sin el cacique: todos habríamos muerto de hambre si no hubiera sido por aquel hombre.

El pueblo retomó su ritmo cuando se fueron y el bullicio se hizo presente una vez más.

Respiré la energía del lugar. El olor no tenía comparación:

---

2   N. de la T.: un *ensayador* es quien realiza análisis químicos de metales para determinar su pureza y composición, especialmente en el contexto de los metales preciosos.

estiércol, lodo, hombres y el aroma caliente de madera recién cortada.

Mi hotel se erguía orgulloso en la esquina de Front y Queen, en un terreno que había comprado con mi propio dinero. Fui la primera mujer en tener tierras en Dawson, antes de que Bill Mathers y los suyos compraran el resto de la ribera y convirtieran este pueblo fronterizo en su imperio privado. Él alquilaba porciones diminutas de tierra por precios que hacían sangrar los ojos; exprimía a cada hombre hasta la última moneda. Bill era el peor tipo de hombre. Construyó todo con la sangre y sobre las espaldas de otros. No tenía problema en matar para conseguir lo que quería y tenía al viejo doctor Hoffmann en el bolsillo. Cuando una de las chicas de Bill enfermaba o él se enojaba y le rompía un brazo, el doctor las curaba y las mandaba lejos de aquí. Hubo una vez que Bill disparó a un hombre y el doctor dijo que había sido un accidente. Ocurrían muchos "accidentes" en lo de Bill, pero la policía montada los llamaba infortunios.

Yo había construido una vida aquí, una que amaba y que era mía, pero sabía lo rápido que todo podía cambiar. El lanzamiento de una moneda. El golpe de un pico. El capricho de un hombre como Bill.

Me retiré a mi oficina en el hotel. Un cuarto con balcón desde donde podía ver la entrada principal y a Harry montando guardia cuando dejaba la puerta entreabierta. Jerry estaba en la barra y, mientras todo aún estaba en calma, tomé la carta de mi bolsillo.

La sostuve entre las manos: sentí las marcas de tinta bajo los dedos, como si tuviera la mano pesada para escribir y quisiera asegurarse de que las palabras quedaran grabadas para que no me perdiera ninguna. Sus cartas siempre eran cortas, al punto, y se acababan en un segundo. Aquella carta había recorrido mil kilómetros y quería saborearla todo lo que pudiera; de sus manos a las mías. La habría besado seguro, me dijo que siempre lo hacía.

Llevé los labios al papel y…

—¡Ma!

Sentí la voz de Molly como un puñetazo en el pecho; apareció en la puerta un segundo después. Guardé la carta en el cajón con la mano temblorosa.

—Más vale que esto sea importante.

Comprendí que Molly sabía que me había enfadado al ver la expresión en su rostro. Sin embargo, fuera lo que fuera, era más urgente; dio un paso y entró en mi oficina.

—Bill está aquí.

—¿Solo?

Negó con la cabeza.

—¿Preguntó por mí?

—Todavía no. Jerry le sirvió lo mejor que tenemos.

Eso estaba muy bien, me daba tiempo.

Molly esperó junto a la puerta mirando sus zapatos, como si quisiera decirme algo más. Pero yo no tenía paciencia, solo podía pensar en la carta de Sam que me esperaba en ese cajón, aún sin haber sido leída.

—¿Qué era eso? ¿Una carta? —preguntó Molly.

Le lancé una mirada tan feroz que la forzó a retroceder un paso.

—Eso es privado y no me gusta la gente que husmea.

Sonó más duro de lo que debía, pero aún no podía sacarme de la cabeza sus mentiras. ¿Qué más me estaría ocultando? Tal vez nada. Tal vez todo.

La risa de Bill se oyó desde donde estábamos.

—No quiero que Bill te vea, ¿me entiendes?

—Por supuesto, Ma.

Molly asintió y se fue. Era la única que no dejaría en manos de ese hombre. No era lo suficientemente fuerte y ella lo sabía. Ya me había encandilado a unas cuantas chicas antes y no iba a permitir que volviera a suceder, menos con una como Molly. Aunque Bill tuviera más dinero que Dios (la mayoría, robado a quienes sí lo habían trabajado) y le prometiera tratarla como una reina y salvarla de esta vida, Molly nunca discutió, nunca se me fue por detrás, al menos hasta donde yo sabía. Eso lo volvía más insistente y Bill era un hombre acostumbrado a conseguir lo que quería. Pero esta muchacha no era ninguna tonta: sabía que todo eran puras mentiras y que terminaría en su cama y en su nómina también.

Tomé la llave que llevaba colgada al cuello, cerré el cajón y volví a esconderla bajo mi enagua. Sentí el metal contra la piel. Allí estaba a salvo, como mi carta.

Me miré el cabello en el espejo, coloqué un par de mechones y enderecé los hombros.

Salí cuidando de no mirar en dirección a Bill. Allí estaba en la barra, rodeado de hombres que se habían acercado a escuchar sus historias sobre Bonanza Creek. Harry se movió al verme, pero yo negué con la cabeza. No tenía ningún apuro; Bill podía esperar. Este era mi hotel y a mí no se me convocaba, él lo sabía. Aun así... ese hombre conocía cómo provocarme.

Apoyado en la barra, reía con los pobres hombres que se agolpaban para ver sus dientes de oro y sus decenas de anillos. Le pedían trabajo, le suplicaban. Todo el mundo conocía a Dollar Bill Mathers: encontraba oro solo con olfatearlo, hacía dinero tan solo mirando al suelo. Era dueño de casi toda la tierra en el pueblo y quería más, sobre todo quería mi hotel, la joya de la corona de Dawson.

Podía irse al diablo.

—Aquí está —dijo con su voz suave, no muy fuerte... nunca fuerte, pero cortó el bullicio en seco. Nadie sabía de dónde venía, su historia cambiaba según a quién se la contara. Algunos decían que era irlandés; otros, que era inglés;

algunos juraban que había nacido en Texas; otros, que aquí mismo, en Canadá... por eso sabía tanto de oro, decían, porque lo llevaba en la sangre.

A mí me importaba un comino de dónde viniera; solo quería que se marchara de mi hotel.

—Hola Bill, hola Frank —dije bajando las escaleras—. ¿Cómo va el negocio?

Su sonrisa dorada me descolocaba, como si ya no fuera del todo humano.

—Soy un hombre afortunado, Martha. ¿Qué puedo decir? ¿Has visto al cacique Isaac en el pueblo? Ha venido a canjear un alce.

—Lo vi. ¿Vas a comprarlo entero, con pezuñas y todo, o dejarás algo para el resto?

Se rio.

—Te guardaré un cuarto trasero, Ma. Podrás hacerme un pastel de alce como los de antes, cuando compartíamos el camino. ¡Oigan, ustedes! —levantó la voz—. Martha hizo su fortuna con masa de pasteles y botellas de agua.

Su juego no era por diversión. Era para dejar bien en claro frente a todos que me conocía de antes, que tenía un pedazo de mi pasado y podía hurgar en él cuando se le antojara.

—No sueles venir a beber aquí —le dije.

Llegué al otro extremo de la barra. Los hombres se habían dispersado y muchos habían vuelto a sus mesas para jugar a las cartas. Frank Croaker estaba de pie al lado de su amo como un buen perro.

—De vez en cuando me gusta un cambio de escenario —dijo Bill—. Y este lugar tiene un... aire distinto, siempre está tan tranquilo...

Estaba buscando pelea más rápido de lo habitual.

—Será que atraigo clientela más refinada.

—Puede ser.

Giselle salió del cuarto de atrás y subió las escaleras. Miró a Bill por encima del hombro y sonrió como yo le había enseñado.

—Tienes mujeres muy bonitas, eso sí. ¿Molly? Me debe un baile —dijo, siguiendo a la muchacha con la mirada.

—No está disponible.

—Aquí está desperdiciada, Martha. Yo la trataría como una reina y lo sabes.

—Sé muy bien lo que harías con ella. Ahora, ¿qué es lo que quieres, Bill? Puede que me gusten tus visitas, pero tengo cosas que hacer.

Se me acercó y olí el jabón de lavanda que usaba su lavandera. Bill ya no cavaba, no le hacía falta; solo transpiraba en una cama o en una pelea.

Golpeó la barra con la mano mostrando todos los anillos. Algunos eran lisos, otros llevaban piedras o medallones incrustados. Los había cobrado como pago o robado a los muertos. Uno de ellos incluso todavía tenía sangre seca en su piedra.

—Diez mil —dijo en voz baja.

—¿De qué hablas?

Pero yo ya sabía.

—Es una buena oferta, Martha. Diez por el hotel y el terreno.

Me incliné lo justo para ver los mechones grises en su cabello negro y le sostuve la mirada.

—No.

Chasqueó la lengua. Sus ojos apenas se endurecieron.

—Doce. Oferta final, no conseguirás más.

—Es mi hogar, Bill, y también el de mis chicas, nuestro lugar seguro. ¿Cuántas de las tuyas terminan con el rostro ensangrentado? ¿Cuántas se quedan con la mitad de lo que ganan? ¿Las alimentas siquiera? Las he visto por la calle, son piel y huesos; eso no va a pasarles a las mías.

—Son bailarinas, ¿o no? Se limitan a entretener...

Sentí un escalofrío en la nuca.

—Así es.

Chasqueó la lengua.

—Sabes que al oficial Deever no le gustan los vicios a la vista. Una palabra mía y te mandará a Lousetown[3] antes de que termine la semana a revolcarte con los otros burdeles.

Una amenaza antigua que ya no me asustaba.

—Jamás tendrás este hotel, Bill, deja de perder el tiempo.

Agachó la cabeza y volvió a tocar la barra con los anillos.

—Eres una verdadera tonta, Martha Malone. Algún día... algún día no tendrás opción y la oferta será de dos mil... si tienes suerte.

Miré a Harry, mi oso, listo para atacar con una palabra.

—¿Es una amenaza, Bill?

Bill sonrió y se enderezó.

—¿Una amenaza? Vamos, un caballero no amenaza. ¿No es así, Frank?

El hombre negó con la cabeza y dejó su vaso vacío sobre la barra.

Yo solo sonreí.

—¿Ya lo has olvidado? Te conozco desde que en esta ciudad había solo dos chozas y un río vacío. Y los dos sabemos que no eres ningún caballero, Bill.

Soltó una carcajada.

—*Touché*, Martha.

Bebió su *whisky* y tomó el sombrero.

—Bueno, ya me voy, también tengo asuntos que atender.

---

3   N. de la T.: apodo con el que se conocía a Klondike City. Hace referencia a las duras y poco higiénicas condiciones del lugar, que se convirtió en un destino habitual para los mineros que buscaban entretenimiento tras las jornadas de búsqueda de oro. Louse significa piojo en inglés, y *town* significa ciudad.

Muchos hombres buenos acaban de llegar en barcos y buscan trabajo y compañía; es mi deber moral proveerlos. Un placer verte, Martha, hasta pronto.

Bill y Croaker se dirigieron a la puerta, saludando y estrechando manos de hombres desesperados. Bill se detuvo en la puerta.

—¿Supiste del incendio en el muelle?

—Claro que sí —dije, y sentí una gota fría que me recorría la espalda.

—Muchos buenos hombres perdieron todo en ese fuego. Todo lo que tenían en un solo sitio hecho de madera.

Acarició el marco de la puerta.

—En fin, siempre se puede reconstruir, ¿no crees? Si uno tiene el oro para pagarlo, claro.

Me guiñó un ojo y por fin se fue. Suspiré y me apoyé en la barra para no caerme; Molly apareció a mi lado, no sé muy bien de dónde.

Me tomó del brazo.

—Ignóralo, Ma. Son solo palabras.

Le apreté la mano.

—No, niña, no es solo eso.

Molly hizo una seña a Jerry y él dejó un vaso en la barra. Lo llenó hasta el borde, le di las gracias y tomé un sorbo. Mi primer trago del día no podía haber llegado más temprano.

—Quiero este lugar lleno esta noche —dije en voz alta para que las muchachas en el piso de arriba también me oyeran—. Cada asiento y cada cama, todo ocupado. No puedo darme el lujo de aflojar ni de perder clientela con ese hombre. Ese piano y ese gramófono no pueden parar, ¿está claro?

Se oyeron murmullos y voces que respondieron.

—¡Sí, Ma! ¡Como usted diga, Ma!

Como un ejército que acababa de recibir órdenes, todos se dispusieron a prepararse para la noche.

Terminé mi trago y pedí otro. Arriba, la carta de Sam

ardía como una brasa dentro del cajón del escritorio, pero no la leería hasta que el olor a Bill Mathers hubiera sido borrado de cada rincón de este lugar.

Había hecho una promesa hacía mucho tiempo, cuando entendí quién era realmente Bill Mathers. Resulta que es el tipo de hombre que te quita lo que más quieres solo para ver cómo gimoteas para recuperarlo. Y yo no amaba muchas cosas en este mundo: solo a un hombre y a mi hotel. El hombre al menos estaba fuera del alcance de Bill, por ahora... aunque tenía el presentimiento de que la carta anunciaba una visita. Pero el hotel... ese lo tentaba todos los días al pasar frente a él.

Preferiría verlo envuelto en llamas antes que dejar que ese hombre se lo quedara.

Le prendería fuego yo misma si hiciera falta.

KATE

Ruta del Paso Blanco, Alaska.

Finales de abril de 1898

EL SENDERO SALÍA DE SKAGUAY Y SE ADENTRABA EN LAS montañas; eran las montañas de Saint Elias, lo supe por mis lecturas. Un muro compuesto de roca, hielo y pedregal, tan imponente como hermoso, que me despertaba un anhelo urgente por estar allí cuanto antes. Agradecí a Dios y al señor Gunderson por tener un caballo que me llevara.

—¿Todo bien, señorita Everett? —preguntó el señor Gunderson.

Lo miré. Señaló mi rostro y mi sonrisa e hizo una mueca. Me eché a reír.

—Sí, hay algo en este lugar que me habla. Aquí no hay reglas, solo un destino y un sueño. Cualquier hombre o mujer puede hacer su fortuna si tiene la voluntad.

—Un yacimiento repleto de oro también ayuda.

—Pero eso no lo es todo, no. Mire estas montañas... no tenemos montañas así en Kansas. De hecho, allí tenemos bien poco de cualquier cosa. ¿No es hermoso este lugar?

—Ah, sí, una verdadera belleza sin duda. Pero podría matarlo a uno igual de fácil que lo besa si no se está atento.

—Volví a sonreír—. Mi clase de mujer... —Ahora fue él quien se rio. Un sonido robusto que me recordó a mi padre—. ¿Cómo es que una mujer como usted terminó siendo reportera, de todas las cosas?

—Mi padre es editor, tiene tres periódicos regionales, y está pensando en presentarse al Senado. Me dio trabajo cuando cumplí dieciséis años. Él sabía que yo quería escribir.

—¿Y así fue como conoció al señor Everett?

—Sí, él era un empresario local, un conocido de mi padre. Lo había visto varias veces en el pasado y logré convencerlo de que financiara la búsqueda de mi hermana, aunque él nunca lo supo.

—Y ahora usted está aquí —dijo el señor Gunderson con una sonrisa amable—. ¿Qué opina su esposo de sus viajes?

Negué con la cabeza.

—Prefiero una celda a un matrimonio; mi padre nos inculcó a mi hermana y a mí el deseo de ser independientes. Creo que quería tener hijos varones, así que nos trató como si lo fuéramos, para disgusto de mi madre, debo decir.

El señor Gunderson volvió a reír.

—Ella hubiera querido que usaran vestidos, ¿no?

—Y él quería que trepáramos a los árboles; me enseñó a pescar y a hacer nudos, yo amaba todo eso. Mi hermana, en cambio, decidió rebelarse siguiendo su corazón hacia terrenos poco apropiados. Mis padres aún no la perdonan: ni siquiera hablan de ella, es como si ya no existiera. Espero que algún día entren en razón. —No quería profundizar ni explicarme mucho más, así que cambié de tema—. ¿Y usted, señor Gunderson? ¿Tiene hijos?

—Una madre del otro lado del océano y un padre bajo tierra. Y una esposa en alguna parte, sí, aunque la última vez que la vi me dijo que no volviera a casa hasta ser un hombre rico... y limpio. Y todavía no tengo el oro suficiente ni para darme un baño decente.

Soltó otra carcajada, una rotunda, y no pude evitar unirme a él.

Un caballo se encabritó con un chillido espantoso unos metros más adelante y mi risa se cortó en seco. Yukón alzó las orejas. Los hombres se abalanzaron sobre el animal, le sujetaron las riendas e intentaron calmarlo.

—Espere aquí —me dijo el señor Gunderson. Espoleó a su caballo y se unió al alboroto.

El pobre animal bloqueaba el paso y los que venían detrás ya empezaban a maldecir.

El caballo llevaba una carga completa sobre el lomo e intentó alzarse otra vez. Oí un chasquido horrible y el animal se desplomó.

Los hombres observaron al pobre caballo mientras se retorcía de dolor durante unos segundos. Uno de ellos seguía montado y estaba impaciente. Lo reconocí enseguida: era el hombre pulcro que había visto el día anterior gritándole a su ayudante. Iba con apuro y apenas había avanzado unos pocos metros. Su rostro me seguía resultando familiar de un modo inquietante, aunque aún no lograba situarlo.

El señor Gunderson hizo un gesto de negación; otro hombre sacó una pistola y disparó al animal en la cabeza sin pensarlo.

Di un salto. El sonido se sintió muy brusco, seco y fuerte en el aire limpio.

Los hombres quitaron la carga del caballo muerto y la repartieron entre los demás. El grupo avanzó y el señor Gunderson regresó hasta donde yo estaba.

—Se partió la espalda, una pena.

No pude decir una sola palabra. Pasamos junto al cuerpo sin vida del animal, que había quedado tirado a un costado del camino, descartado como basura por culpa de esta locura.

Yukón lo olfateó e intentó morderlo.

—¡Yuke! —le grité, y el perro regresó a mi lado.

Monté en silencio durante una eternidad. Esa crueldad que estos hombres mostraban hacia sus animales... Sus ansias de avanzar, avanzar y avanzar sin descanso. Cada uno de los hombres en esta expedición estaba llegando un año tarde a la fiebre del oro. Cada cual había apostado su fortuna, por poca que fuese, a esta hazaña, y todos temían que el hombre que marchaba a su lado encontrara primero el mejor yacimiento. Esa desesperación ajena me aterraba.

Seguimos ascendiendo. Las llanuras y las colinas de Skaguay dieron paso a bosques de cicutas y abetos blancos. Los árboles se alzaban imponentes y el sendero se abría a la fuerza entre ellos. Nuestro ritmo era lento y avanzábamos unas pocas decenas de metros por hora con suerte.

Llevábamos cabalgando desde el amanecer y aún faltaba una hora para que se pusiera el sol. La silla de montar hacía que me doliera la espalda.

—Voy a bajarme —dije al señor Gunderson, que iba medio dormido.

—Manténgase cerca —murmuró, y ladeó la cabeza.

Toqué el suelo y revisé a nuestros dos caballos; les di unos puñados de heno, ya que se habían portado muy bien, nada de incidentes ni complicaciones, quizá porque llevaban cargas más livianas que los demás. Cada caballo que había visto parecía agotado y avanzaba con la cabeza baja, como si cada paso fuera una tortura. No podía ayudarlos, aunque hubiera querido convencer a sus dueños de que los trataran con más cuidado.

Acaricié a Yukón con ganas y le serví otra lata de carne.

El bosque era de un verde musgo que jamás había visto en Kansas. Árboles de pino y cedro, troncos muertos pero aún de pie que asomaban por el dosel como fósforos quemados. Los llamaban "viudas negras", según escuché por ahí... Observé la oscuridad entre ellos. El suelo era lodo y piedras; cada paso que dábamos era un riesgo. La idea de una noche en este lugar me aterraba. Un escalofrío me recorrió la espalda y me abroché el abrigo hasta el cuello.

Los hombres del oro avanzaban unos pasos y volvían a detenerse. Aquella hilera de humanos y caballos enfangados era el único signo de civilización en el área. Algunos árboles habían sido talados, pero el bosque no parecía afectado por ello. Era como un mosquito sobre el lomo de un búfalo. El bicho podía beber de él lo que quisiera, pero el animal seguía en pie. Alaska y Canadá eran ese animal gigante y seguían siendo ellos mismos muy a pesar de los intentos del hombre por vaciarlos. El oro sería extraído, lo último de lo último lo hallarían un buen día, quizá dentro de un año, quizá dentro de cien. Los hombres se marcharían y la tierra volvería a sí misma y a su silencio.

Respiré el aire puro, aunque venía cargado de caballo, estiércol y mil hombres más.

Yukón terminó de comer y vino corriendo hacia mí. No había descanso, no había lugar para acampar ni posibilidad de salir del bosque antes de la noche.

A mis espaldas oí una sierra trabajar sobre la corteza y, segundos después, un grito de "¡árbol!" seguido del estruendo de un tronco muerto que caía y se estrellaba contra el suelo. Sonaron hachas en la madera. Supuse que pronto habría fuego.

—Señorita Kelly —dijo el señor Gunderson, ya alerta—. Manténgase cerca, hay lobos en este bosque. Llamarán a Yukón y lo atraerán a la oscuridad, será mejor que usemos una cuerda.

Odiaba la idea de atarlo, pero no soportaría verlo correr hacia los árboles, oír sus ladridos y los de los lobos detrás. Tomé una cuerda de uno de los caballos y se la pasé por el cuello; al menos no se quejó.

—¿Cuánto hemos andado? —pregunté.

El señor Gunderson ladeó la cabeza, como siempre que le hacían una pregunta.

—Unos dieciséis kilómetros.

Se me desplomó el alma.

—¿Dieciséis? ¿Nada más?

—Eso es bastante para nosotros. En verano, algunos hombres pasan una semana atrapados en Skaguay. Después tardan otro mes en llegar al lago Bennett. Es la estampida más lenta de la historia.

Se rio, pero a mí no me hizo mucha gracia. Yo esperaba algún avance, un poco de movimiento al menos. No quedarme estancada y esperando en hilera durante días enteros. Esto sí que era una maldita fiebre...

—¿Y si llega la noche y seguimos aquí?

Frunció el ceño, como si la pregunta no tuviera sentido.

—Dormimos sobre los caballos. Ellos siguen a los de adelante mientras nosotros descansamos.

—¿Y los caballos no duermen?

—No esta noche.

Avanzamos lento durante varias horas. Cuando llegó la noche, llegó también el frío. Encendieron fogatas a lo largo del sendero y los hombres se apiñaron para darse calor. Subí a Yukón conmigo al caballo y lo envolví con mi abrigo. Debo admitir que su calor me bastó por un rato.

Por mucho que ansiara aventuras, ahora ansiaba más una cama.

Me calcé bien el sombrero, metí la bufanda dentro del abrigo y me acurruqué con Yukón.

Desperté con la nieve que había comenzado a caer en algún momento de la noche. Yo abría los ojos cada vez que el caballo se movía. El señor Gunderson dormía como si la silla fuera un colchón de plumas.

Habíamos salido del bosque cuando amaneció y nos recibió un nuevo horror.

El sendero dejó de ser un simple camino entre árboles y se convirtió en una franja angosta de grava pegada a la ladera de la montaña. Apenas cabían uno o dos caballos a lo ancho. Este era el lugar que más temía después de leer los relatos de otros buscadores: estábamos en el Paso Blanco.

La montaña se alzaba a mi derecha a alturas inimaginables, aún cubierta de nieve; era una muralla de roca. El suelo caía en picada hacia un valle, cientos de metros para abajo, a mi izquierda. El sendero no tenía más de dos metros de ancho y había sido tallado en la piedra por hombres y animales al pasar. Su verticalidad me revolvió el estómago, un paso en falso y...

Veo muerte en tu futuro.

La advertencia de la adivina resonó en mi cabeza como una sirena. ¿Aquí? ¿Ahora?

Unos arroyos nacidos del deshielo cruzaban el camino, convirtiendo ciertas partes en lodo resbaladizo. Y en ellos, piedras enormes capaces de partir una pierna e imposibles de mover.

El señor Gunderson se me acercó con su caballo y se colocó a mi lado.

—No mire hacia abajo —dijo— o verá los cuerpos.

Se me secó la boca.

—¿Cuerpos?

—De caballos. De hombres. Caballos que se quiebran una pata, se caen y arrastran a su jinete. Algunos mueren de agotamiento y los buscadores deben empujarlos al vacío. Otros prefieren saltar por su cuenta antes que dar otro paso. Hay miles ahí abajo.

No miré, pero la curiosidad me ardía por dentro.

El señor Gunderson estaba más solemne que nunca.

—Bienvenida al Sendero de los Caballos Muertos, señorita Kelly. Si estamos destinados a morir en algún sitio, será aquí, en este lugar.

ELLEN

Boulder Creek, Klondike.

Finales de junio de 1898

Susurro a los caballos y se calman. Se ponen nerviosos de noche, parecen estar alerta en caso de que los lobos se acerquen. El amanecer trae alivio, pero no seguridad. En la noche vienen los lobos, en el día vienen los osos, pero siempre están los hombres.

Me visto para salir a montar y, mientras Charlie duerme y la luz aún no llena el cielo, me dirijo a Bluebell, mi yegua gris azulada, un animal tranquilo, reservado y con buen carácter. Goldie, de pelaje dorado, es de Charlie y tiene el carácter opuesto. Fogosa y rápida, impulsa a Bluebell hacia adelante, mientras que Bluebell la contiene. Un retrato del matrimonio tal vez.

La calmo en voz baja y la ensillo.

El sendero que he marcado alrededor de la cabaña está tranquilo y frío. El bosque aún no ha despertado, pero hay luz suficiente para montar. Siento el calor de Bluebell bajo mi cuerpo; un tirón en la rienda y ella gira; un toque de talón en su costado y ella acelera. Por una vez tengo el control; yo decido y mi yegua obedece.

—Temo que Charlie me está mintiendo —les digo al bosque y a la yegua.

Ninguno me responde.

En el valle se alzan grandes columnas de vapor. Los mineros están derritiendo la escarcha del suelo, tienen una caldera que alguien trajo desde Canyon City antes de que el río se cerrara con el invierno. Un minero paga cincuenta dólares por usar una de las doce mangueras durante medio día para derretir su hielo. El dueño de la caldera nunca necesitará cavar, aunque lo hace de todos modos. La fiebre del oro nos alcanza a todos.

Los pájaros despiertan en algún rincón entre las ramas de los abetos. No sé de especies, quiero comprar un libro para aprender, pero aquí el dinero no alcanza. Me adentro un kilómetro en el bosque, el suelo se vuelve rocoso a esta altura del valle, la orilla blanda da paso a una garganta de granito: imposible de minar y por tanto olvidada. Aquí no hay hombres. No hay mar de carpas ni fuegos humeantes. No hay ruido salvo el de la naturaleza y lo poco que queda del silencio salvaje.

Hay urogallos, conejos y ardillas que bailan entre las ramas. El aliento de Bluebell sale en nubecitas en el aire. Nos detenemos al borde del desfiladero. El agua corre y choca contra rocas afiladas, demasiado duras para suavizarse en algún momento. Ese sonido es música.

Creo ver destellos amarillos atrapados en las grietas. Creo ver pepitas bajo el agua, retenidas entre los peñascos.

La fiebre del oro nos alcanza a todos.

Tiro de Bluebell y regresamos a la cabaña mientras el sol calienta el día y los hombres despiertan.

—¿Todo listo? —pregunta Charlie.

Se pone la chaqueta y se cuelga una bolsa al hombro.

—El carro está firme y los caballos ya están enganchados.

Se dirige a la esquina, donde noto una tabla recortada y suelta en el suelo. La levanta y saca dos frascos. Uno lleno de oro y otro apenas por la mitad. Pero son pequeños copos y virutas, no las pepitas que nos prometieron.

Después, toma un monedero de cuero; dentro está el dinero de mi padre, apenas unos billetes y unas monedas. Tan poco después de haber recibido tanto… y aun así debo pedir más.

El camino a Dawson City nos lleva dos horas en carreta y es ya media tarde cuando por fin salimos; solía ser un trayecto agradable. La tierra era virgen cuando llegamos aquí. El valle estaba cubierto de árboles, arbustos, arándanos y espinas. Avanzábamos a fuerza de hacha y sierra, centímetro a centímetro. Ahora ya no quedan árboles; en su lugar, solo hay carpas, chimeneas, humo y hombres. El valle debajo de nuestra cabaña está pelado, desnudo; la madera se utiliza para fogatas y canaletas. La tierra se ha transformado, ha sido cortada con palas, removida y lavada en busca de algo de valor.

Pronto habrá un deslizamiento de lodo. La tierra se aflojará y se llevará puestos a los mineros, ahora que comenzó el deshielo. Tres hombres murieron el año pasado, enterrados en la tierra que tanto amaban.

Charlie toca la armónica. El sonido viaja por el valle vacío y los mineros apartan la vista de lo que están haciendo. Algunos piden canciones, otros le gritan que se calle. A mí no me molesta; aun con todos sus defectos, Charlie toca bien y el sonido al menos ayuda a pasar el rato.

El río Klondike sigue congelado y así estará unas semanas más. El barquero y su esposa volverán cuando el hielo se quiebre y cobrarán a cada minero por cruzar. No hay lugar en el Klondike donde el dinero no reemplace a la generosidad. Es un sitio donde incluso una mujer sola puede hacerse rica. Pienso en esto.

El sendero sobre el hielo está manchado de lodo y estiércol. Blanco impoluto a los lados. Un hombre vestido con pieles, tal vez un nativo, se sienta lejos con una caña de pescar. La tira, luego la deja reposar. Pasamos y el hombre desaparece de nuestra vista.

Nos acercamos a Dawson por la ribera. Un enjambre de carpas se extiende un kilómetro más allá de la ciudad. Hay cierto orden gracias a Robert Steele y su policía montada, pero son pocos hombres y los mineros son muchos. Viven apiñados, llenos de lodo y de hambre. La mayoría se irá pronto, algunos morirán; varios se amontonan en torno al fuego con sus tazas de metal humeantes en las manos. Aquí el frío es cruel y solo la promesa del oro los mantiene calientes.

Charlie azuza a los caballos y entramos en la ciudad.

El ruido me abruma tanto que desearía poder encogerme. Los pianos de los salones ya están sonando mientras la tarde cede paso a la noche. Los buscadores y los que vienen a ganar dinero con ellos salen de las casas de apuestas apestando a alcohol. Una pelea cerca de una fonda termina en puñetazos y una pistola desenfundada. Un grupo de estafadores al costado del camino nos incitan a que juguemos a las damas. Los comerciantes llaman desde sus puertas.

Nos detenemos frente al establecimiento de Sutter.

—Elly —dice girando en su asiento hacia mí—, tengo unos asuntos que atender. ¿Puedes ir tú a buscar los víveres y envías la carta a tu padre? Te veré luego en el hotel.

¿De qué sirve discutir? Decirle que no quiero volver a pedir dinero a mi padre. Charlie me dará otro discurso sobre lo mucho que trabaja por nosotros, nuestro futuro, nuestros hijos… cuando lleguen. Estoy cansada de oírlo.

Así que asiento. Siempre lo hago.

Me besa la mejilla y salta de la carreta. Un gesto con la mano y se pierde entre la multitud creciente.

En la tienda de Sutter, donde no hay nadie más que yo, me reciben como a una vieja amiga.

—Señora Rhodes —dice John con una gran sonrisa—. Qué gusto, no se la ve mucho por aquí y, permítame decirle, me alegra verla bien.

—Gracias, John.

—¿El señor Rhodes ha venido con usted?

—Está con unos asuntos.

—Bien, bien —John apoya las palmas sobre el mostrador—. ¿Qué le sirvo?

Le entrego mi lista.

La revisa y dice:

—Aún no llegó el azúcar. Escuché que viene en el próximo vapor, pero tengo un par de latas de melaza por diez centavos menos además.

—Está bien.

—¿Esa carreta es la suya? Haré que Freddy cargue todo.

—Muy amable de su parte.

Recorro los estantes mientras prepara los productos. Lo de siempre: latas de carne, cajas de galletas, tabaco, café. Pero allí, junto a frascos de caramelos de colores brillantes, hay una tableta de chocolate vienés de la marca Runkel. No he comido chocolate desde Seattle; allí costaría apenas diez centavos y aquí, cuatro dólares, un precio tan alto que parece flotar en el aire. Pasa lo mismo con todos los precios cuando se está cerca del Klondike.

Entonces veo la caja tamizadora que Charlie me pidió incluir en la lista y que yo me había negado a anotar. Doscientos setenta y cinco dólares por una caja de madera con agujeros. Me provoca náuseas que todo lo cobren tan caro. No importa si encuentras oro, estos parásitos te lo sacarán apenas pises el lodo.

Me vuelvo hacia Sutter. No tiene prisa en preparar el pedido: está detrás del mostrador tamborileando con los dedos.

—¿Todo bien, John?

—Señora Rhodes, tenemos el problemita de su cuenta.

La piel se me eriza.

—¿Problemita?

—Tienen un saldo pendiente... Son unos trescientos diecisiete dólares.

El mundo entero me empieza a dar vueltas.

—Charlie se encarga de eso. Él tiene... él tiene todo el oro. Pasará por aquí luego, cuando termine con lo que ha venido a hacer.

Sutter sonríe. Es un hombre amable y yo puedo ver la lástima en sus ojos.

—Sé que ustedes son de fiar, señora Rhodes. Cielos, están aquí desde antes de la fiebre, no como esos buscadores. Permítame hacer lo correcto, ¿qué le parece si anoto este pedido en la cuenta y, cuando venga Charlie, lo saldamos y no se habla más del asunto?

—Le agradezco su paciencia. —le digo—. Ha sido un invierno difícil.

—Uno de los peores —responde—. Dígame, ¿usted cose? Muchos mineros y abastecedores vienen con las ropas rotas, son arreglos simples, pero ellos no saben coser. Una costurera podría hacer buen dinero con eso.

—Es usted muy amable, lo pensaré.

Pero no pensaré nada. Implicaría convertirme en criada de esos hombres, remendarles las camisas, zurcir sus medias, tenerlos cerca, tener sus cosas en mi casa. No he caído tan bajo aún.

—Debo irme —le digo—. Le diré a Charlie que pase por aquí más tarde.

Sutter me sonríe, pero ya no hay calidez en su gesto.

—Sí, por favor. Buen día, señora Rhodes. Un gusto como siempre.

Fuerzo una sonrisa y me marcho.

El enojo me sube por la garganta en la calle. Tenemos cientos de dólares de deuda con Sutter, miles con mi padre y Charlie, que busca endeudarse aún más.

Todo por un oro que ni siquiera ha podido encontrar.

Camino hasta la oficina postal. La carta a mi padre arde en mi bolsillo; la escribí mientras Charlie cargaba la carreta y él la leyó. Lo hizo para asegurarse de que pidiera lo que él quería y de que no hablara mal de él, algo que yo hubiera deseado hacer.

La oficina está llena. Los mineros y alguna que otra esposa, todos van y vienen. Veo paquetes que cambian de manos, cartas que se abren antes de salir a la calle. Noticias del hogar. Una bufanda tejida por una madre a lo lejos. Baratijas. Dinero escondido en un par de zapatos nuevos.

Espero mi turno.

Hay un mundo con mucha gente al otro lado de la ventana. Las esposas (porque casi siempre son esposas) caminan despacio, agotadas; hay una mujer por cada diez hombres. Me pregunto si pensarán como yo. ¿Cómo no hacerlo?

—Buenos días, señora Rhodes —me dice Harriet—. Qué bueno verla. ¿Cómo están todos por esos pagos?

Harriet habla directo y sin rodeos. No es como ninguna mujer que haya conocido en Seattle y mejor que sea así.

—Buenos días, Harriet. Qué gusto verla a usted también. Estamos bien. ¿Alguna carta para mí?

—Sí, señora. Una para usted y otra para su esposo.

Las recoge y las desliza por el mostrador para que yo las tome. Dejo dos centavos y desaparecen antes de que tome lo que es mío. La carta para mí es de mi padre, como esperaba, dirigida a Dawson City, como todas aquí. Doy la vuelta al sobre para Charlie y veo la misma letra. No creo que mi padre le haya escrito jamás, nunca lo he visto al menos. La carta es delgada, una sola hoja. La mía es más pesada, trae noticias del hogar. ¿Por qué le escribiría a Charlie?

Siento en mi bolsillo la carta que debo enviar y la estrujo con mi mano. Pero el nombre de Charlie en la letra de mi padre me grita, la deuda me grita, las bateas vacías gritan, el intercambio con Frank Croaker grita y todas las noches que Charlie pasa fuera, también.

Todo me grita.

—¿Algo que enviar? —pregunta Harriet.

—No —respondo, y suelto la carta de vuelta en mi bolsillo—. Hoy no.

MARTHA

Dawson City, Klondike.

Finales de junio de 1898

—No hay lugar como el Hotel Dawson por la noche —decía un buscador de oro a otro.

—No te equivocas —respondía el otro—. El único sitio del pueblo con un toque femenino. Y esos pasteles... son como los que hacía mi mujer.

Estaban de pie en la barra porque no quedaba ni un banco, ni un asiento, ni un rincón disponible. Buenos clientes y con dinero. Observaba a cada hombre en el salón buscando al que podría haber golpeado a Molly. La muchacha se había empolvado las moraduras para cubrirlas, pero aún se notaban las sombras.

El viejo Carmack tocaba el piano. Mis chicas coqueteaban. Los hombres jugaban, bebían, comían platos de cerdo con judías y porciones del famoso pastel de manzana de Ma, que resultó ser un sabor a hogar por el que pagaban una fortuna. Yo miraba desde una esquina del bar sin sentir nada del alboroto ni de la algarabía.

Giselle había enganchado a un caballero con reloj de bolsillo de oro y bigote prolijo. Louise se estaba dejando disputar por dos, jugando con ellos como yo le había enseñado. Mis otras dos chicas, Tess y Laura-Lynn, colgaban de los hombros de un tipo que no reconocí, pero que llevaba toda la noche con suerte en las cartas.

A Molly no la vi por ningún lado.

—¿Has visto a Molly? —pregunté a Jerry, que atendía la barra.

—La vi atrás, cuando fui a buscar otro cajón. Habrá sido hace un cuarto de hora, Ma.

—Gracias, Jerry.

Mi cocinera Jessamine, una mujer grande y tejana, servía platos en la cocina como si tuviera cuatro brazos.

—¿Se te ofrece algo, Ma?

—¿Has visto a Molly por aquí?

Chasqueó la lengua y bufó.

—No la veo desde esta mañana. Dile que tiene que comer, que ya está muy flaca. A los hombres les gusta que sus mujeres tengan algo de carne. Tú díselo.

Puse una mano sobre el hombro de Jessamine y le di un beso en la mejilla.

—Se te queman las judías.

Ella tomó una cuchara al vuelo.

—¡Ah, mierda!

Seguí mi camino y pasé de la cocina a la despensa, que nos había quedado llena después de recibir el pedido de Sutter y tenía una puerta que daba a la calle del otro lado que siempre teníamos cerrada, pero ahora estaba abierta. Me acerqué en silencio y escuché voces.

Era Molly, que estaba con un hombre. Me quedé quieta y atenta para escucharlos.

—Tienes que irte —decía ella.

—No sin ti.

No sonaba peligroso, solo desesperado.

—No puedo irme contigo. Tengo una vida aquí.

—Yo puedo darte una vida de verdad. Recorreremos el mundo. Serás una reina conmigo. —Suspiró. Escuché el roce de manos en el vestido de algodón y unos pasos en el lodo. Las voces se suavizaron—. Molly, por favor, yo te amo, sabes que es así —dijo él, y hubo algo en el tono de ese hombre que me hizo creerle. Al menos no estaba borracho.

—Yo... —empezó a decir ella y sentí el dolor en su voz.

Me arriesgué a espiarlos. El hombre estaba de espaldas a mí, pero llegué a ver a Molly. Vi sus lágrimas incluso en la oscuridad. Frente con frente, las manos entrelazadas; amantes, sin lugar a dudas.

—Quiero casarme contigo —dijo él.

Ella se apartó.

—Debo irme. Ma debe estar buscándome.

La tomó del brazo.

—¿Por qué te importa tanto? Esa mujer te está usando, te utiliza para su propio beneficio.

Me estremecí. No estaba equivocado, pero tampoco tenía toda la razón. Me costó horrores no salir y tomarlo del cuello.

—No digas eso —dijo Molly con una firmeza repentina—. Ella me cuida. Es como una madre para todas nosotras. Tú no lo entiendes y nunca lo entenderás, pero ese es tu problema. No puedo casarme contigo, no quiero.

Se soltó con un solo movimiento y se fue hacia la puerta.

El hombre la volvió a sujetar.

—No puedes hacerme esto. Espera. Perdón, Molly, te lo ruego, te sacaré de aquí. ¡Te daré la vida que mereces!

Ella se plantó enfrente de él con los ojos encendidos como fuego. Yo ya le había visto esa mirada.

—Dásela a tu esposa.

Él perdió la pelea en ese mismo instante y ella se marchó. Yo me pegué contra la pared.

Molly cerró la puerta de un golpe. Me vio cuando fue a trabarla y por poco grita, pero se contuvo.

—Dios mío, Ma, ¡qué susto me has dado!

Salí de las sombras.

—¿Estás bien?

Asintió, pero luego negó con la cabeza.

—¿Escuchaste todo?

—Sí, mi niña.

Molly se cruzó de brazos. La rabia la sacudía.

—¿Lo amas? —pregunté.

—Eso no te incumbe —escupió, con la lengua afilada como un pico.

—Todo esto me incumbe, cariño. Todo.

—¿Acaso no puedo tener amigos?

—No sonó a que fueran amigos. Mis reglas son claras: nada de trabajitos por fuera y nada de mentiras. Y por lo que veo, cariño, tú estás rompiendo ambas. Cuidado con lo que vayas a decir ahora.

Molly no se movió ni habló durante unos segundos. Supuse que estaría pensando alguna mentira.

—No le cobro, si eso es lo que te preocupa.

—Eres tú quien me preocupa. ¿Fue él quien te dejó esas moraduras?

Bajó la vista. Toda la rabia abandonó su cuerpo de repente.

—No. Él nunca haría algo así.

—Vi cómo te sujetaba.

Me sostuvo la mirada.

—Nunca me lastimaría.

No insistí, pero no estaba segura de creerle. La forma en que la había sujetado y el cambio en el tono de su voz me decían que sí era capaz. Cualquier hombre lo es.

—¿Entonces quién fue?

—Nadie.

Ya no iba a soportar que me siguiera mintiendo en la cara. Cerré el puño con ganas de golpearla, pero sé que jamás lo habría hecho. Me contuve para poder hablarle.

—Tómate la noche libre. No quiero verte en el salón hoy.

Molly asintió y se secó las lágrimas. Quiso decir algo, pero se lo guardó y luego se fue.

Apenas se marchó, todo el enfado se me escurrió del cuerpo, solo para ser reemplazado por una absoluta tristeza. Molly era lista, mucho más que yo, me atrevería a decir. Por un tiempo había pensado en dejar que heredara este lugar cuando yo ya no pudiera sostenerlo, pero ahora... Preferiría entregárselo a una extraña antes que a una mentirosa.

Ojalá hubiera visto mejor al hombre; solo vi su espalda, su forma.

El mismo abrigo que llevan todos en este lugar. El cabello largo, sin dinero para un barbero; se veía igual a cualquier minero, pero ella tiene que haber visto algo distinto en él. No podía evitar sentir envidia a pesar de lo enfadada que estaba. Ese roce, ese susurro de amantes, la promesa de algo más. La carta de Sam seguía sin abrir en mi cajón, sin leer. Esos susurros por escrito me bastaban por ahora, hasta que llegara nuestro momento, si es que alguna vez llegaba. Habían pasado meses desde su última visita. Meses sin que ningún hombre se me acercara, y daba gracias a Dios por eso. Sin embargo, al ver juntos a Molly y ese hombre, sentí cada hora de esos meses, cada paso de esa distancia entre nosotros.

Veo a hombres enamorarse de mis chicas todas las noches. Declaran su amor y son llevados a ver el cielo por un precio razonable. Pero el amor real... es más raro que el oro por estos lares y Dios sabe que una no puede tener ambos.

Oí un estallido en el salón. Un vaso roto o seguramente el inicio de una pelea. Lo sentí como un peso que me aplastaba. El peso de este lugar a veces me da ganas de huir al norte, con él. Solo un sueño, una idea. La vida de un trampero no era para mí y, cuando Sam terminara, cuando recolectara lo suficiente y cerrase sus negocios, él vendría a mí. Este era mi hogar, para bien o para mal, y debía cuidar de él. Molly podía esperar hasta la mañana.

El hotel estaba lleno, los clientes eran cada vez más ruidosos. El *whisky* corría como el río y el piano daba saltos. Las cartas volaban por los aires y el polvo de oro se derramaba en el suelo. Algunos lucían su riqueza en bolsas de lona o en tarros de vidrio. Uno de ellos golpeó su frasco sobre la barra, gritó que invitaba la ronda y el salón estalló en una ovación. Teníamos uno como ese cada noche.

Tomé el oro y bebí con ellos. Bebí más de la cuenta.

Harriet pasó por ahí y chismorreamos como gallinas. Se llevó un hombre a casa a pesar de las miradas de Harry.

La noche siguió y yo reí, bailé y toqué un par de canciones con el banyo. No hay lugar como mi Dawson y esa es la pura verdad.

Cuando la música terminó y los hombres se fueron, el sonido del silencio me retumbó en los oídos.

—A la cama, Jerry —dije, y el cantinero se echó el trapo al hombro.

—Déjame ayudarte, Ma.

Me guio escaleras arriba, con el *whisky* habiendo hecho lo suyo con mis piernas, que se habían vuelto de goma. Frente a mi puerta, di una palmada en su hombro y él bajó a limpiar.

Me acerqué a la puerta de Molly y la abrí. La niña dormía profundamente y algo de mi rabia hacia ella se deshizo en ese instante.

Entré en mi oficina. La carta de Sam me llamaba desde el cajón, así que fui hacia ella.

Tomé la llave que llevaba colgada al cuello y lo abrí. Ahí estaba. Su letra, que conocía tanto como la mía propia.

Me llevé la carta al rostro y respiré su aroma. Tinta, madera y algo más. Era él.

La giré, lista para romper el sello y oír su voz.

Pero el sello ya estaba roto.

¿Sería que...? El *whisky* me había nublado la memoria. ¿La había abierto antes de que Molly me interrumpiera? ¿Antes de poder leerla?

Sabía que no. ¿Entonces...? Había estado bajo llave todo el día y la llave había colgado de mi cuello todo ese tiempo.

Me conocía incluso borracha: no la había leído, no la había abierto. Mi oficina había estado sin llave durante el día, así que cualquiera pudo haber entrado. Había mandado a Jerry a buscar cambio chico; a Harry le pedí los libros de recibos; a Giselle, que buscara una botella de ginebra; incluso cualquier caballero podría haber entrado si así lo hubiera deseado.

Podía haber sido cualquiera, pero alguien había entrado, eso era seguro.

Y había abierto mi cajón y había montado la escena para que pareciera que no.

Había una serpiente en mi casa, y una serpiente que sabe tus secretos se prepara para atacar.

KATE

Ruta del Paso Blanco, Alaska.

Finales de abril de 1898

EL CAMINO CONOCIDO COMO EL SENDERO DEL CABALLO Muerto era silencioso y ensordecedor al mismo tiempo. El viento susurraba por todo el valle y la vida salvaje era escasa. Los únicos sonidos provenían de quienes no pertenecían allí. El chasquido de los látigos y los chillidos de los animales, los gritos y los golpes sordos de los hombres que obligaban a sus bestias a avanzar hacia la muerte.

Apenas nos movíamos. Dábamos un paso cada puñado de minutos y nos deteníamos a menudo durante una hora o dos mientras algunos forcejeaban con sus caballos o alguna carga se deslizaba y había que volver a asegurarla.

El señor Gunderson no mostraba signos de frustración, pero yo no podía ocultarla. Siempre un retraso más repleto de gritos y empujones para abrirse paso entre la manada. Yukón gimoteaba y mordisqueaba, molesto por ir atado al lomo del rocín que venía detrás de mí.

Mi caballo se detuvo y se puso a olfatear el suelo. Presté atención a lo que estaba husmeando y vi un hueso a la derecha del sendero, cerca de la montaña. Era un cráneo de caballo, todavía unido a unos cuantos bultos de columna vertebral, restos de piel y cabello aferrados al hueso. Con una sensación profunda de náusea, miré a mi izquierda, donde el sendero caía hacia el fondo del valle, y entonces divisé la pelvis y las patas del animal. No había nada en medio. La tierra era más oscura en esa zona. Puntos blancos en el lodo: huesos triturados bajo nuestros pies y los cascos de los caballos. Ese animal había muerto allí y lo habían pisoteado hasta hacerlo desaparecer.

Contuve la bilis en la boca. La humanidad, según parecía, era el primer sacrificio en el camino hacia el oro. Me daba mucho miedo pensar en lo que podría encontrar al final. ¿Qué clase de hombres habría en los campos auríferos? ¿Entre qué tipo de hombres vivía mi hermana? Si es que todavía podían llamarse hombres.

Oímos un grito justo detrás de nosotros. Un enorme caballo negro se encabritó y lanzó a su jinete al suelo; el hombre desapareció por el borde y yo no pude salir de mi asombro; sus gritos resonaron por la garganta del valle hasta que se cortaron en seco. El caballo negro no se calmó; su carga también se soltó y se estrelló contra el sendero.

Los caballos a su alrededor entraron en pánico y comenzaron a corcovear y a girar. Uno de ellos resbaló y cayó al precipicio; un crujido espantoso silenció al pobre animal.

Los hombres gritaban, tiraban de las riendas y azotaban a los animales hasta hacerlos sangrar.

El caballo negro corcoveó y golpeó a un hombre en el pecho. El pobre salió despedido hacia atrás y chocó contra la pared con un golpe sordo y mortal.

Otro hombre sacó un revólver y apuntó al caballo negro. El señor Gunderson y una docena más exclamaron al unísono:

—¡No!

Pero el hombre apretó el gatillo. El disparo quebró el

aire, el caballo negro cayó al barranco y un sonido, uno que nunca había oído antes ni desde entonces querría oír otra vez, dejó mudos a los buscadores.

Truenos.

Pero no venían del cielo.

Levanté la vista hacia la ladera de la montaña y sus pesadas placas de nieve.

El señor Gunderson tiró de las riendas de mi caballo.

—¡Cabalguen!

Le dio un azote y el animal arrancó. El pánico reinó en nuestro sendero y todos nos abalanzamos hacia adelante.

Se escucharon los gritos.

—¡Avalancha! ¡Avalancha!

El trueno creció hasta convertirse en un rugido ensordecedor. El hielo y la nieve rodaban y se mezclaban para hacerse uno.

Pero no había a dónde ir. El sendero estaba atestado, los caballos trepaban unos sobre otros, los hombres abandonaban sus cargas y corrían, algunos resbalaban y caían por el precipicio. Caballos y cargas rodaban al barranco, decenas a la vez.

—¡Yukón! —grité, y escuché su ladrido en algún lugar detrás de mí—. ¡Señor Gunderson!

—¡Siga!

El rugido del hielo crecía y crecía. Me atreví a mirar hacia arriba y lo vi: una gran nube de nieve se precipitaba por la ladera. El poder y la furia de la naturaleza caían sobre aquellos hombres arrogantes y les decía: *no pertenecen a este lugar.*

La avalancha alcanzó el sendero detrás de nosotros y arrasó con un centenar de personas, caballos y arrieros, arrojándolos a todos al abismo. Los gritos se ahogaban de repente y el pánico llegó a su punto máximo mientras el hielo nos perseguía por el sendero.

Empujé a mi caballo intentando que avanzara pegado a la ladera, adelantando a bestias que venían más cargadas, a jinetes que eran menos experimentados, saltando sobre rocas y también sobre cadáveres. El caballo de Yukón nos seguía; más atrás, venían los caballos de carga, y detrás de todo, el señor Gunderson.

El hielo se estrelló varios metros detrás de nosotros y los buscadores atrapados desaparecieron. Fueron tragados por el humo blanco y arrastrados hacia el valle, muertos con sus caballos.

—¡Vamos! —gritó el señor Gunderson.

La avalancha había mostrado el poder de la naturaleza, no había tiempo para pensar, solo avanzar.

Clavé los talones en el costado de mi caballo y tiré de las riendas.

—¡Más rápido!

El caballo obedeció.

El sendero estaba bloqueado por gente que corría, se subía a sus caballos y gritaba. Un hombre me sujetó intentando subirse a mi caballo. Le di una patada fuerte en el rostro y le rompí la nariz. Cayó, ensangrentado, y los demás le pasaron por encima.

El hielo nos pisaba los talones: a tres metros, a dos, a uno.

—¡Arre! —grité.

Pateé a todo el que estuviera cerca. Guie al caballo sobre cuerpos que se agitaban y se retorcían. Yo solo pensaba en sobrevivir, no importaba el precio.

Tenía que sobrevivir.

Pasé por el lado de un hombre que había quedado atrapado bajo su animal y que lloraba y rogaba que alguien lo ayudara. No me detuve. Nadie se detuvo.

Y llegó la curva, escuché los ladridos de Yukón cerca de mí, oí caballos, hombres y el rugido del hielo, un sonido tan denso y primitivo que me congeló la médula.

Había llegado, ¡la curva! Tiré de las riendas para que el caballo girara por la esquina rocosa y apenas un segundo después la avalancha pasó detrás de mí, perfectamente canalizada por la montaña.

El rugido fue apagándose y fue reemplazado por los terribles sonidos del dolor. Los heridos gritaban: piernas rotas, brazos aplastados, suministros perdidos, caballos desaparecidos. Amigos, familiares, todos arrastrados en una marea de hielo.

Mi cabeza daba vueltas, los oídos me zumbaban. Todo parecía amortiguado.

—¿Yukón? —llamé con voz débil y ronca. Había estado gritando, pero no me había oído—. ¿Señor Gunderson?

Un ladrido débil llegó desde algún lugar cercano.

Volví a la curva, que ahora estaba bloqueada por tres o cuatro metros de hielo.

—¿Yukón?

Él gimió y por fin lo vi. Estaba echado en el suelo; el caballo en el que iba montado tenía medio cuerpo enterrado en la nieve.

Salté de mi caballo y me temblaban las piernas; avancé como pude hacia él. La gente se movía a mi alrededor, colapsada y aturdida; algunos lloraban, otros cavaban con desesperación en la nieve para poder escapar.

Yukón seguía atado a la silla de montar, pero la cuerda se le había enredado en el cuello. Sacaba la lengua, señal de que apenas podía respirar. Gimoteó y me arañó.

—Tranquilo, Yuke. Ya pasó.

Intenté desatar la cuerda, pero luego recordé: saqué el cuchillo con el mango de rosas del cinturón y lo liberé.

Se dejó caer en mi regazo como un niño pequeño y me dejó abrazarlo. Temblaba, helado y aterrorizado, se acurrucaba y se lamía. Me invadió una tremenda sensación de alivio. Sin embargo, esa sensación duró muy poco.

—¿Señor Gunderson? —llamé en voz baja.

Él venía marchando detrás de Yukón. Detrás de los otros caballos.

Observé el muro de nieve. Suministros hechos astillas. Caballos convertidos en carne muerta. Hombres convertidos en puros recuerdos.

Me quedé en cuclillas. Yukón aún jadeaba en mi regazo. ¿Qué valía el esfuerzo ahora? Mi guía se había ido, había sido arrancado de la montaña y arrojado al barranco, con sus provisiones y la mayoría de las mías. Perdidas. Destruidas.

Mi bolso de viaje y el saco de lona seguían atados a la parte trasera de mi caballo, pero mi baúl venía en el caballo de Yukón. Uno de sus costados con tachuelas de latón sobresalía de la nieve. Había quedado aplastado como un huevo bajo el peso del caballo.

Las cartas yacían como hojas muertas entre las piedras. Cartas de mi hermana, del señor Everett...

Me puse de pie y las recogí con Yukón pegado a mi costado. Cada una era una promesa de noticias, de ayuda, de fortuna, un cambio. Vi sangre en mi manga cuando las tuve en mis manos.

La ignoré. No sentía dolor y aún no estaba lista para enfrentar la idea de que la sangre no fuera mía.

No sé cuánto tiempo me quedé allí. Unos momentos, unas horas… Daba igual.

—¿Está herida? —Una voz cortó mi sopor—. Señorita, ¿está usted herida?

Levanté la vista y vi a una mujer. Mayor. Fuerte. Tenía un corte que le sangraba en la mejilla, pero ella estaba preocupada por mí. Me sacudió el hombro.

—¿Está herida?

Levanté el brazo y vi tiras de tela raídas que colgaban y estaban manchadas de sangre.

La mujer sostuvo mi brazo y lo examinó. No sentí nada.

—No duele. Pero... Todo esto...

Se arrodilló a mi lado y me rodeó con un brazo.

—Lo sé, cariño. Nos ha dejado sin la mitad de las provisiones —la mujer sacó un trapo largo de algún lado y me lo ató en el brazo—. Un rasguño bastante feo. Seguramente te hayas golpeado contra ese muro.

Recordé que había estado cabalgando pegada a la montaña. Luego oí el relincho del caballo y sentí algo que me enganchó el brazo.

Miré a la mujer y la sangre que corría por su mejilla.

—¿Y usted...?

—He pasado por peores. ¿Vas sola?

Puse una mano sobre Yukón y ella comprendió.

—Vamos entonces. Viajarás con nosotros.

Dejé que la mujer me ayudara a ponerme de pie y me guiara de nuevo hasta mi caballo. Me apoyé contra el animal. Sentí el poder de su corazón; jadeaba y tenía los ojos desorbitados, pero pronto se calmó. Le acaricié la mejilla y apoyé mi frente contra la suya.

La mujer y quien supuse era su esposo recogían sus provisiones, reorganizaban lo que podían e iban en busca de caballos huérfanos sobre los cuales cargarlas.

A mi alrededor todo era locura y caos, y yo seguía allí, en el medio de aquello. Decidí ignorarlo y así evitar que el terror me invadiera, porque si lo hacía, si me permitía pensar en lo cerca que había estado de la muerte, de lo que eso podría significar para Charlotte, sé que me habría lanzado por el borde simplemente para escapar. Charlotte me necesitaba y no iba a volver atrás. Tenía el camino bloqueado, tanto por el hielo, la nieve y la furia de la naturaleza como por mi propia mente.

La adivina había tenido razón. Si volvía a ver a esa mujer le retorcería el pescuezo y lo disfrutaría.

Tomé lo que pude de mi baúl y lo cargué en el caballo. Luego tomé un dulce de mi bolso de viaje y se lo di al pobre animal. Encontré una lata de comida para perros y se la ofrecí a Yukón, pero no mostró interés. Me subí al caballo y Yukón saltó conmigo. Dudaba que quisiera separarse de mí el resto del viaje y, a decir verdad, yo tampoco quería estar sin él.

Partí en silencio. La mujer y su marido ni siquiera lo notaron; les llevaría días organizarse y abrirse paso por ese desastre; yo no tenía esos días, necesitaba moverme, alejarme de esa montaña que ahora se había convertido en una fosa común.

Cabalgué entre los cuerpos destrozados de los buscadores. Muchos habían perdido sus caballos y sus provisiones; otros habían sobrevivido con muy poco y ahora intentaban hacer su inventario. Algunos tenían heridas tan graves que los matarían antes de que llegara la noche. Otros vivirían con dolor durante meses, deseando que la avalancha se los hubiera llevado consigo.

Seguí por el sendero tratando de no pensar en el señor Gunderson, en cuánto deseaba ahora que estuviera conmigo y en lo mal que me sentía por su pérdida, incluso cuando hacía apenas una semana que lo había conocido. El brazo empezó a dolerme y a picar, pero no tenía agua para lavarlo ni vendas para cubrirlo.

Mi caballo llegó hasta la cima del Paso Blanco que era la frontera con Canadá, donde la policía montada esperaba con armas a cualquiera que se rehusara a pagar el peaje correspondiente. Descendimos al fondo del valle; conduje al caballo entre grietas y hendiduras que podrían haberle quebrado una pata; ciénagas y lodazales que podrían habérselo tragado entero; pantanos llenos de troncos con sus puntas apuntando al cielo que podrían haberlo destripado.

Pero lo más peligroso, lo que yo temía más, eran aquellos hombres desesperados que acababan de perderlo todo.

Me oculté de ellos cubriéndome el rostro con el sombrero y la bufanda. Acampé lejos y pasé por la ciudad del Paso Blanco, al pie de la montaña, deteniéndome solo para alimentarme a mí y a mi caballo. Seguí avanzando con la cabeza baja, y me detenía solo cuando el valle se abría a las impactantes vistas, donde las montañas cubiertas de blanco eran infinitas, y todo lo ocurrido en el sendero hasta ese momento parecía tan lejano como ellas.

ELLEN

Dawson City, Klondike.

Finales de junio de 1898

PASAMOS LA NOCHE EN EL HOTEL ARCADIA, AL BORDE DEL pueblo; conseguimos una habitación bastante limpia y económica. Charlie no volvió hasta pasada la medianoche y olía a alcohol. Me pasé el día vagando por Dawson, mirando los escaparates y los programas del Teatro Tivoli, deseando tener más dinero para poder gastar y deseando haber elegido un esposo mejor.

Me despierto por la mañana y Charlie ya se ha ido. Me encuentro con una nota donde debería estar su cabeza: *Hay algunos asuntos que necesitan mi atención. Volveré esta tarde. Cuídate, mi amor.*

Mi amor. ¿De verdad, Charlie? ¿O son solo palabras, algo que se dice a la esposa? Tal vez sí lo esté diciendo en serio y soy yo quien no lo siente. Nuestro amor era tan silencioso que apenas noté cuando se esfumó.

Tomo las cartas de mi padre. La mía la leí anoche mientras esperaba a Charlie y ahora la vuelvo a tener en mis manos. La leo otra vez porque todavía no puedo creer sus palabras. La mayoría de las páginas provienen del boletín de la parroquia. La verdadera carta de mi padre es una sola hoja. Dentro hay cien dólares en cambio pequeño.

Querida Ellen:
He sido paciente y bien sabes que he apoyado tu unión desde el principio, pero ya no puedo seguir haciéndolo. He estado enviando dinero a tu esposo todos los meses para asegurarme de que al menos tengas alimento y vestimenta, pero esto se termina ahora. Lo siento, hija mía, pero eres una esposa y es deber de tu esposo cuidarte, no mío. Espero que regreses de la absurda aventura que te has impuesto con tu bolso lleno de billetes y también espero el retorno de mi inversión. Escribiré de vez en cuando con noticias, pero ya no habrá más dinero para ninguno de los dos. Les deseo lo mejor.
Con amor.
Frederick Calloway

Anoche, mientras leía sus palabras, sentí como si una bala me acabara de atravesar el pecho. Me habían abandonado a mi propia suerte y estaba finalmente a la deriva en este mar de suciedad. El dolor no ha menguado esta mañana. Siempre había creído, muy dentro de mí, que Charlie renunciaría a esta concesión y volvería al cálido abrazo de la sociedad y la familia. Pero los años pasaron y comencé a pensar que la vida que había dejado no era más que un recuerdo y que no encajaría de nuevo si regresara. Intenté mantener mi gracia y mi decoro, mi hospitalidad y mi sentido común, pero todo se desvanece como el polvo de la montaña poco a poco hasta que nadie reconoce lo que queda.

La carta de mi padre pesa en mis manos. No sobreviviremos un año más sin su dinero y sin un verdadero golpe de suerte. Esta tierra vacía es todo lo que tenemos junto con deudas y el invierno a solo unos meses.

Me encantaría poder caminar hacia el centro de la naturaleza y dejar que los lobos me devoren.

Quisiera tomar a Charlie por el cuello y exigirle que se esfuerce, que trabaje más, que deje de gastar lo poco que tenemos en frivolidades y en prostitutas.

Miro el dinero: supongo que es lo último que veré en la vida.

Lo guardo en mi bolsillo y tomo la otra carta. Están fechadas el mismo día e imagino que la nota de Charlie dirá lo mismo que dice la mía.

La dejo sin abrir.

Quemo mi carta en el fuego y observo cómo las llamas consumen las palabras de mi padre.

Soy invisible entre la multitud en Dawson. Mi vestido es sencillo, mi chal tiene un diseño discreto y llevo el cabello recogido con esmero. Abandoné la moda y la belleza en el momento en que me subí al barco; hace años que no me pongo polvos en el rostro ni me maquillo los ojos. Sin embargo, todavía atraigo alguna que otra mirada, incluso alguna sonrisa o alguna palabra. En realidad, es más porque las mujeres por fuera de los burdeles no son tantas, y yo me doy la vuelta y finjo no escuchar.

Camino con pesadez. El pueblo ha cambiado en un breve instante. Solía ser un lugar de paso en el que esperábamos nuestro turno de acceder a una fortuna para luego regresar al mundo. Pero ahora no hay regreso y no hay fortuna. Para quienes no tienen oro, el Klondike es una prisión y una tumba.

Mi prisión.

Mi tumba.

Los últimos cien dólares no son nada en mi bolsillo y de hecho parecen no existir. Camino sin rumbo y paso frente a otro escaparate. Unos envases brillantes llaman mi atención:

un puñado de chocolates de estilo vienés de Runkel, cuatro dólares; compro uno sin pensarlo dos veces.

Salgo y estoy a punto de darle un mordisco cuando escucho un alboroto de voces al otro lado de la calle.

Conozco el lugar. Es una especie de banco, una casa de préstamos, propiedad de Dollar Bill Mathers. Tres hombres empujan a otro que cae al barro y del que todos se ríen.

El hombre se levanta y de repente me doy cuenta de que es Charlie. Le han escupido y lo han empujado; lleva su sombrero en la mano y parece un mendigo. Me apoyo contra la pared y permanezco invisible.

—Paga lo que debes —grita uno de los hombres.

—Vamos, muchachos —resuena una voz.

Aparece Frank Croaker, la mano derecha de Mathers, en la puerta. No sé si existe un hombre en Dawson que no trabaje para Mathers.

Frank extiende la mano hacia Charlie y le da una palmada en el hombro.

—¿Sabes cómo pagarás cada centavo de deuda que tienes?

Charlie baja la cabeza. Tan débil, adulador. Siento pena por él una vez más.

—No puedo... estoy muy cerca, Frank. Una semana más y yo te juro... lo juro. Seremos ricos.

—¿Cuánto costará otra semana?

Dejan de gritar y no escucho la cifra, pero puedo adivinarla. Es más de lo que tenemos, más de lo que podemos pagar y más de lo que esa tierra alguna vez dará.

Croaker oye lo que necesita oír y hace entrar a Charlie de vuelta al banco.

La deuda se dispara, la tierra no da nada y aun así Charlie sigue trabajando. Sería digno de admiración si no estuviese tan equivocado en lo que hace. Quisiera abandonarlo a su destino, pero muy a mi pesar no quiero verlo sufrir. Un sentimiento nuevo se instala en la boca de mi estómago:

no puedo verlo sufrir; es todo lo que tengo ahora y debe trabajar la concesión, debe encontrar ese oro. Será nuestra ruina de lo contrario. Pero trata con demonios. Bill Mathers, Frank Croaker y todos los demás, ninguno dudaría en matarlo por lo poco que tiene. Charlie ni siquiera sabe cuánto le queda.

—Una moneda por tu futuro.

Me doy la vuelta. En el callejón entre la tienda y otro hotel, una carpa. Una mujer en la entrada. Un punto de color en una ciudad tan marrón como el mismo lodo. Chal rojo y dorado, vestido púrpura con cristales. Ojos negros maquillados con kohl y labios color rubí.

—¿Mi futuro? —pregunto.

—O tu destino.

Su voz es baja, pero se escucha. Me desconcierta, aunque no sé por qué.

La carpa está pintada con símbolos y soles. Dentro hay alfombras, sillas y una mesa con una bola de vidrio.

—Un centavo para saber —dice.

¿Qué daño puede hacer?

—Está bien. Un centavo.

Empiezo a caminar y ella me guía hacia su habitáculo. El ambiente es cálido aunque no hay fuego. El olor a especias y a cedro se eleva de palitos humeantes. El interior de la carpa es rojo, y en el techo hay pintado un cielo nocturno; las estrellas y la luna son doradas y las alfombras son suaves y tupidas. No había caminado sobre una alfombra desde que dejé Seattle. Es como entrar en otro mundo.

Ella señala una silla y se sienta en la otra.

Es solo para entretenerme y hoy, más que nunca, necesito la distracción. Una vez fui a ver a una adivina en una feria del condado. Miró dentro de un cristal, barajó unas cartas y dijo que me casaría con un buen hombre y tendría tres hijos. Ese futuro es todo lo que desea la mayoría, pero yo no quería nada de eso y nada de eso se cumplió. No me casé con un buen hombre.

Supongo que sucederá algo similar con esta mujer: encontraré oro, me haré rica, tendré una vida lujosa con mi esposo. Supongo que hace su fortuna diciendo exactamente lo mismo a los mineros.

La adivina apoya las manos abiertas sobre la mesa y luego gira una palma hacia mí. Espera. Coloco la moneda y ella cierra la mano. La vuelve a abrir y la moneda ya no está allí.

—¿Cómo es que…? —empiezo a preguntar, pero la mujer sacude la cabeza. Enciende una vela y sus ojos centellean.

Aparece un mazo de cartas que no son de apuestas. No vi cuando las recogió, pero ya están en sus manos.

Baraja lentamente y caemos en un silencio incómodo que siento la necesidad de romper.

—No la había visto antes en Dawson —digo yo, y ella no responde—. ¿Está recién llegada? —Inclina la cabeza como si esa fuera respuesta suficiente—. ¿Qué sendero tomó?

Levanta la mirada.

—Voy y vengo cuanto me place.

—Pero el río sigue congelado. ¿Usó los perros? Debe haber tardado semanas.

—Nada de eso importa. Las preguntas a las cartas, no a mí.

Abro la boca para preguntar por el oro, pero me doy cuenta de que eso no me interesa.

—¿Qué sucederá con mi marido?

La mujer sonríe y niega con la cabeza.

—Esa no es tu pregunta.

La boca se me seca. Tiene razón.

—¿Qué… qué sucederá conmigo?

Asiente y coloca las cartas sobre la mesa. Con un solo movimiento las abre en un abanico.

—Escoge cinco —me dice—. Tenlas en las manos y no las mires.

Tomo cinco cartas. Me tiemblan las manos y me doy cuenta de que temo lo que esta mujer pueda decirme.

Las sostengo. El papel está gastado y se siente blando al tacto. El reverso tiene un dibujo en rojo y dorado: una flor desvaída, como las de los frascos de perfume franceses.

—*Giglio bottonato* —dice ella, y levanto la vista para mirarla.

—¿Perdón?

—El lirio florentino —responde con una sonrisa. Su rostro es amable y la piel de sus ojos está arrugada después de tantos años sonriendo de esa manera—. La abuela de mi abuela pintó estas cartas en su casa en Italia. Y ahora yo las he traído aquí para mostrar el futuro a este nuevo mundo.

—¿Qué futuro puede haber aquí?

Se encoge de hombros.

—Los hombres creen que serán ricos. Piensan que su futuro está en sus manos, pero nunca es así: les digo lo que quieren oír. Y las mujeres… —me mira a los ojos— a ellas les digo lo que necesitan saber, lo quieran o no. ¿Quieres saberlo?

Mi cabeza dice que no, que esto es una tontería, el desperdicio de una moneda. Pero, con esas pocas líneas en papel, mi padre ha deshecho el futuro que yo esperaba.

—Sí, por favor.

Ella asiente y aparta el resto de las cartas.

—Pon tus cartas boca abajo en el centro de la mesa.

Obedezco.

Da la vuelta a la primera: un dibujo tosco de tres espadas y cada una atraviesa un corazón. La imagen no tiene color, pero siento que puedo ver el rojo de la sangre.

—Tres de espadas —dice, y apoya la carta suavemente sobre la mesa.

—¿Qué significa?

—Muchas cosas. Las espadas atraviesan el corazón de una persona, hablan de desafíos, pero eso puede tomar muchas formas —toca la carta con una uña larga—. El tres puede significar el fin de algo, quizá un negocio, pero no... no es eso lo que veo en ti. Es el fin de otra cosa, de un matrimonio.

—Mi marido está...

Pero ella levanta la mano.

—Esto es para ti, no para mí. Diré lo que las cartas me dicen y tú lo entenderás como necesites.

Da vuelta la siguiente carta. Un caballero con armadura sostiene un cáliz dibujado en tinta negra.

—Una carta poco común en este lugar, porque no es de las que los hombres quieren ver —dice la mujer—. El caballero de copas. Es un aventurero cansado que solo desea volver a casa, pero no puede. Ya no encuentra emoción en las batallas y quiere huir de todo. Pero, para ti, esta es una buena carta. Se avecina un cambio, aunque no sé si es el que deseas o el que crees desear.

Siento frío pese al calor en la tienda. ¿Cómo podría saber de mi deseo y de mi incapacidad de marcharme? ¿Cómo podría saber que mi matrimonio quizá termine? Pero luego lo comprendo: mi historia es la de todas las mujeres del Klondike, arrastradas aquí por promesas. Los hombres sueñan con oro, las mujeres sueñan con libertad. Veo los engranajes, sé que son falsos y aun así temo la siguiente carta.

Le da la vuelta. Alza las cejas.

—Interesante.

—¿Qué es?

—Esta carta... no es para ti.

La miro más de cerca. Es un joven que sostiene un garrote sobre su hombro. Camina por un campo con la mirada hacia el cielo.

—¿Quién es? —pregunto.

—La sota de bastos. Una persona de mente indepen-diente, que no sigue las normas de los demás hombres. Creo que es alguien a quien conocerás pronto. Cambiará tu perspectiva, tu mente. Tal vez hasta tu corazón.

Miro la carta, se ve apuesto, incluso hermoso. Un miedo me crece en el estómago.

—¿Cómo?

Ella niega con la cabeza.

—No puedo decirlo.

Da vuelta la siguiente carta. Cuatro figuras. La que tiene alas de ave apunta una flecha a las tres de abajo. Estas otras están en fila, se estiran unas hacia otras, pero no se tocan.

—Los enamorados —dice.

—No parecen estar enamorados.

Sonríe.

—Algunos sacan romance de esta carta. Otros no. Los enamorados representan elección, una encrucijada en la que debes tomar un camino y dejar el otro —su dedo se detiene sobre la carta del caballero—, quizá la elección de marcharte —luego, sobre la sota de bastos— o de quedarte.

Da vuelta la última carta y un demonio me devuelve la mirada. Colmillos, alas, un hueco abierto en el vientre. Hay diablillos bailando a su lado, encadenados y a los gri-tos. Me da la sensación de que se mueve. Veo que abre sus muchas bocas.

—*Il diavolo* —anuncia, y yo no necesito traducción—. Esta es una carta especial.

—Es horrible.

—No, no, el diablo tiene muchos significados, pero ninguno debe temerse —mira las otras cartas, como si las viera por primera vez—. El diablo es lo prohibido, lo tabú, el deseo que no podemos pronunciar en voz alta y que, sin embargo, nos consume. Es la pasión que va contra lo que el mundo espera de nosotras, y algunos lo interpretan como la libertad misma.

—¿Qué significa?

Ella vuelve a la sota de bastos.

—Un amante, quizá, alguien a quien conocerás y que encenderá esa pasión, pero tú estás casada y este es un amor que no puede cumplirse bajo los ojos de Dios. Tendrás que elegir: irte o quedarte.

—¿Qué se supone que haga?

—No puedo decirlo, pero la verdad de estas cartas me resulta clara: te verás obligada a tomar una decisión que cambiará el rumbo de tu vida. Parecerá imposible, pero tendrás que elegir y será una elección basada en la pasión por una persona o por ti misma.

Me reclino en la silla. El rostro me arde.

—¿Cómo sabré si estoy eligiendo bien?

Ella toma la carta del diablo.

—Por esto.

Frunzo el ceño.

—¿Qué quiere decir?

Sonríe, pero no sé leer esa sonrisa. No es la sonrisa seductora que me trajo aquí, es algo más oscuro.

—Lo siento, no puedo decir más nada.

—¡Pero es tu obligación ahora! Tengo más dinero, ¿puedes hacer otra tirada? Barajar las cartas de nuevo.

Ella apoya su mano sobre la mía y su calor me calma.

—No puedo decir nada más.

Y me conduce hacia la salida.

La sigo con piernas temblorosas. Debería darle las gracias, pero no consigo hablar. Abre la tienda: la luz y el bullicio me estallan de frente y yo entrecierro los ojos.

—Buena suerte, Ellen —dice, y la puerta de la tienda se cierra.

Ya no está, como si nunca hubiera existido.

Camino, aturdida. ¿Le había dicho mi nombre?

Miro hacia atrás. La tienda no es más que una tienda: la pintura está apagada y sucia, ya no hay nada místico en ella.

Vuelvo en mí. Me maldigo por haber entrado y haber desperdiciado una moneda en eso. ¿Y qué me dijo? Que tendré que elegir. Eso siempre es así.

—Estúpida —me digo a mí misma y sacudo la cabeza.

Camino hacia el Hotel Arcadia, donde mi marido espera en el carro. Está alegre, sonríe y me miente.

—¡Elly! Mira, lo logré al fin.

Señala la parte trasera del carro cargada con los productos de Sutter. Y allí, bien sujeta, está la tamizadora. Doscientos setenta y cinco dólares.

—Maravilloso —digo, y subo al carro.

Él me besa en la mejilla y me aprieta la mano.

—Seremos ricos antes de que termine la semana —dice, y sé que así lo cree—. ¿Enviaste la carta a tu padre?

Miento y asiento.

—¿Viste su carta en la habitación?

La expresión en el rostro apenas le cambia.

—La vi, hablaba de una oportunidad de negocio, quiere mi inversión cuando empiece a entrar el oro. Lo pensaré.

Mentiras sobre mentiras. Sabía que la carta de mi padre a Charlie sonaría tan tajante como la que me había enviado a mí. Le dejo creer lo que quiera. Él piensa que es astuto, que sus mentiras no lo alcanzarán, pero ya lo persiguen.

Pienso en las cartas de la adivina. La sota de bastos. Los enamorados. El diablo. Me esperan pasión salvaje y libertad con otro hombre. Un hombre prohibido. Un calor me nace en el interior.

—¿Estás bien querida? —pregunta Charlie, y el calor se apaga al oír su voz.

—Sí —respondo—. Solo estoy ansiosa por regresar a casa.

Él también lo cree.

MARTHA

Dawson City, Klondike.

Finales de junio de 1898

—ALINEADAS, Y TÚ TAMBIÉN, JERRY —DIJE A TODOS—. EL doctor Pohl ha venido para sus chequeos.

Todas mis chicas, mi Jessamine y mis dos muchachos, Jerry y Harry, se colocaron en fila frente a mi oficina. Molly estaba al final junto a Giselle, con la mirada fija en sus propios pies y los brazos cruzados sobre el estómago. No levantaba la cabeza para mirarme y, a decir verdad, yo apenas podía mirarla también. El resto suspiraba, , aburridos de tanto esperar, aunque apenas hubiera pasado un minuto. Las chicas parloteaban y los muchachos hablaban de oro.

Jessamine era la primera de la fila, como siempre. Se paró derecha, sin holgazanear; estaba nerviosa.

—¿Quién es este Pohl? ¿Es nuevo? ¿Dónde está el doctor Hoffmann? —preguntó Tess—. No quiero que nadie que yo no conozca me toque ahí abajo.

—¿Qué dices, Tess? —dijo Giselle—. No sé cuántos caballeros pasan por ahí cada noche y tampoco conoces a esos...

—¡A esos no tengo que pagarles! —dijo Tess, y todas se rieron.

—A este tampoco —me apuré a decir—. De eso me encargo yo, y harán lo que les pida. Hoffmann ya se jubiló, gracias a Dios, y se marchó de aquí tan pronto como llegó el doctor Pohl, que es joven y guapo, según me han dicho. Llegó este invierno en trineo tirado por perros por el río.

Tess se cruzó de brazos y se recostó contra la pared.

—¿Así que un doctor joven y guapo? Quizá se ofrezca a hacerme ese chequeo gratis cuando vea lo que traigo.

—Dejen de hablar así —repliqué, y todas se quedaron calladas.

No estaba de humor. Una de estas personas había entrado en mi oficina, había forzado el cajón y había leído una carta que era solo para mí; alguien aquí sabía de Sam, sabía que lo amaba y esto me haría vulnerable. Hoy encontraría a esa serpiente y le partiría el maldito pescuezo.

La puerta de mi oficina se abrió y Pohl asomó la cabeza.

—¿Lista para la primera, señora Malone?

—Aquí no hay "señora" —le dije—. No estoy casada, doctor, llámeme Martha, como todos los demás.

—Le pido disculpas —me dijo. No se mostró nervioso, mantuvo la misma expresión y después miró a Jessamine, la primera mujer en la fila—. ¿Señorita?

Jessamine me miró, le hice un gesto con la cabeza para que entrara y eso hizo. Diez minutos después, salió acomodándose el vestido.

—Dijo que tengo el pulso fuerte y que deje de comer sal —comentó, sin impresionarse.

—Sabe lo que dice, más te vale escucharlo.

Jessamine chasqueó con los dientes y se fue murmurando por lo bajo.

Entró la siguiente chica, y esta vez también entré yo. Se me ocurrió que podía observarlas y ver si las notaba nerviosas. A menudo me quedaba durante los exámenes para asegurarme de que el viejo doctor Hoffmann no fuera a estafarme.

El doctor Pohl era distinto. Hoffmann era tosco, revisaba demasiado rápido, y sé que Bill lo sobornaba: más de una vez habló de piojos donde no había y luego yo perdía clientela durante una semana. Las chicas lo odiaban. Siempre pensé que quizá lo excitaban sus exámenes más íntimos, ya que se demoraba demasiado en ellos. Pero era el único médico en el pueblo y necesitaba que mis niñas estuvieran sanas.

Pohl era amable, hablaba con ellas y las escuchaba. A todas las revisaba ahí abajo, como el otro, pero él lo hacía rápido y con mucho cuidado; les pedía que se dejaran las faldas puestas y sus modales hacían que la revisión pasara casi desapercibida. Las chicas me miraban con ojos bien abiertos, seguramente pensando que aquel hombre era un milagro. Era guapo y además se preocupaba por ellas. Todas estaban enamoradas de él al final de cada examen.

Trató a Harry por un corte en el brazo que ya había comenzado a infectarse y a Jerry por un picor en el ojo. Daba pastillas y pomadas a quienes lo necesitaban, les decía que se lavaran después de cada cliente, les hablaba de preservativos (aunque eran demasiado costosos de conseguir) y les recomendaba comer una naranja o tomar un poco de jugo de limón cada día para evitar el escorbuto.

—Son chicas muy saludables señora… digo, Martha —afirmó, mientras se lavaba las manos en un recipiente junto a la ventana—. He visto cosas mucho peores por aquí. No tengo dudas de que cuida muy bien de ellas.

Era muy guapo y no podía tener más de veinticinco años.

—Son mi familia y esta es mi casa. Me gusta mantenerla ordenada.

—¿Y usted está bien?

Temiendo su pregunta, me crucé de brazos.

—No puedo decir que tenga tiempo para enfermarme, pero he sentido algunos dolores justo aquí en los últimos meses —dije, y coloqué mi mano sobre el estómago.

—Entiendo —me sonrió—. Por favor, si no le importa.

Señaló su camilla portátil, una plegable que me daba la sensación de que se cerraría de golpe. Desajusté mi vestido y lo dejé caer al suelo. Me quedé en calzones y corsé. Me subí a la camilla y me recosté.

—¿Hay alguna posibilidad de que esté embarazada? —preguntó, mientras me colocaba un brazalete y ponía el estetoscopio en la parte interna del codo.

Reí y me dolió.

—Solo si Dios anda buscando a otra.

Sonrió y quitó el brazalete. Luego posó sus manos sobre mi estómago y presionó en distintos puntos.

—¿Algún dolor?

—No.

Se movió más abajo.

—¿Aquí?

Gemí.

—Justo ahí.

Asintió, palpó un poco más y me dedicó una leve sonrisa.

—Está bien. Puede levantarse.

Eso hice. Después revisó mis ojos, oídos, boca y dientes. Estaba muy callado y eso no me gustó nada.

—¿Encontró algo, doctor?

—Hay un pequeño, muy pequeño, bulto en su abdomen. Podrían ser gases, un quiste o algo completamente inofensivo.

—¿Eso es lo que me provoca el dolor?

—Probablemente.

—¿Y eso qué?

Caminó hasta el lavabo y se lavó las manos de nuevo.

—Nada por ahora. Usted se encuentra tan saludable y fuerte como un buey. Vigilaremos todo de cerca, eso sí. Venga a verme en un par de semanas y la revisaré de nuevo.

—Está bien —dije.

Me calcé el vestido y traté de no pensar en lo que me acababa de decir, y en lo que seguramente había evitado decir también.

El doctor Pohl recogió su equipo y su mesa plegable.

—Enviaré al muchacho con la factura esta tarde —me dijo.

Asentí. Al irse, le dije:

—¿Debería preocuparme?

Sonrió otra vez.

—No, señora. No tiene sentido preocuparse ahora. Estoy seguro de que no será nada.

Se marchó. Lo observé desde el balcón mientras pasaba frente a cuatro de mis chicas, todas murmurando y coqueteando frente a él; pero el hombre fue todo un caballero durante el examen, y después, también.

Me senté en el sofá. Toqué mi estómago donde el médico había estado presionando, pero no palpé nada. Me sentía bien, salvo que ahora estaba furiosa. Cada persona en esa habitación me había mirado a los ojos y una de ellas estaba mintiendo.

Fui hasta la baranda que daba al balcón y aplaudí para llamar la atención de todos. La charla se detuvo.

—¡Reunión ahora!

Jerry asomó la cabeza desde la cocina, y Jessamine y Molly salieron un momento después. Harry silbó desde la puerta y Giselle volvió brincando. El resto de las muchachas se habían recostado, pero se sentaron derechas al oír el tono de mi voz.

—Anoche alguien entró en mi oficina, forzó el cajón y leyó una carta que es solo mía.

Las observé. Giselle apenas sonrió, moviendo los ojos de un lado a otro, de chica a chica, de Harry a Jerry, buscando la grieta. Era una hiena del chisme y esto era carne fresca para ella.

—Quien haya sido no se llevó ni dinero ni el *whisky*, y el cajón estaba cerrado cuando volví. No fue un minero ni uno de sus estúpidos clientes. Quien haya sido sabía lo que estaba buscando.

Tess se veía aburrida. Harry, con su brazo vendado, tenía su mirada fija en mí como un buen soldado. Molly observaba sus zapatos, los rozaba contra el piso como una niña que acababa de ser regañada. Supuse que sabía de lo que yo estaba hablando o se creía que estaba más allá de mi ira. De cualquier manera, ese gesto solo agregó leña a mi fuego. Alcé la voz y finalmente me prestó atención.

—Quiero saber quién fue. Quien haya sido vendrá a verme a mi oficina. Hablaremos y encontraremos la solución. Tienen hasta la mañana o juro por Dios que encontraré al culpable yo misma, y saben que no soy mujer que perdone.

Eché un último vistazo a Molly. Ella no se movió.

Cerré la puerta de mi oficina con un golpe y pasó un rato hasta que volví a escuchar voces fuera. Todos allí abajo estaban conmocionados, y con razón. Tenía la sensación de que la primera en subir las escaleras sería Giselle y vendría a señalar a alguna otra con el dedo. Pero eso no pasaría hasta más tarde, hasta la noche, cuando pudiera escabullirse sin que las demás la vieran. Tenía tiempo.

Tomé la carta de Sam. Aún no la había leído y no podía soportar la idea de que alguien más hubiera visto sus palabras antes que yo, pero el doctor me había instalado un miedo en el cuerpo y sentí que no podía perder tiempo en enfadarme por eso.

Martha:
El invierno aquí ha sido duro. La nieve cae todos los días y acumula polvo sobre el hielo. Tengo la impresión de que los ríos jamás van a derretirse. Una tormenta destruyó mi techo hace una semana y dobló el tubo de la

estufa. La caza ha sido buena: martas, castores, linces y lobos, cuatro pieles de oso gigantes y un zorro plateado. ¡Un zorro plateado, mi amor!

Ojalá pudiera ir a Dawson para venderlas, verte y comer una porción de tu pastel de manzana. Por aquí solo hay judías y castores, extraño mucho tu dulzura. Pero no voy a poder usar los perros por ahora porque tengo una pierna rota. Mi pie quedó atrapado en una trampa para osos. Enviaré a Davis a la ciudad para la venta. ¿Recuerdas a Davis? Ofrécele un baño, ¿sí? Ese cabrón huele a perro.

No voy a mentirte, Martha, sé que odias esto. No estoy en mi mejor estado, pero me recuperaré y me dirigiré hacia ti tan pronto como pueda caminar.

Con todo mi amor.

Sam

La leí otra vez. La leí una docena de veces antes de poder soltarla. Estaba lejos y estaba herido. Una trampa para osos podría cortar la pierna de un hombre de cuajo, quebrar el hueso y astillarlo. Esta carta tenía al menos una semana; Sam podría estar muerto, su pierna podría gangrenarse y él podría estar muriéndose ahora mismo. ¿Y qué podía hacer yo? Presioné la carta contra mi pecho y sentí un ardor en los ojos.

Yo era una mujer muy práctica. Davis estaría aquí pronto, quizás en una semana, y me contaría toda la verdad sobre Sam. Si en verdad estaba enfermo, llevaría al doctor Pohl al norte conmigo y lo ayudaría. Y luego le pagaría a un grupo de hombres para que lo llevaran de vuelta a Dawson.

Pero tendría que dejar el hotel... Dejar a Bill solo en la ciudad y husmeando entre mis cosas durante semanas enteras. Estoy segura de que lo robaría todo antes de mi regreso.

Quería gritar, llorar y gritar para sacar toda esa ira y todo ese miedo, pero eso podría ser visto como una debilidad. En este hotel había ojos que buscaban debilidad y oídos que escuchaban el llanto. No iba a dar a Bill Mathers y a sus malditos espías ningún respiro.

Me recompuse, revisé mi rostro en el espejo para ocultar cualquier señal de tristeza o enfermedad y me preparé para la noche y la juerga que traería.

Era pasada la medianoche y yo descansaba en mi habitación cuando alguien llamó a la puerta. Creí que sería Giselle, pero era Laura-Lynn, una muchacha muy callada, bonita a su manera y con un aspecto sencillo, típico de esposa, que muchos caballeros encontraban fascinante.

Hice un gesto señalando la cama y ella se sentó. Miró sus manos y no habló por un rato.

—¿Sabes quién fue? —pregunté, y ella asintió—. Más te vale decirme entonces.

—¿Qué hará?

—Eso no es asunto tuyo.

Laura-Lynn volvió a quedarse callada. Había reunido el coraje para delatar a su amiga y yo sabía muy bien cómo se sentía ese tormento, pero no le duró mucho. Estas chicas eran hermanas solo cuando les pintaba, pero apuñalarían a la otra por la espalda si pensaban que así conseguirían lo que querían.

—Fue Molly —dijo, y mi corazón se hundió de golpe.

—¿Cómo lo sabes?

—La vi entrar en su oficina anoche, la he visto entrar muchas veces, Ma. Dijo que usted tenía un secreto y quería saber qué era. Dijo que la había visto sosteniendo una carta cuando Bill Mathers pasó por aquí ayer.

No quería creerlo, pero yo había sostenido la carta de Sam en mis manos y había sido Molly quien me había visto con ella; hasta vio dónde la había guardado. Laura-Lynn no había estado en ese momento (a menos que se hubiera escondido en un pasillo), así que eso significaba que Molly tenía que estar hablando. Eso lo hacía incluso peor. Guardar un secreto era una cosa, pero andar contándolo por ahí como si fuera suyo me llenó de rabia.

Luché por no salir corriendo por el pasillo hasta encontrarla, quitarle a cualquier caballero que estuviera encima de ella y echarla a la calle desnuda como había venido al mundo.

—Ma, creo que…— dudo antes de continuar— Creo que se está viendo con Bill Mathers.

Abrí mucho los ojos. El *shock* no era sorpresa y yo no estaba sorprendida: Bill había deseado a Molly desde que se bajó del barco. Sabía que encontraría la manera ese maldito… tal vez él fue quien le había hecho esas moraduras y la había aterrorizado. Tal vez él había hecho que Molly me mintiera. ¿Para qué? ¿Sería por eso que no pudo huir con el caballero al que decía amar? ¿Por culpa de Bill?

—La vi con él en el pueblo un par de veces —continuó Laura-Lynn—. Se los vio muy juntos en el Teatro Tivoli y en el salón de Bill también. Riéndose, besándose… Supongo que son novios porque al menos no le está pagando, que yo sepa.

Respiré hondo y guardé la rabia en un cajón.

—Gracias, Laura-Lynn. Has hecho bien en venir a verme.

Se levantó para irse, pero se detuvo en la puerta.

—Hay otra cosa. Me preguntó por mis caballeros ricos, los que tienen oro; quería saber sus nombres y dónde minaban, y le preguntó lo mismo a Giselle. Supongo que ha estado fastidiando a todas.

—¿Le has dicho algo?

Laura-Lynn negó con la cabeza.

—Jamás. Si tiene problemas para encontrarse caballeros, no dejaré que tenga los míos.

—Muy bien. Puedes irte, y ni una palabra de esto a nadie, ¿entendido?

Rio apenas.

—Jamás. No quisiera que la lápida en mi lecho de muerte diga "delatora".

Se marchó y cerró la puerta detrás de sí sin hacer ningún ruido.

Me recosté en mi cama, pero sabía que esa noche no podría dormir. Estaba herida por las palabras de Sam y por lo que Molly podría haber hecho. Ella sabía de su existencia, de mi amor por él, de su amor y su dolor. ¡Estaba furiosa! Había hecho desaparecer todo el cariño que había llegado a sentir por ella. Y se estaba viendo con Bill Mathers... de todas las personas con las que podría acostarse, ¿por qué él? Pero yo ya sabía la respuesta: cuando Bill quería algo se convertía en el hombre más encantador de este lado del Misisipi, y tenía dinero. Por estos lares, donde la ley era solo un puñado de palabras en papel que nadie sabía leer, un hombre como Bill Mathers era un rey, y cada muchacha local quería ser su reina.

Creí que el solo hecho de mantener a Molly alejada de él la salvaría, pero ella ya había hecho su cama, y la había hecho con ese pedazo de mierda sin alma. Ahora sí podía acostarse en ella.

Abrí mi puerta con tanta fuerza que golpeó contra la cómoda y rompió un jarrón.

Abajo, el piano siguió sonando como si nada, pero algunas personas levantaron la vista. Desde el balcón, algunas puertas se abrieron para fisgonear, y los caballeros con sus niñas me vieron caminar sobre las tablas de madera con los ojos encendidos de furia.

—¿Qué sucede, Ma? —preguntó un caballero, pero no obtuvo respuesta.

Fui a la habitación de Molly y abrí la puerta de golpe.

Ella estaba desabrochándose el vestido y el caballero en la cama estaba quitándose los calzones.

—Fuera —le dije a él.

—Un momento…

Intentó ponerse de pie, indignado, pero le lancé una mirada tan feroz que lo hizo retroceder.

—Fuera, dije.

Pasó a mi lado al salir, murmurando algo sobre su dinero. Molly estaba en un rincón, asustada como un ratón recién atrapado, y yo tenía mis garras listas para atacar.

—Ma…

—Ni te atrevas —le dije, escupiendo cada palabra como un carbón ardiente.

—Por favor, Ma, no es lo que piensas.

—¿Leíste mi carta?

—¿Qué? Claro que no.

—La viste, fuiste la única, y ahora te atreves a mentirme a la cara. Necesito que te marches.

Molly me tomó de las manos.

—¡Por favor, no! Me conoces, jamás te mentiría.

Me tembló la barbilla y me mordí el labio. Apenas podía hablar sin dejar escapar las lágrimas también. La ira en mí iba en aumento, estaba hasta la coronilla y no podía ni escucharla. Lo único que oía era la sangre corriendo en mis oídos.

—¿No me estás mintiendo? ¿Quién te hizo esas moraduras, eh?

Miró hacia la puerta, donde estaban Laura-Lynn y Giselle. Sus ojos se endurecieron.

—No importa, no son nada.

Estallé.

—"Nada". Bueno, debe ser una nada muy grande para mentirme a causa de eso. Ya no te quiero aquí —dije, con la voz temblando—. Toma tus cosas. Llévate contigo lo que puedas cargar y lo demás te lo enviaré.

—¡Ma! Por favor, hablemos. ¡No sé qué pasó!

La miré a los ojos. Esos ojos grandes de cierva por los que podía cobrar dinero extra, ahora llenos de lágrimas.

—¿Estás diciendo que no les das un trato especial a Bill Mathers y a ese otro caballero? ¿Hay algún hombre en Dawson con quien no te acuestes sin cobrarles?

Abrió la boca, pero no se le ocurrió una mentira tan rápido. Su voz era frágil.

—No… ¿Quién dijo…?

—Fuera.

Sus modales y encantos sociales de pronto desaparecieron y la verdadera Molly finalmente quedó a la vista, ahora atrapada. Cayó de rodillas y se sujetó fuerte de mi falda.

—No tengo a nadie. Tú eres todo lo que tengo, Ma.

—Tienes a ese muchacho al que amas. Vete con él.

Se sentó sobre sus talones y abandonó la lucha. Las lágrimas ya caían sin tapujos.

—Está casado. Además, ya puse fin a esa historia… Tú me escuchaste. No hice nada malo, no puedes hacerme esto.

Me incliné, levanté su barbilla con un dedo y acerqué mi rostro al suyo para que no me malinterpretara.

—Esta es mi casa y aquí hago lo que quiero.

La barbilla de Molly temblaba y sus ojos gigantes estaban hinchados de tanto llorar. Su voz ya no sonaba clara, se le quebraba.

—No tengo a dónde ir.

—Entonces ve con Bill, dile que te he echado. Tenías dos reglas, Molly, y rompiste ambas.

Abrió los ojos bien grandes y yo jamás vi tanto miedo tan de cerca.

—Ma…

—Fuera de mi casa.

Se sentó sobre sus talones y cubrió su rostro con ambas manos. Sentí el silencio del hotel, como si todos estuvieran conteniendo la respiración mientras nos escuchaban discutir. Y me gustó la idea porque oirían que nadie podrá meterse conmigo.

Me di la vuelta y me alejé. Giselle y Laura-Lynn corrieron hacia la puerta. El resto de las chicas miraban desde las puertas de sus habitaciones o desde el bar. Los caballeros también estaban mirando. Jerry y Harry también. Hasta Jessamine había salido de la cocina.

—¿Qué miran ustedes? —grité, y la rabia dio paso a la desesperación—. Jerry, ¡trae un trago de bourbon para todos! ¡Y que suene ese maldito piano!

Los escuché festejar. La música volvió a sonar y yo me fui a mi habitación. Una vez allí, apoyé la espalda contra la puerta. Las lágrimas amenazaban con salir, intensas, pero las detuve. Me contuve como me enseñó mi madre. No dejes que te vean llorar, me decía, y si lo haces, que luego paguen por ello.

Tuve el impulso de correr hacia Molly, abrazarla y perdonarla. Pero ella ahora estaba en la cama con Bill y solo Dios sabía con quién más. Ella sabía muy bien por qué mi odio hacia ese hombre era tan profundo. Todas lo sabían. Sabían por qué preferiría quemar este lugar hasta hacerlo cenizas antes de dejarlo en manos de aquel hombre. Pero ella tomó ese puñal y me atacó con él.

Escuché llantos en el balcón, murmullos de las otras chicas, pasos lentos que se detuvieron frente a mi puerta.

—Ma, por favor —oí decir a Molly.

Cerré los ojos e hice fuerza para no oírla.

—No he hecho nada malo.

Oí sus pasos alejarse unos minutos después. Fui a la ventana, miré los techos desparejos de Dawson intentando distraer la mente, pero era imposible. Molly estaba en el lodo, en la calle, con su bolso bajo el brazo, el chal sobre los hombros. Las luces de mi hotel y de una docena de salones y tiendas iluminaban las calles, pero detrás de ellas, fuera de su resplandor, estaba la verdadera oscuridad. El lugar donde los ladrones te cortaban el cuello por la escama de oro bajo tu manga.

Molly observaba esa oscuridad. La vi igual a como cuando llegó aquí, nerviosa y perdida. Una inocente corderita en medio de una manada de lobos feroces. Miró hacia la calle, hacia el salón de Bill, y luego hacia mi ventana.

Sus ojos se encontraron con los míos. Incluso desde lejos pude ver sus lágrimas, que brillaban con las luces. Su rostro se quebró y con él mi corazón. ¿Podía cambiar de idea? ¿Llamarla? Dawson era peligroso, había asesinos en cada esquina. No estaría a salvo por su cuenta. Ella seguía negándolo, ¿o no? Pero si había leído mi carta, se había entrometido en una parte de mi vida que yo guardaba muy celosamente y había dejado que ese monstruo entrara en su cama. No había perdón suficiente para eso.

Aun así…

Salí corriendo de mi habitación, bajé las escaleras y pasé por entre medio de los borrachos y Harry.

—¿Ma…? —me llamó, pero no me detuve.

Salí deseando verla aún allí, deseando que me estuviese esperando. La habría dejado disculparse de nuevo, la habría perdonado y habría conseguido que me confesara la verdad.

Pero Molly ya se había marchado. Sus pasos se perdieron en el lodo y se mezclaron con todos los otros.

KATE

Lago Bennett, Columbia Británica.

Mayo de 1898

LLEGUÉ A LA PUNTA SUR DEL LAGO BENNETT, EXHAUSTA hasta los huesos, con los pies ensangrentados de tanto caminar junto a mi caballo, la espalda rígida de tanto montar y el brazo dolorido y con picazón. Yukón cojeaba y jadeaba a cada paso que daba. Habíamos viajado solos durante semanas. No era rápida a pesar de viajar ligera, y me encontré varias veces con personas que reconocía del alud. Un día en el camino era muy parecido a los anteriores, y a los que le seguían también: la belleza escondía la brutalidad de la realidad. Montañas imponentes y bosques de abeto negro que se alzaban junto a senderos labrados por hombres desesperados y los huesos de sus caballos picoteados por los cuervos.

Junto al lago Bennett encontré una comunidad de tiendas de lona blanca a lo largo de ambas orillas que se extendía kilómetros abajo por el valle. El lugar estaba repleto de gente, eran miles y miles de personas acampando y esperando. Y ese sonido... ese olor... todo me abrumaba y yo no encontraba hacia dónde escapar.

Nunca me había sentido tan cansada ni con tanto frío ni tanta hambre. Había perdido la mitad de mi comida en el alud y la otra mitad la había racionado hasta reducirla a simples bocados, pero lo había logrado. Había sobrevivido a un calvario que habría hecho retroceder a cualquier hombre sin dudarlo; todo lo que tenía que hacer ahora era encontrar un bote y navegar hacia el norte, y llegaría a Dawson en cuestión de semanas.

Me abrí paso entre la multitud, sus tiendas, sus provisiones, los montones de madera y los armazones para construir barcos, las filas y filas de embarcaciones de fondo plano y los hombres que las vendían. Até mi caballo a un poste y, siempre con Yukón a mi lado, seguí el murmullo de las conversaciones hasta la orilla. Compraría un bote o solicitaría pasaje en uno y saldría esa misma noche si era posible.

Todos esos pensamientos se desvanecieron al llegar al agua. Me arrodillé en el lodo.

El lago aún estaba obstruido con el hielo y el río más allá era intransitable.

Sentí la inutilidad de toda mi hazaña hasta aquí en cada fibra de mi ser. Sentí cómo Charlotte se alejaba cada vez más de mí. Mis piernas eran de plomo y ni las piedras que me cortaban las rodillas o el lodo y el hielo que las entumecían lograron que me moviera.

¿Por qué había creído alguna vez que podría lograrlo?

Pensé en el pobre señor Gunderson y en lo que había dicho: si el río estaba congelado, solo Dios podía decir cuándo se reanudaría el viaje. Podrían pasar semanas antes de que el hielo se derritiera e incluso meses, y Charlotte quizá no tuviera tanto tiempo.

Miré a mi alrededor. Miles de personas acampaban junto al lago buscando lo poco de tierra que aún quedaba disponible. Cruzaban el lodo con sus montones de cajas y bultos y sus barcos hechos trizas. La ciudad temporal era infinita y yo estaba sola en medio de ella.

No tenía una tienda ni provisiones, ni tampoco un compañero de viaje: todo se había perdido en el alud. Pero aún tenía el dinero del señor Everett y, en este lugar sin ley, no había nada que no pudiera comprar.

Me puse de pie, con cada parte de mi cuerpo envuelta en dolor, y me dediqué a mi primera tarea: encontrar un sitio donde dormir.

—Disculpe, señor —dije, tomando del brazo a un hombre que pasaba por ahí.

Él se sorprendió por la interrupción, pero pronto recuperó los modales.

—Señorita.

—¿Sabe usted dónde puedo conseguir algunos perros? ¿Un trineo para cruzar el hielo?

Se rio.

—No hemos visto ningún perro aquí en semanas.

Mi corazón se hundió aún más en el lodo. Ya no tenía salida; mi destino estaba demasiado lejos y era peligroso caminar. No serviría de nada a Charlotte tenerme muerta.

—¿Un hotel entonces? —pregunté.

Señaló la orilla.

—Será mejor que se dé prisa.

Lo dejé ir y se mezcló con la multitud hasta que ya no pude distinguirlo.

Guie a mi caballo por la ciudad improvisada. Yukón venía trotando a nuestro lado. El sendero arrojaba más y más personas en esta pequeña franja de tierra, aunque afortunadamente la corriente del arroyo era débil y la avalancha había bloqueado y ralentizado el paso. Seguramente tomaría semanas desbloquearlo.

Llegué hasta lo que todos llamaban Bennett City, donde algunas construcciones de madera habían reemplazado a las tiendas de lona. Skaguay había sido montada en unos pocos meses, pero al menos era ordenada y tenía su calle central, que le daba una sensación de movimiento. Esto era distinto. Aquí solo reinaba el caos. Un salón abarrotado de clientes ruidosos, un edificio al que llamaban hotel, con un letrero en la ventana y borrachos en la puerta.

Las dos calles de Bennett, si podían llamarse calles, eran apenas transitables. Lodo hasta las rodillas, caballos y carros que se hundían a cada paso y varios hombres intentando evitarlo. A uno de esos hombres lo había visto antes en el sendero. Lo había considerado "el hombre limpio", pero ya no lo era tanto. Cubierto de lodo y con barba en un rostro que yo había visto antes rasurado, tiraba de su caballo, que venía sobrecargado de provisiones y hasta las rodillas de lodo.

—Ahí está —dijo una voz detrás de mí.

Me giré y vi a la mujer amable del sendero, cuyo pañuelo aún llevaba envuelto en mi brazo. La que no quise esperar, pero terminó en el mismo lugar que yo después de todo.

Sonreí. No me había dado cuenta de lo reconfortante que era ver un rostro familiar.

La mujer y su esposo estaban en una fila y me hicieron señas para que me les acercara. La fila era para el puesto de suministros, un simple toldo con dos hombres y una mesa donde vendían provisiones que habían sido abandonadas. Abarcaba hasta la mitad de la orilla con los recién llegados.

—Lo lograste —dijo ella.

—Algo así.

La mujer se arrodilló ante Yukón.

—Y tú también, mi niño.

Le ofreció un trozo de carne seca. Yukón movió la cola y creo que se enamoró ahí mismo de la mujer.

—Perdón por haberme marchado como lo hice después de la avalancha, no pensaba con claridad.

—Y no te culpo. ¿Dónde acampas ahora? Tenemos nuestra tienda a medio kilómetro río arriba, en la ribera este.

—No lo sé. No tengo tienda, la mía estaba con... en los otros caballos.

Asintió. La fila avanzó y yo mantuve el ritmo.

—Entonces te quedarás con nosotros.

Su esposo levantó la vista como si acabara de darse cuenta de lo que estaba diciendo ella.

—Ah.

—No podemos dejar que esta joven duerma en el lodo, ¿verdad?

—Supongo que no y tenemos espacio.

Tenía un rostro suave y redondo y una voz acorde. Estaba claro que era ella quien llevaba los pantalones en esa relación.

—Yo soy Kate Kelly —dije, mostrando mi brazo herido.

—Elizabeth Jones —dijo la mujer—, pero me gusta que me digan Biddy. Este pedazo de queso es Walter. Vamos de regreso a nuestra concesión después de pasar un invierno en el sur, donde lo único que hicimos fue aumentar de peso.

Biddy le dio unas palmadas a la barriga de Walter y él revoleó los ojos.

—Soy demasiado viejo para esto —murmuró, sin que sonara desagradable.

De pronto sentí que podía relajarme con ellos de una manera que no había logrado hasta entonces en el viaje, ni siquiera con el señor Gunderson.

Un disparo cortó el aire.

Todos se sobresaltaron y cubrieron sus cabezas mientras buscaban de dónde podría haber venido.

Era él. El hombre ya no tan limpio. Estaba sentado en el lodo, jadeando, pistola en mano, y su caballo muerto frente a él. Gritó algo que no llegué a entender y golpeó el lodo con ambos puños como un niño caprichoso.

—¿Quién es ese hombre? —pregunté más para mí que para nadie.

—He oído hablar de él —dijo Biddy—. En Skaguay compraba de todo solo con el objetivo de alcanzar el límite de peso permitido. No parecía importarle la calidad de lo que se llevaba ni si tenía lo que necesitaba. Tiene dinero, se nota, pero no sabe gastarlo.

—La sabiduría te salva la vida en este lugar —dijo Walter—. Eso y un buen abrigo.

Biddy sonrió y le dio un empujoncito.

—Creo que lo conozco —dije yo.

—Nunca oí su nombre, pero me gusta saber con quién viajo, así que pregunté.

Una persona chismosa vale más que el oro para una reportera como yo.

—¿Ah, sí?

—Todo lo que sé es que se dirige a Dawson y quiere llegar rápido. Ha estado buscando perros, así que cuida a ese cachorro que tienes.

—La fiebre debe de estar carcomiéndolo.

El hombre se levantó del lodo y gritó a un grupo de hombres que andaban cerca. Sacó dinero de algún lugar y lo arrojó al aire. Los billetes cayeron al suelo y los hombres se abalanzaron para atraparlos.

Sacudí la cabeza y me di cuenta de que Biddy hacía lo mismo.

—Ese comportamiento puede matarte aquí —dijo con suavidad, y volvió su atención hacia mí con una amplia sonrisa—. ¿Y tú? No hay tantas mujeres con un juicio tan sólido en el Klondike, para ser honesta. Pregunté por ti también, señorita reportera.

—Me sorprende que alguien se haya fijado en mí.

Biddy movió la mano.

—Una muchacha bonita como tú que anda sola por

116

aquí es tema de conversación en el camino, querida. Ahora dejemos que Walter se quede en la fila y tú y yo nos encargaremos de la cena.

La tienda de Biddy y Walter era cálida, y era cierto que tenían espacio para mí. Una chimenea de tubo salía de la estufa y el agua en una tetera de hierro negro ya estaba hirviendo. La luz amarilla de las lámparas de aceite alejaba el frío del exterior. Había literas, una mesa y un par de sillas y un montón de cajas, que supuse serían sus provisiones.

—Descansa un poco ahora —dijo Biddy, sacando una silla para mí.

No me sentaba en una desde Skaguay. Mi espalda se quejó. Yukón estaba en su elemento, lamiéndose junto al fuego. Biddy preparó el té y se sentó a mi lado.

—Pensé que habrías regresado —dijo.

Tomé la taza caliente y dejé que el vapor me envolviera.

—A veces desearía haberlo hecho.

—Debe haber algo muy grande esperándote en Dawson.

La persona chismosa tiene una manera maravillosa de tocar los botones justos para sacar información. No me molestó su comentario; de alguna manera era un pequeño placer que alguien mostrara interés.

—Un hombre llamado George Everett me encargó escribir sobre la experiencia de las personas en el Klondike para varios periódicos de Kansas y Misuri. El camino hasta aquí, la minería en sí misma, las condiciones de vida y todo lo demás. Está interesado en un negocio y hay periódicos allí que pagarán por mis escritos.

Parecía todo tan lejano; otro mundo, otra vida. Semanas de solo senderos, un paso tras otro, en línea con todos los demás. Y un lugar tan hermoso que podía matarte sin saberlo ni importarle. Las expectativas de un hombre como estos parecían insignificantes frente a estas montañas, este hielo y los horrores del Paso Blanco.

Biddy sonrió con ironía.

—Debe estar pagándote una fortuna por tener que vivir todo esto.

—Lo hará solo cuando regrese.

Ella rio.

—No me importa tu dinero, querida. Tengo suficiente. Pero, de veras, ¿haces todo esto para decirle a un hombre rico dónde cavar?

¿De qué valían los secretos en este lugar?

—No, no exactamente. Mi hermana vive en Dawson y me envió una carta.

Biddy enderezó la espalda.

—Eso pensé.

—Creo que está en peligro. Debo seguir. Tengo que llegar hasta ella y ayudarla.

—Me temo que nadie irá a ningún lado por un largo tiempo. La capa de hielo es gruesa en el Klondike y todos los perros de trineo de aquí a Seattle están ocupados. No puedes luchar contra la naturaleza, no importa cuánto lo intentes. Estoy segura de que tu hermana tiene gente allí que la está cuidando. —Le devolví una sonrisa a medias y Biddy tomó eso como señal de iniciar otra conversación—. No tienes tienda ni provisiones, supongo que tampoco un bote.

Negué con la cabeza.

—Mi guía debía arreglarlo todo.

Nos envolvió un momento de solemnidad. El sonido del alud aún resonaba en mis oídos y creo que también en los de Biddy. No era fácil de olvidar para quienes habían estado allí en el momento en que cedió la montaña.

Biddy me tomó del brazo y retiró su pañuelo para estudiar la herida, que estaba seca y tenía costras gruesas de rojo y negro.

—Eso dejará cicatriz.

Miré las marcas de los cortes.

—¿Qué es otra cicatriz…?

Me observó mientras pasaba los dedos sobre las costras. Un rasguño que recorría todo el antebrazo, pequeñas cortaduras mezcladas con cortes anchos. Bajé la manga y tomé un sorbo de té.

—Eres muy valiente —dijo Biddy—. Eso es bueno, te será útil.

Se dispuso a preparar la comida y rechazó mi ayuda. Walter regresó una hora después tirando de un trineo cargado de herramientas y de provisiones. Había conseguido una linterna de tormenta, raquetas de nieve, cañas de pescar, cajas de carne enlatada y bastante más.

Sonrió al verme.

—Traje algo para tu amigo.

Se arrodilló frente a Yukón, que dormía junto al fuego. Le frotó la barriga, abrió una lata de carne en conserva y vació el contenido en un cuenco. Yukón se retorció de manera torpe, intentando acomodarse, y yo solo pude reír.

—Gracias —le dije, y los bocados voraces de Yukón hablaron por él.

Walter puso una caja de latas sobre la mesa.

—Para las dos.

Fruncí el ceño.

—No hacía falta. Puedo pagarles.

Él negó con la cabeza.

—No aceptaremos tu dinero, querida —dijo Biddy desde su hornillo—, así que deja de ofrecerlo.

Miré dentro de la caja. Había latas de carne de todo tipo, patatas, frutas, zanahorias, guisantes y judías. Muchas judías.

—Es muy amable, gracias.

—Ella vendrá en el bote con nosotros —dijo Biddy a Walter, y él asintió.

—No, está bien, buscaré pasaje.

—Biddy ya decidió —dijo Walter con una sonrisa—. No hay vuelta atrás; créeme, lo he intentado.

Se quitó las botas, besó a su esposa y se recostó en una de las literas.

Biddy me miró.

—¿Te encuentras bien?

Sentí una avalancha de emociones. Toda esta bondad casi que me dolía, como si no pudiera creer que fuese real, porque este mundo no era amable ni generoso y, aun así, de algún modo, estas personas sí lo eran y me habían encontrado. Solo pude asentir, pues me rompería en llanto si abría la boca para hablar. ¿Acaso estaban solo aparentando? ¿Sería alguna especie de engaño para robarme? Pero ¿qué podrían robarme? Algo de dinero, que claramente no necesitaban. Tal vez solo eran buenas personas y punto; la idea me resultaba absurda y maravillosa a la vez.

—Muy bien —dijo Biddy—. Ahora ponte cómoda, vamos a tener que esperar a que se quiebre el hielo. Después de eso pasaremos al menos un mes en el agua.

Hice como se me ordenó y esa noche dormí tan profundamente como si lo hubiera hecho en mi propia cama en Kansas. Yukón durmió conmigo y ni siquiera los ronquidos de Walter me molestaron.

Fue en esa tienda, cálida y segura y tras un buen descanso, donde recuperé el entusiasmo. El horror de los días anteriores se desvaneció para convertirse en un mal recuerdo y regresó a mí el espíritu de aventura.

Yo, la hija menor de una familia acomodada, no debía estar allí. Debería haber estado casada, rodeada de hijos y desdichas, cuando lo único que quería era ser escritora. Habría sido así si mi madre se hubiera salido con la suya, pero cada día de mi vida agradecí que mi padre no compartiera su opinión.

Yo era una niña del aire libre, un espíritu salvaje, hecha

más de lodo y rasguños que de modales y elegancia. Mi padre no trató de cambiarme. Sabía, porque él era igual, que intentar forzarme a ser algo que no era sería como intentar alterar el flujo de un río plantándote en el agua y dando un grito. Mi hermana no tuvo la misma suerte; las palabras de mi madre la afectaban más y calaban más profundo que las garantías de mi padre. Me preguntaba si por eso huyó con aquel muchacho, si acaso se casó tan precipitadamente para escapar de una madre que esperaba mucho y al mismo tiempo poco de su primogénita.

Pensé en Charlotte todo el tiempo durante esos días en el lago Bennett. Le hablé a Biddy de nuestra infancia en Topeka, de cómo yo robaba dulces de la tienda mientras ella distraía al dueño, cómo rasgué mi vestido de domingo ¡a propósito! y Charlotte lo escondió de mi madre, inventando que los mapaches lo habían robado. Le conté cómo pasaba noches en el bosque acampando bajo una de las sábanas más finas que tenía mi madre, haciendo fuego y pescando mi propia cena. Biddy escuchaba y compartía conmigo sus propias historias de éxito en la minería de oro, de cómo ahora eran dueños de una gran casa en Portland cuando en el pasado casi habían muerto de hambre.

—El oro puede resolver todos tus problemas si lo dejas.

—O causarlos —respondí, y ella soltó una carcajada.

—¿Qué harás al regresar a casa? —me preguntó Walter.

Me encogí de hombros.

—No estoy segura de querer volver. Creo que mi vida apenas comienza.

Establecimos una rutina: despertar, cocinar, leer, jugar a las cartas, explorar el campamento, beber un poco por la noche y repetir todo al día siguiente. Mi frustración por la tardanza a menudo explotaba en comentarios breves y cartas lanzadas al aire, pero los dos siempre fueron pacientes conmigo.

Los días se hacían más cálidos y Biddy supo que ya no faltaría mucho para volver a movernos. El caudal enorme de gente que se unía a la comunidad de tiendas se había reducido a un grupo pequeño. La avalancha había bloqueado el paso durante varias semanas, si no meses, lo que significaba que habíamos tenido un respiro de tanto movimiento de gente buscando su espacio.

Había pasado una semana cuando volví a ver al hombre limpio. Tenía la costumbre de vagar por la orilla mientras observaba a los constructores de barcos con sus sierras; estaba sentada sobre una caja y dibujaba a un hombre solitario que se aventuraba sobre el hielo para pescar, cuando un grito vino por detrás.

—¡Sal de ahí!

Me sobresalté, dejé caer el lápiz en el lodo, me agaché para recogerlo y, al levantarme, allí estaba... dirigiendo toda su ira hacia mí.

—¿Disculpa? —le dije.

Se acercó con la pistola rebotando en sus caderas.

—Dije que salgas de ahí.

—Perdón, pero esto es una caja y no creo que le esté causando ningún daño.

Su rostro debajo de la barba estaba rojo y sus ojos, duros.

—No me importa. Intentas robarme, ¿no es así?

—No, eso no es cierto, solo estoy sentada.

Se burló.

—No me des esa respuesta mujer, solo lárgate. No quiero verte por aquí.

Entrecerré los ojos.

—Yo lo conozco.

Eso lo sorprendió.

—¿Qué? No.

—Sí. Pero no sé de dónde. ¿Quién es usted?

—No es asunto tuyo. ¡Fuera de aquí!

Se lo veía tenso, no era muy grandote y no parecía hecho para este lugar. Sus problemas en el camino eran prueba de ello. Me alejé, más irritada que otra cosa; qué frustrante reconocer a alguien y no reconocerlo al mismo tiempo. Se siente como tener una semilla atrapada entre dos dientes sin palillo para quitarla. Pero algo sí sabía: no solo trataba con desprecio a sus caballos. Lo evité desde entonces, observándolo a la distancia, dibujándolo en mi cuaderno. Yukón gruñía al verlo, como si supiera exactamente quién era y quisiera que me mantuviera lejos.

ELLEN

Boulder Creek, Klondike.

Finales de junio de 1898

DAWSON PARECE HABER SIDO MESES ATRÁS, PERO SOLO han pasado dos días. Días silenciosos y frustrantes. Yo limpio, él cava, yo limpio, él cava. Las palabras de la adivina no se van de mi mente. Un amante. Una elección. El fin de un matrimonio. La libertad.

El río fluye y el hielo ya se ha derretido. Tal vez este amor llegue en la próxima oleada de barcos. Tal vez ya esté aquí.

Voy al río. Charlie arroja tierra a la nueva caja tamizadora. Una hilera de bateas serpentea en la orilla. Zanjas, hoyos, montones de tierra y árboles caídos estropean el paisaje. Hay unos tablones que marcan un sendero. Esta es una mina tan grande que podrían trabajarla tres hombres al mismo tiempo. Sin embargo, Charlie cava solo.

—Elly —me dice, sonriendo al verme—. ¿Ya es hora de almorzar?

El sol apenas ha llegado a la mitad de su cenit.

—He venido a verte. ¿Valió la pena esa caja nueva?

Sonríe como un niño.

—Compruébalo tú misma.

La tamizadora ya está empapada y cubierta de tierra.

Algo que era nuevo se volvió viejo en apenas un puñado de días.

Él deja a un lado la pala, levanta la tapa de la caja y alza la rejilla de madera, que atrapa las pepitas de mayor tamaño. La caja está recubierta de sacos de arpillera por debajo para atrapar el oro más fino. Charlie pasa un dedo por la tierra que ha quedado atrapada en la arpillera. Algo brilla.

—¿Lo ves?

Me inclino para ver más de cerca. Una pepita. Una pepita del tamaño de una judía. Y otra, y otra más, y por todas partes, pepitas de oro. Un escalofrío me recorre el cuerpo entero.

—¿Lo has encontrado?

Su sonrisa se desvanece.

—Casi. Esto es solo un adelanto. Esto salió de trabajar apenas unas horas en una nueva sección del río. Por allí arriba, ¿lo ves?

Lo que señala es un hueco irregular en la tierra donde habían crecido unos alisos.

—Lo veo.

—Esta tierra nos hará ricos, Elly, yo sé lo que te digo.

—¿Y por eso Bill Mathers la quiere ahora?

Intenta reírse de mi pregunta como si acabara de abofetearlo, pero mi expresión le dice que no puede.

—Bueno —sigue—, Bill ha mostrado su interés por la tierra, sí.

—¿Cuánto ofrece?

—Una suma ínfima.

—¿Cuánto Charlie?

—Diez mil dólares.

De repente me falta el aire.

—¿Y por qué no has cerrado el trato? Ese dinero nos vendría muy bien.

A decir verdad, una vez aplacada la sorpresa, supe que

ese dinero solo nos permitiría regresar a Seattle en un barco de vapor y luego el resto iría a mi padre.

—Esta tierra vale cien veces ese valor y Bill lo sabe muy bien. Ellen, debes confiar en mí, soy tu esposo, sé lo que es mejor en estos asuntos.

Me río. No puedo evitarlo. Charlie vuelve su mirada, dura, ante mis ojos burlones.

—Será mejor que regreses y prepares el almuerzo. Esto me dará hambre.

Sostiene mi mirada y yo la suya. Es un juego antiguo entre nosotros: ver quién aparta la vista primero.

Casi le digo que sé lo de nuestras deudas, que mi padre nos ha abandonado por culpa de sus fracasos.

Pero no aún. Mi pólvora sigue intacta. Le sostengo la mirada. Charlie parpadea, siempre lo hace.

No regresa a la cabaña ni para almorzar ni para cenar. Dejo un plato fuera y lo recojo vacío unas horas después.

Los días ahora son más largos. Aún hay sol hasta pasadas las once y vuelve a salir a las cuatro de la madrugada. Charlie trabaja cada minuto y yo espero el grito de "¡oro!, ¡oro!", que nunca llega.

Pronto el sol apenas se pondrá: la luz se prolongará hasta la oscuridad y comenzará la locura.

Dormí bastante, pero la luz no ha cambiado. Charlie no está en la cama, pero escucho su pico golpear las piedras. No me ha hablado en un día entero… y me alegro. Tal vez deba encontrar mi propio camino y marcharme, ganar dinero por mi cuenta, al margen de mi esposo. Sin embargo, si se enterara sé que lo perdería, porque lo que es mío también es suyo, así es el matrimonio. El hielo llegará en unos pocos meses. Debo irme o conseguir ingresos antes de que eso suceda, o me quedaré aquí atrapada en un invierno mortal que sé que no podemos afrontar.

Realizo las tareas matutinas: recojo agua, la hiervo, preparo el desayuno, limpio, limpio, limpio.

Canto mientras friego los suelos y no escucho el caballo que se acerca.

El golpe del pico se detiene y yo dejo de cantar. Entonces escucho. Voces. Aceleradas e indeseadas.

Voy hasta la puerta trasera, me seco las manos y pego el oído.

Es una voz de mujer. Charlie susurra. Silencio, luego murmullos suaves. Después, una voz elevada, el hervor de una discusión.

Abro la puerta y veo a mi esposo alejarse de otra mujer.

—Ellen —dice—. Ella es… Eh…

Disfruto su incomodidad y espero. Ella, sin embargo, muestra solo vergüenza.

—Señora Rhodes —me dice—. Le pido disculpas por la intrusión.

—¿Quién es usted?

Niega con la cabeza como sacudiéndose la educación.

—Mi nombre es Molly. Soy… una amiga… del señor Rhodes.

—Ya veo. ¿Y qué hace aquí?

Charlie se acerca a mí.

—Vino a devolverme mi reloj de bolsillo. Debí haberlo perdido cuando estábamos en Dawson.

Lo sostiene y sé muy bien que lo ha tenido con él todo este tiempo. Le permito la mentira, usando mis últimas reservas de gracia social. La pobre mujer está desesperada, parece no haber comido en días; la había visto antes, en Dawson, frente a un hotel, pero siempre se veía bien arreglada: cabello a la moda, labios pintados, pero nunca en exceso, un aire de distinción, aunque su negocio estaba claro. De pronto, mis sospechas sobre la prostituta de Charlie dejan de ser amargas reflexiones de una viuda del oro.

Los observo a ambos y saben que los he descubierto. Puedo dejarles su ficción o romperla.

—Qué amable —digo—. ¿Le gustaría entrar? La cena está casi lista.

Charlie abre bien grandes los ojos. Empieza a protestar. No estoy enojada, pero quiero saber quién es esta mujer que puede atraer el afecto de mi esposo.

—Ah, no, no puedo. Solo vine a hablar con Charlie —responde Molly, y luego lo mira—. A devolver su reloj.

—Insisto —digo yo—. Será agradable conocer a una de las amigas de mi esposo. ¿No es así, Charlie?

Está como pez atrapado. Boca abierta.

—Sí, sí, claro.

Molly lo mira un momento más.

—Entonces sí. Qué amable de su parte.

Me hago a un lado para que pase la amante de mi esposo, pero a él no le sostengo la puerta.

Ella se quita el chal y yo lo cuelgo. Huele a tierra y sudor. Hay una sombra sobre su piel, sin lavar, que ha quedado allí. Por un momento parece avergonzada y yo siento una punzada aguda de tristeza por ella, pero pronto desaparece.

—Qué hogar tan encantador —dice.

—Nos queda bastante bien —respondo.

Charlie se sienta a la mesa, pues no sabe qué más hacer. Mueve sus manos con impaciencia. Su mirada salta de esposa a amante, de amante a esposa. Molly se sienta erguida, como en una merienda de etiqueta.

—Es un sueño, una casa así y en tierras tan ricas.

Y yo me río.

Eso los sorprende a ambos.

—¿No es cierto? Digo, porque sí es rica, ¿verdad? —pregunta a Charlie.

—Sí. La tierra más rica en todo el Klondike —responde él—. Solo debo cavar un poco más profundo que los muchachos en Bonanza Creek. Estamos más arriba en el valle y eso significa que hay más suelo que remover.

La excusa que escucho todo el tiempo.

Molly sonríe. Es educada y práctica, y me pregunto qué parte es ella misma y qué parte es la prostituta. La miro y veo tristeza, veo dolor, como si no hubiera dormido una noche completa en años. Es una mujer hermosa abatida por este lugar, por estos hombres, por este amor al oro. Una tristeza que conozco muy bien.

Comienzo a preparar café y la comida. Les doy la espalda y siento cómo sus miradas se encuentran. Percibo un anhelo silencioso entre ellos. La envidio, aunque no de la manera que esperaba.

—¿Puedo ayudar? —me pregunta.

—No, no, eres nuestra invitada. Ellen no necesita ayuda —dice él, y comparto una mirada cómplice con ella. Un hombre ha hablado y debemos acatar.

Noto que no la odio, aunque disfruto la incomodidad de Charlie ante su presencia. Sus movimientos inquietos y los ojos desviados.

Sirvo la comida: gruesas rebanadas de jamón, patatas hervidas, repollo y pan. Me siento frente a ella.

Comemos y los observo.

—Molly es una artista muy talentosa —dice Charlie.

—Ah, no, no es verdad —responde ella, pero veo su sonrisa y el inicio del rubor en sus mejillas.

—También es muy modesta. Dibujó una vez el Hotel Dawson, ¿no es así? No distinguirías la imagen del original. Ahora está allí colgado, en el bar.

—¿De veras? No sabía que conocías tanto ese lugar —digo yo, y el orgullo de Charlie se apaga.

—No lo conozco tanto, no. Pero he dormido allí unas dos veces, creo, cuando visité la ciudad. Es un lugar tan respetable como cualquier otro.

Cada uno sabrá lo suyo, pero el Klondike se ha construido tanto sobre reclamos falsos como reales.

—¿Y dónde está tu esposo Molly? —pregunto.

—No tengo. Murió hace tiempo y lo único que me ha dejado son deudas. Oí que había oro aquí.

—¿Y viniste a cavar?

Molly mira a Charlie. Su sonrisa desaparece y sus ojos se ensombrecen.

—Sí, ¿por qué no?

—¿Sola?

Vuelve la mirada hacia mí.

—Las mujeres en mi familia siempre han sido muy aventureras.

—Eso es exactamente lo que necesitas si vas a andar por aquí. ¿Tienes alguna concesión?

—No, pero me gustaría. Temo que, si espero mucho más, será demasiado tarde. Y sin ningún capital…

—¿Es por eso que estás aquí, Molly? ¿Por dinero?

Me mira con ojos grandes y puedo entender por qué Charlie se enamoró de ella. Es la inocencia, la deferencia, los sueños. Todo lo que este lugar ya me ha arrebatado.

—No, señora Rhodes, en absoluto, yo…

—Bien, porque aquí no hay dinero. ¿Verdad, Charlie?

—Ya basta, Ellen —dice él, y yo acato.

Podría hacer más preguntas, escuchar más mentiras, descubrir toda la verdad de su relación, pero no quiero. No estoy enojada con ella. No deseo hacerle daño tampoco, es tan prisionera de este lugar como yo y tan víctima de promesas incumplidas como yo.

A Charlie, sin embargo, no puedo ni mirarlo.

Finalmente, los platos quedan vacíos y ya no hay más café.

—Gracias, señora Rhodes. Es la mejor comida que he tenido en años.

Otra mentira, pero la acepto.

—Eres muy amable, Molly. Será mejor que te vayas ahora.

Charlie se pone de pie.

—Te acompaño.

Sale a ponerse las botas. Yo me quedo sola con ella.

Hay algo entre nosotras. Un entendimiento.

—Señora Rhodes...

—Aquí no hay dinero —le digo—. Si deseas ver a mi esposo hazlo en otro lugar, no toleraré los chismes. Una mujer tiene poco aquí aparte de su reputación y no permitiré que alguien manche la mía.

—Lo digo en serio, señora Rhodes. No he venido por dinero.

—Entonces, ¿por qué?

Su barbilla tiembla mientras abre la boca para hablar.

—¿Lista?

Charlie aparece en la puerta. Molly sonríe, tensa, y el momento pasa.

La observo marcharse con él. Bajan los escalones y cruzan la tierra pisoteada del patio hasta los caballos. Su yegua castaña está atada junto a Bluebell. Sus palabras quedarán en mi mente: si no es por dinero, ¿qué es lo que busca en mi esposo?

Miran hacia donde yo estoy. Quieren privacidad, un momento solo para ellos dos. Dudo, me pregunto si debería concederlo. Pienso de nuevo en la adivina, en su profecía y en lo que podría estar esperándome.

Cierro la puerta y los dejo a solas.

La adivina había dicho que me encontraba en una encrucijada, que mi matrimonio terminaría, pero busco dentro de mí y eso ya ha terminado, en todos los sentidos menos el legal. Charlie trajo a su amante a mi propia casa. Ella vino sabiendo quién era ella y quién era yo. Debería sentirme furiosa, debería haberlos echado a los dos, pero no siento nada, no siento absolutamente nada.

Oigo palabras apagadas y pasos arrastrándose en la tierra. Me acerco a la ventana, él sujeta a Molly del brazo, el rostro cerca del suyo. Veo el ceño fruncido y la ira; ella intenta soltarse, pero él la sujeta fuerte. En la otra mano, las riendas.

Él habla, pero su rostro está vuelto hacia otro lado, hacia mí. Ella también me ve.

Puedo ver su dolor, veo que algo se rompe en ella, le tiene miedo y en ese momento yo también.

Intenta liberarse otra vez, pero él aprieta fuerte. Ella se estremece.

Abro la puerta.

—¡Charlie! —grito.

El hechizo se ha roto; él la suelta, se aparta y vuelve a poner la sonrisa en la cara del diablo.

—Sí, querida, solo estaba…

—Necesito que cortes algo de leña, nos queda muy poca.

Frunce el ceño.

—Queda media carga detrás de la casa.

—Se ha acabado. Necesito más antes de que el fuego muera por completo.

Cruzo miradas con Molly; ella se frota el brazo y respira para alejar el miedo. Otra vez el entendimiento entre las dos. Las mujeres en este lugar deben protegerse unas a otras con estas bestias de hombres tan cerca todo el tiempo.

Ella monta su caballo y Charlie se estremece; levanta la mano para sujetar la rienda.

—Charlie... la leña —insisto.

Suelta las riendas y ella toma distancia.

—Gracias por su hospitalidad, señora Rhodes.

—Molly… —dice él, en voz baja, pero llena de deseo.

—Adiós, señor Rhodes.

Se aleja y ambos la observamos cabalgar por el sendero. Charlie se dirige a la parte trasera de la cabaña, vuelve al hacha y el bloque, ve el montón de leña, la pila ordenada que nos durará al menos otras dos semanas; no dice nada, solo toma el hacha y comienza.

Veo a Molly marcharse. Veo a los mineros del valle cuando inclinan el sombrero al verla pasar. Me pregunto qué será de su vida. ¿Qué clase de mujer viene aquí sola? ¿Qué mujer tiene tanta libertad? ¿Qué mujer puede forjarse una vida aquí con ingenio y esfuerzo propio? Y tomar sus decisiones, controlar su destino, vivir como desea vivir.

Sola en la cama esa noche, con Charlie todavía fuera lavando piedras, me hago una pregunta: ¿me quedaría aquí si Charlie partiera?

La respuesta no es un rotundo y ensordecedor "no", para mi sorpresa.

No es de esta tierra de lo que deseo liberarme, sino del hombre con quien me veo obligada a compartirla.

O tal vez (y ahora la revelación me cae como un balde de agua helada) del hecho de que estoy obligada a compartirla.

Libertad. ¿No era eso lo que me había mostrado la carta de la adivina? Una libertad que debo encontrar aquí mismo, un estilo nuevo de libertad, uno desconocido en el viejo mundo.

Tal vez aquí, al borde de lo nuevo, aquella libertad también pueda pertenecer a una mujer.

MARTHA

Dawson City, Klondike.

Julio de 1898

—¿MA?

No quería escucharla. Miré la pared, al dibujo del hotel que Molly había hecho durante el invierno; lo dibujó tal como imaginaba que se vería en verano. Decidí enmarcarlo y colgarlo sobre el piano.

—¿*Ma?*

Hice un esfuerzo para responderle.

—¿Qué?

Jerry, detrás de la barra, señaló con un gesto de la cabeza hacia la puerta. Una mujer estaba allí parada; algo en ella me resultaba familiar, pero al mirarla por segunda vez no pude ubicarla. Imposible adivinar su edad: llevaba un chal pesado sobre un vestido rojo oscuro, bordado con garabatos y pequeñas monedas cosidas, un pañuelo rojo sobre la cabeza y sus ojos negros maquillados con kohl.

—¿Puedo ayudarla? —pregunté.

Sonrió con sus labios gruesos pintados. Algo tintineaba mientras caminaba en mi dirección.

—¿Martha Malone? —me preguntó.

Me levanté del taburete del piano.

—Sí. ¿Y usted es…?

—Alguien que ha venido a ayudar, cariño.

—No necesito ayuda.

—Aún no, pero la necesitarás.

Jerry, que secaba vasos detrás de la barra, nos observaba con una sonrisa. Era temprano, ninguna de las chicas ni Jessamine habían salido de sus habitaciones aún y Harry todavía estaba en casa. El lugar estaba vacío salvo por nosotros tres.

—Tienes un hogar hermoso.

Parecía estar siempre sonriendo, hasta podía oírse en su voz, pero no era petulante.

—Gracias. ¿Qué desea?

La mujer estaba inmóvil; nunca había visto semejante calma. La gente en Dawson está siempre nerviosa, gritando, corriendo tras el oro y las mujeres, pero ella… A ella nada de eso la alteraba.

—¿Sabes lo que hago?

La miré de pies a cabeza.

—Puedo adivinar.

Volvió a sonreír.

—Permíteme una mesa y predeciré la fortuna de cada hombre que entre a este lugar.

Crucé los brazos sobre el pecho.

—¿Y qué gano yo?

—Un tercio de mi tarifa.

Lo pensé. Los hombres aquí eran bastante tontos y estaban desesperados; pagarían bien por escuchar que se harían ricos y volverían a casa como reyes. Especialmente viniendo de una mujer como esta.

—La mitad.

Chasqueó la lengua.

—Cuarenta por ciento.

—Cincuenta.

Su sonrisa se volvió más grande.

—Trato hecho, Ma.

Extendí la mano para sellar el trato.

—Pero con una condición —dijo ella.

—¿Condición? Usted me está pidiendo a mí… soy yo quien debería poner condiciones.

—Esta no costará nada más que tiempo.

—¿Qué es lo que quiere?

—Una lectura contigo.

Me reí y negué con la cabeza.

—No creo en esas cosas.

—Solo una conversación. Hay cosas que necesitas escuchar.

—¿Qué tipo de cosas?

Sus ojos se desplazaron hacia Jerry y luego volvieron a mí.

—Solo pido una lectura. Luego podrás decidir si me he ganado una mesa en este lugar.

Al diablo todo… pensaba darle diez minutos por la mitad de lo que cobra. Hice una seña a Jerry, dejó el vaso que estaba limpiando y desapareció por la parte de atrás. Ofrecí una silla a la mujer y nos sentamos.

—¿Trae una bola de cristal o algo así? —le pregunté.

—Sí, pero no para ti. Esas cosas son para esta gente de allí afuera —dijo señalando a la puerta, a la gente que pasaba—. A ellos les digo lo que quieren escuchar, pero a ti te diré lo que necesitas saber.

—¿Y qué necesito saber?

—Vamos a averiguarlo.

La silla de repente se volvió incómoda. Una de las patas había quedado demasiado corta y me tambaleaba. Me dio náuseas. La arreglaría luego o pediría a Harry que lo hiciera, era bueno con todo tipo de trabajos… o tal vez se las cambiaría a Tom en el Aurora por unas nuevas, siempre tenía alguna.

—¿Ma?

Mi atención volvió a ella.

Las manos de la adivina estaban extendidas, palma arriba, sobre la mesa.

—Tus manos, por favor.

Me acomodé como pude. Le di mis manos, las apoyé sobre las suyas. Su piel se sentía cálida, como si hubiera tenido las manos junto al fuego toda la mañana.

Sus pulgares recorrieron mis palmas, todas las líneas y las cicatrices. Parecía estar leyendo un libro, no mi piel. Sus ojos se movían de un lado a otro.

—¿Qué es lo que ve? —pregunté.

Estiró la piel de mi mano izquierda. La línea que rodeaba la base del pulgar estaba quebrada.

—Eres una buena persona, más allá del espectáculo que puedas dar ante los demás —sentenció.

¿Un espectáculo? ¿Estaba insinuando que mentía?

—Un momento...

—Así como el sol no pretende quemarnos, mis palabras no pretenden hacer daño: es la verdad tal como la veo.

Me sostuvo la mirada mientras yo pude sostener la mía, pero había algo en esta mujer, en su ceremonia, que me hacía desconfiar, como si no fuera del todo real y desapareciera tan pronto cruzara la puerta.

—¿Qué verdad es esa?

—Tienes mucho amor dentro de ti. Amor por tu hogar, por las mujeres que viven en él y también... —acarició una de las líneas de mi palma— también por un hombre. No lo ves con frecuencia porque sus vidas no van por el mismo camino, se entrelazan como bailarines, tocándose y alejándose, pero eso no será así mucho tiempo más.

La garganta se me secó de repente.

—¿Cómo…? ¿Cómo lo sabe? ¿Quién se lo dijo?

Su sonrisa se desdibujó.

—Tú lo has dicho, nuestros destinos están escritos en nuestra piel. La piel es el libro y yo solo aprendí a leer.

Tragué saliva, sentí que los dientes me rechinaban.

—¿Qué más dice?

Miró de nuevo. La sonrisa flaqueó otra vez.

—Está atrapado… herido, pero hay más.

Volvió el horror. La carta que había escrito y el miedo al leer sus palabras.

—¿Más?

Se concentró otra vez en mi mano derecha.

—Veo oscuridad y una muerte que no puedes evitar.

—¿Una muerte? ¿De quién?

No la suya, recé. Por favor, que no sea él.

Negó con la cabeza y frunció el ceño.

—No puedo verlo ahora, pero te culparás a ti misma —me tomó de las manos y me acercó hacia ella—. Te enfrentarás a una elección entre lo que crees desear y lo que realmente deseas. Escucha a tu alma, este lugar no es real, es solo un parpadeo del ojo del mundo, no entregues tu vida a esto.

—¿Mi vida?

Comencé a jadear mientras sus uñas se clavaban en las palmas de mis manos. Intenté apartarme, pero me retuvo, tiró de ellas y me acercó hasta que nuestras frentes casi se tocaron.

Su voz se volvió un susurro urgente.

—Veo fuego.

Recordé la amenaza de Bill Mathers.

"¿Supiste del incendio en el muelle?".

Sacudí mis manos.

—Basta —el corazón me latía muy fuerte y la respiración se entrecortaba—. Debe marcharse ahora, trato cancelado.

Se recostó en el respaldo de la silla, puso las manos planas sobre la mesa. Ya no sonreía.

—Estás en el filo de una navaja, Martha.

—¿Acaso Bill la envió para asustarme? ¿Es eso?

—No.

Y esa sola palabra, sin ira ni miedo, simplemente un hecho, me hizo creerle. Qué hábil era.

—¡Fuera! Quiero que se vaya —volví a decir.

Ella miró mi vientre.

—Tu tiempo ya no te pertenece. Usa lo que queda con sabiduría.

Me puse de pie y me incliné hacia ella para dejar bien en claro mi mensaje.

—Fuera.

Me sostuvo la mirada un segundo más de lo necesario y me hizo dudar. Como si no estuviese mirando a una mujer, sino a otra cosa... algo más. Un demonio hecho piel y hueso.

Ella parpadeó y esa sensación extraña desapareció de repente. La sonrisa volvió a su rostro y se puso de pie.

—Cuídate, Martha.

Me sentí extraña cuando se fue, mareada, y veía estrellitas en el aire.

Jerry regresó, me vio sola, con la cabeza entre las manos, y se acercó.

—¿Todo bien, Ma?

No, claro que no, nada estaba bien. Pero me había dicho que Sam estaba herido y atrapado; eso, al menos, podía intentar remediarlo.

—Jerry, envía un mensaje a mi concesión. Necesito dos de los mineros, de los más fuertes, ordénales que vengan a verme hoy mismo.

—Claro, Ma —respondió, y arrojó la toalla sobre la barra, tomó su chaqueta y salió corriendo.

Cerré los ojos y traté de respirar. El cansancio me golpeó

como un alud, así que subí las escaleras. Las palabras de la adivina resonaban en mi cabeza: la advertencia, la amenaza, lo que sea que haya sido. Elecciones, muerte, fuego, todo eso era basura. Profecías locas para quitarte dinero ofreciéndote comprar un amuleto o un saco de tierra para tu protección, una estafa. Demonios, habría ganado un buen dinero con ella.

No importa cuánto lo analizara, el desconcierto que esa mujer me había provocado no se iba. Esa mirada que no estaba del todo bien, la quietud que no parecía humana.

Esperé en la barra hasta que llegaron los dos mineros que había mandado llamar. Jerry había hecho bien su trabajo, eran de los fuertes. No conocía sus nombres, pero sus ojos no estaban nublados por el alcohol y todavía conservaban todos los dientes, algo no muy común por aquí.

—¿Querías vernos, Ma? —dijo el primero, alto y de barba roja.

—Tengo un trabajo para ustedes. No es sencillo, pero les pagaré medio año de salario cuando hayan regresado.

Sus ojos se iluminaron ante las monedas de oro.

—Quiero que suban hasta el lago Beaver al refugio minero. ¿Saben de qué hablo?

El otro asintió. Tenía una cicatriz en el ojo y una voz que sonaba a piedra siendo arrastrada por la corriente.

—Sí, solía cazar alces por allí.

—Bien. Quiero que vayan y pregunten por Sam Bridger; es un amigo y está herido, ayúdenlo en lo que puedan y luego regresen.

Intercambiaron una mirada, evaluando la propuesta.

—¿Medio año de salario? —dijo el de barba roja.

—Tienen mi palabra. ¿Alguna vez no les he pagado?

Otro intercambio de miradas y se decidió. Ambos estrecharon mi mano y se fueron.

Fue como si un globo me explotara en el corazón y ahora pudiera relajarme. Probablemente les fuera a llevar una semana llegar hasta allí, y el amigo de Sam, Davis, debería haber llegado para ese entonces.

—¡Ma! —llamó Harry desde la puerta un segundo antes de abrirla.

Bill Mathers entró tambaleándose, borracho y con una botella de *whisky* en la mano.

—¡Martha Malone! —rugió, mitad alegre, mitad feroz.

Mis clientes se quedaron en silencio. Mis chicas salieron de sus habitaciones y los caballeros con los que estaban, también.

—¿Qué demonios haces aquí, Bill?

Mostró los dientes. Oro y putrefacción, todo junto.

—¿Qué hiciste con ella?

—¿De quién demonios hablas?

—Molly... ¿dónde está?

Bill se acercó a la barra. Frank Croaker entró detrás de él con la pistola apuntando al pecho de Harry.

—No está aquí y, en todo caso, tú estás demasiado borracho para hacer algo con ella. Vete a casa y duerme.

Bebió un trago largo de la botella. El licor marrón le chorreó por el mentón.

—Sé que la echaste. ¿Qué clase de persona hace eso? Poner a una niña de patitas en la calle.

—Es una mujer, Bill, no una niña, y no es asunto tuyo lo que haya pasado entre nosotras.

Dio un paso acercándose hacia mí.

—¿Tiene un hombre? ¿Eh? ¿Es eso?

Intenté mantener el temblor bajo control, pero Bill estaba a dos pasos de mí y no había nadie entre nosotros.

—Te dije que no es asunto tuyo.

Levantó el brazo y rompió la botella en el suelo.

Di un salto. Harry intentó moverse, pero la pistola lo

mantenía inmóvil. Bill recogió un vaso vacío de la barra y lo arrojó con fuerza sobre la madera. Vidrios por toda la barra, hasta en mis manos. Los demás mineros, cobardes, solo miraban.

—Bill —le dije en voz baja—. Es hora de que te marches.

—La encontraré —gruñó— y luego vendré por ti.

Aplastó el vidrio con la bota y escupió al suelo. Después sonrió y golpeó la barra como si pensara en voz alta; sacó una bolsa de tabaco del bolsillo y mi corazón se heló de repente.

—Escuchen bien —gritó, y sacó un cigarro enrollado y se lo llevó a los labios—. Cualquier hombre aquí que me traiga a esa chica recibirá cien dólares de mi parte.

Murmullos y pies inquietos, todos mirando a ver si la muchacha tal vez se escondía en algún rincón.

—¿Eso es todo lo que ella vale para ti? —dije.

Bill rio. Metió la mano en el bolsillo del chaleco y sacó una caja de cerillas.

—La dama tiene razón. Que sean doscientos.

Hablando de provocar al toro. Media docena de hombres salieron a la calle a mirar, otros comenzaron a susurrar.

—¿Qué es esto, Bill?

Se rio, pero pronto todo se volvió macabro. No me respondió; simplemente encendió una cerilla. Prendió el cigarrillo y lo dejó caer, todavía encendido, en el charco de *whisky* a sus pies.

Veo fuego.

La llama se volvió azul y se expandió.

Me miró a los ojos. Quería que gritara, corriera y le suplicara, pero no iba a hacerlo. Ya debería haberlo sabido.

Me mantuve firme. Me aferré al pasamanos y vi cómo las llamas lamían mi barra y sus botas, y atrapaban sus pantalones. Sonrió tan amplio que las comisuras casi le tocaban las orejas.

—Es mía, Martha. ¿Me oyes? Molly es mía.

Salió del fuego y le hizo señas a Frank para que soltara a Harry. Bill no se volvió para mirarme esta vez. Solo caminó con el fuego pegado a sus botas.

—¡Jerry! —grité.

Él tenía un balde de agua listo y lo arrojó sobre la barra. El fuego se apagó.

Limpié los vidrios rotos de la barra y me corté la palma de lado a lado con un pedazo. La vendé para detener la sangre y raspé con el pie las tablas ennegrecidas, apenas tocadas por el calor. Esas manchas saldrían con sal y un cepillo de cerdas duras. No me di cuenta hasta entonces del miedo que la adivina había metido en mi cabeza. Había hablado de fuego, pero en un pueblo como este el fuego era tan común como la lluvia. Respiré profundo, me maldije por pensar que sus palabras significaban algo y volví a ponerme seria.

Miré a los mineros y a los trabajadores reunidos allí, que solo esperaban; Harry estaba de vuelta en la puerta, Jerry parecía desconcertado detrás de la barra y las muchachas no se movían.

—¿Qué es esto? —les grité—. ¿Un maldito funeral? ¡Pongan música! Limpien esto y vamos a divertirnos.

Se movieron lentamente, pero se movieron. Uno de los muchachos en la puerta corrió a buscar la escoba y la fregona. El piano volvió a sonar, las bebidas fluyeron y llegaron platos calientes desde la cocina.

Me quedé en medio del lugar con un paño ensangrentado en la mano. Jugué al póquer y al faro, tomé sus billetes, encendí sus puros.

Todo era una distracción.

Si me detenía a reflexionar, si subía las escaleras para estar sola, pensaría en todo. La advertencia de la adivina, la violencia y la rabia de Bill, Sam una y otra vez, pero sobre todo Molly. Su rostro en la oscuridad, mirándome desde la calle. Escucharía su voz de nuevo, suplicando, diciendo que no había hecho nada. La había acusado de mentirosa, pero ¿y si me había equivocado?

Fui a donde estaba Harry y le hablé al oído.

—Encuentra a Molly antes de que Bill lo haga.

KATE

Lago Bennett, Columbia Británica.

Mayo de 1898

La algarabía llegó finalmente al amanecer del último día de mayo. El hielo se había derretido, el río corría libremente y la fiebre había comenzado de nuevo.

El caos reinó en el campamento a la orilla del lago Bennett. Los botes se agolpaban en el agua mientras sus dueños los cargaban con su equipo y se subían a bordo. Los montañeses numeraban cada bote y tomaban nota de los nombres de los ocupantes para poder tener un registro en caso de que las embarcaciones se perdieran, como solía suceder.

Walter y Biddy estaban más animados de lo que los había visto jamás, pero no vi en ellos la urgencia maníaca de los otros buscadores de oro.

—No tiene sentido apresurarse. El río es largo y el camino es traicionero; iremos despacio y llegaremos a Dawson enteros —dijo Biddy mientras cocinaba el desayuno.

Yo estaba deseando partir. Dos semanas atrapada en este lugar habían sido suficientes y no podía soportar un día más.

Empaqueté todo lo que pude mientras Yukón saltaba a mi lado, también ansioso por retomar la marcha.

Cuando no tuve que hacer nada más, fui al pueblo y observé. Los botes, que habían pasado el invierno boca abajo, se estaban dando la vuelta y eran arrastrados en el lodo por media docena de hombres a la vez. Otros veinte hombres habían formado una cadena para cargar sus tres botes con trescientos kilos de comida y equipo por cada uno; cantaban una canción mientras lo hacían y yo los tuve que esquivar para seguir caminando.

Vi al hombre limpio dando órdenes a gritos, pero sin ayudar a sus hombres. Me vio y puso la mano sobre su arma. Cambié de rumbo para evitar otra confrontación.

La emoción de todo aquello hacía hervir mi sangre, era una explosión repentina de movimiento, como si una carrera hubiera comenzado mientras todos dormíamos.

¡El ruido! Todos gritando, riendo a carcajadas, cantando. Cada rincón de la tranquila orilla del lago era ahora un tumulto de cargas, empujones y la competencia por ser el primer bote en partir.

El primero salió a las nueve. Se le habían unido unos ochocientos botes más al final del día. El lago estaba cubierto de embarcaciones de madera difíciles de manejar, con pilotos inexpertos y, a pesar de tener casi cincuenta kilómetros de largo, me dio la impresión de que podría haber caminado de una orilla a la otra sin mojarme los pies.

Walter y Biddy conservaban su ya irritante falta de urgencia. Los ayudé a empaquetar sus pertenencias y a cargarlas en el bote. Lo mío ya estaba allí, bajo los asientos.

—Debemos partir —dije, mientras estábamos en la orilla.

—Y eso haremos —dijo Biddy, con un tono de impaciencia que no le había escuchado antes—. ¿Ves todo eso? Esos hombres han entrado en pánico, mira.

Señaló una embarcación que ya se hundía; sus pasajeros intentaban sacar el agua con desesperación. Otros tres botes chocaban cerca de ellos.

—Saldremos mañana al mediodía —dijo Walter, y nadie cuestionó la decisión.

Una noche más en el lago Bennett y estaríamos camino a Dawson.

***

Era pasada la una cuando finalmente nos pusimos en marcha. La mañana había sido tranquila; lo único que quedaba por hacer era desmontar la tienda y acomodar el pequeño hornillo en el bote para evitar tener que detenernos a comer o a calentarnos las manos. Unos cien botes también partieron con nosotros. La orilla parecía un verdadero caos desde el agua, entre embarcaciones que zarpaban y los esqueletos rotos de madera utilizados para construirlas.

El tiempo en esas últimas semanas había sido mayormente favorable. Tuvimos unas pocas gotas de lluvia, algo de nieve al principio, pero nada digno de mención. Al menos hasta ahora.

Pero tras salir, una tormenta de aguanieve y viento hizo que el avance se volviera lento y agotador. Walter remaba, pero apenas nos movíamos; lo único que podía hacer era evitar que retrocediéramos.

La tormenta duró hasta después del atardecer, que en estos meses de verano era cerca de la medianoche. Biddy y yo encendimos linternas e intentamos mantener caliente la estufa mientras nos protegíamos los rostros de los pinchazos de la lluvia helada. Yukón se había acurrucado sobre una lona plegada a mis pies, temblando a pesar de su pelaje.

Habíamos avanzado solo unos pocos kilómetros en casi doce horas cuando la tormenta cedió. A este ritmo, llegar a Dawson nos llevaría meses, en lugar de semanas. Mi corazón se desesperó cuando comprobé que aún podía ver el punto en la orilla de donde habíamos partido.

—No mires atrás —dijo Biddy mientras sacaba agua del lago y ponía a hervir una tetera.

Entonces miré hacia adelante. Walter seguía remando, parecía más una máquina que un hombre. Comenzamos a avanzar ahora que el viento había menguado.

Había una isla en el medio del lago Bennett y decidimos detenernos allí para descansar. Por mucho que quisiera seguir avanzando, la espalda y el cuello me dolían terriblemente de tanto resistir el viento y apenas sentía las piernas. La idea de dormir en esa posición era insoportable.

Llegamos a la orilla de la isla quizás a las dos de la mañana. Estaba mareada por el cansancio y me costó todas mis fuerzas reunir madera para un fuego. Colocamos nuestros sacos de dormir cerca del calor y me tapé con mi manta hasta los ojos. Yukón se acurrucó contra mi estómago y logré dormir unas pocas horas de un sueño incómodo.

Amaneció y aproveché el tiempo para caminar por la pequeña isla con Yukón mientras Walter y Biddy aún dormían.

—Mira dónde estamos, Yuke —le dije acariciándole la cabeza—. Una isla en un lago en medio de la naturaleza. ¿Habías visto algo igual?

Me miró y emitió un corto gemido que decía que quería jugar.

Encontré un palo y se lo lancé un par de veces mientras caminábamos. La isla no era grande, tal vez un kilómetro y medio de perímetro, con unos pocos árboles en el centro. Parecía no haber sido alcanzada aún por los buscadores de oro, pero después llegué hasta nuestro pequeño campamento y vi, en la pendiente desde el agua, una tumba.

Era una cruz clavada en el suelo en la cabecera de un montículo bordeado de piedras blancas. En la cruz, el nombre "J. Mathews" y su edad, apenas veintiséis años, un año mayor que yo. Me invadió un terrible pesar. ¿Qué le habría sucedido a este hombre para haber terminado muerto justo aquí? Luego pensé en el pobre señor Gunderson, que había sido arrastrado por la avalancha; él no tendría su tumba, ni tampoco los otros cien atrapados en ese desastre. Sabía que este camino era peligroso, que la gente moría, pero enfrentarlo, verlo, era otra cosa. Este lugar salvaje no perdona y no recibe con agrado a quienes talan sus árboles o dinamitan sus ríos. ¿Cuántas tumbas llenan este sendero? ¿Cuántas estarán sin marcar? Sus familias esperando noticias de riquezas cuando todo lo que llegaría sería silencio y dolor.

El tiempo fue más benévolo esa mañana y avanzamos sin inconvenientes por el lago Bennett en dirección al lago Tagish. Cientos de otros botes habían partido y ya estaban en el agua. Algunos se movían rápido y organizados, con los hombres remando al unísono a la orden de un solo patrón. Otros eran frágiles embarcaciones y, si no se hundían en la cadena de lagos que llevaba al río Yukón, seguramente terminarían hechos trizas en los rápidos.

Sentía pena por esos hombres. Podía ver la esperanza y la desesperación en sus rostros, pero me daba terror pensar que tal vez nunca llegarían a los campos de oro. Nuestro bote, en cambio, era como un buey. Más lento y mejor construido, se sentía como viajar en una embarcación mucho más grande, aunque sin mucho espacio para moverse.

Yukón siempre estaba inquieto. Ya eran demasiados días atrapado en un bote pequeño, haciendo sus necesidades en la popa para que yo luego las echara al agua. Se enfurruñaba, gemía y comía más de lo que debía, pero no podía culparlo. Para un animal, estar encerrado así debía de ser un verdadero tormento.

Walter y Biddy eran excelentes compañeros de ruta y, con los días de nuestro viaje y las semanas de confinamiento en Bennett City, sentía que había llegado a conocerlos bastante bien.

Originarios de Irlanda, se casaron y decidieron (como muchos otros de su país) embarcarse en un vapor rumbo a Nueva York. Biddy consiguió trabajo en una fábrica textil y Walter, en los muelles. Llevaban un año allí cuando comenzaron los disturbios del reclutamiento y fueron arrastrados por la violencia junto a sus compatriotas. Fue así que se marcharon, viajaron en tren hasta Chicago y se asentaron. Quise saber si tenían hijos, pero Biddy cambió de tema enseguida y Walter se quedó callado; su dolor era palpable, aunque fuera apenas un rasguño bajo la superficie.

Perdieron su hogar cuando el gran incendio arrasó Chicago y volvieron a mudarse, esta vez a California.

—Estuvimos allí unas pocas semanas. El sol me había puesto roja como una remolacha —dijo Biddy—. No lo soporté.

Y partieron otra vez hacia el norte, hacia Seattle, donde se encontraban cuando les llegó la noticia del oro en el Klondike.

—Ni lo dudamos —dijo Walter—. Nos gusta pensar que somos ciudadanos del mundo y estamos viendo todo lo que podemos.

—Nómadas —dije con una sonrisa—. Los envidio de verdad, una vida libre no es algo que todos puedan darse el lujo de tener.

Biddy puso su mano sobre la mía.

—Pero es algo que todos merecen.

Navegamos los otros lagos y la distancia aumentó entre nosotros y los demás botes. A veces no podía ver a ninguno y me sentía maravillosamente estando sola en el agua, como si realmente formara parte del mundo, pisando ligero y sin dejar rastro alguno. Nos turnábamos para remar durante la noche cuando el clima era bueno. La tarea era dura e incómoda; sin embargo, a medida que pasaban los días, sentía que mi cuerpo se volvía más fuerte. Mi resistencia aumentaba, me convertía en la persona que necesitaba ser para sobrevivir en este lugar y lo disfrutaba en cada tirón de los remos, en cada desgarro de mis músculos.

Cuando acampábamos en las orillas, se podía ver una docena de luces a lo largo de las dos márgenes del lago, señal de que había otros grupos en viaje.

En aquellas noches cortas, cuando el sol se ocultaba solo unas pocas horas, pensaba en Charlotte.

Ella era dos años mayor que yo, pero me había tratado como su igual mientras crecíamos. Era más alta, más bonita, con un copete de cabello oscuro que rivalizaba con mi castaño. Era la hija preferida de mi madre, mientras que yo era la preferida de mi padre. Recuerdo su risa, tan contagiosa y estruendosa, nada propia de una dama, que ella nunca reprimía. Vivíamos a las afueras de Topeka, en un terreno amplio rodeado de campos de maíz. Charlotte estaba enamorada de un muchacho llamado Stephen, un joven dulce y atento de una de las granjas cercanas. Mis padres no aprobaban la relación (decían que no era lo suficientemente bueno) y surgió un conflicto entre Charlotte y ellos que dividió a la familia. Cuando ella y Stephen huyeron juntos a Saint Louis para "vivir en pecado", como decía mi madre, la ruptura se volvió irreparable. Creo que la fuga fue por iniciativa de Charlotte más que de Stephen. Ella quería la vida de ciudad, la emoción de todo aquello, y creía estar enamorada. La visité una vez, aunque no les conté a mis padres adónde iba.

—Katie —dijo al verme bajar del tren—, te encantará. ¡Esta ciudad jamás está quieta!

Y tenía razón, me encantó. El movimiento, el empujón, la prisa. Había pasado un año desde que ella y Stephen se habían marchado juntos, pero ahora Charlotte estaba sola.

—Se mudó de nuevo a Topeka hace unas semanas —dijo ella—. Tiene tierra por sangre y maíz por huesos.

—¿Y tú qué tienes? —pregunté.

—Acero.

Nos sentamos esa noche, hablando de amor y ambición.

—Quisiera escribir —le dije—. Escribir para un periódico, ver el mundo y poder contárselo a los demás. Madre no lo aprueba, por supuesto; piensa que debería casarme, y padre querría que me quedase cerca, vendiendo anuncios en su *Gazette*.

Charlotte tomó mis manos. Noté que su ánimo cambió cuando mencioné a mis padres.

—¿Recuerdas esas historias que escribías sobre las tres niñas que tenían un bote? Vivían aventuras resolviendo misterios. Éramos unas niñas.

—Lo recuerdo.

—Madre intentó quemarlas, pero yo las guardé. Están bajo una tabla del piso en mi dormitorio en la casa.

—¿Por qué lo hiciste?

Sonrió.

—Porque tú has nacido para escribir. Padre cree que eres buena, aunque no lo diga en voz alta, así que ignora a nuestra madre. No dejes que tus decisiones las tome alguien que se arrepiente de las suyas.

Entendí perfectamente lo que me quería decir.

—¿Los extrañas? —le pregunté—. Ellos te extrañan a ti, aunque no lo admitan.

—A veces, pero no dejaré que decidan por mí. Tenemos una sola vida, Katie.

—¿Y qué harás tú con la tuya?

Su sonrisa se hizo más grande.

—Me casaré con un hombre rico, pintaré todos los días y viviré sin preocupaciones.

Reímos y hablamos hasta la noche, y despertamos juntas en su cama. Partí al día siguiente, decidida a mudarme a Chicago para abrirme camino como reportera.

Fue la última vez que vi a Charlotte, y eso fue hace cinco años. Nos escribimos durante un tiempo, y después llegó la noticia de su matrimonio con un hombre que nunca había conocido. ¡Qué furiosos se pusieron mis padres al recibir esa carta! Solo vi una fotografía de ellos dos juntos en el periódico y después silencio durante dos años hasta la última carta, llena de desesperación.

Puede que esta sea mi última carta. Finalmente me ha encontrado y ya no tengo dónde huir.

—¿Kate? —me llegó la voz de Walter—. Toma la cuerda cariño, vamos a detenernos.

Volví a la realidad del lago azotado por el viento temblando de repente y no del frío.

—¿Dónde estamos? —pregunté mientras recogía la cuerda, ya un acto reflejo, casi como respirar.

—En el nacimiento del Marsh, ya casi en el estrecho.

Este era el inicio del lago Marsh, el último de los lagos grandes antes de entrar en los serpenteantes brazos del río Yukón y los rápidos de Whitehorse. Llegamos a la orilla junto a algunos otros botes y mi perro saltó a tierra dando brincos y aullidos. Los hombres en sus campamentos se rieron de mi compañero y nos dieron la bienvenida. Nos sumamos a un grupo de cuatro hombres fornidos reunidos junto a su fuego y pasamos una agradable velada con ellos, intercambiando historias del agua y de lo que estaba por venir.

Aquellos buscadores de oro hablaron del Cañón Miles, un tramo de río que conduce a los rápidos.

—Es un paso estrecho donde toda el agua del Yukón se canaliza en un espacio muy reducido. Hay rocas tan afiladas como cuchillos de cocina que están siempre al acecho a solo dos centímetros de la superficie y, como si eso no fuera suficiente, justo en el centro del cañón también hay un remolino, un gran vórtice que destroza tu bote y te arrastra a aguas profundas.

—Y luego los rápidos —dijo otro—. Los montañeses hicieron su propio negocio y ahora parece que solo puedes hacerlo si tienes quién pilote tu embarcación. Ninguno de nosotros los ha cruzado antes, pero hemos oído que hay hombres en los rápidos cobrando cien dólares por viaje.

—¿Y nosotros tenemos piloto? —pregunté a Biddy, y ella señaló a Walter con un gesto de cabeza. Me sentí un poco más tranquila, pero Walter era un hombre mayor y esos rápidos no parecían un paseo sencillo.

—Iremos caminando de todas formas —dijo Biddy.

—¿Qué? ¿Caminando?

—No se permite la presencia de mujeres en los rápidos.

—¿Quién lo dice?

—Dios y los hombres, —respondió molesta por estar siendo cuestionada—. Walter no tendrá problemas.

—No, yo debo embarcarme, quiero hacerlo. Ir caminando sería una pérdida de tiempo. Además, suena emocionante, estoy aquí para la aventura y para informar sobre todo lo que un hombre debe atravesar para llegar hasta este lugar. No caminaré.

Biddy me miró fijamente.

—Walter no te llevará. Ningún hombre ha llevado a una mujer por esos rápidos. La caminata dura solo un día, luego descansaremos y volveremos a partir. No será tres días después.

Walter se encogió de hombros.

—Es peligroso, mejor camina por la orilla con Biddy. Quédate con ella.

Eso me enojó aún más. Me estaban prohibiendo la experiencia solo por ser mujer. Decían que era peligroso; se supone que solo puedo leer sobre ello y observar mientras los hombres lo viven. Si fui lo suficientemente fuerte para sobrevivir al sendero del Caballo Muerto, ¿qué sería un río comparado con todo eso?

—Encontraré a alguien que sí lo haga si no me llevas tú contigo —dije finalmente.

—Buena suerte entonces —me respondió Biddy.

Pero no necesitaba suerte, tenía dinero. Me acerqué al grupo amable de hombres en la orilla a la mañana siguiente y les pedí que me llevaran con ellos. Primero, todos se mostraron renuentes y me repitieron la misma excusa: las mujeres no podían hacerlo. Pero de pronto noté que parecían no llevar tanto equipamiento, como si algunos de ellos hubieran perdido lo suyo.

—Les pagaré, seré generosa —dije—. Cien dólares, lo mismo que le pagarían a un piloto. Sé que lo necesitan, y les daré otros cien si me llevan hasta Dawson.

El encargado, un hombre llamado Benjamin Fallon, me miró de arriba abajo. Vio mis pantalones y mi abrigo de tela resistente. No era una mujer como esas con las que ya se habían cruzado en este camino.

—Ciento veinticinco —dije—, doscientos cincuenta en total. Ni se enterarán de que estoy allí.

Fallon miró a sus amigos. Algunos se encogieron de hombros y los otros asintieron. Sonreí.

—Muy bien, señorita Kelly. Atraviese el cañón con su grupo y nos encontraremos en la orilla justo antes de los rápidos.

Volví entusiasmada a mi campamento, pero parecía que había molestado bastante a Biddy al asegurar nuestro pasaje en otro bote por el resto del viaje. Estuvo de mal humor todo el tiempo que duró el siguiente tramo del río y solo volvió a relajarse cuando Yukón empezó a lamerle la bota.

El Cañón Miles era un corredor estrecho bordeado por acantilados rocosos. El agua se veía obligada a pasar por un espacio demasiado pequeño para su caudal. El río estaba revuelto cuando nos acercamos, con corrientes que se movían de maneras que jamás había visto. Remolinos y corrientes cambiantes, casi como si el agua fuera hacia atrás en lugar de fluir hacia adelante. Walter se preparó con los remos. Coloqué a Yukón entre mis piernas y no protestó; olfateaba el peligro en el aire y estuvo quieto. Biddy ató dos cuerdas al poste central bajo el asiento de Walter y sostuvimos una cada una.

Entonces el bote dio un tirón hacia adelante, atrapado por la corriente. El agua creció bajo nosotros, el bote crujió y avanzamos a toda velocidad. Walter manejaba los remos, nos alejaba de las paredes de los acantilados y entonces, justo cuando comenzaba a disfrutarlo, fuimos expulsados a un tramo lento.

—Eso no estuvo tan mal —grité por encima del sonido del agua.

Biddy soltó una risa.

—¡Pero tampoco fue la peor parte, te lo aseguro!

Walter guio la embarcación hasta la orilla, donde otros seis o siete botes ya estaban alineados, incluidos los hombres con los que había arreglado el pasaje.

Nos saludaron al vernos.

—Lo lograron —nos dijo Fallon a distancia—. Vamos, vayamos a explorar el río.

Yukón y yo saltamos del bote cuando llegamos a la orilla. Caminé hasta el mirador, y mi emoción se apagó al ver lo que nos esperaba.

El Cañón Miles había sido apenas un puñado de olas: esto era un torrente. Vimos un bote chocar contra las olas y girar fuera de control. Las provisiones caían como confeti y un hombre cayó al agua intentando atraparlas. Fue arrastrado río abajo gritando.

—Ahí está el problema —dijo Fallon señalando un recodo donde un conjunto de rocas volvía el paso más estrecho—. Dicen que es como hilar una aguja. ¿Aún quieres hacerlo?

Me miraba fijamente, miraba mi mandíbula caída y mis ojos abiertos. La impresión se desvaneció y mi determinación regresó.

—Sí —le dije.

—¡Ben, Ben! —gritó una voz desde el sendero. Uno de los compañeros de Fallon saludaba con la mano mientras corría por el camino—. He conseguido un piloto.

—Saldremos en una hora —dijo Fallon.

Sentí un frío en el pecho. Una hora. Tan poco tiempo para prepararse y tan poco tiempo para preocuparme. Saqué mi equipo de nuestro bote y lo cargué en el otro. El tiempo se fue volando y parecía que solo habían pasado unos minutos cuando Fallon me llamó para que me uniera a ellos.

Biddy me tomó de la mano.

—Ten cuidado, ¿me oyes? La gente muere en esas aguas, no seas una de ellas.

—No lo seré. Gracias por todo, a los dos.

Walter me dio un suave golpe en el brazo y asintió con la cabeza. Acarició a Yukón a modo de un afectuoso adiós y yo los abracé a ambos. Eso fue suficiente. No tenía sentido quedarme.

Me subí al bote de Fallon. El piloto, un hombre llamado Jack, se sentó en el centro con un remo en cada mano. Una vez fuera del tramo tranquilo del agua, entramos en los traicioneros rápidos de Whitehorse. El río nos atrapó y nos lanzó por el cañón. Rugía, ahogando cualquier otro sonido y pensamiento salvo este mismo.

Avanzamos tan rápido que mi cuello dio un latigazo hacia atrás. Sentí que me elevaba y el bote corría justo debajo de mí. Me aferré con fuerza a los costados y aún más a Yukón. La proa se levantaba y caía, golpeando el agua con grandes explosiones de rocío helado. Mi cabeza golpeó el costado del bote y mi visión se llenó de estrellas, pero estaba demasiado exaltada como para sentir dolor.

Redujimos la velocidad; nuestro piloto jadeaba, con el rostro rojo por el esfuerzo. Pensé que habíamos pasado lo peor, pero el hombre gritó:

—¡Sujétense!

Y nos lanzamos de nuevo al torbellino. Las aguas hacían espuma y chocaban contra las paredes del cañón, contra nosotros, y creí que en cualquier momento darían vuelta el bote. ¡Nunca había disfrutado tanto de algo en mi vida entera!

El piloto mantuvo el rumbo y nos hizo girar alrededor de una roca afilada, nos empujó hacia una ola enorme tan alta como yo y emergimos nuevamente. El agua golpeaba la proa, inundando el bote y empapándonos a todos los que íbamos en él. Luego fuimos lanzados a aguas tranquilas y el paseo terminó allí, dejándome solo el deseo de repetirlo.

Yukón no compartía el mismo entusiasmo. El pobre animal saltó del bote, sacudió el agua de su pelaje atigrado y corrió a la orilla para esconderse detrás de una roca.

Fue entonces cuando sentí la sangre en mi rostro. Su cálido fluir.

—¿Se encuentra bien, señorita Kelly? —me preguntó Fallon mientras me ayudaba a bajar del bote con una gran preocupación en sus ojos. Su cabello estaba mojado y pegado al cráneo; había perdido el sombrero en medio de la aventura.

Yo estaba en un estado similar. Toqué mi cabeza y sentí el inicio de un moretón.

—Estoy bien, es solo un...

Perdí el equilibrio. Fallon me atrapó y me ayudó a sentarme sobre una roca. Me entregó una cantimplora de agua y bebí lentamente.

—Es la impresión de todo lo que acaba de suceder —le dije.

Ya me había pasado antes, cuando me caí de un árbol de niña. Charlotte se horrorizó por la cantidad de sangre que corría por mi rostro y manchaba mi vestido de iglesia, pero se veía mucho peor de lo que de verdad era. Saqué un pañuelo del bolsillo y lo presioné sobre el corte.

—Apuesto a que eres la primera mujer en atravesar esos rápidos —dijo Fallon, y creí reconocer en sus ojos un respeto recién descubierto—. Debemos seguir mientras tengamos luz. ¿Crees que podrás hacerlo?

Extendió su mano para ayudarme a levantarme y me dio una palmada en el hombro.

—Vamos.

Lavé la sangre de mis manos y subí al bote. Con la cabeza dolorida, el estómago revuelto y Yukón gimoteando bajo mis pies rogando algo de comida, partimos otra vez. Le di un poco de carne seca y, mientras nos alejábamos de la orilla, otro bote bajó los rápidos, pero terminó volcando. Los hombres treparon a la orilla, empapados y lamentándose: habían perdido todo lo que tenían en un instante.

Seguimos nuestro camino con la mirada hacia adelante, hacia Dawson y mi hermana.

Llegaríamos a la ciudad en seis o siete días, si todo salía bien; había pasado más de un mes desde la partida del lago Bennett. Los hombres con los que viajaba eran amables y no les importaba tener a una mujer entre ellos. Mimaban a Yukón y estaban concentrados en su tarea de llegar a los campos de oro de la manera más rápida y segura posible.

Mientras las noches se volvían más largas, yo tomaba notas de mi viaje, pues debía reportarme ante el señor Everett al llegar a Dawson. Pero eso parecía muy lejano. Mi existencia se había reducido a los interminables bosques y a aquellas montañas, al tramo de río. Lo que quedaba detrás o delante no importaba, era solo el momento presente. Qué lugar para estar: el fin de todas las cosas y también el principio. El río era ancho y sereno, y navegábamos tranquilos.

Tuvimos que esquivar témpanos de hielo y algunos

árboles caídos, y tirar con fuerza de los remos para vencer la corriente al avanzar más al norte. Acampábamos de noche y salíamos a navegar por la mañana temprano. Uno de los hombres tenía una guitarra y cantábamos en la oscuridad, algo que me había calmado desde niña; y a pesar de todos los peligros y tragedias que me habían sucedido hasta entonces, aquellos días en ese pequeño bote con media docena de desconocidos fueron de los más felices de mi vida.

ELLEN

Boulder Creek, Klondike.

Julio de 1898

CHARLIE SE VA A MITAD DE LA NOCHE. LO OIGO MAR-
charse y no lo detengo. Volverá en un día, más pobre y con
el rabo entre las piernas. Ha pasado una semana desde que
esa mujer estuvo aquí, una semana de silencio casi absoluto.
Espera que lo cuestione, que sea esposa y actúe como una
mujer histérica, pero no lo haré y eso le molesta.

—¿Por qué no gritas? —me preguntó anoche.

—¿Qué lograría con eso?

—Al menos demostrarías que te importa.

Alcé las cejas y me guardé la lengua.

Ahora se ha ido.

Espero un día, me entretengo como puedo, pero no regresa. Cabalgo por el arroyo con Bluebell. Esta vez la luz es
plena y veo un destello en el agua. Voy hacia él y me arrodillo en la orilla cubierta de musgo.

Meto la mano en el agua helada y tomo un puñado de
grava. Dejo que la arena se lave y me quedo con las piedras:
allí, en mi palma, una pepita de oro. Áspera en los bordes,
no lisa del todo, es del tamaño de mi pulgar, cinco veces el

tamaño de cualquier cosa que Charlie haya sacado alguna vez de la tierra. Miro el agua y veo el resto, brillan con la luz del sol.

Recuerdo una conversación con Charlie en el invierno.

—Deberías minar en la parte superior del terreno. He visto oro en el agua —le dije yo.

Me miró como si fuera una idiota. Semejante condescendencia en sus ojos me había dado ganas de arrancárselos.

—Es solo el sol jugándote malas pasadas. El oro está aquí.

—Pero Charlie… lo he visto.

—No sabes lo que dices, Ellen. Esa tierra está vacía, ya la he revisado. ¿Acaso crees que no fui allí cuando tomé estas concesiones?

Otra mentira para salvar las apariencias y para hacerme parecer la esposa tonta. No discutí; ya no tenía la voluntad para hacerlo.

Puso su mano en mi hombro.

—Déjame la minería a mí. Lo único de lo que debes preocuparte tú es de mantenerme alimentado y con la casa caliente. ¿Puedes hacer eso?

Estaba apretando tan fuerte el puño que me clavé las uñas en la palma hasta sangrar. Me siento sobre mis talones y giro la pepita en mis manos: no puedo dejar de mirarla. Hay algo mágico en el oro: es cómo atrapa y mantiene la luz, es cómo brilla.

Es metal recién salido de un río helado, pero se siente cálido al tacto. Lo miro y entiendo esta fiebre mejor que nunca.

La línea que delimita la concesión de Charlie está a mitad de la colina. La tierra donde estoy ahora es mía. Una curiosidad de la ley del Klondike permite que un hombre solo pueda reclamar un terreno a la vez, pero un hombre casado también puede poner otra fracción de tierra a nombre de su esposa. Estos doscientos metros de orilla de río, que suben por un desfiladero empinado, se consideraron demasiado difíciles de excavar, así que Charlie decidió ponerlos a mi nombre. Esto significa que el oro que tengo ahora en mi mano es mío... y solo mío.

Un sonido en algún lugar detrás de mí, como un paso pesado sobre ramas secas. Me doy la vuelta.

Creo escuchar una respiración.

Animal, no humana.

Los osos hacen su hogar en estos bosques. Bajan de sus guaridas en la montaña para alimentarse.

Aprieto el oro en mi puño y me pongo de pie lentamente.

La maleza aquí es densa y alta, puede ocultar un oso o un alce.

Otro resoplido y un paso.

Mi corazón se dispara hasta la garganta. Me preparo para correr, aunque dudo de que llegue lejos.

Bluebell emerge del matorral y sacude la cabeza. Respiro aliviada.

—Maldita seas —le digo.

Se había soltado de la soga y había deambulado hasta dar conmigo. Tomo sus riendas y acerco su cabeza a la mía.

—Eres increíble —le digo, y presiono mi frente contra la suya.

Relincha y pisa fuerte. La noto nerviosa. Preocupación en sus ojos. Miro hacia el bosque. Presto atención. Siento ojos sobre nosotras. Guardo la pepita en mi bolsillo.

Monto a Bluebell y regreso a la cabaña. Hay un caballo atado fuera donde debería estar Goldie. Un semental negro: es el caballo de Frank Croaker; lo llama Relámpago y el animal no defrauda cuando galopa.

No veo al hombre.

Llevo a Bluebell a su corral. Descubro a Croaker sentado en mi porche observándome al darme la vuelta.

—Buenas tardes, señora Rhodes —me dice con una sonrisa en la que no confío.

—Señor Croaker —contesto mientras me limpio las manos contra mi falda. Siento la pepita en el bolsillo. Me pregunto si llegará a verla—. ¿Puedo ayudarlo?

Arquea los labios.

—Espero que sí. ¿Ha visto a una mujer por aquí? Joven y muy bonita.

Mi estómago se tensa.

—No.

—¿Está segura? Charlie la conoce, si entiende lo que digo. Su nombre es Molly. Unos mineros río abajo dijeron que andaba por aquí.

—No la he visto. Usted es el único visitante que hemos tenido. Además, si mi esposo trajera a una amante, ¿cree que la dejaría entrar en mi casa?

Mueve la cabeza de un lado a otro.

—Supongo que no. Una buena mujer como usted merece algo mejor. ¿Está aquí su esposo? Me gustaría preguntarle también a él.

—Charlie ha viajado a la ciudad. Lo encontrará en el Arcadia.

—Cada vez que vengo, Charlie no está.

—Me temo que no tiene suerte —digo yo y él ríe.

Se levanta y se me acerca como si ya fuera dueño de esta tierra y me mira como si yo fuera parte del premio.

—O tal vez tenga mucha suerte —me responde, parado a solo unos metros de distancia.

Apoyo la espalda contra el corral del caballo.

—Charlie no venderá la concesión —sigo yo, intentando distraerlo de su curso—, aunque debería. Esta tierra es inútil.

Me mira de pies a cabeza. Siento sus ojos como manos recorriéndome entera.

—Supongo que la tierra está bien, el que es un inútil es su esposo. —Da un paso más hacia adelante—. ¿Será tan inútil en todos los aspectos?

—No sé de qué habla. Necesito que se vaya ahora, señor Croaker.

Más cerca. Llego a oler su aliento y su sudor.

—¿Irme? ¿Cuando apenas nos estamos conociendo?

Me sujeta del cuello. Me toma tan por sorpresa que se me va todo el aire de los pulmones. Empuja su cuerpo contra el mío. Es como si una montaña estuviera aplastándome. La cerca de madera se clava en mi espalda.

Golpeo su pecho con mis puños, pero es como golpear roca. Bluebell relincha y se encabrita detrás de mí.

Por fin me suelta y puedo respirar. Sus manos están por todas partes; se sienten ásperas, y ahora sus labios también están en mi cuello.

—¡Basta! ¡Basta! —grito mil veces, pero él me ignora.

¿Nadie puede oírme? ¿Nadie vendrá a ayudarme?

—Se lo ruego, señora Rhodes. ¿Dónde está su sentido de la hospitalidad?

Él fuerza una mano entre mis piernas. Lo araño, clavo las uñas en su cuello y lo lastimo. La sangre brota. No me detengo.

Gruñe. Ahora veo furia donde antes veía deseo carnal. El miedo me absorbe tan profundo que no puedo moverme. Sé que estoy a punto de morir.

Croaker se impulsa fuera de mí y por un momento espero que esta pesadilla haya terminado. Pero me equivoco. Sujeta mi muñeca y me arrastra hacia la cabaña.

—¡No! —grito y le ruego—. ¡Suélteme!

Clavo mis talones en la tierra, pero eso no lo detiene. Debo evitar que me meta en esa cabaña. No dejaré que lo haga. Me lo juro a mí misma.

Hago un movimiento brusco y él pierde el equilibrio y tropieza. Giro mi muñeca, pero sigue sujetándome. Desesperada, tomo un puñado de tierra y grava afilada y se lo echo en los ojos.

Se queja, cegado al fin, y su agarre finalmente se afloja. Me libero y corro. Hacia los caballos. Hacia Bluebell.

Pero no pasa un segundo que ya está sobre mí otra vez. Me sujeta del cabello y me arrastra hacia atrás. Siento el cuero cabelludo como fuego.

—¡Ey! ¡Deténgase! —alguien grita.

Una voz salvadora.

Veo a Early, el minero de río abajo, que corre hacia nosotros.

Ataca a Croaker y yo quedo libre.

—¡Corra, señora Rhodes! —me grita.

No me detengo. Abro la puerta del corral y salto sobre Bluebell. En un segundo ya estamos lejos. Pero un segundo después escucho un disparo.

Miro atrás. Frank Croaker está sobre Early. El minero levanta una mano, tiene la otra presionándose el pecho. Croaker le dispara otra vez. Luego se vuelve hacia mí. Levanta el arma.

Tiro de las riendas y Bluebell se echa a correr.

No me persiguen balas, no se oyen más disparos en el valle. Paso junto a los mineros, que han dejado de hacer lo que estaban haciendo. Miran a Croaker y al cuerpo de su amigo a su lado. Algunos se quitan el sombrero.

Luego doblo una curva y me alejo. Creo que Croaker vendrá detrás de mí. Usará ese semental suyo de nombre Relámpago para alcanzarme como un rayo. Pero no oigo cascos, no oigo gritos.

Monto sin detenerme hasta llegar al río. El hielo se ha derretido y el ferry está en funcionamiento. No tengo nada conmigo salvo el oro en mi bolsillo. Lo entrego sin pensarlo. Es mucho más que el valor del pasaje y el barquero me mira, ve mi estado y me lo devuelve. Me dice que pague a la vuelta. Su amabilidad me abruma y no puedo hablar para agradecerle. Me aferro a Bluebell mientras cruzamos el río.

Entonces lo entiendo, en medio de ese momento de quietud. Veo la mano de Early extendida, buscando misericordia donde no la hay. Oigo el disparo y veo la mano caer. Ese pobre hombre... ese buen hombre.

Las lágrimas llegan calientes y rápidas, y entierro mi rostro contra el costado de Bluebell para sofocar el sonido con un estornudo. Los demás en el ferry no me miran, no les importa. Cuando el ferry da con la orilla opuesta, me limpio las lágrimas con la manga y pienso solo en el siguiente paso. Lo siguiente que deba hacer para sobrevivir.

Cabalgo hasta el Arcadia y descubro que Charlie no ha pasado la noche allí, pero no me importa. Solo deseo una puerta y un cerrojo. Me dan una habitación y una vez dentro, ya a salvo, caigo de rodillas.

Respiro, pero duele. El punto en el cuello donde Croaker había puesto su mano también duele. Siento su saliva en mi piel. Mi cabeza late y arde, y me preocupa mi espalda porque siento un picor.

Pido un baño. La muchacha trae la tina de hojalata, luego un balde de agua fría y tres hervidores de agua caliente. Me mira. Veo la compasión en sus ojos y creo que entiende, creo que toda mujer lo entendería con solo mirar. Trae una toalla.

El agua es agradable, pero el jabón es duro y esa esponja ya ha lavado varios cuerpos. Raspo los restos de otros y me desnudo. En el espejo me veo las moraduras. Son moradas y rojas, están en mis brazos, cadera, cuello, muslo; crecen y se vuelven más oscuras ante mis ojos. Me giro, miro por encima del hombro y contengo la respiración.

Una línea roja intensa corre por mi espalda. La tela fina de mi vestido poco hizo contra la barra afilada del corral y el peso del cuerpo de Frank Croaker. Mi piel está rasgada en algunos lugares y mi ropa está manchada de sangre. El vestido está roto y no tengo otro.

Me lavo de pie porque la tina es pequeña. El agua se vuelve lechosa. Contengo la respiración mientras la dejo correr sobre la herida. El blanco se torna rojo.

Aquí no viajan muchas mujeres solas y pronto debo enfrentarme a alguien. Un golpe suave en la puerta.

—¿Señora Rhodes?

—Estoy bañándome —respondo, quizá más airada de lo que debería.

—Mis disculpas. Mi nombre es Barnum, soy el gerente. Me preguntaba, eh… Lo que quiero decir es, bueno…

Salgo de la tina y me envuelvo en la toalla.

—¿Qué desea?

—¿Puedo entrar?

—No, señor, no puede. ¿Qué desea?

—Bueno, ¿cómo piensa pagar la habitación?

Me seco rápido y me pongo el vestido. Hago una mueca de dolor en silencio cuando la tela roza mi espalda y siento que la sangre vuelve a correr.

—¿Señora Rhodes?

Abrocho los botones del vestido y arreglo mi cabello. Él golpea otra vez, como si yo acabara de quedarme dormida. Prueba la manija.

Abro la puerta y el hombre da un salto hacia atrás. Le muestro mi pepita de oro y sus ojos brillan.

—Esto vale tres noches —le digo.

Él toma lo que le ofrezco.

—¿De dónde sacó eso? Su esposo nunca pagó con oro tan grande.

—Eso no es asunto suyo —retiro la mano—. Tres noches. Asiente.

—Tres noches, trato hecho.

Y toma el oro de mis manos. Odio dejarlo ir, especialmente con un hombre como este. Se escabulle. Una rata de hombre, siempre buscando el beneficio y nada más. Sus habitaciones son baratas y agradables, pero no confío en él. Sospecho que las tres noches se convertirán en dos, tal vez una, antes de que me pidan que me retire.

Mi única esperanza es encontrar a Charlie y contarle lo que ha sucedido. Tal vez la policía montada pueda arrestar a Frank. Tan pronto como me viene la idea, me río de lo absurda que suena. No hay castigo para un hombre como él. Sin embargo, yo debo vivir el castigo, sentir su marca en mi piel. La vergüenza crece en mi pecho. ¿Cómo reaccionará Charlie? ¿Dirá que soy una prostituta? ¿Creerá que yo me le insinué? He visto antes su falta de compasión por quienes considera menos morales que él. Charlie no tiene poder sobre Frank ni tampoco ningún recurso contra él que Frank no pudiera contrarrestar diez veces después. Charlie tendría poca opción más que echarme la culpa a mí. No se lo permitiré.

He probado lo que puede sucederle a una mujer sola en este lugar y me doy cuenta de lo indefensa que estoy en estos momentos. Eso me avergüenza más que cualquier manoseo no deseado de parte de cualquier hombre. No permitiré que esa vergüenza me devore y, sin embargo, ahora mismo, estoy colgando, aferrada a esa vergüenza.

Ahora no tengo dinero, solo un esposo perdido en algún lugar de este laberinto de ciudad. Ni siquiera es tarde. Todo lo que me ha pasado ha sucedido a plena luz del sol.

Me quedo en la habitación un rato más. Hasta que lo que me quedaba de susto e impresión desaparece y la luz se vuelve más indulgente. No tengo sombrero, ni chal, ni dinero, y debo moverme por Dawson sola. Me preparo.

Salgo a caminar por la pasarela de madera. El viento me azota y cruzo los brazos para protegerme del frío. Me siento expuesta. Un diente agrietado me provoca dolor con cada respiración. Camino despacio, siento cómo la tela de mi vestido se engancha en la piel rasgada de mi espalda.

En la ciudad hay mucha más gente que nunca porque ya han llegado los primeros barcos tras el deshielo. Los nuevos buscadores llenan tiendas y salones. Sus carretas y trineos llenan las calles, cargados de equipamiento nuevo y rostros frescos. Veo más mujeres esta vez. Algunas cargan sus propias bolsas y sospecho que se dirigen a los salones de baile. Hay una mujer con el sombrero bajo que cubre su rostro, que descarga sus pertenencias de un bote lleno de hombres. Un perro corre a su alrededor, ladrando a quien se acerque. La observo un instante. Se da la mano con un hombre y se marcha; pasa por delante de mí, el perro trotando fielmente detrás. Una mujer sola... y vistiendo pantalones. La miro. Camina confiada en su propósito. Me pregunto cómo debe sentirse eso.

La observo hasta que se mezcla entre todos los demás y desaparece. Entonces, como si el mundo retomara su curso, vuelve el ruido. La busco con la vista, pero se ha perdido entre la multitud. Los embaucadores ya están fuera, ofreciendo concesiones inútiles o imaginarias. Cada vendedor ambulante anuncia sus mercancías a bocas hambrientas.

Me desespero por encontrar a Charlie en medio de todo este caos. Paso horas vigilando la oficina de Bill Mathers, los salones, el Hotel Dawson, pero no aparece. La luz comienza a irse y el olor de los pasteles de carne flota en el aire. No he comido desde el desayuno y mi estómago lo reclama, pero no tengo dinero y no quiero a mendigar.

El sol se hunde, pero no se pone. La luz pasa del oro al gris pálido y las calles se vacían en favor de los bares y hoteles. Yo me quedo. Camino. Observo. No me atrevo a preguntar si alguien ha visto a Charlie. ¿Qué clase de mujer pierde a su esposo?

Nunca hay silencio ni quietud absoluta aquí en Dawson, pero las horas de la noche se parecen bastante a eso. Camino por algunas calles más pequeñas, donde las casas no son tan refinadas; tampoco la gente que vive en ellas. Camino a lo largo del río, donde descargan los barcos. Me ignoran. Soy invisible.

Me detengo un momento en una de las calles más amplias, alejada de la principal, y lo veo.

Después de horas de búsqueda, que Charlie esté justo allí parece irreal. No se ve como él mismo. Está desaliñado, con el cuello de la camisa abierto, sin chaqueta; se frota las manos y sacude la cabeza; está de espaldas a mí.

Estoy a punto de llamarlo cuando se da vuelta. En sus manos hay algo negro y en su pecho hay grandes manchas de esa cosa. Se ve devastado, da unos pasos hacia un callejón, se pasa las manos por el cabello, cambia de opinión y regresa, alejándose de donde yo estoy.

Camina, luego corre.

Me acerco al callejón cuando se ha ido.

Al principio no veo nada. La luz es muy tenue y el lugar está lleno de montones de basura, cajas rotas y tablas desechadas.

Mi pie golpea algo firme y entonces lo veo.

Lo veo y no puedo creerlo, me llevo la mano a la boca. El cuerpo de una mujer yace en el suelo. Está cubierta de sangre o lodo, y sé que es eso mismo lo que cubre las manos y la camisa de mi esposo. Sé que tendré que lavarlo de su ropa y nunca preguntar cómo llegó allí.

Debo saber quién es, debo verlo con mis propios ojos, debo saber con quién estoy viviendo. Le aparto el cabello del rostro y el horror me detiene el corazón. La conozco y mi esposo la conoce. Estuvo en mi casa hace una semana, vi su ira hacia ella, su mano sujetando su brazo.

Toco su rostro y puedo sentir cómo se enfría.

—Molly —susurro, como si mi voz pudiera despertarla.

Pero no, está muerta y, al parecer, mi esposo es su asesino.

MARTHA

Dawson City, Klondike.

Julio de 1898

—¿ENCONTRASTE ALGO? —PREGUNTÉ A HARRY, PERO ÉL
negó con la cabeza—. Sigue buscando entonces —insistí; él
asintió y volvió a su puesto en la puerta.

¿Cómo es posible que una mujer desaparezca así sin más?

A menos que Molly no se hubiera perdido. A menos que
estuviera con Bill o con ese amante suyo. Bill nunca me diría
si estaba con él y yo no conocía a ese otro tipo. Hasta podría
estar en Lousetown. Hay muchos lugares donde esconderse
aquí en Dawson y aún más para una mujer bonita.

Pasaron los días y no hubo noticias de Sam. Tampoco
señales de Davis. Tenía hombres buscándolo por todos
lados, no podía hacer nada más. Me repetía que él estaba
bien. Que estaba vivo, respirando y lo suficientemente
fuerte como para bajar por el sendero y venir a abrazarme.

Me aferraba a esa esperanza como si fuera una brasa en
una tormenta de nieve.

—¿Es usted Martha Malone? —preguntó una voz.

Me giré y vi a una mujer. Estaba sola y sin vestimenta
apropiada.

—¿Quién pregunta?

Tenía lodo en sus faldas. Bueno, todas aquí teníamos lodo en las faldas.

Pero no vestía chal ni abrigo, ni siquiera un sombrero. Se veía como si hubiera salido huyendo de su casa después de la cena y hubiera corrido hasta llegar aquí.

—Necesito hablar con usted. Es importante.

Su voz era suave pero urgente, y percibí que no era de las que se dedican a los chismes mediocres.

—Muy bien.

La llevé a mi oficina y, cuando cerré la puerta, se dejó caer en el sofá y rompió en llanto.

—¡Jesucristo santo! Querida, ¿qué sucede? —le pregunté mientras le servía un trago de algo bueno.

Ella lo bebió y pareció calmarse.

—¿Es usted dueña de este lugar?

—Sí.

Era como un caballo nervioso. Si la empujaba demasiado o levantaba la voz, saldría disparada. Pero parecía tener problemas para sacar las palabras de su boca. Eran demasiado difíciles, cubiertas de dolor, como una pastilla amarga. Entonces vi su anillo de casada y entendí.

—¿Su esposo ha venido aquí? ¿A ver a mis chicas?

Me miró y un destello de otra cosa cruzó sus ojos. Luego asintió.

—Eso pensé —seguí. Me senté a su lado en el sofá y puse la mano en su rodilla—. No significa absolutamente nada, ¿sí? Para estos caballeros es como tener una pelea en la calle o apostar dinero. Una manera de desahogarse, digamos, no significa que no te ame, pequeña.

Ya había dado este mismo discurso antes y sabía que volvería a darlo antes de que mi tiempo acabase.

—No es eso. No me importa eso. Es... ¿trabajaba aquí una muchacha llamada Molly?

—Así es. ¿La conoces?

Asintió. Las lágrimas le brotaron de los ojos.

—Yo… Necesitan… enviar a alguien.

Y entonces me invadió un terrible presentimiento.

—¿A dónde?

—El callejón junto a la barbería. Molly está allí.

—¿Qué estás queriendo decirme?

—No puedo… —Negó con la cabeza y luego tomó mi mano—. Por favor, envíen a alguien.

—¿Quieres decir…?

Asintió con la cabeza y se me heló la sangre de pronto.

—Quédate aquí —le dije, y salí de la oficina enseguida.

Bajé corriendo las escaleras, con mi sonrisa de anfitriona forzada, asintiendo a los clientes, pero sin escuchar sus preguntas, sin pensar en nada más que en llegar hasta donde estaba mi Molly.

Harry vio mi intención y me encontró en la puerta.

—El callejón junto a la barbería. ¿Lo conoces?

Asintió.

No había mucha luz esa noche y las sombras se aferraban a las esquinas. No me daban las piernas para caminar más rápido, pero tampoco tenía muchas ganas de llegar. Sabía lo que encontraría. Lo vi en la mirada de esa mujer, lo sabía. Pero hasta que llegara al callejón, hasta verlo con mis propios ojos, Molly seguía siendo Molly.

Llegamos. Harry fue primero y encendió una cerilla.

Y ahí estaba. De lado, como dormida, pero con los ojos abiertos.

—Busca al médico y a la policía —dije a Harry—. Yo me quedo aquí.

Harry salió corriendo.

Dawson siempre estaba en movimiento, con gente gritando, bebiendo, peleando. Pero no en este callejón. No aquí con esta muchacha.

El silencio dolía.

La quietud dolía.

Me arrodillé junto a ella en el lodo. La luz era suficiente para ver su rostro, su figura, pero no para distinguir cada detalle. Le pasé los dedos por la frente. Estaba tibia, pero se sentía extraña al tacto; todo lo que quería era envolverla en una manta y llevarla a casa, al lugar del que nunca debió haberse marchado. Pasó apenas un momento y Harry ya había vuelto con el doctor Pohl y un joven policía montado que venía corriendo para seguirles el paso. El doctor me tomó por los hombros y me hizo a un lado. Lo dejé. Ahora me encontraba vacía, hueca. No sentía nada; solo un entumecimiento de pies a cabeza y un cansancio como para dormirme de pie. Sentía el frío calándome los huesos, como aquellos buscadores de oro que intentaban ir por los senderos en invierno.

Dejé que los hombres hicieran lo suyo. El policía montado me hizo preguntas y yo respondí. Le dije que una mujer me había dicho que viniera hasta aquí. Así la encontré. No moví nada. Esa mujer sigue en mi oficina en este instante.

—Gracias, señora Malone —me dijo.

No tuve energía para corregirlo.

—Harry —dijo el doctor Pohl—, ¿podrías llevarla a mi consultorio?

El pobre estaba conteniendo sus propias lágrimas. La levantó con cuidado, la sostuvo como a una bebé y la sacó de aquel maldito callejón.

El policía fue hasta el hotel. El doctor y yo seguimos a Harry. Las personas en la calle, las pocas que había, se detuvieron para vernos pasar. Algunos se quitaron el sombrero o se hicieron la señal de la cruz. La mayoría guardó silencio. Todos siguieron con lo que estaban haciendo unos segundos después. La muerte era común, acechaba el lugar.

Decían que vivía en la Cúpula del Rey Salomón, la colina alta donde nacían todos los arroyos. Así es: la muerte creó el oro para atraer a los hombres y luego atraparlos. Sin embargo (y según mi experiencia), siempre eran las mujeres las que se enfrentaban más duramente a la Parca.

Harry colocó a Molly sobre la mesa mientras el doctor Pohl encendía sus lámparas.

Y entonces la vi a la luz por primera vez desde que la había echado.

Había cambiado mucho en esa semana y media. Su rostro se veía más delgado, tenía líneas nuevas en la frente y círculos oscuros alrededor de los ojos.

—Regresa al hotel —dije a Harry—. Límpiate y asegúrate de que esa mujer no se vaya a ningún lado.

Quedamos solos, el doctor y yo. Él cerró los ojos de Molly, y el horror se redujo a una llama de vela.

—Debo desnudarla —me dijo con tono de disculpa—. ¿Quisiera salir un momento?

—No voy a dejarla —respondí.

Lo ayudé, asegurándome de que no fuera brusco en el trato, como el otro médico siempre había sido. Pero él fue paciente y la trató como merecía, después de todo lo que la vida le había arrojado.

El vestido de Molly estaba empapado y cubierto de lodo, y no fue sencillo quitárselo. Tomé las tijeras del doctor.

—Espere —me dijo, extendiendo la mano para detenerme—. Podría limpiarlo y venderlo.

Negué con la cabeza.

—No quiero ver a nadie usando esto que no sea ella.

Bajó el brazo.

Corté el vestido para liberarla. El doctor ayudó a sacar con suavidad sus brazos y la recostamos con delicadeza. Tapó con una sábana sus partes privadas y se dispuso a realizar su examen.

Yo lo observaba sin ver realmente, como si estuviera dormida, pero con los ojos abiertos. Lo vi tocarla, limpiarla, levantar sus brazos, sus piernas, revisar entre sus dedos. Pero yo no estaba allí, esto no estaba sucediendo.

Excepto que sí. Y lo había sabido desde antes. Esa maldita adivina me lo había dicho: habría una muerte que yo no podría evitar y luego me culparía por ella. Y, como que me llamo Martha, aquí estaba ahora. ¿Por qué había tenido que ser ella?

—Esta muchacha se defendió —dijo el médico.

Lo miré.

—¿Qué?

El hombre sostenía la mano de la muchacha y señalaba las puntas de los dedos.

—Hay piel debajo de las uñas. Arañó a su atacante. Debe de haber dejado marcas. Marcas profundas diría, por la cantidad de piel que he encontrado.

Miré a Molly.

—Bien hecho, mi niña.

—Tiene moraduras en el cuello y aquí… fue apuñalada.

Una marca en el vientre. Pequeña, de apenas dos centímetros de largo. Me dolió verla.

—A juzgar por lo que observo —comenzó a decir el doctor—, primero la estrangularon, luego se defendió, lanzó un buen golpe a su atacante y este terminó su trabajo con un cuchillo. Tiene que haber sangrado mucho, pero el lodo lo ha ocultado todo.

Mis ojos se llenaron de estrellas. Me sujeté de la mesa para no caer al suelo. Un taburete apareció justo detrás de mí y el doctor me ayudó a tomar asiento. Lo escuché servir un vaso de agua que segundos después acabó en mi mano.

—Respire profundo —me dijo—. Encontraremos a la persona que hizo esto.

Negué con la cabeza.

—Yo ya lo sé.

—¿Cree que pudo haber sido Bill Mathers?

—¿Quién más?

—Yo no indagaría demasiado. Es muy peligroso. Si va hasta allí con acusaciones, terminará mal. Deje que la policía montada haga su trabajo.

—Bill y yo construimos esta ciudad. No es el único peligro por estos pagos.

El doctor no siguió el debate ni me contradijo nuevamente. Volvió su atención a Molly, tomó una palangana y algunos paños, y me entregó uno sin mediar palabra. Juntos la lavamos en silencio. El lodo y la sangre fueron saliendo y revelaron piel y una historia: las moraduras en todo el cuerpo; los brazos, el cuello, una en forma de puño justo en el vientre, el lugar donde había entrado el cuchillo. Todas esas heridas hablaban del dolor que la muchacha había soportado los últimos días de su vida. Sus últimos momentos.

Debí haberla protegido, debí haber hecho que se quedara conmigo. La culpa me rompió la espalda. Esa niña me rompió el corazón.

Me senté junto a ella un rato y cepillé su cabello mientras el doctor limpiaba la sala.

—El día que conocí a Molly fue cuando vino a mi hotel a pedir trabajo —comencé a decir—. La miré de pies a cabeza y le dije que probara en otro lugar. No creí que fuese lo suficientemente fuerte para todo esto. Duraría una semana como mucho, pero no se fue. Dijo que tendría que ser aquí porque todos los otros hoteles eran manejados por hombres. Le dije que aquí había un solo trabajo, el más antiguo del mundo entero, y ella me aseguró que no sería la primera vez que se acostaría con un hombre que no amaba. Tenía lengua, eso sí, y tenía corazón. Huyó… de qué, no lo sé, pero lo vi en su la mirada; la mitad de mis chicas aquí la tienen. Molly nunca me contó de dónde venía. Solo dijo que no era de aquí, así que no importaba —acaricié su mejilla—. No conocía su pasado ni a su familia ni dónde creció. Solo sabía que había llegado hasta el fin del mundo y me había encontrado a mí. Mi trabajo era cuidarla... y le he fallado.

El doctor puso su mano sobre mi hombro. No había nada que decir que no sonara a sermón, así que se limitó a guardar silencio.

—Iré a buscar a la policía —anunció.

—No me iré a ningún lado.

—Lo sé.

Se puso la chaqueta y salió.

Dawson nunca estaba en silencio, pero la quietud en aquella habitación fue lo más cercano al silencio absoluto que alguna vez había experimentado. No le hablé, no le canté una nana, no dormía, aunque eso parecía. Ella ya no estaba allí. Todo lo que sentía era calor, un calor que hervía dentro de mí. Una mujer puede contener su rabia toda la vida. Los hombres la descargan, la gastan, algunos golpes por aquí y otros por allá. Pero yo la guardaría hasta arrancarle la verdad a Bill Mathers. Hasta dar con los rasguños que ella le había hecho en la piel para marcarlo como su asesino. Y entonces sí, me descargaría.

La puerta se abrió de golpe.

Di un brinco y el taburete cayó al suelo. Me paré delante de Molly, pero pronto vi que no debía preocuparme. En el umbral de la puerta, una mujer: iba vestida como hombre, pero seguía siendo una mujer, joven y bonita. Su rostro me resultaba familiar, pero a la vez no lo era.

Estaba jadeando, parecía salvaje. Miraba más allá de mí, hacia la mesa donde yacía Molly. Ahogó un grito, se tapó la boca y casi se cae hacia adelante.

—Charlotte...

Fue la única palabra que pude distinguir.

—¿Quién? —pregunté.

La mujer me hizo a un lado y se acercó al cuerpo. Cayó de rodillas, apoyó los codos en la mesa y la cabeza justo al lado de la de Molly. Lloró a todo pulmón.

—¿De dónde conoce usted a Molly? —le pregunté con la mayor suavidad posible.

Me miró entonces con un rostro deshecho y las lágrimas desbordando de sus ojos.

—¿Molly…? Su nombre es Charlotte Kelly, es mi hermana.

KATE

Dawson City, Klondike.

Julio de 1898

No creía lo que me mostraban mis ojos. Verla allí, sobre esa mesa... Tenía que ser un sueño causado por una fiebre muy alta, una pesadilla. Seguramente me había caído al río, me había resbalado por la montaña. El sueño me había vencido.

Pero no, estaba despierta y mi hermana no.

Me encontré sentada en una silla con un vaso en la mano. Una mujer vertió *whisky* en él y lo bebí antes de que ella llegara a sentarse. Sirvió otro.

—¿Qué le pasó a mi hermana? —le pregunté.

Escuché las palabras que la mujer pronunciaba, pero no pude entenderlas.

Estrangulada. Apuñalada. Asesinada.

—¿Quién...? —Las palabras cobraron claridad y también la mujer. Su silueta finalmente se definió ante mis ojos.

—No lo sabemos. La encontraron esta tarde.

Miré a mi hermana una vez más. Quietita y fría sobre la mesa. Una sábana cubría su cuerpo, pero su cabeza, su rostro y su cabello habían quedado libres.

—Vine por ella. Ella... Dios mío.

No podía respirar. Las lágrimas me quemaban en los ojos antes de caer.

—¿Qué es eso? —dijo la mujer, y yo también lo oí. Era un gemido y alguien rascando la puerta.

Yo estaba entumecida. Hablé como una máquina.

—Es mi perro.

La mujer fue hasta la puerta y dejó entrar a Yukón, que se acercó a mí y apoyó la cabeza en mi regazo. Su presencia despertó mis sentidos.

—Lo siento mucho —dije a la mujer—, pero ¿quién es usted?

Enderezó su postura. Era una persona orgullosa en un mundo de tontos, no había duda.

—Mi nombre es Martha y soy la dueña del Hotel Dawson. Y Molly... digo Charlotte... Charlotte trabajaba para mí. Ella... —Debió contener su emoción—. Ella era buena y muy trabajadora.

Era más que eso, podía verlo, pero no tenía las fuerzas para insistir.

—Fui hasta el hotel a buscarla... Un hombre en la puerta dijo que usted estaría aquí.

No había visto a mi hermana en años y ahora que lo hacía por primera vez después de tanto tiempo, ella no podía devolverme la mirada. No podía sonreír ni reír como solíamos hacerlo juntas.

Me acerqué a la mesa y toqué su cabello. Estaba suave, polvoriento por la tierra, pero bien peinado y desenredado.

La pobre se acercó a mí cuando la puerta se abrió de golpe y un joven entró apresurado. Se detuvo cuando me vio. Miró a Yukón y comenzó a quejarse, pero Martha se interpuso.

—Ella es la hermana de Molly —le dijo—, y él es el doctor Pohl. No escuché tu nombre, querida.

—Kate. Y ella no es Molly, es Charlotte.

El hombre volvió a su papel de médico.

—Mi más sentido pésame, señorita. ¿Le ha contado la señora Martha lo sucedido?

—La mayor parte —respondió ella.

¿La mayor parte? Me volví hacia ella.

—¿Qué más sabe?

Suspiró.

—Habrá un hombre en este pueblo con rasguños en alguna parte de su cuerpo, rostro o cuello tal vez y será el asesino. Una mujer que está ahora en mi hotel fue quien la encontró.

—Entonces vamos. Debo hablar con ella.

Con un silbido llamé a Yukón y el perro dejó lo que estaba olfateando para venir hasta mí. Hice una pausa y volví la mirada al cuerpo sobre la mesa. Lo mejor que podía hacer por Charlotte ahora era encontrar a quien le había hecho esto y asegurarme de que pagara por su crimen. Besé su frente e intenté ignorar la extrañeza de su piel, la frialdad, la muerte dentro de ella.

Unos segundos después, ya estaba en las calles oscuras de Dawson. Había llegado hacía apenas unas horas y vi por primera vez el Hotel Dawson, del que Charlotte hablaba en sus cartas. Divisé a la policía montada; eran dos oficiales con sus chaquetas rojas. Una especie de mancha de sangre entre la ropa cubierta de lodo de los mineros.

Había recorrido mil kilómetros, viajado durante meses, escapado de la muerte en la montaña, había sangrado y luchado para salvar a mi hermana, y había llegado demasiado tarde. Todo en vano. Todo por una hora más. ¡Una hora! Habría llegado a tiempo si hubiera logrado subir a uno de los primeros barcos en el lago Bennett. ¡Maldita la lentitud de Biddy y Walter! ¡Maldito el hielo que detuvo mi marcha! ¡Maldita sea yo! ¡Maldito sea todo!

—Kate —la suave voz de Martha y su mano sobre mi brazo me calmaron lo suficiente como para permitirme respirar de nuevo.

Nos detuvimos en un paseo sobre una calle que no conocía, en una ciudad de madera construida sobre el juego y el oro. Estaba llena de historias, de gente y de oportunidades… pero para mí estaba vacía.

—Estabas murmurando. Mira tu mano —me dijo, y abrió mi puño.

Cuatro medias lunas de sangre provocadas por mis propias uñas en mi palma. Miré la sangre como si no fuera mía.

—Vamos a limpiarte.

Martha señaló el enorme y hermoso edificio al otro lado de la calle. Me condujo hasta adentro y, de pronto, todo ese ruido me tomó por sorpresa. Después de semanas en el sendero, con los sonidos de la naturaleza y conversaciones silenciosas, esto ahora era una especie de explosión: música, charlas, gritos en las mesas de juego y desde las cocinas; había también mujeres coqueteando desde los balcones, aunque a ellas las noté cabizbajas y sus insinuaciones, algo apagadas.

Un oficial de policía esperaba junto a la barra, con su sombrero en la mano, claramente aguardando el regreso de Martha. No estaba segura de si había estado allí antes. Cada uno de los momentos antes de entrar al consultorio del médico se había borrado de mi mente.

—Oficial Deever —dijo Martha acercándose a él.

—Señora —asintió el oficial, y su torpeza desapareció de repente—. ¿Podremos hablar a solas?

Martha asintió. Se apartó para indicar a su camarero que me sirviera *whisky* hasta que mi dolor desapareciera, pero yo no iba a permitirlo.

—Iré con ustedes —le dije.

—Esto quizá no sea algo que quiera oír.

—Es mi hermana —dije con todo el veneno que sentía dentro.

Conocían a Charlotte, o creían conocerla, pero nadie sabía nada de mí. Nadie sabía siquiera su verdadero nombre. Se había escondido tan profundamente en este lugar que no sabía si podría sacarla de aquí.

—¿Molly tenía una hermana? —preguntó el policía.

Le lancé una mirada asesina.

—Charlotte tenía una hermana.

—La mujer que encontró a Molly, a Charlotte, está esperando en mi oficina.

Yukón había encontrado un hueso y se había hecho amigo del señor de la barra. Se acurrucó en un rincón y mordisqueó su nuevo juguete.

Martha nos guio a mí y al policía escaleras arriba hasta una oficina vacía. La vi sujetar el pomo de la puerta.

—Se escapó. Creen que se meterán en problemas solo por haber estado cerca de donde ocurrió un asesinato —dijo el policía mientras jugueteaba con su sombrero—. ¿Alguna idea de quién era esta mujer?

—La he visto en el pueblo. Supongo que es esposa de algún minero, iré a ver si está afuera.

Martha cerró la puerta y, a través del cristal, la vi bajar las escaleras.

El policía se volvió hacia mí.

—¿Qué puede decirme usted sobre su hermana?

Lo miré con acero en la mirada.

—Que está muerta.

Bajó la cabeza con las mejillas enrojecidas.

—No quiero ser insensible, señora. Usted me entenderá. Solo necesito recolectar hechos para encontrar a quien hizo esto.

—¿Hechos? —repetí—. ¿Qué hechos espera encontrar si ni siquiera sabe su nombre?

El hombre conservó la paciencia… un rato.

—Escúcheme bien, señorita Kelly. Todos queremos descubrir quién hizo esto, así que si usted sabe algo, si sabe de alguien que podría haber querido hacerle daño a su hermana, será mejor que me lo diga ahora.

—Lo sé.

Pensé en la carta de Charlotte: *Finalmente me ha encontrado y ya no tengo dónde huir*. La saqué del bolsillo y se la entregué al policía.

—Su marido.

El hombre parecía confundido.

—Pensé que era viuda.

—Solo un deseo. Huyó de él hace uno o dos años; era un hombre violento y le había levantado la mano más de una vez. Mi hermana temía por su vida. Esta carta la escribió a finales de año. Yo no sabía nada de esto, no tenía idea de dónde estaba. Dijo que había ido de ciudad en ciudad para escapar, pero él siempre la encontraba. Llegó al fin del mundo y aun así él la encontró.

—¿Puede describirlo, darme una idea de qué buscar? —me preguntó.

Negué con la cabeza.

—No lo conocí. Se casaron en secreto y él le tenía prohibido verme. Solo vi una foto borrosa de él en un periódico donde anunciaban su compromiso. Charlotte me envió el recorte: era de estatura media, cabello castaño y barba.

—Así es cada hombre aquí en el Klondike —dijo sin ayudar—. ¿Su nombre?

—Henry Gable.

Sacó un pequeño cuaderno y un lápiz de su bolsillo y tomó nota.

—Pondremos avisos y preguntaremos a los locales. Le avisaré si tenemos noticias.

El hombre se marchó y sentí una terrible decepción: ¿eso

iba a ser todo? Unas pocas palabras y estos hombres de rojo harían algunas preguntas por ahí, como si eso pudiera ayudarlos a dar con aquel canalla en un lugar como este.

No sé cuánto tiempo estuve allí, de pie, entumecida y cansada, hasta que Martha regresó.

—Esa mujer se marchó hace rato, maldita sea —me anunció, y luego pareció notar el estado en el que me encontraba—. ¿Se siente bien?

Un cuadro en la pared había llamado mi atención. Una montaña y una cabaña, dibujadas con tinta negra fina. Me acerqué y la reconocí.

—Charlotte dibujó esto —dije yo.

Martha se colocó a mi lado.

—Tenía buen ojo y mucho talento.

La escena mostraba el lecho de un arroyo y cajas para el lavado de oro.

—¿Encontrarán a quien hizo esto? —pregunté.

Martha me miró con duda en sus ojos.

—No lo sé, para ser honesta. Los policías creen que ellos son la ley en este lugar, pero sabemos que no es así. Son apenas un sello en un papel. Lo que quieren es atrapar a un hombre y no tanto atrapar al culpable.

—¿Quién querría hacerle daño a mi hermana?

Martha dio un suspiro.

—Sé que estaba metida en asuntos un tanto turbios.

—¿Qué asuntos?

—Se veía con un caballero. Terminaron y no fue en buenos términos.

Un fuego se encendió dentro de mí.

—¿Quién es él?

Martha negó con la cabeza.

—No lo sé. Nunca lo vi, jamás supe su nombre.

Miré de nuevo el dibujo. Mi hermana solo dibujaba lo que había visto.

—¿Puedo ver sus cosas? ¿Su habitación?

Martha tuvo el buen juicio de esperar en la puerta. La habitación era pequeña y oscura, y las cortinas estaban corridas. Encendí una lámpara y examiné el lugar. Todo era caos. La cama estaba sin hacer, había ropa tirada sobre una silla, la puerta de su mesita de noche estaba abierta.

—Se llevó una bolsa cuando se fue, pero no era grande. No fue ella quien dejó su cuarto así. Alguien debió de haber entrado —dijo Martha detrás de mí— y no fui yo.

Un baúl en la esquina había sido forzado. Lo que había dentro (principalmente vestidos y ropa de cama) había quedado esparcido en el suelo. Me acerqué, levanté la tapa rota y arrimé la lámpara para ver mejor.

Aparté la ropa y encontré un pequeño manojo de cartas, eran las que yo le había enviado. Había un libro atado con cinta junto a las cartas. Las manchas de tinta y carbón en su exterior indicaban que era el que usaba para dibujar. Debajo, un estuche con un anillo de oro; supuse que era de Charlotte. Y, por último, un cuadrado de lana roja tejido que mi hermana había tenido desde niña, una especie de consuelo y amuleto que siempre llevaba consigo.

Ahí estaba mi Charlotte. Su vida tal como la conocía, todo dentro de una caja. Había traído consigo muy poco de sí misma a esta tierra salvaje; hasta su nombre había dejado en el muelle. Sin embargo, había conservado todas estas cosas. Me quedé con el retazo rojo y lo guardé dentro de mi camisa, cerca del corazón. También tomé el cuaderno.

Me puse de pie y me volví hacia Martha.

—Quien haya saqueado su habitación no era un ladrón. De haberlo sido se habría llevado el anillo. Buscaba algo en particular... ¿Falta algo?

Martha ingresó a la habitación y miró a su alrededor. Lo hizo con cuidado, inspeccionó cada superficie, cada rincón.

—No lo sé, no lo creo.

Tomé el cuaderno de Charlotte, pero no pude abrirlo. Esas páginas eran una ventana a la vida y el alma de mi hermana. Era todo lo que quedaba de ella.

Martha posó suavemente su mano sobre mi hombro.

—Kate, ha sido un largo día, te prepararé una habitación.

El peso de las últimas horas cayó sobre mí en el instante en que pronunció aquellas palabras.

—Me quedaré aquí, si no hay problema.

Martha, sin dudas, encontró mi idea un tanto macabra.

—¿Estás segura?

—Sí.

No intentó hacerme cambiar de opinión. Podía ver su dolor, el amor que tenía por Charlotte... por su Molly. Pero Martha era su madama, su cuidadora, y me resultaba difícil sentir empatía por ella cuando, después de unos cuantos días, esta habitación sería limpiada y otra muchacha, alguna recién llegada a la ciudad en algún barco, ocuparía el lugar para entretener a los mineros y pagar a esta mujer por ese privilegio.

Martha se detuvo cuando llegó a la puerta y, como si hubiera escuchado mis pensamientos, me habló.

—Molly era familia para mí, ¿me oyes? Y eso significa que tú también lo eres, te guste o no. Haré que Jessamine te envíe algo de comer. También cuidaremos de tu perro, por supuesto.

Me invadió un sentimiento de culpa aplastante. Apreté la mandíbula para no derrumbarme y logré asentir con la cabeza.

Ella cerró la puerta con suavidad detrás de sí y yo me quedé sola.

Sentí a Charlotte en esa habitación. Una especie de susurro en el aire que no podía oír del todo. Me acosté en su cama y respiré lo que quedaba de ella. El tenue aroma de la mujer que había conocido aún estaba entre esas sábanas. Me dormí de inmediato, carcomida hasta los huesos por el cansancio y la rabia. Di mil vueltas y tuve pesadillas horribles: gritos, sangre y fuego, la frágil fuerza de los hombres y la ira de hierro de las mujeres, y luego, en medio de todo eso, la imagen fugaz de mi hermana muerta. Y las terribles palabras de aquella mujer resonando en cada segundo: *Veo muerte en tu futuro.*

Desperté con una terrible convicción dentro de mí. Encontraría al hombre que había hecho esto, ya fuera Henry Gable o cualquier otro. Lo encontraría y luego, con mis propias manos, lo mataría.

ELLEN

Boulder Creek, Klondike.

Julio de 1898

MIRO MI CABAÑA A LA LUZ DEL AMANECER. GOLDIE ESTÁ de nuevo en su corral junto con Bluebell. Charlie está dentro. No recuerdo demasiado del viaje de vuelta, el trayecto en ferry, otra deuda. Bluebell conocía el camino, y la penumbra de las pocas horas que tienen lugar cuando el sol no brilla convirtió la cabalgata en una incursión gris.

Veo una sombra en la tierra frente a mí, una mancha oscura donde pereció Early. Mi corazón se retuerce del dolor, como si me lo estuvieran arrancando. Su cuerpo ya no está, pero dudo de que haya acabado en el cementerio. Me pregunto cuándo aparecerá, o si lo hará algún día. Dónde estará y qué historia le adjudicarán. ¿Hablaré cuando eso suceda? Entonces tendría que admitir lo que hizo Croaker, o más bien lo que intentó hacer.

Solo pensarlo me revuelve el estómago. No quiero que me compadezcan, no quiero el chisme y no estoy lista para revivirlo todo al tener que contarlo. Charlie no está dormido como esperaba. Una luz arde en la ventana y veo su sombra moverse de un lado a otro. Subo al porche y escucho.

Está llorando, no me conmueve, no siento ningún impulso por consolarlo.

Lo veo en mi mente otra vez, cubierto con algo oscuro, corriendo desde el callejón desde donde estaba el cuerpo, desde donde estaba su amante, a quien lo vi sujetar y asustar en esta misma tierra.

Respiro de nuevo el aire cálido del verano y desearía tener un cuchillo conmigo.

Abro la puerta. Charlie, que está sentado en una silla, los codos sobre las rodillas y la cabeza entre las manos, alza la mirada. Qué rostro tan desdichado... surcado de lágrimas y manchado de lodo. Viste una camiseta interior y calzoncillos y lleva un pañuelo atado al cuello. La tina que usamos para lavar la ropa está medio llena de agua.

Lo que había esperado que fuera lodo no lo es.

Su ropa está en el agua. Manchada de rojo con la sangre de una mujer.

—Elly —dice, y rompe en un nuevo llanto.

Se desliza de la silla para dejarse caer de rodillas. Estoy atrapada entre la compasión y el asco. Se aferra a mi vestido y hunde su rostro en mi vientre. Me abraza como no lo hace desde que nos casamos y yo lo dejo. No lo arrullo ni lo tranquilizo, no le acaricio la cabeza ni lo obligo a levantarse.

¿Debería decirle que lo sé? ¿Asumo el riesgo? Un hombre es capaz de hacer cosas terribles para evitar ir a la horca, cualquier cosa por cubrir un crimen. Matar a su esposa, quizá, si ella sabe su verdad.

—¿Qué pasó? —pregunto.

Mentiré hasta que ya no pueda.

—Lo siento. Lo siento... —repite una y otra vez.

—Charlie, dime qué está pasando —le digo sin miedo en la voz, aunque sé que eso es lo que él querría oír—. Me estás asustando.

Entonces me mira.

—No digas eso, Elly, nunca digas eso. Jamás te haría daño.

—Tus mentiras me hacen daño, Charlie —respondo, y no estoy hablando solo de lo que pasó anoche—. Dime qué sucede.

—Te he fallado como esposo, como hombre. He fallado.

Vuelve a llorar. Me arrodillo en el suelo para poder mirarlo directamente a los ojos.

—Contrólate, Charlie, y dime por qué hay ropa ensangrentada en mi batea y por qué mi marido llora ahora como un niño.

Se calma. Reprendido lo suficiente para callar, pero no para enojarse.

Me cuenta lo de Molly, pero la verdad esta vez. Había sido un hombre débil, atraído por placeres carnales, pero ella se convirtió en algo más. Una amiga, un hombro sobre el cual llorar. Conocía sus secretos.

Eso dolió más de lo que esperaba. Le contó cosas que no podía contarme a mí.

—¿Qué secretos, Charlie?

Se toma la cabeza.

—Por favor no me preguntes eso.

Pero yo ya lo sé. Son las deudas. Es Bill Mathers. El mal negocio de mi marido trajo a Frank Croaker hasta mi puerta. Su debilidad hizo que Frank pensara que podía hacer lo que hizo.

Imagino mis manos alrededor del cuello de Charlie.

—¿Por qué mi batea está llena de sangre? —vuelvo a preguntar.

Él la mira y las lágrimas le brotan otra vez. Me enferma verlo. Me pregunto qué pensaría mi padre de este momento. Recuerdo que solía patear al perro cada vez que lloriqueaba.

—Es Molly... la encontré en un callejón... en Dawson. Estaba inconsciente y cubierta de sangre.

Entonces… ¿Estaba viva?

—Intenté cargarla, pero estaba muy dolorida. Grité, pero nadie me oyó. No iba a dejarla allí sola, así que me quedé hasta que dio su último suspiro. Alguien la mató, Elly, esa pobre niña…

¿No había sido él entonces? Algo en su voz casi me hace creerle. Pero las mentiras se apilan. Tal vez una resulte ser verdad y se caiga, pero yo sigo sobre la torre de mentiras que ha construido mi marido. Él está justo aquí, mientras que bajo mis pies la tierra entera se mueve con el viento.

—Di algo, mi amor. Te lo ruego —dice.

Lo miro de nuevo. Le importa más ella que yo. Mi marido está roto. Y en este lugar, a esos se los comen los lobos.

—¿Qué quieres que diga? Tu amante está muerta y tu ropa está cubierta de sangre. ¿Alguien te ha visto?

Él sacude la cabeza, pero sé que se equivoca. Si yo lo vi, ¿quién más podría haberlo visto?

—¿Qué vamos a hacer, Elly? —me pregunta como suplicando, como si yo tuviera la respuesta a nuestro futuro. Bueno, yo tengo mi futuro, pero Charlie no está en él.

—No lo sé. Pero, Charlie… ¿Hay más mentiras?

Le doy su oportunidad para sincerarse.

Él frunce el ceño y no la toma.

—Nada. No hay nada. ¿No te basta con mi infidelidad?

Me echo hacia atrás sobre los talones.

—Frank Croaker estuvo por aquí —noto cómo cambia la expresión en su rostro—. Dijo algo de un dinero que se le debe a Bill Mathers. Tenemos prácticamente la entrada prohibida en lo de Sutter. Te lo preguntaré de nuevo, Charlie. ¿Hay algo más que quieras decirme?

Se convierte en un animal acorralado. El llanto desaparece y vuelve a ser marido. Con un leve alzamiento de labio, un tic en la mejilla, me pone de nuevo en mi sitio.

—Todo hombre aquí pide prestado para empezar y luego,

cuando el oro llega, esas sumas se devuelven por completo. Conozco mi negocio y te agradecería que no me cuestionaras.

Se pone de pie y yo sigo abajo, de rodillas.

Me río y eso lo desconcierta. Seguramente espera que asienta y ceda, pero no. Miro al hombre, tembloroso e inseguro, luego a la tina de agua roja… y entonces me doy cuenta, por primera vez, de que yo también tengo poder en este matrimonio.

Me pongo de pie. Lo miro a los ojos y el desafío en su mirada se marchita.

—Te agradecería que no me vuelvas a hablar así —le digo, y él no puede sostenerme la mirada—. Te amé una vez, Charlie, confié en ti. Pero tú y yo ya no somos nada; si no vas a tratarme con el respeto que merezco, me marcharé y te dejaré aquí solo. ¿Me oyes? Desapareceré y tú te quedarás solo con tus secretos y tu mugre.

Su expresión se quiebra otra vez.

—Por favor, Elly… Lo siento, tienes razón. Hay deudas, lo estoy intentando. Trabajo cada hora que Dios manda y aun así esta tierra… ¡esta tierra maldita…! Y odio ver a otros hombres, a pocos metros de donde estoy, sacando pepitas del lecho del mismo río. Es como si alguien ya hubiera cosechado todo lo que era nuestro justo antes de que llegáramos. Deseaba otra vida para nosotros. Por favor, Elly, no me abandones ahora, no cuando más te necesito.

—Debes seguir luchando, Charlie. Por los dos. Ve ahora y sigue cavando, yo limpiaré este lío, pero esa camisa irá a parar directamente al fuego.

Él asiente.

—Sí. Gracias, mi amor.

Me besa en la mejilla, pero no se va. Me besa otra vez en la boca. Yo siento la muerte en sus labios y me aparto. Él lo entiende, a su manera, y veo la confirmación en sus ojos de que ya no somos marido y mujer. Él nos ha matado.

Se viste rápido y se marcha. Cuando la puerta se cierra, pierdo el equilibrio. Me sujeto del respaldo de una silla para no caer al suelo. Grito sin emitir sonido y me aprieto el puño contra el vientre.

¿Será mi marido capaz de matar?

Es una pregunta que me hago desde que vi a esa pobre mujer en el callejón y aún no tengo respuesta. No confío en él, no le creo. No oí gritos de ayuda en Dawson esa noche. Vi su agresión a Molly durante su visita a nuestro hogar. Veo su sangre en mi casa.

Me recompongo. Aparto el miedo.

Me arremango y escurro la camisa. La sangre cubre todo el frente, del cuello a la cintura. Veo la forma de unos dedos. Es una huella de mano en el pecho derecho. ¿La suya?

La enrollo, me acerco al fuego, abro la puerta de la estufa. Pero no la arrojo.

Algo me impide ocultar el crimen de mi marido. Quizá esta sea mi garantía si él no deja que me marche.

Cuelgo la camisa para que se seque. De lo contrario, terminará por pudrirse. Me siento y la observo, incapaz de pensar en otra cosa. El sol se alza y brilla, hermoso e ignorante, a través de mi ventana. Es injusto, pienso, que haya tal belleza en el día después de una noche tan cruel. Descubro, ahora que pienso en mi independencia, en mi futuro, en mi posible vida futura, que empiezo a amar esta tierra; amo su libertad, pero a él no lo amo. Al menos no todavía.

Oigo el pico de Charlie que golpea contra la roca: no tiene ritmo, es desigual. Pero esa es la música de este lugar. Cuando la camisa se seca, la enrollo otra vez, la escondo y arrojo un trapo al fuego por si Charlie llega a revisar las cenizas.

Está hecho. Los dados están lanzados y los jugadores, en sus puestos. Dónde acabará esto no lo sé, pero al menos ahora tengo mis propios secretos.

Y también tengo el poder que esos secretos traen consigo.

MARTHA

Dawson City, Klondike.

Julio de 1898

—QUIERO A TODO EL MUNDO AQUÍ. QUE ALGUIEN VAYA A buscar a Jessamine —ordené, y una de las muchachas fue hasta la cocina a traerla.

Era de mañana. El sol brillaba, burlándose de la noche anterior; dolía ver ese cielo azul y sentir ese calor. Para mis muchachas era una mañana normal como cualquier otra. Unas cuantas ya estaban abajo tomando café. Jerry rebajaba el *whisky* con agua y, en el piso de arriba, tres de mis chicas apresuraban a los caballeros para que salieran de sus habitaciones.

No pasó mucho tiempo antes de que todo el mundo se reuniera alrededor de la barra. Ya lo sabían, claro; no existen los secretos si vives y respiras en Dawson City. Aun así, tenía que contarlo.

—Jerry, sírvenos algo a todos.

Pero no habría hecho falta decir nada. El hombre ya estaba alineando los vasos.

Las chicas, los chicos de la cocina y Jessamine, todos tomaron uno. El salón quedó tan callado como lo estaba en pleno invierno, cuando el mundo parece colocar todo el ruido detrás de un cristal.

—Ya se habrán enterado —seguí.

Las miradas bajaron al suelo y mis muchachas se tomaron de las manos.

—Así es. Es verdad. Nuestra Molly está muerta. Y no sé qué rumores estarán corriendo por ahí, pero les recuerdo que era parte de esta familia… y no se habla mal de la familia.

Harry se secó las lágrimas con el dorso de una mano. Qué peso llevaba el pobre al ser el que la había cargado. Pobre su alma. Un tipo gigante y callado, tan capaz de partir un cuello en una pelea como de arrullar a un cachorro hasta hacerlo dormir. Coloqué la mano sobre su brazo y eso fue todo el consuelo que pude darle. Unas cuantas muchachas se marcharon a llorar, como si todo hubiera sido solo un rumor y ahora se estuviera volviendo real de repente. Una mujer, una amiga, había muerto y el peso de todo eso les dio de lleno.

En el piso de arriba oí crujir el suelo de madera en la habitación de Molly y alcé la vista. Por un terrible instante pensé que la vería. Pensé que había regresado y que la noche anterior no había sido más que una pesadilla, pero no era Molly. Su hermana estaba apoyada contra la barandilla. Todas las miradas se posaron en ella y luego se volvieron hacia mí.

—¿Quién es esa? —preguntó Giselle.

—Esa es la hermana de Molly.

Las muchachas comenzaron a murmurar, ¡eran peores que las propias gallinas!

—Se quedará un tiempo con nosotros y les agradeceré que sean amables con ella.

Alcé la copa hacia Kate en señal de invitación para que se nos uniera, pero ella negó con la cabeza.

—¿Qué le pasó? —preguntó Laura-Lynn con su voz

suave. No se llevaban muy bien, pero al menos tuvo la decencia de fingir interés.

—Por lo que sabemos, fue... —sentí la mirada de Kate sobre mí y se me partió el corazón—. Me temo que fue asesinada.

—¡Dios mío! —exclamó Laura-Lynn.

—¿Y quién...? —preguntó Jerry.

Negué con la cabeza.

—Ojalá lo supiera; un caballero sin duda, alguien con quien se estaba viendo tal vez. La policía montada está investigando el crimen.

—¿Dónde está Molly ahora? —preguntó Jessamine—. ¿Habrá un entierro?

—En el consultorio del médico, aún no se ha hablado del entierro —volví a mirar a Kate, pero su rostro parecía de piedra—. Pero le daremos uno bueno, lo prometo. Si la policía viene a preguntar quiero que digan la verdad, ¿me escuchan? Queremos que ese maldito sea capturado... y pronto. Ruego a Dios que solo haya posado los ojos en Molly y en nadie más, pero, solo por si acaso, no quiero a ninguna, mis niñas, andando sola por el pueblo. No es seguro.

Giselle bufó.

—Esto es Dawson, Ma. Nunca ha sido seguro, todos sabemos eso.

—Molly también lo sabía y mira lo que le ha pasado —respondí, tal vez más dura de lo que debía, pero al menos eso las calló.

Alcé la copa nuevamente y, poco a poco, todos se unieron al brindis.

—Por Molly. Que Dios la bendiga y la guarde.

—Por Molly —repitieron, y bebimos.

En ese instante solemne, la puerta se abrió y apareció el diablo en el umbral. Frank Croaker entró y se plantó en la esquina de la barra, sonriéndonos.

—¿Qué hay que hacer para que un hombre consiga un trago en este lugar? —dijo.

Coloqué mi mano en el brazo de Harry. Era un barril de pólvora y Frank acababa de rascar una cerilla.

—Hoy no —le susurré, y Harry se calmó.

Hice un gesto a mis chicas para que se retiraran y miré a Kate en el balcón. Ella frunció el ceño y me pareció que iba a bajar, pero le dije que no con la cabeza. La mirada que le eché fue suficiente para detenerla.

Respiré profundo, apagué las brasas en mi pecho y me dirigí hacia Frank.

—¿Qué quieres?

—Un trago, claro. ¿Qué más?

—Hoy no estoy de ánimo para tus juegos, Frank. Di lo que tengas que decir o haré que Harry lo diga por ti.

—Estás muy nerviosa. Muy nerviosa —me dijo.

Se giró y apoyó la espalda contra la barra, y así pude ver su lado izquierdo. Arañazos. Tres líneas rojas en el cuello, ni siquiera hechas costras todavía. No tenían más de un día. No podía creerlo. No podía apartar la vista. Mis oídos se llenaron de campanas y casi me desmayo. Estuve a punto de destrozarle la garganta, pero no dejé que se me notara.

—Tengo un mensaje para ti —dijo Frank, como si fuera un día cualquiera—. Bill quiere verte.

—Si quiere verme, puede venir aquí.

—Dice que es importante. Es sobre esa muchacha tuya.

—Entonces que venga aquí —repetí.

Frank se mordió las uñas.

—Bill ordenó que, si no accedes por tus propios medios, me corresponde cargarte al hombro y llevarte por el pueblo hasta su puerta.

Harry dio un paso hacia él.

—Inténtalo.

Bendito sea ese muchacho. Frank lo encaró. Harry era

una cabeza más alto y un pie más ancho, pero Frank era peligroso a su manera.

—Está bien —dije yo, y los hombres se separaron—. Iré contigo.

Tomé un chal del perchero junto a las escaleras y lo seguí hasta la puerta. Me detuve cuando pasé junto a Harry.

—Cuida de la hermana de Molly —le dije en voz baja para que Frank no oyera—. Ella es familia.

—Sí, señora.

Harry clavó su mirada en Kate y supe que no la perdería de vista mientras yo no estuviera.

Sabía cómo llegar a la casa de Bill, pero dejé que Frank creyera que él guiaba el camino. Seguí con la mirada clavada en sus marcas. ¡Por supuesto que había sido él! Haciendo el trabajo sucio de Bill, como siempre. Bill debía haber descubierto la verdad sobre el otro hombre de Molly y se habría enfurecido. No es de los que comparten ni de los que aceptan quedar en segundo lugar.

Tenía su despacho en un salón en el otro extremo del pueblo. Lo había nombrado La Gran Pepa, en honor a la primera pieza de oro que había obtenido de un río. Decían que era del tamaño de un puño. La mayor pepita jamás hallada en el Klondike; más grande que cualquiera encontrada en California en los años cincuenta. Yo no me lo creía. Nadie jamás la había visto y creo que, si alguna vez existió, no fue Bill quien la había encontrado, sino algún minero pobre al que Bill había comprado. Ese hombre jamás había vuelto a levantar ni un pico ni una pala en su vida.

La Pepa era de menor tamaño que el Dawson y eso Bill lo odiaba. Frank me mostró el interior. Unos cuantos mineros y algunas de sus chicas dormían sobre bancos y mesas. El suelo estaba empapado de licor derramado y cristales rotos, y el lugar olía a podredumbre. No era la primera vez que entraba, pero tampoco había estado aquí muchas veces.

Bill ocupaba una mesa en el rincón de atrás, desde donde podía ver todo lo que sucedía. Estaba sentado en una silla alta de cuero que llamaba su trono, con los pies sobre la mesa y una chica de rostro afilado a su lado que le liaba los cigarrillos.

—Martha Malone —dijo, y se incorporó, dejando los pies en el suelo.

—Bill Mathers —respondí.

La muchacha me miró. Era delgada, joven, se había incorporado este año y ya estaba al borde de quebrarse. Conocía esa mirada. Bill se volvió hacia ella.

—Gracias, Annie. Ahora lárgate.

Ella le besó la mejilla solo por cumplir y se puso de pie para marcharse, pero dejó caer un cigarrillo y esparció sin querer el tabaco por el suelo. Dio un respingo, esperando sin duda una bofetada, pero Bill no se inmutó. No cuando tenía compañía, pero luego sí lo haría. Suspiré sin que se notara.

Annie recogió todo lo mejor que pudo y se alejó deprisa.

—¿Te sirvo algo, Martha? —preguntó el diablo sonriente.

—Hoy no, Bill. ¿Qué quieres?

La sonrisa de Bill desapareció de repente.

—¿Qué sucedió con Molly?

Miré a Frank, que estaba en la barra, observándome.

—La mataron anoche. Yo la encontré.

—En un callejón junto a la barbería de Fred —dijo él—. ¿Y por qué estabas tú allí?

No conocía a la mujer que la había encontrado, pero era difícil saber si él sí la conocía.

—Necesitábamos tocino, y pasar por Fred es la ruta más rápida hasta lo de Sutter.

Esa parte no era mentira. Ese callejón nos ahorraba diez minutos de camino.

—¿Por qué no mandaste a alguien más?

—Estaban todos ocupados. ¿Qué es esto, Bill? ¿Me haces venir aquí para interrogarme? La policía ya lo ha hecho.

—Lo sé —dijo—. Deever anduvo por aquí anoche. Es un buen hombre. Tiene una esposa estupenda. Ah, y supe que tienes una chica nueva, recién llegada —añadió—. Guapa, por lo que cuentan, aunque lleve pantalones. Sé que pronto harás que eso cambie.

Estaba hablando de Kate. Pero en mi casa todos sabíamos desde la mañana cuál era su relación con Molly y Bill claramente no sabía nada. Eso significaba que alguien le había contado lo de Kate ayer por la noche. Se me revolvió el estómago, pero no iba a picar.

—¿Para qué me has pedido que venga? —le pregunté.

Bill se puso en pie. Su rostro, serio.

—Una muchacha a la que quería está muerta, Martha. Daré vuelta el pueblo entero para encontrar al culpable. Tengo hombres buscando al asesino. La policía montada está bien, pero a veces la ley favorece al que la infringe.

Crucé miradas con Frank.

—Creo que lo encontrarán pronto.

Bill rodeó la mesa y ahora no había nada entre nosotros. De repente me sentí expuesta.

—¿Qué es lo que sabes? —me preguntó.

—Nada. Salvo que tengo mucho que hacer y tú me estás reteniendo.

—Odiaría que eso fuera así. Así que dilo y ya.

—No sé nada. Deberías empezar por casa, Bill. ¿Te rodeas de tipos sin escrúpulos y te sorprendes cuando alguien aparece muerto?

Su rostro se convulsionó. Sus ojos se desviaron hacia Frank y luego volvieron a mí. ¿Se estaría formando una idea en su cabeza? ¿Estaría creciendo la sospecha? Eso esperaba.

—Mis hombres son leales y hacen lo que yo ordeno. Ellos sabían que no debían tocarla.

Frank se movió un poco, se ajustó el cuello de la camisa y enseñó los arañazos.

—Eres un maldito idiota, Bill.

Yo era la única persona en todo el Klondike que podía decirle a la cara lo que otros solo se atrevían a decir a sus espaldas.

—Eso no sonó muy bien —dijo él. Luego, ladeó la cabeza y esbozó una sonrisa—. Debo decir que te ves un poco pálida. Quizá hasta enferma. Estaría muy bien que pudieras descansar. Igual deberías ir al sur este invierno, donde el aire es más benévolo para la mujer. Llévate también a ese tipo tuyo… ¿Cómo se llama? ¿Sam…? Y yo me encargaré de tu hotel.

Intenté mantenerme impasible. Bill sabía demasiado. Todos mis momentos privados estaban siendo expuestos y arrojados al lodo para que todos los vieran. Alguien estaba pasando secretos. Solo el médico sabía lo que había encontrado en mi estómago y él no era de los que rompen su juramento. Alguien había estado escuchando. Pensé en Giselle, pegada a las puertas, cotilleando, con las orejas como platos recogiendo todo el caldo posible. Pensé en la docena de personas que pudieron haber entrado en mi despacho y leer la carta de Sam para luego ir y decirle a Bill que había un hombre que me quería y una forma de hacerme daño. Una forma de obligarme a vender.

—No sé de qué hablas —respondí, aunque sabía que no estaba convenciendo a nadie.

—Creo que sí lo sabes, Martha Malone.

Y pensar que había acusado a Molly de todo. De leer mi carta, de pasar noticias a Bill… Había expulsado a la chica equivocada. Esa serpiente seguía en mi casa.

El pecho se me encogió como un puño.

—Debo irme.

—Veinte mil —dijo Bill.

Lo miré. Inexpresivo, como siempre.

—¿Qué?

—Por tus tierras y tu hotel. Tienes propiedades en Main y junto al río. Lo quiero todo. Veinte mil es una cifra razonable. Si quieres vender tu parte en Forty Mile, me la quedo también.

Solté una risa y el nudo en el pecho se aflojó lo justo como para permitirme tomar aire.

—No tengo intención de vender.

—Todo el mundo piensa en vender. ¿Y si te diera treinta?

—¿Cuántas veces vamos a discutir sobre lo mismo? Esas tierras son mías. Prefiero verlas irse al diablo antes que contigo.

La paciencia de Bill se estaba agotando. Su sonrisa se había vuelto una mera mueca.

—Quiero hacer lo correcto por ti, pero lo vuelves muy difícil. Tú y yo nos conocemos de hace mucho tiempo. ¿Recuerdas cuando llegamos aquí?

—He hecho todo lo posible por olvidarlo.

—Yo no. Hacías pasteles en Skaguay cuando te conocí. Jamás quise a una mujer como te quise a ti, Martha Malone. Desde entonces, no he tenido a otra mujer como tú en mi cama.

La repugnancia que había intentado ocultar me invadió. Un pozo rebosante de mierda y oscuridad.

—Esa mujer está muerta.

—No —dijo él, y volvió el diablo a su cuerpo—. Aún no, es verdad. Treinta mil, Martha. Última oferta. Definitiva. La próxima vez, no seré tan amable.

—No.

Estalló en ira y dio un paso hacia mí.

—No quería llegar a esto, pero no me has dejado elección. Tienes un mes para aceptar mi oferta. Es más que suficiente para poner tus asuntos en orden. De una manera u otra, esas tierras serán mías para finales del verano. ¿Me oyes?

—Vete al diablo.

Escupí en el suelo y me fui.

Nadie me detuvo, aunque debo admitir que casi esperé recibir una bala por la espalda. Me daba vueltas la cabeza mientras intentaba dar sentido a todo lo que Bill había dicho. Molly no era la traidora. Habría estado viva si yo hubiese escuchado. Maldita sea por no haber escuchado. Bill tenía hombres buscando al asesino, pero ¿qué tan cerca de casa iban a buscar? Estaba claro que no sabía nada de los arañazos. De lo contrario, Frank ya habría sido arrestado. Eso significaba que el doctor Pohl no había sido quien le contó de mi enfermedad tampoco. Odiaba los rompecabezas y estaba atrapada en uno a medio armar, con la otra mitad hecha trizas. Nada encajaba.

Caminé sin ver. Sin oír. Solo quería volver a mi hotel, a mi familia, a mi casa. Quería encontrar a la persona que me había traicionado y echársela a los lobos.

KATE

Dawson City, Klondike.

Julio de 1898

¿QUÉ HACES CUANDO TE ARREBATAN TU ÚNICO PROPÓSITO, cuando te arrancan a tu familia de golpe? Nunca había conocido la ira como la conozco ahora. Y decir que sentía ira era poco. Apenas había dormido porque sentía los brazos de Charlotte cada vez que cerraba los ojos, tal como me abrazaba cuando compartíamos la cama de niñas. Aquella primera noche me desperté cada hora, con el cielo siempre horrible y claro, y volvía a perderla una y otra vez. Ver a Martha dirigir su orquesta en la barra, hablando a todos sobre mi hermana, como si ellos la conocieran, rodeada de esas muchachas de las que seguro se aprovechaba también y con ese gigante que me miraba sin pestañear, como mira un carcelero a un preso problemático, solo avivó las llamas de esa ira.

No sabía qué iba a hacer, pero sí sabía que no podría hacer nada desde el hotel. Tomé el cuaderno de dibujos de Charlotte. Tal vez eso era lo que buscaba la persona que había registrado su habitación.

En la planta baja encontré a Yukón acurrucado junto a

una mujer mayor que no parecía ser una de las chicas del oficio. Las demás habían seguido adelante con su día, pero no ella. Estaba sentada en silencio, como si el peso de la noticia la hubiera dejado sin fuerzas para ponerse en pie.

—Vamos, Yukón —dije, y el perro se apartó de la mujer a regañadientes.

—Yo soy Jessamine —dijo ella. Extendió la mano, cubierta de viejas cortaduras y quemaduras, y me fijé en su delantal, salpicado de harina y salsa.

Le estreché la mano y luego ella la devolvió con cuidado a su regazo.

—Se parece mucho a su hermana —me dijo.

—Lo sé.

—Solía venir a mi cocina, pisándome los talones y pidiendo pan de maíz o una loncha más de tocino. Yo cedía y la mandaba a marchar con una palmada en el trasero, como hago con mis niños cuando se me meten entre las piernas.

Oír algo de la vida de Charlotte me dolió y me consoló al mismo tiempo.

—¿La trataban bien aquí?

—Ah, no hay un lugar mejor en todo Dawson. Ma las cuida más de lo que debería.

Sentí un pinchazo de culpabilidad por haber pensado mal de Martha, pero se me pasó rápido.

—Quizá no lo suficiente.

Jessamine sonrió.

—Molly era feliz aquí.

—Hasta que la mataron —salté—. Y su verdadero nombre era Charlotte.

Me marché. No pude mirar a Jessamine ni la tristeza de su rostro, que sabía que estaba ahí. Había sido cruel en mi tono y lo lamenté en el mismo instante, pero la rabia dentro de mí no conocía los buenos modales ni la conversación educada. Solo conocía la ira y el odio, y todo giraba en torno a la imagen de Charlotte muerta en el consultorio del médico.

Fui al cuartel de la policía montada, ubicado justo en la frontera del pueblo. Seguro que a estas alturas ya habrían encontrado a Gable o tendrían al menos alguna pista de dónde podría estar.

El hombre que estaba de guardia clavó la vista en Yukón cuando nos acercamos, y me lo imaginé preguntándose si debía desenfundar su arma ante una bestia tan violenta. No fue hasta que estábamos a unos tres metros de él cuando, por fin, posó sus ojos en mí. Me observó con curiosidad, dado que venía vestida con pantalones y chaqueta.

—¿En qué puedo ayudarla… señorita?

—Hubo un asesinato anoche. Necesito hablar con quien sea que esté al mando.

Se puso pálido.

—Molly… lo sé… una lástima. Me caía bien.

Lo visualicé en sus calzones, entregando dinero a mi hermana a cambio de su compañía, y esa imagen me repugnó. ¿Cuántos de los hombres de este pueblo, hombres de los campamentos mineros, dirían lo mismo?

—¿Puedo ver al oficial al mando por favor?

—Segunda tienda a la derecha. La que tiene la bandera.

El cuartel estaba casi vacío. Constaba de dos hileras de cuatro tiendas cada una y cada tienda estaba cercada por estacas. Daba la impresión de que debería haber allí más hombres, pero yo solo vi a otro hombre más, un cocinero tal vez, junto a una olla humeante. Tampoco había visto a la policía montada en el pueblo.

Llegué a la tienda y pensé en llamar o anunciarme, pero la lona se abrió de golpe y un hombre de rostro adusto salió a mi encuentro.

—Señorita Kelly —dijo Deever, y no supe si estaba sorprendido o enfadado de que lo hubiera molestado.

No me invitó a entrar. En lugar de eso, salió; esto sería breve.

—¿Tienen alguna pista? Imagino que han empezado a buscar al culpable.

Deever suspiró.

—No, señorita, pero ni siquiera ha pasado un día. Voy a estar haciendo interrogatorios, se lo prometo. Vamos a encontrarlo.

—Por favor. Ella era mi mundo entero.

—Lo entiendo. Pero tiene que hacerse a la idea de que no tendrá la justicia que usted espera. Los hombres por aquí se protegen unos a otros frente a la ley.

Yukón dejó escapar un gruñido por lo bajo, y el hombre lo tomó como motivo para hacerse a un lado.

—Señor, esto no fue un simple robo ni un contrabando de ningún tipo. Esto fue un asesinato. Una mujer está muerta y alguien de aquí es el responsable. Deben encontrarlo.

—Haremos todo lo que esté a nuestro alcance.

—¿Han dado ya con su marido? ¿Henry Gable?

—Aún no, pero lo estamos buscando, tiene mi palabra.

Su tono no me inspiró tanta confianza. Puso su mano en mi hombro como para escoltarme afuera, pero yo me aparté del gesto y salí por mi cuenta.

Vi a Deever hablando con el guardia al volver la vista atrás. Tal vez le estaba ordenando que me negaran la entrada la próxima vez.

Me arrodillé junto a mi perro y le froté el hocico y el pecho.

—Puede que tengamos que buscar al hombre por nuestra cuenta, Yuke.

Me lamió la cara, lo que interpreté como un gesto de asentimiento.

Atravesamos el mundillo de tiendas donde acaban la mayoría de los buscadores de oro tras llegar y descubrir el poco terreno que queda disponible para explotar. Algunos se marchaban a los pocos días, pero muchos otros se quedaban con la esperanza de comprar alguna concesión, aunque la mayoría terminaba trabajando para otros, cavando por un sueldo en lugar de para amasar su propia fortuna. Miles de tiendas se agolpaban a lo largo de esta orilla del río, circundando una ciudad de madera y presionando sus bordes.

Las tiendas apenas tenían un orden. Más cerca del pueblo había hasta caminos, pero por aquí reinaba el caos, ya que se acomodaban los miles que seguían llegando y que se quedaban sin lugar donde asentarse.

Aún era temprano, pero los mineros ya estaban despiertos, avivando fogatas, lavándose en tinajas compartidas, cocinando su pan, su tocino y sus frijoles. Los hombres allí eran más delgados: el trabajo y el entorno los habían obligado a perder peso. Muchos estaban encorvados o les faltaba algún diente, y las pocas mujeres que llegué a ver tenían el rostro ceniciento y el mismo aspecto castigado.

Parecía que nadie me prestaba atención, pero sí sentí que me observaban.

—Ese es un muy buen perro —dijo una voz estridente detrás de mí. Abracé a Yukón y busqué a quien había hablado. Era un joven de ojos hundidos y cuello torcido. Cabello rubio casi gris que le caía hasta mitad de las orejas—. Se lo compro. ¿Por cuánto?

—No está en venta.

Se nos acercó; mantuve una mano sobre Yukón y con la otra palpé la cuchilla que cargaba en mi bolsillo.

—Esto es el Klondike Aquí todo está en venta.

—Mi perro no.

El hombre se agachó y estiró la mano hacia Yukón. Vi su oreja más de cerca y parecía como si algo se la hubiera arrancado de un mordisco. El animal mostró los dientes y lanzó un gruñido de advertencia.

—Apártese —le dije.

Se lamió los dientes con la lengua y se irguió.

—Un animal magnífico. Se hace buen dinero con los perros. ¿Segura que no quiere venderlo?

Retrocedí convencida de que aquel hombre apenas recordaba lo que le acababa de decir.

—No. No quiero.

—Bueno, muy bien. Que tenga buen día entonces. Y buen día para ti también, cachorro.

Se alejó por la calle pantanosa, mientras se golpeaba la sien con la palma de la mano.

Nadie había notado nuestra conversación y, a decir verdad, no había sido gran cosa tampoco, pero me había dejado temblando. Aceleré el paso entre las tiendas, el lodo pegándose a mis botas; el hedor de los desechos y de los cuerpos sin lavar me revolvía el estómago.

Oí un grito, y hubiese jurado que había sido Charlotte. No escuché las palabras, pero me detuvo en seco.

Allí estaba, una mujer sola que me observaba. Pero no era mi hermana. Por un segundo sí lo fue; por un segundo su rostro fue el de Charlotte y luego desapareció. La realidad no era menos perturbadora, porque la mujer que me sonreía desde el otro lado de la explanada era una que yo ya había visto en Skaguay.

—Una moneda por tu futuro —dijo, y su voz viajó por la distancia y se asentó como un susurro en mi oído.

Yukón corrió hacia ella antes de que pudiera detenerlo. La mujer lo saludó como a un viejo amigo, rascándole las orejas y los cachetes. Fui tras él e intenté apartarlo, pero estaba embelesado. Maldito perro domable.

—Nos volvemos a encontrar —dijo la adivina. Era la misma mujer: los ojos pintados de khol, labios rojos, un chal púrpura sobre los hombros ribeteado con monedas doradas. Un estallido de color en un mundo gris y frío.

—Te vi en Skaguay —le dije—. ¿Cómo es que estás aquí ahora?

—Siempre he estado aquí —respondió, dejando a Yukón a sus pies en un estado de dicha.

—Me dijiste que habría muerte en mi futuro.

Ella sonrió.

—Hay muerte en todos nuestros futuros.

—Vamos, Yukón —dije, y tiré del perro. Pero él gimió y opuso resistencia.

—Parece que tu amigo quiere oír su fortuna.

—Es un animal voluntarioso que va donde hay comida.

Tiré más fuerte la segunda vez. Yukón finalmente cedió y nos alejamos.

—Tu hermana estaba encinta cuando murió —dijo la adivina.

Me quedé sin aire de repente.

—¿Qué?

La mujer abrió la puerta de su tienda. La misma tienda, cubierta de espirales y símbolos, pero de algún modo más brillante, como recién pintada.

—¿Qué sabes de mi hermana? ¿Cómo puedes…?

Pero no respondió, solo agachó la cabeza y entró, esperando que la siguiera.

Yukón se me zafó y se metió allí. ¡Ese perro…!

—¡Yukón, ven!

Pero no vino.

Personas como esta mujer se aprovechan del duelo, de los sueños de los desafortunados y de la añoranza de los solitarios. Yo no sería una más. Sin embargo, sí sabía algo sobre mi hermana y, pese a que cada fibra de mi ser gritaba lo contrario, eso fue suficiente para hacerme cruzar el umbral.

—Tu perro tiene un alma bondadosa —me dijo mientras la lona se cerraba tras de mí—. Él te protegerá.

—¿Qué sabes de mi hermana?

Me señaló una silla.

—Por favor.

Se sentó en otra frente a mí, reposando las manos sobre la mesa cubierta por un mantel.

Todo estaba en calma, a pesar de los cientos de personas fuera y de los miles más allá también. Aún podía oírlos, pero se sentía como si nos separara un grueso cristal y no la fina tela de una tienda.

Tomé asiento.

—Por favor, dime.

Ella extendió sus manos hacia las mías. Se las di con un suspiro de fastidio. Apoyó los pulgares en el centro exacto de mis palmas. Un gesto extrañamente íntimo. Eso sacudió un poco de mi furia. Ella siguió sujetándome, y la ira siguió disipándose.

—Tu hermana estaba encinta —dijo con lentitud.

Cada palabra sonaba como un susurro en aquel lugar, incluso mi propia voz.

—¿Cómo lo sabes?

—Ella me lo dijo. Eres reportera, ¿verdad?

Asentí.

—Entonces te diré lo que necesitas oír en la forma en que necesitas escucharlo.

—¿Qué significa eso?

Tenía una sonrisa permanente, pero ya no me resultaba inquietante. La incomodidad que había sentido al verla en Skaguay ya había desaparecido, aunque no entendía bien por qué.

—Charlotte me encontró justo cuando necesitaba encontrarme. Estaba sola y asustada y, a pesar de amar a un hombre y de que él la amaba a ella, la pobre estaba desesperada.

—¿Por qué? —pregunté, y entonces me golpeó la idea—. ¿Es un hombre casado?

Ella asintió.

—Me dijo que estaba embarazada y que no sabía qué hacer.

—¿Y qué le dijiste tú?

—Lo que necesitaba escuchar. Que no tendría que preocuparse por el niño porque este no sobreviviría a su madre.

Sentí que la pena me subía por la garganta hasta dejarme sin palabras.

—¿Le...? ¿Tú le dijiste que iba a morir?

Dejó de sonreír y apretó con más fuerza mis palmas.

—Sí.

Cerré los ojos y traté de respirar.

Mi querida Charlotte.

Vivió en este lugar sabiendo la verdad.

—¿Sabes quién fue?

—No. Solo vi una sombra con una hoja que cortaba un hilo. Estaba deshilachado en tres hebras y ahora tú debes volver a unirlas.

—¿Qué significa eso?

—Tres mujeres: cada una, una parte de su vida y de su muerte. Su pasado, su presente, su futuro.

—¿Qué futuro? Está muerta.

—La muerte no es el final. Es solo una puerta.

—No te entiendo. ¡Hilos y puertas...! Solo dime quién la mató.

Volvió a presionar con sus pulgares mis palmas, la ira se disipó y me invadió una gran sensación de alivio, como si acabase de descargar un fardo pesado al final de un largo camino.

—No sé quién la mató. No sé si alguna vez hallarás esa respuesta o si te bastará para calmar tu tormento. Pero hay luz en tu futuro, hay amor. Tú serás el futuro de Charlotte si eliges vivirlo. Necesitarás a esas mujeres para lo que está por venir.

—¿Quiénes son?

Volvió a sonreír.

—Ya lo verás. La vida de Charlotte está entretejida en todas ellas.

—¿Y qué es lo que viene?

—Un gran ajuste de cuentas entre el dios de esta ciudad y su demonio. Fuego y oro. Este lugar está construido sobre una cáscara de huevo. El peso de la ciudad pronto será demasiado para que la tierra lo soporte. Tres hombres pondrán fin a esta locura y tres mujeres la mantendrán viva.

—No entiendo.

—Lo sé. Pero lo harás.

Soltó mis manos y yo me eché hacia atrás sobre el respaldo de mi silla.

—¿Quién eres tú?

Ella desestimó la pregunta con un gesto de cabeza.

—Solo otra mujer intentando abrirse camino sola, igual que tú.

—Imagino que los mineros te pagan bien por decirles que se irán ricos de aquí.

—Así es, pero la mayoría se irá sin un centavo y algunos se quedarán aquí para siempre.

Como Charlotte.

La ira volvió, pero ya no tan feroz; ahora venía templada por la tristeza.

—No hay de qué preocuparse, mi querida me dijo—. La verdad tiene una forma de salir a la luz.

Lo dijo con tal énfasis que la miré de nuevo con sospecha. ¿Otra predicción críptica diseñada para encajar en mil circunstancias? ¿O acaso sabía algo más?

Ya había sido suficiente. El aire era sofocante dentro de la tienda y de pronto anhelé el bullicio y el aire fresco de Dawson. Busqué unas monedas en el bolsillo, pero ella hizo un gesto con una mano para detenerme.

—Sin cargo esta vez. Solo recuerda lo que te he dicho.

—Lo haré. ¿Cómo olvidarlo?

Se puso en pie cuando iba a marcharme.

—Y mira por dónde andas. Hay más lobos en las calles de Dawson que en los bosques de más allá. Pero también tienes amigos aquí, no olvides eso.

Chasqueé los dedos a Yukón, que obedeció enseguida; abrí la lona y salí. El mundo regresó, la luz y el ruido fluyeron otra vez hacia mí, devolviendo vida a mis huesos. No miré atrás; algo me decía que hacerlo desharía su trabajo.

Alcé la vista al cielo, a las nubes que oscurecían, y recibí la lluvia con alivio.

ELLEN

Boulder Creek, Klondike.

Julio de 1898

REGRESÉ DE DAWSON HACE DOS DÍAS. DOS DÍAS DESDE QUE encontré a Charlie ensangrentado y llorando. Charlie trabaja hasta caer rendido, como si intentara expiar sus culpas. No dice nada sobre ir a Dawson. Supongo que ahora no tiene una mujer a la que visitar. Descubro que no lo odio por ello, pero sí hay otro sentimiento. ¿Envidia tal vez? Envidia de que él haya encontrado a alguien a quien amar y yo no.

Estos días han seguido un patrón bastante monótono. Charlie no me deja ayudarlo. La minería es cosa de hombres y yo soy demasiado delicada. Mi tarea es cuidar del hogar, pero el hogar está vacío y es pequeño. Solo dos habitaciones que, con Charlie apenas presente, permanecen siempre ordenadas.

Casi todas las mañanas monto a Bluebell y me dirijo a nuestra porción de tierra más al norte. Ella conoce bien los senderos, pero hoy he ido a pie.

El camino hasta esa porción de tierra es empinado, pedregoso, casi imposible de recorrer con el equipo encima.

Charlie había comprado esas tierras a ciegas y habían resultado ser un acantilado. "Inexplotable", dijo cuando lo vio.

Pero no era tan así. Más arriba, la tierra se nivela en una meseta antes de volver a ascender. Eso es un oasis, una amplia extensión de pradera y árboles dispersos. Allí crecen arándanos a montones y, cuando ya ha pasado el verano, las bayas son gordas y dulces.

Voy hasta el río y las veo: brillan bajo el agua poco profunda. La meseta es una batea natural. La lutita actúa como la estera del minero. Meto la mano y saco una pequeña pepita del tamaño de una uña, luego otra y otra, hasta que tengo un puñado entero.

El alquiler de este terreno vence al final del verano. La policía montada vendrá a exigir sus cien dólares y yo se los pagaré de mi propio bolsillo, porque el de Charlie está completamente vacío. Guardo el oro en una bolsita de seda, un recuerdo que conservo de mi vida en la civilización, y la escondo en mi corsé, donde sé que Charlie nunca volverá a mirar.

Me alejaré cuando tenga el dinero suficiente. De él, de este lugar. ¿Cómo pude pensar que una mujer sola podría sobrevivir aquí? Estaría a merced de cualquier hombre como Frank Croaker que quisiera hacerme daño. Vaciaré estas tierras de su oro y compraré un pasaje para marcharme. ¿De vuelta a casa? ¿Con mi padre? ¿O a algún sitio nuevo? Ya echo de menos esta tierra con tan solo pensarlo. Pero hoy no me siento lo suficientemente valiente como para quedarme.

Me doy la vuelta y me detengo.

Hay un oso sentado en el prado comiendo arándanos. Es negro, con el hocico claro. Me vuelvo a agachar: está entre el sendero y yo.

Llevo un año en el Klondike y solo había visto osos a lo lejos, como manchas oscuras en la ladera de la montaña. Nunca tan de cerca. No puedo correr... no hay adónde correr. No parece haberme visto, tira de las plantas y arranca las bayas con el hocico, casi que con delicadeza.

Es un gigante y el miedo me hiela la sangre. Solo agradezco que Bluebell no esté aquí; habría sido un festín perfecto para un oso.

¿Debería gritar? ¿Asustarlo? Abro la boca, pero no emito ningún sonido.

El bosque me ha encontrado. Ahora se cierne sobre nosotros como nosotros lo hemos hecho sobre él. Empujando contra nuestra ocupación forzada.

El oso se reincorpora y resopla. Me mira. Por un instante creo que ya estoy muerta, mientras miro a los ojos de la mismísima parca salvaje. Pero el oso no me ataca, no gruñe, olfatea el suelo y se aleja tranquilo como un cordero. Como si yo no existiera, como si fuera invisible.

Mi corazón vuelve a latir, no me muevo hasta que no oigo más que el agua. Las piernas me tiemblan cuando me levanto. Las obligo a avanzar cuesta abajo. De pronto, el bosque entero me parece una amenaza. Los árboles esconden osos y la maleza, lobos.

No tengo tanto miedo como debería.

No tanto como cuando regreso a la cabaña y veo a un oficial de policía con su chaqueta roja subiendo por el sendero.

—Señora —dice, mientras se quita el sombrero de ala ancha—. Soy el sargento mayor William Deever, de la Policía Montada del Noroeste. ¿Es usted la señora de Charles Rhodes?

Me estremezco. ¿Ni siquiera tengo ya un nombre propio?

—Sí, así es. Mi esposo está trabajando.

—¿Podría ir a buscarlo, por favor?

Asiento con la cabeza. Tengo el cuello tenso y la sangre aún helada.

Me pregunto si debería decirle a Charlie que huya.

Pienso en la camisa ensangrentada que he escondido. ¿Lo sabrá el oficial? ¿Podrá olerla desde donde está?

Encuentro a Charlie en un rincón sobre el que aún no había trabajado. Está despejando la maleza. Se sobresalta al verme.

—Un oficial de la policía montada está aquí —le digo, y él deja caer el pico.

Se pasa la mano por la boca.

—¿Qué ha dicho?

—Solo me pidió que viniera a buscarte.

—Muy bien.

Charlie recoge el pico, pero luego lo piensa mejor y lo deja en el suelo. Se sacude las ramas y las hojas de la camisa, se la mete por dentro del pantalón y se arregla el pelo.

El oficial de policía lo espera junto al corral. Está acariciando a Bluebell y dándole hierba. Goldie merodea en una esquina, no muy feliz de recibir a extraños.

—Señor —dice Charlie, y el oficial se vuelve a él con una sonrisa.

—Tiene usted un par de animales espléndidos. Tal vez los caballos mejor cuidados de todo el Klondike.

Charlie entorna los ojos contra el sol, lo que le da un aire de recelo.

—Gracias. Somos gente de caballos, crecimos en Seattle. Comencé a trabajar en el rancho de mi padre en el mismo instante en que aprendí a caminar.

Esa es una historia que le gusta contar, porque demuestra que sabe trabajar duro, algo muy valorado en el norte. La verdad, según su propio padre, es que Charlie trabajó un verano a los trece años y fue tan lento que hubo que sustituirlo por un peón contratado. No sabe cuánto decepciona a su padre y al mío.

—Eso le vendrá muy bien aquí —dice el oficial—. Supongo que sabe por qué he venido a verlo hoy, señor Rhodes.

—Mande.

—Una mujer fue asesinada en el pueblo dos noches atrás. Una prostituta.

Charlie baja la vista a sus botas.

—Eso oí.

El oficial me mira, luego lo mira a él otra vez.

—¿Podemos hablar en privado? Es un asunto delicado.

Charlie busca mi mirada.

—Mi esposa no es frágil y conoce mis costumbres.

El hombre alza las cejas, pero acepta la respuesta.

—Entonces la conocía, ¿verdad? Vino aquí una semana antes de ser asesinada.

—Así es —dice Charlie—. ¿Cómo lo supo?

El oficial señala las minas de más abajo con un gesto de la cabeza.

—A los hombres les gusta hablar. ¿Qué quería ella de ustedes dos?

Charlie abre la boca, pero respondo yo.

—Buscaba dinero. Pero no tenemos ni dos motas que darle, así que la despachamos.

Los dos hombres me miran. ¿Cómo se atreven a mirar así solo porque una mujer se dispone a hablar? Estoy harta de esa mirada.

—Es cierto —dice Charlie—. La acababan de echar del Hotel Dawson.

El oficial asiente. Le estamos diciendo algo que ya sabe.

—¿Conocen a un hombre llamado Yannick Early?

La pregunta me golpea. Miro al suelo, al punto donde murió. Donde Frank Croaker lo mató. Nunca supe su nombre de pila.

—Trabajaba río abajo, en el campamento de los mineros —dice Charlie, tan confundido como yo—. ¿Qué tiene que ver él con todo esto?

—Parece que nadie ha visto al señor Early desde el día

en que murió la muchacha. Dejó todas sus pertenencias, incluidos un buen par de botas y una bolsita con oro en polvo.

El mundo me da vueltas. Los colores se difuminan, se mueven.

—¿Qué significa eso? —pregunta Charlie, porque yo no puedo.

—Nada por sí solo.

—No creerá… que Early fue quien la mató —digo yo.

El oficial me devuelve una expresión paciente, como quien habla con un niño.

—Nada es seguro a estas alturas, señora. ¿Usted lo conoció? ¿Cómo era?

Charlie niega con la cabeza.

—Solo nos saludábamos al pasar. Nosotros hacemos nuestra vida aquí arriba y los mineros hacen lo propio.

—¿Y usted, señora?

Puedo ver a Early corriendo hacia Croaker. Lo veo apartar al hombre de mí. Me salva, me grita que corra incluso mientras lo golpean. Veo morir a un buen hombre. Y ahora, en los ojos de este oficial, veo el nombre de un buen señor que está a punto de ser mancillado.

A decir la verdad, tendría que hablar de Croaker. De sus manos sobre mí y de sus intenciones. De las deudas, del terreno baldío y de cómo, cuando se tira del hilo, todo lo demás se deshace. Los veo descubrir la camisa ensangrentada, veo a mi esposo siendo acusado, encarcelado y ahorcado. Y yo aquí, sola, sin nada ni nadie.

—No. No lo conocía.

—¿Sabe una cosa? —sigue Charlie, y reconozco ese tono seguro y transparente que usa con quien no lo conoce bien—. Ahora que lo pienso, el día que Molly vino aquí pasó junto a los mineros río abajo cuando se marchaba. Algunos le gritaban cosas... Early fue uno de ellos. Gritó más

223

fuerte que los demás, por eso miré. Creo que hasta la siguió unos metros.

Ojalá pudiera contradecirlo, pero estoy atrapada otra vez.

—¿Está seguro de que era él?

—Sí, señor.

—Gracias. Ambos han sido de gran ayuda.

El oficial de policía se coloca de nuevo el sombrero. Da la mano a Charlie y a mí me hace un gesto con la cabeza. Monta su caballo, un noble semental castaño, y se marcha. Lo observamos en silencio. Casi puedo oír los pensamientos de Charlie. Casi puedo ver el regocijo en sus ojos. Se vuelve hacia mí y sé lo que va a decir.

—¿Puedes creer que Early hiciera eso?

—No, no lo creo.

—Siempre pareció un tipo tan amable. Pero supongo que eso demuestra que nunca se llega a conocer del todo a una persona.

—Tienes razón, Charlie. Eso es imposible.

Él entiende lo que quise decir y trata de corregirse, pero yo ya he emprendido el regreso. Entro en la cabaña y cierro la puerta, y él regresa a la tierra, a donde pertenece.

MARTHA

Seattle, Washington.

Mayo de 1896

—¿Qué estará pasando por esa cabecita tuya? —preguntó Sam con la voz aún ronca por el sueño.

—Pienso que esto es un sueño —le respondí— y no quiero despertarme.

—¿Aún no te has cansado de mí?

Sonreí.

—Si no me he cansado en más de una década, dudo que vaya a hacerlo ahora.

El sol entraba por la ventana y bañaba su rostro entero. Llevaba la barba corta y bien cuidada, como exigía la vida en la ciudad. Trabajaba en el muelle y lo odiaba, pero sabía que no duraría mucho más allí.

Seattle despertaba a nuestro alrededor. Escuchábamos el trajín de la gente en las habitaciones de arriba y a los costados: el golpeteo de cajones y armarios, las maldiciones de quienes van apurados, los pasos por el pasillo y el estruendo en las escaleras. Pero dentro de aquella habitación estábamos los dos a salvo de todo. Teníamos la luz, el calor y el aliento de la devoción.

—¿Cuándo debes marcharte? —me preguntó.

—Tomo el ferry a Skaguay este viernes.

—Ojalá pudiera ir contigo.

—Deberías. Podrías hacer tú los pasteles y remendarme los calcetines.

Él rio y me atrajo hacia sí.

—O podrías tú ponerte a cavar y buscar oro —le dije un poco en broma.

—Esa vida no es para mí.

Apoyé la cabeza en su pecho.

—¿Qué vas a hacer entonces?

—He oído que un tipo en los muelles busca tramperos. Está montando una compañía en Alaska.

—No hay futuro en las pieles, ya nadie las quiere.

—Tampoco hay futuro en la minería.

Suspiré.

—¿Por qué tenemos que hacer siempre esto? Pasar unas semanas juntos y luego separarnos durante meses. Solo estar juntos cuando estamos juntos.

Me abrazó con sus brazos fuertes y besó mi cabeza.

—Tú tienes tu vida y yo la mía. Cuando llegue el momento, las uniremos y nos quedaremos en un lugar. Pero ahora tú quieres estar en el Klondike, sacándoles el dinero a esos locos del oro, igual que hiciste en Arizona cuando lo encontraron allí.

—Fue en mi pensión en Tombstone donde nos conocimos.

—Quizá tu hotel en Dawson sea donde vayamos a envejecer juntos.

Lancé un suspiro.

—Deberías venir conmigo. Podríamos dirigirlo juntos.

—No puedo, no estoy listo para echar raíces. Quiero estar lejos de esos locos del oro, quiero el monte, los pinos, hacer lo que amo donde amo hacerlo.

—¿Y qué hay de nuestro amor?

Sentí su suspiro y su impaciencia ante mis preguntas.

—Aún no irá a ninguna parte. Tienes mi corazón en tus manos, Martha Malone. Y en cuanto consiga tener dos monedas me casaré contigo. Me gustaría ser el señor Malone.

Reí.

—A mí también me gustaría eso.

***

No fue nuestro momento entonces y tampoco lo fue en la siguiente visita, cuando hacía pasteles para los buscadores de oro en Skaguay antes de que partieran hacia el Paso Blanco o el Chilkoot. Ni después, cuando ya estaba en Dawson, construyendo el hotel. Ni la vez siguiente ni la otra. Pero lo sería algún día. Mientras tanto, ambos encontrábamos consuelo donde podíamos y nunca hacíamos preguntas. Era nuestro acuerdo para poder vivir vidas separadas.

O eso creía, hasta que llegó su carta. Decía que estaba herido, lo bastante como para no poder viajar. ¿Y si no había un después? ¿Y si aquella última vez había sido en verdad la última?

Miré al espejo y vi a la anciana que me devolvía la mirada. Había esperado toda una vida el amor de ese hombre.

—Y esperaría otra vida más —me dije a mí misma—. No nací para ser esposa, al menos no por ahora.

Luego alcé la vista al techo, más allá de las tablas, de las tejas, del cielo mismo, hasta mirar el rostro de Dios.

—No te atrevas a quitármelo.

Me enjugué una lágrima, me alisé las mangas, me acomodé el cuello y recogí el cabello con horquillas. Luego salí a mi hotel a hacer la ronda.

—Buenos días, Ma —dijo Giselle, y me besó la mejilla. Le tendí la mano. Dejó caer en ella una bolsita con oro. Sentí el peso.

—¿Será cliente habitual?

—Una puede soñar.

Me sonrió, pero no era la sonrisa plena y alegre que yo conocía.

—¿Qué ocurre, Giselle?

No habló de inmediato, lo cual no era propio de ella.

—Es Molly.

Me acerqué y bajé la voz.

—Dime.

—No lo pensé en su momento, pero ahora que se ha ido... no sé si podría ser importante.

—Escúpelo, cariño.

—¿Sabes algo del marido de Molly?

No era lo que esperaba oír.

—Está muerto, o eso dijo ella.

Giselle negó con la cabeza.

—Mintió. Me dijo que la golpeaba, que huyó de él y vino aquí, y que había cambiado de nombre para desaparecer. Antes de que... Bueno, ya sabes... Me contó que tenía miedo. Que había recibido una carta en invierno de una señora con la que se alojó en Seattle. El hombre la había encontrado y la señora, sin querer, le dijo dónde había ido. Supongo que luego se sintió culpable y le escribió a Molly para advertirle.

La cabeza me dio vueltas. No supe qué decir.

—¿Por qué no me lo contaste antes?

—No creí que fuera verdad. Pensé que eran puras fantasías suyas. Pero luego vino Kate y la llamó Charlotte, y entonces supe que no estaba mintiendo.

—Dios mío, Giselle... ¿Crees que su marido haya venido hasta aquí? ¿Que la encontró?

Se encogió de hombros.

—Tal vez. No lo sé. Solo te digo lo que oí.

—¿Te dijo su nombre? ¿O cómo era?

Giselle negó con la cabeza.

—¿Y las moraduras que tenía en el brazo?

—De verdad no sé de dónde salieron.

—¿Hay algo más que no me hayas contado?

—No, Ma. Te lo juro —dijo, y con el dedo se hizo una cruz sobre el pecho.

Dejé que todo eso calara en mí.

—No digas una palabra de esto a nadie, ¿me oyes?

Asintió e hizo de nuevo el gesto de la cruz.

Hablé con las otras chicas y recogí sus pagos. Al final de la semana haría las cuentas y repartiría las ganancias. Guardé el dinero en la caja fuerte y fui hasta la puerta de Molly. Bueno, la que había sido su puerta. No se oía nada dentro, pero igual llamé.

La cama crujió, pero nadie respondió, y yo no insistí. Al menos sabía dónde estaba Kate. Apenas la había visto en los últimos días. Seguro que ella sabría algo sobre el marido de Molly, pero podía esperar hasta que estuviera lista para hablar.

El perro ya se había acomodado junto a los pies de Jessamine en la planta baja, ya se había quedado con ella cuando llegó. Una boca más que alimentar, había dicho. Pero ahora habría recibido una bala por ese animal. Los encontré jugando en el suelo de la cocina, revolcándose como dos niños, ella riendo y él lamiéndole la cara entera. No tuve corazón para interrumpirlos.

—Voy a salir —dije a Jerry.

Fui primero a lo de Sutter. La comida fresca se echa a perder rápido en verano y el pedido mensual se había vuelto semanal.

Dawson estaba tranquilo. El lodo de las pasarelas se había secado hasta convertirse en polvo. El sol aún no estaba muy alto, pero ya hacía demasiado calor para estar a gusto. Ese es el problema de vivir aquí todo el año: una se acostumbra al clima frío. Se te cala en los huesos y la sangre corre rápida como los ríos lo hacen bajo el hielo, atrapada pero viva. El verano nos hincha. Nos vuelve lentos y descuidados. El sol no ayuda. Estas pocas semanas en las que no se esconde para nada son las peores del año.

Llamé a la puerta del doctor Pohl. Tardó un minuto en abrir; parecía desbordado, llevaba las mangas dobladas y el cabello revuelto, como si no hubiera dormido en días.

—Martha... ¿Está usted enferma?

—Vengo por el entierro de Molly. Debemos ponerla bajo tierra. —Asintió, pero no parecía haber escuchado lo que acababa de decir—. ¿Qué sucede? Tiene cara de haberse peleado con el mismísimo demonio.

La máscara de entereza del doctor se vino abajo.

—Pase.

Cuando se apartó, pude ver el desastre que era su casa. Lo seguí hasta una puerta al fondo de la habitación, procurando no mirar la mesa donde yacía mi Molly. Allí, los bloques de hielo se derretían más rápido de lo que demoraban los trineos en traerlos. Los vi alrededor del cuerpo envuelto en una lona. El dolor en el pecho se me clavó más hondo y me pregunté si alguna vez dejaría de sentirlo.

La puerta daba a un terreno donde en invierno se almacenaban los cuerpos hasta que el suelo se ablandaba lo suficiente como para cavar tumbas. En verano, las moscas convertían el lodazal en un verdadero pantano. Pero ese día estaba lleno de tiendas de campaña, de esquina a esquina.

—Tome —me dijo el médico, tendiéndome un trapo limpio. Él se cubrió la boca y la nariz con uno igual y yo lo imité.

Corrió la lona de la tienda más cercana y el hedor que salió fue tan fuerte que me volteó.

Dentro había una docena o más de catres, y en cada uno, un enfermo. Algunos gemían, otros permanecían en silencio. Aun con la luz tenue, pude ver que varios tenían la piel cubierta de un sarpullido rojizo. Además, todos temblaban, algunos abrazándose el vientre. Parecían estar a dos pasos de la muerte.

—¿Qué es esto? —pregunté sin quitarme el paño de la boca.

—Fiebre tifoidea —dijo el doctor, cerrando la tienda—. Doce casos en los últimos dos días. Uno ya ha muerto y cada día me traen más hombres. No tengo espacio para albergarlos a todos ni para tratarlos. He pedido más quinina a Sutter porque parece ayudar un poco, pero no es una cura.

Se me encogieron las entrañas solo de ver todo eso y pensar lo que significaba para el pueblo.

—¿Cómo se propaga?

—Por el agua, son las heces. No beba nada que no haya hervido antes, dígaselo a todos los que conozca. Los mineros tienen que alejar las letrinas de los ríos. Que dejen de cagar en el agua, por Dios santo.

Se pasó las manos por el cabello. Jamás lo había visto tan alterado y, a decir verdad, eso me asustó.

Le puse una mano en el hombro para conducir el camino de vuelta a su despacho.

—Correré la voz.

—¡Este lugar…! —exclamó—. Es el lugar perfecto para que la enfermedad se propague. Los mineros trabajan hasta el agotamiento y solo comen judías y pan. Están desnutridos, la mitad tiene escorbuto, saco tantos dientes podridos que no tengo suficientes frascos para guardarlos. Un hombre sano se contagia de tifus, enferma un tiempo y luego se recupera. Aquí, uno de cada cinco hombres muere de ese mismo mal. Martha, la Parca ha llegado a Dawson.

No tengo paciencia para los ataques de histeria.

—Esto es el Klondike, doctor. La muerte forma parte del trato.

Mi frialdad lo frenó en seco. No estaba bien que un

médico pensara así, y en eso el viejo doctor le llevaba ventaja: conocía la verdad de estas tierras y no dejaba que se le metiera en la cabeza ni en el corazón.

—Necesito que se recomponga —le dije—, porque quiero que me examine otra vez. No me siento muy entera hoy.

El doctor Pohl asintió y fue a lavarse las manos. Cuando regresó, volvió a ser el hombre sereno que yo apreciaba.

—Siéntese en la camilla —me dijo.

Me recosté y procedió a palparme el vientre.

—¿Ha sentido dolor?

—Nada fuera de lo habitual.

Aunque la verdad era otra. Dolía más. Como si fueran gases, pero más intenso, no sé por qué no se lo comenté. Sentía que, si lo hacía, se volvería algo real. A alguien iba a tener que contárselo. A Sam, tal vez. Bill pensaría que era debilidad y lo usaría para quitármelo todo.

Presionó justo a la altura de mi cadera y el dolor me atravesó. Contuve el aliento.

—Maldición.

Se detuvo y me dejó incorporarme.

—Muy bien. Tengo buenas y malas noticias. La mala es que la masa que sentí ha crecido un poco. No mucho... La buena noticia es que no siente dolor. En cuanto eso cambie, me avisa.

—Eso haré.

La mentira me pesó en la boca. Escuchaba el goteo constante de los bloques de hielo derritiéndose alrededor del cuerpo de Molly como si fuera un reloj marcando la cuenta regresiva de mis días.

—Le recetaré un té para ayudarla a mover el vientre. Puede que solo sea una obstrucción, ya sabe, nada grave.

Era demasiado vieja para sonrojarme por esas cosas, pero bendito sea el doctor por intentarlo.

Fue hasta sus armarios y sacó un sobre de papel doblado. Luego, tomó un par de frascos del estante, midió unas hojas secas de cada uno y me las entregó. Lo olí: era jengibre y algo más. No estaba nada mal.

—Sena —me dijo—. Es una hierba suave, hasta los niños la consumen. Pero es muy eficaz, apenas una cucharadita en una taza de agua hirviendo. Una vez al día, de momento. Vuelva la semana que viene y la revisaré otra vez.

Me levanté, alisé el vestido y guardé el té en el bolsillo.

—Gracias, doctor.

Pasé junto a él en mi camino hacia la puerta y lo oí suspirar.

—¿Han encontrado al que la mató?

—No. Pero no será por falta de intentos.

—¿Dijo algo sobre el entierro?

Le puse una mano en el brazo.

—Yo me encargaré de los preparativos.

Desde fuera llegó un gemido y la calma del doctor se esfumó de repente. Volvió a pasarse la mano por el cabello.

—Doctor —le dije, y me miró a los ojos—. Usted no es Dios. No puede ayudar a todo el mundo. Este lugar no es para los débiles. Sabían que la muerte les había sellado el pasaje en el momento en que pusieron un pie en esos senderos. Espero que eso lo tenga bien en claro. No todo el mundo merece ser salvado.

—¿De verdad cree eso?

Respondí pensando en Bill y sus amenazas, en Molly y en quien le había hecho tanto daño.

—Después de un puñado de años aquí, sí, sí lo creo.

Él agachó la cabeza y el gemido volvió a oírse a lo lejos. Pero esta vez más fuerte, más doliente.

—Gracias, Martha —dijo al fin—, pero yo soy médico y tengo que intentarlo.

Se dirigió a la puerta trasera, se colocó la máscara y salió.

Por un momento temí haberlo ofendido, pero me mantuve firme en lo que había dicho.

Si había algo que había aprendido en mi tiempo en el Klondike era a ser despiadada, a cortar los dedos congelados antes de que la gangrena se llevara la mano entera.

KATE

Dawson City, Klondike.

Julio de 1898

OBSERVÉ TODO DESDE UN RINCÓN. LAS MUJERES ME MIRA-
ban solo a veces, pero la mayoría me ignoraba. Solo Giselle
me dedicaba alguna palabra amable de tanto en tanto. Era
muy dulce, y hasta leal, al parecer.

—Deben hervir el agua para de beberla o cocinar con
ella —dijo Martha al personal. Se habían reunido en el bar.

Yo estaba sentada en una mesa pequeña y tenía conmigo
el cuaderno de Charlotte. Había estado hojeando páginas
de su vida que no había presenciado. Un minero posando
con una sonrisa. Una hilera de canaletas. Una cabaña junto
al río. Escenas en la calle que ella misma había observado,
imaginaba yo, desde su ventana. Había también bocetos
del hotel, de hombres y mujeres, algunos de Martha, uno
de ella riéndose. Algo me impedía pasar las últimas páginas, ver los últimos dibujos que mi hermana había hecho.
Entonces ya no habría nada nuevo de ella. Entonces estaría
verdaderamente muerta.

—Uno de mis caballeros la tenía —dijo una de las mujeres, creo que fue Laura-Lynn—. Lo invité a retirarse.

—Muy bien —dijo Martha—. No es ninguna broma. Debemos mantenernos lejos de quien tenga la enfermedad y también debemos lavarnos las manos.

El grupo asintió y, acto seguido, se dispersó. Yo me quedé como estaba, pasando las páginas del cuaderno, aunque ya sin verlas. Yukón molestaba a la cocinera pidiéndole sobras, y yo tenía mis dudas sobre qué hacer. Mi propósito había cambiado. Había pasado de ayudar a Charlotte a hacer justicia por ella, y no sabía por dónde empezar.

—Un penique por tus pensamientos.

Levanté la mirada para ver a Martha, que estaba de pie a mi lado. Las palabras de la adivina venían una y otra vez a mi cabeza:

También tienes amigos aquí.

Aún no llegaba a creerlo, pero ya me iba reconciliando con la idea.

Martha sonrió cuando vio el cuaderno y el dibujo en que se la veía riendo. Se lo alcancé para que lo viera mejor.

—Dios mío —susurró—. ¡Mira esto!

—Tenía un don para ver lo que los otros no ven.

La sonrisa de Martha se desvaneció y se sentó en mi mesa pequeña, oculta bajo la escalera.

—Tenemos que hablar —me dijo—. Es sobre Mol... —se corrigió—. Es sobre Charlotte. Debemos enterrarla.

Sentí un nudo en el pecho. Una pequeña parte de mí había esperado poder llevármela a casa para darle sepultura en Kansas. Pero ella había odiado aquel lugar, se había marchado tan pronto como le fue posible, se casó lejos de allí y luego huyó hasta el fin del mundo. En la carta que me trajo hasta aquí hablaba de las montañas, del aire, del color del río en verano, de la vida en el pueblo. Ella amaba este lugar, creía que aquí era libre.

—Lo sé —dije yo—. ¿Tú podrías...?

No podía soportar ni siquiera la idea de buscar un

cementerio, un pastor, un ataúd, de oír a desconocidos hablar de su vida y de una mujer de la que yo sabía tan poco.

—Puedo encargarme de los arreglos —dijo Martha, y yo le estuve profundamente agradecida.

La miré a los ojos y vi la tristeza en ellos, la tristeza de quien ha perdido a una amiga. Al menos Charlotte no había estado sola aquí, excepto en el final.

—Gracias.

—Hay otra cosa —dijo ella y su voz se volvió grave—. Molly me contó que era viuda, que su marido había muerto en un accidente. No me dio muchos detalles... Pero resulta que no era verdad. Él está vivo.

—Así es. Pero no es un buen hombre.

Martha asintió.

—Se dice que habría venido aquí a buscarla.

Bajé la mirada. Martha lo sabía. ¿Qué sentido tenían ya los secretos? La miré a los ojos y le conté la verdad. Le hablé de la carta de mi hermana, la razón por la que yo había venido, su matrimonio relámpago y el colapso que siguió.

—Tenía miedo de que la matara si la encontraba.

Martha cerró los ojos y suspiró.

—Tal vez justamente eso fue lo que pasó. ¿Cómo es él?

—No lo sé. Nunca lo vi.

Fue como si aquellas palabras le hubieran quitado el aire.

—Lo siento. Apenas vi una fotografía borrosa de él en el anuncio de su boda en el periódico. Es más o menos de esta estatura —levanté la mano—. Cabello oscuro y complexión delgada.

—¡Vaya, mi niña! Podrías lanzar un grano de arroz aquí y le darías a veinte hombres que encajan con esa descripción.

—Lo encontraremos —dije yo—. Preguntaré a cada minero si hace falta.

—Puede que tengas que hacer justamente eso, cariño.

Me dio una palmadita en la mano antes de irse y volví

a los bocetos. Sostener ese cuaderno era lo más cerca que había estado de mi hermana en años. Charlotte había dibujado a todos. Pero había un rostro que se repetía más que el de ningún otro. Un hombre en toda clase de posturas. De pie junto a la ventana, tumbado sin camisa en la cama, con trazos toscos y distintos grados de detalle. Uno de los dibujos estaba más acabado que los demás. Un retrato tan claro que podría haber sido una fotografía.

Giselle pasó junto a las escaleras y me levanté de un salto para hablarle.

—Giselle.

Se detuvo, con un pie ya en el primer peldaño. Saqué el dibujo y se lo mostré.

—¿Lo conoces?

Miró la página mientras pensaba.

—Ese es Charlie Rhodes. Tiene unas tierras en Boulder Creek, cerca del arroyo Bonanza. No sé cuáles, por si te lo preguntas.

—¿Conocía a mi hermana? —pregunté.

Se encogió de hombros y se limpió con el dorso de la mano un hilo de saliva amarronada.

—Ma me pidió que le informara sobre los hombres con los que Molly salía.

—¿Era el único?

Giselle suspiró, de pronto aburrida de las preguntas.

—El único que yo vi. Pero todos los hombres del pueblo echaban el ojo a Molly y no todos eran tan amables como Charlie.

—¿Qué quieres decir?

—Que un sitio como este no es seguro para una muchacha guapa y sola —se acercó y examinó cada detalle de mi rostro—. Y será mejor que te ensucies un poco antes de llamar la atención.

—¿Y ese tal Charlie Rhodes la habría lastimado?

La dureza de Giselle se esfumó por un instante.

—Quién sabe lo que un hombre es capaz de hacer. Sobre todo, por estos pagos.

Luego se marchó y me quedé mirando el dibujo de otro hombre con el que mi hermana se habría involucrado y del que yo no sabía absolutamente nada. Primero, el muchacho de campo con el que se marchó a la ciudad. Luego su marido, del que huyó temiendo por su vida. Y ahora este hombre. Me rompía el corazón pensar que había escapado de un hombre peligroso solo para ir a dar de cabeza con otro igual.

Organizar un funeral por estos lares no llevaba demasiado tiempo.

Al día siguiente, pasados tres días de la muerte de Charlotte, Martha cerró el hotel y todos los hombres y las mujeres del lugar se vistieron de negro. Caminamos juntos por las calles de Dawson hasta el cementerio, que estaba a las afueras del pueblo. Una docena de fosas ya habían sido cavadas. No éramos los únicos dolientes en aquel lugar. Algunas personas estaban junto a las tumbas viendo cómo un par de hombres iban bajando cuerpos, uno tras otro. Todos envueltos en lonas.

Nos quedamos alrededor de la tumba vacía de mi hermana, esperando. Yukón, que estaba a mis pies, permaneció noble en su silencio.

El doctor Pohl estaba a mi lado.

—¿Cómo se encuentra?

—No lo sé. ¿Cómo se supone que uno debe sentirse en una situación como esta?

—Como uno quiera.

Lo miré, y él me dedicó una sonrisa triste.

—Habla como alguien que tiene experiencia en el asunto.

—En otra vida. Por aquí tenemos la oportunidad de

empezar de nuevo. Para eso vienen todos aquí, después de todo.

—No es mi caso —dije yo—. Yo vine por mi hermana. ¿Usted sabrá cuál…?

—Esa de allí —respondió él, señalando un bulto envuelto en lona, apartado de los demás.

Junto a todos esos hombres muertos, Charlotte se veía más pequeña. Ya no era nada. Pero para mí, lo había sido todo.

Por fin los sepultureros se acercaron a ella. Me estremecí cuando la levantaron. Parecía un gesto tan brusco, tan falto de cuidado. Sin embargo, no había otra forma. La llevaron hasta la tumba y la depositaron junto al agujero. Quise poder verla una última vez, pero al mismo tiempo agradecí no haberlo hecho. Esa ya no era mi hermana. Era solo un cuerpo.

Observé las tumbas abiertas, el montón de cadáveres y luego, más allá, el pueblo que se extendía, las líneas de humo de las hogueras y, más allá aún, las montañas y los bosques que cantaban con el viento.

Al borde del cementerio vi a un hombre solo que me resultó inquietantemente familiar. El ala del sombrero dejaba su rostro bajo una sombra y no alcancé a distinguir sus facciones, pero la sensación persistía. ¿Sería Charlie Rhodes, el hombre al que solo había visto en un dibujo? ¿O era alguien más?

Los dos sepultureros bajaron a la fosa, que no tenía más de un metro de profundidad (todo lo que pudieron cavar antes de dar con el permafrost) y arrastraron el cuerpo de Charlotte hasta posarlo sobre la tierra negra.

El pastor, un hombre flacucho y de rostro avaro, abrió su Biblia y leyó un versículo.

—Y Jesús dijo: "Yo soy la resurrección y la vida. Quien crea en mí, aunque esté muerto, vivirá". Encomendamos el cuerpo de esta mujer a la tierra. Del polvo venimos y al polvo vamos. Que descanse en paz.

—Tenía un nombre —le dije al pastor—. ¿Lo sabe usted?

El hombre frunció el ceño.

—No.

Los presentes a mi alrededor se movieron, incómodos. Martha colocó su mano en mi brazo para intentar calmarme.

—¿Enterraría a una mujer y la enviaría al cielo sin saber siquiera su nombre?

El hombre chasqueó la lengua y miró la cruz junto a la tumba.

—Encomendamos el cuerpo de Charlotte Kelly a la tierra. Que su alma halle la paz junto al Dios todopoderoso.

La mano de Martha se relajó, y yo con ella. La ira no ardía tan fuerte como antes, pero tampoco se había apagado del todo.

—¡Así sea! —dijo un hombre desde la periferia del grupo.

Todas las cabezas se volvieron hacia él. Martha me apretó el brazo con más fuerza que nunca.

—Ese es Bill Mathers —susurró—. No digas nada, hablo en serio.

El grupo contuvo el aliento, esperando a que Mathers dijera algo más, pero no lo hizo. Se acercó hasta el borde de la tumba y tomó un puñado de tierra. Se lo llevó a los labios a modo de oración y luego lo arrojó a la fosa.

Sentí las uñas de Martha clavarse más hondo en mi brazo. Yukón se apretó contra mi pierna, como si conociera la reputación del hombre y le temiera.

Se volvió para vernos. Me saludó con un gesto respetuoso con la cabeza cuando posó sus ojos en mí. Al menos, en apariencia, los rumores corren por aquí y debía de saber quién era yo. A Martha le dedicó una mueca y se inclinó hacia ella para hablarle.

—Tictac, Ma. Tictac.

Después se alejó, pasando entre las chicas. Sonrió y ellas le devolvieron la sonrisa, coqueteando incluso en medio de un funeral, incluso cuando una de las suyas yacía fría bajo tierra. Me revolvió el estómago. Mathers no se fue muy lejos; se quedó junto a la cerca, con dos hombres que no había visto antes, observando.

Me acerqué al borde de la tumba y tomé otro puñado de tierra. Miré el cuerpo inmóvil y envuelto de mi hermana en aquel hoyo poco profundo. El calor del sol me ardía en la frente y detrás de mí algunas de las chicas se abanicaban, inquietas. Solté la tierra.

—Adiós, Charlotte —dije solo para mí.

Como si se rompiera una presa, los demás empezaron a acercarse uno tras otro para hacer lo mismo hasta que todos habían echado su puñado de tierra sobre Charlotte. Algunos se santiguaban, otros besaban un crucifijo o una medalla. Cada uno tenía su manera.

Martha fue la última. Murmuró unas palabras mientras arrojaba la tierra. Se sacudió las manos y nos preparamos para marcharnos.

Yukón gruñó de repente y yo de inmediato vi la causa.

El policía montado, William Deever, se acercaba a nosotros con el sombrero en la mano. Por respeto o por el calor, no sabría decir.

—Ma... Señoritas —nos dijo, y a Harry lo saludó con un gesto.

—¿Qué lo trae por aquí? —preguntó Martha.

Desde la cerca, Bill Mathers se estiró un poco para oír mejor.

—Traigo noticias. Quería que las escucharan antes que nadie. Todas ustedes.

Deever me miró, luego bajó la vista hacia la tumba y apartó la mirada.

—Escúpelo ya, hombre —se oyó la voz de Bill Mathers desde el fondo del grupo.

El guardia apretó el sombrero entre las manos.

—Creemos haber identificado al hombre que mató a Molly.

El grupo se agitó de inmediato, se oyeron murmullos y susurros.

Martha se volvió y levantó la mano.

—¡Silencio! Vamos a dejarlo hablar. Adelante.

—Gracias, Ma. Estamos acusando a Yannick Early del crimen de asesinato. No se lo ha visto desde la misma noche de los hechos, y sabemos que él y Molly andaban en algo.

El silencio dolía. Hasta los sepultureros se habían detenido para escuchar. Parecía que todo el pueblo contenía el aliento para oír la noticia.

—¿Es así? ¿Están seguros? —preguntó Martha con la voz resquebrajada.

Él asintió.

—Era uno de sus clientes habituales, por lo que dicen. La mató y luego huyó, dejó todas sus cosas y se largó.

—Yo lo conocía —dijo Martha—. Callado, siempre pagaba, nunca maltrataba a mis muchachas. No parece el tipo de persona que haría algo así.

Deever se encogió de hombros.

—Un arrebato de pasión o de furia… Un hombre es capaz de cualquier cosa.

Podría decirse que un hombre y un perro comparten ese mismo rasgo: pueden ser amables y dóciles hasta cierto punto, y luego enseñar los dientes.

—¿Adónde fue Early? —preguntó Martha.

—No lo sabemos, pero no salió ningún barco esa noche ni la mañana siguiente, así que suponemos que se fue por tierra.

—¿Suponen? —intervine yo.

Deever agachó la cabeza.

—Según todas mis indagaciones, sí. Pero no lo decimos por decir. Hay quienes vieron a Early con Molly el día antes de su muerte.

—¿Y por qué no está buscándolo ahora mismo?

Casi soltó una carcajada, pero se contuvo.

—Señorita, apenas tengo suficientes agentes para patrullar este pueblo. ¿Cree que dispongo de hombres para organizar una búsqueda? Yannick Early está tan muerto como ella. Si no lo matan los lobos, lo hará el invierno; de un modo u otro, Molly tendrá su justicia.

Miré a Martha, pero no pude leer su expresión. Las chicas cuchicheaban detrás de mí, hablando de aquel Early como de un amigo o de un vecino que había perdido la cabeza.

—Siempre me pareció uno de los buenos —dijo Martha, dando voz a los pensamientos de todas.

—Suele pasar —replicó el guardia.

Hubo un silencio suspendido durante el que no quedaba nada para decir, pero sí muchas preguntas por hacer. Algo en todo aquello sonaba demasiado conveniente, demasiado sencillo. ¿Y qué había de Gable? ¿Y de ese tal Rhodes? Ambos la conocían muy bien y al menos uno quería hacerle daño.

—¿Dónde vivía? —pregunté.

—En un campamento minero, en un arroyo cerca del Bonanza.

—¿Qué arroyo?

Miró a Martha, como pidiendo permiso para decírmelo.

—Boulder.

El mismo que Charlie Rhodes. No podía ser una coincidencia, una llama se encendió dentro de mí.

Qué conveniente que el acusado no pudiera defenderse. Qué inquietante que un pobre minero cargara con la culpa de los pecados de un hombre rico. Incluso aquí, en los márgenes de la civilización, los males del mundo estaban a la orden del día. El oro seguía siendo el rey en todas partes.

—Gracias, Deever —dijo Martha—. Pásese por el hotel. Tomaremos algo en honor a Molly y nos hará bien tenerlo allí.

—Es usted muy amable —respondió él sin comprometerse.

Martha pasó junto a él, una señal silenciosa para que todos la siguiéramos.

Bill Mathers se acercó a hablar con Deever mientras nos alejábamos. Yo buscaba con la mirada al otro hombre, el del rostro familiar que no lograba ubicar. Pero ya se había perdido entre la multitud.

No dejé pasar más tiempo. Mientras Martha y sus muchachas bebían a la memoria de mi hermana, yo empaqué mis cosas. Lo único que me llevé conmigo fue el cuaderno de dibujos de Charlotte. Solo eso me quedaba de ella. Todo lo demás, todo en esa habitación, pertenecía a la chica a la que ellos llamaban Molly.

Salí por la parte trasera del hotel. Necesitaba saber quién había matado realmente a mi hermana. Las palabras del guardia no me habían dado la certeza que necesitaba.

Di con una carreta que se dirigía a Bonanza Creek y acordé el viaje a cambio de pagar el ferry. Yukón saltó a la parte de atrás, se acomodó sobre mi regazo y partimos.

ELLEN

Boulder Creek, Klondike.

Julio de 1898

UN DESCONOCIDO ATRAVIESA EL CAMPAMENTO. LOS MINE-ros se quitan el sombrero, lo observan y murmuran. No se parece a ellos, va bien afeitado, es delgado. Habla con uno, luego con otro y desaparece de mi vista. Un perro lo sigue al trote.

Vuelvo a mis quehaceres con una extraña sensación en el pecho, como si el aire justo antes de una tormenta, cargado y nervioso, me llenara los pulmones.

Me mantengo ocupada. Preparo una comida y vuelvo a barrer, pero puedo sentir al desconocido. Es una nueva presencia, cercana, y no logro concentrarme.

Debo salir a caminar.

Subo por el sendero. Paso junto a Charlie, que no me ve. Está cavando otra vez en el matorral de alisos, retira la capa superior de tierra y excava hasta donde cree que una vez fluyó el río.

Los osos se han desplazado hacia los arroyos más bajos y tranquilos para cazar. El río brilla con el agua del deshielo que baja de la Cúpula del Rey Salomón. Tomo un puñado de grava y dejo que las piedras caigan entre mis dedos, hasta que solo queda el oro en mi palma.

Con esto sueña Charlie, con el hallazgo, con el peso blando del oro entre las manos. Cuatro pepitas del tamaño de cerezas y una aún más grande. Recojo cuanto puedo esconder sin que Charlie lo note. Miro las pepitas: tanta desesperación y tanta muerte por algo tan simple. Parece que medio mundo ha venido aquí a perseguir este metal, desgarrando la tierra más allá de toda curación. Si algún hombre desesperado, alguno de los mineros más abajo, viera lo que tengo yo ahora en mis manos, me robaría, tal vez hasta me mataría. ¿Acaso fue eso lo que le pasó a Molly? ¿Tenía oro que alguien también codició? Sé que las cosas no fueron como dijo el policía montado. Sé que Early no la mató. ¿Entonces…?

Me quedo sentada un rato. El oro se calienta en la palma de mi mano. El aire se ha vuelto más espeso, como si el sol del verano lo hubiera hervido hasta volverlo un guiso.

Pienso en el hombre desconocido. En la forma en que se movía, distinto a cualquier otro minero. Pienso en el perro fiel a su lado.

Es la pasión que va contra lo que el mundo espera de nosotras.

Eso había dicho la adivina.

Pienso en la figura hermosa y andrógina pintada en la carta.

Tendrás que elegir. Irte o quedarte.

¿Será este el hombre al que se refería?

—No, Ellen —me digo en voz alta, como si así mis palabras fueran más ciertas—. Ese hombre no es más que otro minero sin esperanza. Mi elección no es entre hombres, sino entre cadenas y libertad.

Miro el oro en mi mano. El río está lleno de ese oro. Mi libertad me espera en el agua.

El peso del oro en mi bolsillo, aunque no es mucho, me trae un consuelo que recibo con agrado. Lo esconderé en la bolsa de seda donde he estado ocultando el resto hasta tener lo suficiente como para marcharme.

El camino cuesta abajo es sencillo, pero aminoro el paso cuando diviso nuestra concesión.

Charlie no está en el matorral de alisos. Una punzada de pánico me atraviesa el pecho. ¿Me habrá seguido? ¿Acaso ya lo sabe?

Pero entonces lo veo. Está caminando hacia la cabaña. Se empuja el sombrero hacia atrás para ver mejor a la persona que lo espera junto a los caballos y al perro a su lado.

Charlie saluda al forastero con un apretón de manos. Luego se ríe, pero no alcanzo a oír por qué.

Continúo avanzando, siguiendo por la pasarela de tablas sobre el lodo y la grava. Charlie está de espaldas y no oye mis pasos.

Pero la otra persona sí. Por encima del hombro de mi marido, me mira y yo veo la verdad. Nuestras miradas se cruzan y el tiempo parece ralentizarse.

El mundo vuelve a girar.

—Hola —me dice quien acaba de llegar, y Charlie se da vuelta. Su sonrisa vacila al verme.

—Ellen, esta es la señorita Kelly —dice, y da un paso atrás para presentarnos—. Es una reportera, ¿puedes creerlo? Está aquí para escribir sobre la vida en los campos de oro.

—Llámenme Kate, por favor —dice ella con los ojos puestos en mi marido.

Luego su mirada se posa en mí y me tiende la mano.

Suave, ligera, como hecha de huesos de pájaro y cuero fino. Tras tanto tiempo de sentir solo el tacto de hombres ásperos, con sus callos, sus arañazos y su peso, resulta extraño sentir algo así de distinto.

—Encantada —le digo.

Tiene un corte medio cicatrizado en la frente y me pregunto cómo se lo habrá hecho.

De pronto me pregunto muchas cosas sobre esta mujer.

Dentro de la cabaña preparo café, que ella bebe, y pongo pan, que rechaza con cortesía.

Otra mujer en mi casa. La última que se sentó en esa silla ahora está muerta. Hasta se parece a ella.

Charlie actúa como si estuviera en una mansión y no en una choza de dos habitaciones en el fin del mundo.

—¿Nos hemos visto antes, señorita Kelly? Su rostro me resulta familiar —le dice él.

—Me temo que eso es imposible. Llegué hace apenas unos días.

Su expresión se relaja y la conversación se desvía hacia las minas, pero yo me quedo enganchada a la idea. Me sigue resultando familiar sí, pero no sé por qué.

Los escucho. Ella mantiene los ojos fijos en Charlie. A veces me mira a mí, pero solo para volver a él después. Es una mujer en un oficio de hombres, así que debe comportarse como uno de ellos. Yo vuelvo a ser invisible. Lleva un cuaderno consigo, pero no escribe en él. Su perro apoya la cabeza sobre mi pie. Charlie habla de bateas y de rejillas como si se lo estuviese explicando a una niña. Habla de cuarzo y de grava, de cómo el oro se asienta entre las rocas, de cómo manejar una batea.

Pasa casi una hora antes de que ella me mire.

—¿Usted también trabaja en la mina?

—No, no —responde Charlie por mí—. Ellen está demasiado ocupada con la casa. No tiene por qué ensuciarse con ese tipo de trabajo.

Creo que ella nota cómo se me amarga el gesto. Creo que cualquier mujer, incluso a cien metros de distancia, podría notarlo. Pero no un hombre, aunque esté justo delante de mí, aunque sea mi propio marido.

—¿Y no ha contratado a otros hombres?

—Solo yo y mis dos manos —dice él, y las levanta para mostrarlas.

Bebo un sorbo de mi café frío y acaricio la cabeza del perro. Kate me ve.

—Debo confesar que vine aquí con cierta intención —empieza diciendo—. Esperaba encontrar trabajo en los campos de oro.

Charlie se recuesta en su silla.

Ella continúa.

—El señor Everett, mi financiador de Topeka, Kansas, tiene más dinero que un Rockefeller y le gusta conocer todos los detalles de una oportunidad antes de comprometer sus considerables recursos.

Veo cómo se encienden los ojos de Charlie. Él se inclina hacia ella, atraído por la conversación sobre dinero.

El perro bosteza y se estira hasta que termina cubriendo mis pies. Intento liberarme, pero es pesado y no tengo corazón para despertarlo. Ella nos ve.

—Continúe, señorita Kelly.

—Llámeme Kate, por favor —dice, y vuelve a centrar su atención en mi marido—. Me gustaría trabajar para ustedes, señor y señora Rhodes. Al menos por unos días. Quisiera adquirir experiencia de primera mano que me permita informar mejor a mi empleador. Trabajaría en la mina. Lo haré gratis, por supuesto. No valgo lo que uno de esos hombres río abajo, pero soy fuerte, capaz y no le temo al lodo. Solo pediría alojamiento. Tal vez tengan una tienda de campaña para prestarme.

Se me detiene el corazón. No me esperaba esta propuesta. Pensé que vendría a hacer preguntas, a tomar notas, quizá hasta hacer una fotografía… si tuviera una de esas nuevas cámaras Kodak… Pero ¿esto?

—Señorita… digo, Kate… este no es trabajo para una

dama —dice Charlie, aunque suena menos convencido que cuando me lo dice a mí.

Kate me mira como buscando una aliada, pero sé que mi voz no serviría de ayuda.

—Le aseguro, señor Rhodes, que estoy a la altura de la tarea. Además, si ve que no es así, no habrá perdido nada en salarios. —Él se acaricia la barbilla y no responde. Ella tensa la mandíbula. Se impacienta y yo me permito una sonrisa—. Estoy segura de que el señor Everett agradecerá la ayuda y lo compensará cuando adquiera su concesión —añade.

Charlie detiene su movimiento de la mano. Veo los cálculos en sus ojos: deudas sobre deudas y un hombre rico que podría deberle un favor. Ella también lo percibe. Me mira y ve que la observo.

—Creo que podemos llegar a un arreglo, si ese es el caso. ¿Quién soy yo para interponerme entre una reportera y su historia?

Abre los brazos como un rey benévolo y me pregunto si sabrá cuán frágil es, casi como hecho de vidrio.

—Tenemos una tienda —digo yo—. La tenemos de cuando llegamos aquí; tal vez no esté muy limpia, pero puedo ayudarte a ponerla en condiciones.

—Buena idea, Elly —dice Charlie—. No tenemos estufa de sobra, pero puedes encender un fuego afuera para calentarte. Ellen se ocupará de tu comida.

Kate me mira con una ligera alarma.

—Ah, no, no podría imponerte eso, Ellen. Me las arreglaré sola. No seré una molestia.

—No es molestia —vuelve a hablar por mí Charlie, y si no tuviera al perro sobre los pies le daría una patada—. ¿Verdad, Elly?

Aprieto los dientes.

—En absoluto.

—Gracias. A los dos. No saben cuánto se lo agradezco

—dice ella, y mira a Charlie con una luz extraña en los ojos. ¿Deseo? ¿O ira?

Hay una verdad escondida en esta mujer a la que hemos dejado entrar en casa. ¿Acaso viene a robarme a mi marido? Si es así, que se ahorre el teatro y se lo lleve. Pero hay algo más, puedo sentirlo.

Temo que sea la persona de la que habló la adivina: la aventurera que desafía las reglas de la sociedad. La elección. Lo prohibido. Veo de nuevo la carta del diablo mientras la observo con mi marido en la puerta, cuando él la acompaña afuera para mostrarle la concesión.

La veo volver la mirada hacia mí, sonreír apenas, para luego entristecerse por un momento antes de que su espalda recupere la rigidez.

Silba a su perro y él abandona su posición sobre mis pies para saltar hacia ella.

—Ya eres libre —me dice con una sonrisa.

Sé que se refiere a mis pies, liberados del peso del animal, pero esas palabras se me quedan clavadas en el pecho.

Sí, *soy libre.*

MARTHA

Dawson City, Klondike.

Julio de 1898

—Tres muertos más en tres días —sentenció el doctor Pohl, que se paseaba por mi oficina, casi dejando marcado un surco en el suelo con sus nervios—. Otros treinta casos esta mañana. No me queda espacio en la clínica, estoy rechazando gente, Martha. ¡Gente que se muere!

—Pueden morirse igual de bien en su cama que en las tuyas, doc —dije yo, y se detuvo. Me miró como si le hubiera dicho que quería vender a su madre.

—¿Cómo puede decir eso? Son personas.

—Y hay unos cientos más que bajan a ese muelle cada dos días.

Negó con la cabeza y volvió a caminar.

—Si tuviera un espacio más grande para alojarlos…

—Entonces tendría más cadáveres llamando a su puerta.

Me levanté del diván, le puse la mano en el hombro y por fin se quedó quieto. Habíamos hablado de esto antes, con palabras más duras, pero el pobre hombre estaba al borde del pánico y yo decidí mostrarme un poco más blanda.

—Está solo aquí. Deles la medicina que necesiten y el

consejo que vaya con ella y déjelos ir con Dios. Él elegirá quién se queda y quién se va, ¿me entiende?

Vi cómo se le endurecía el rostro. Esa era la ley de este lugar y el pacto que todos hacemos para vivir en él. La muerte llama a la puerta y Dios no siempre está en casa.

Alguien llamó a la puerta y di un paso atrás.

—¿Sí...? —dije, y Tess apareció.

—Es Giselle —dijo con esa voz apagada que hace creer a los caballeros que es una niña inocente y recatada, aunque de eso no tenga ni un pelo.

—¿Qué tiene?

Tess miró al doctor.

—Fiebre muy alta. Dice que siente piedras en la tripa.

El doctor volvió a desalentarse.

—Llévame con ella.

Los acompañé hasta la habitación de Giselle. Estaba acurrucada en la cama, la manta hasta la barbilla, pero temblando entera. Desde la puerta pude oír el castañeteo de sus dientes.

—Dios mío —dije.

Tess intentó acercarse, pero el doctor la tomó de la mano para detenerla.

—No la toques. No toques nada aquí dentro. Ve a lavarte las manos ahora mismo. Dos veces, con jabón y agua hirviendo. Y ordena a todas que hagan lo mismo. Ahora. ¿Has entendido?

Los ojos de Tess se volvieron enormes. Salió disparada de la habitación con las manos en alto, evitando tocar nada.

—Giselle —dijo el médico, y se arrodilló para que la pobre lo viera.

—Doctor... No estoy bien.

—Lo sé. No te preocupes, voy a ayudarte. Martha, mi maletín, por favor. Lo dejé en tu despacho.

Fui a buscar lo que me pidió y me acompañó una terrible

sensación en cada paso. Giselle... Giselle no. Esa niña era fuerte como una mula; no podía irse por el mismo camino que esos mineros raídos por las pulgas. El doctor se estaba secando las manos cuando volví a la habitación. Había servido un vaso de agua y, al verme, me extendió la mano para que le diera el maletín. Buscó en él, sacó una botella con tapón, midió un buen trago en el vaso y la removió.

—Necesito que te incorpores, Giselle —dijo él.

Mi niña tuvo el valor de moverse apenas, pero luego largó un grito que me atravesó los huesos. Se sostuvo el vientre y gimió, desplomándose otra vez.

—No puedo.

—Puedes y debes —sentenció el médico, como si se le hubiera ido de golpe toda duda, sustituyéndola por el deber y el juramento. Metió el brazo por debajo de Giselle y la alzó. Ella gimió y lloró, pero él no se detuvo. Quise ayudar, pero él negó con la cabeza. Hasta que, por fin, Giselle quedó sentada, apoyada sobre una almohada extra.

El doctor le dio el vaso.

—Bébelo. Todo.

No protestó, pero las manos le temblaban tanto que no podía sostener el vaso. Él se encargó de ayudarla, inclinándola hacia adelante hasta que, entre pausas, lo bebió entero. Giselle se dejó caer otra vez y el doctor se sentó a su lado, le acarició el cabello y le murmuró arrullos como una madre con su bebé. Entonces me pregunté si habría algo más entre ellos. Algo parecido al amor.

El doctor me miró y la pena en sus ojos confirmó lo que yo sospechaba.

—Caldo de huesos —ordenó—, todo lo que pueda tomar, pero mínimo dos tazones, y quinina dos veces al día. Si lo vomita, se intenta otra vez. Que nadie entre a menos que sea imprescindible y que no salga de aquí. El resto, a lavarse las manos; se lo ruego: lávense las manos.

—Eso haré. ¿Estará bien…?

Miró a Giselle, que ya dormía, y no me dijo nada.

—Me quedaré solo con ella.

Salí temblando. Volví a mi despacho y me lavé las manos. Froté hasta que se me pusieron en carne viva y sentí un hormigueo. Repetí.

El doctor se marchó a media tarde y yo ordené a mis niñas que dejaran en paz a Giselle. Yo cuidaría de ella. Quedaron pálidas con la noticia, las pobres. Tenían miedo tanto por Giselle como por ellas mismas. Preguntaban si se contagiarían, si ellas también morirían. Laura-Lynn dijo que Giselle debería estar en las tiendas de enfermos con los demás. Supuse que hablaba desde el miedo, aunque esa chica podía ser muy fría cuando quería y cada vez era más obvio y más frecuente.

—Y no importa lo que pase, no se les ocurra hablar de esto con nadie más. No hay peligro para nadie a menos que entren en esa habitación. Entonces, si valoran su puesto en este lugar, deben morderse la lengua. ¿Entendido?

Todas aceptaron, aunque no con tanta efusividad, sino más bien con un murmullo.

La hora de mayor afluencia era sobre las ocho de la noche, cuando los mineros dejaban el trabajo. La fiebre que se extendía por el pueblo no les impidió divertirse. En todo caso, bebían más y jugaban por más tiempo, como si intentaran gastarse todo el oro antes de que la enfermedad los alcanzara también a ellos. No duraría demasiado. En cuanto la vieran de cerca, iban a optar por quedarse en sus casas.

Bajé de dar el caldo de huesos a Giselle y me encontré con un rostro conocido en la puerta. Harriet hablaba con su hermano, pero no era el habitual intercambio de bromas y empujones entre ellos. La expresión de Harry era severa, con el ceño fruncido como un jersey apretado. Me encontró con la mirada y, acto seguido, empujó a su hermana para que viniera a hablarme.

Enseguida tuve un mal presentimiento.

—Buenas noches, Ma —dijo ella.

—Te ves como si cargaras el mismísimo mundo sobre los hombros, cariño —le dije.

Suspiró y negó con la cabeza.

—Ay... mierda. Traigo noticias.

Miré a Harry. Sus ojos taladraban la espalda de su hermana. Me mordí la mejilla y asentí.

—Ven.

Ocupamos una mesa en la esquina. Harriet, que suele derrochar noticias y chismes, con las mejillas agrietadas por el viento y el cabello revuelto, parecía haber perdido todo el aire de un solo puñetazo en el estómago.

—Ya dilo, Harriet.

No me miraba; solo apretaba los puños sobre la mesa.

—Es Tom...

Me tomó por sorpresa.

—¿En el Aurora?

Ella asintió.

—Maldita sea, Harriet, ¡ya dilo! ¿Qué puede ser tan terrible? ¿Está muerto?

Ella me miró y un brillo de vida volvió a su expresión.

—No, no está muerto, por el amor de Dios, no... Vendió.

—¿A quién?

Puso mala cara.

—¿A quién crees? Ese viejo sinvergüenza se rindió y vendió todo a Bill por la mitad de lo que vale ese terreno.

Me eché hacia atrás en la silla.

—¡Mierda! ¿Quién queda entonces? ¿Sutter?

—Compró también a Sutter. Todo pasó ayer. Lo mantendrá en funcionamiento. Al menos durante el verano. Solo quedamos tú y yo. Y luego Bill será el dueño de todo Dawson.

—No mientras yo aún tenga vida —dije.

Harriet se inclinó hacia adelante y me tomó de la mano.

—Eso es lo que temo.

Le di una palmada en el brazo.

—No te preocupes por mí, soy fuerte.

—Él también y tiene a la policía en el bolsillo.

—Nosotras también tenemos amigos. Recuérdalo.

Asintió, pero sé que no estaba del todo convencida. Nuestros amigos estaban siendo comprados uno por uno. Se levantó para irse, pero se detuvo a medio camino.

—Casi lo olvido —metió la mano en el bolsillo y sacó una carta arrugada en los bordes. La tinta se había corrido por la lluvia en algún punto del viaje, pero reconocí la letra. Sam.

—Gracias.

Harriet colocó su mano en mi hombro por un segundo y luego se sentó en una de las mesas de póquer. Sacaría hasta el último gramo de oro a esos mineros y me alegré por ella. Mejor que el oro quedara en sus manos y no en las de ellos.

Subí directamente al piso de arriba, entré en mi despacho y cerré la puerta. Desplegué la carta y el corazón me dolió de miedo por lo que pudieran decir las palabras de Sam. Su pulso era débil. Las letras temblaban al leerlas. Las líneas, todas torcidas.

Querida Martha:

Mi maldita pierna. Se está pudriendo y yo ardo por dentro. Podrían meterme en el Yukón en Navidad y juro que lo derretiría por completo. Aún tengo comida para unas semanas, pero la leña se acaba. Heaney, del valle de al lado, partió algunos troncos para mí, pero no durarán más de dos semanas. Dijo que llevaría esta carta a los jinetes, pero estará fuera un mes. Nadie más sabe dónde estoy, solo tú.

No soy tan hombre como para no admitir que tengo miedo, Martha. Si no vuelvo a escribir, espero que sepas que te quiero. De mi corazón al tuyo. Ya tendremos nuestro momento.

Sam

Su nombre se desbordó del papel. Una lágrima cayó de mi mejilla y expandió la tinta de su S. Dejé que la carta cayera sobre mi regazo y me cubrí los ojos con las palmas.

No llores ahora, Martha Malone; si lo haces, no podrás parar. Ve con él, recoge y vete, puede que sea tu última oportunidad. La voz dentro de mí me gritaba que subiera a un carro, a un caballo, a un maldito trineo tirado por perros... lo que hiciera falta.

Pero Giselle...

Y el hotel.

Y mis niñas.

En cuanto pusiera un pie fuera de Dawson, Bill se metería y me lo quitaría todo. Y yo volvería a la nada. A nadie. Mis hombres iban de camino, ellos lo ayudarían. Tenía que confiar en eso. Habían pasado varios días; ya estarían a mitad del trayecto y en unos pocos días más llegarían al lago Beaver. Pero ¿qué encontrarían allí? No quería ni pensarlo.

Cerré los puños sobre las rodillas y me tragué un grito.

Un dolor agudo me atravesó el vientre, me trepó por la columna vertebral y me dejó sin aire. Llevé la mano a mi abdomen y allí estaba: la masa. Apenas había pensado en ella con todo lo que había sucedido, pero seguía ahí, silenciosa y mortal, estrangulándome por dentro. Sabía que no era un bloqueo ni tampoco gases. Era la muerte, creciendo callada e invisible para actuar según su naturaleza.

Las palabras de la adivina volvieron a mí:

Veo oscuridad. Una muerte que no puedes evitar... Te culparás a ti misma.

Creí que hablaba de Molly, pero ya no estaba tan segura. No con Giselle muriendo al final del pasillo, Sam muriendo en algún bosque lejano y yo muriendo despacio en mi propia cama. Aquella mujer también había dicho otra cosa:

Te enfrentarás a una elección entre lo que crees que deseas y lo que realmente deseas.

Pero ¿cómo iba a saber alguna vez cuál era cuál?

KATE

Boulder Creek, Klondike.

Julio de 1898

No tardé mucho en medir a Charlie Rhodes. Un hombre con poco talento y demasiada confianza en sí mismo. Una combinación frustrante, algo que también percibí en Ellen desde el momento en que la conocí.

Eran una pareja extraña: apenas hablaban o compartían tiempo juntos. Él ignoraba su indiferencia, si es que llegaba a notarla, pues no parecía dirigirle la palabra salvo que tuviera hambre o descubriera un rastro de lodo en el suelo de la cabaña.

Y ella... bueno, aún no conseguía descifrarla del todo.

Yukón, sin embargo, le había tomado cariño de inmediato. Le seguía los talones mientras alimentaba a los caballos o sacaba agua del río. Ella parecía agradecer la compañía y él la olía mientras yo recibía mis lecciones sobre los distintos tipos de grava. Ellen jugaba con él y le hablaba con dulzura, y Yukón saltaba e iba tras los palos y las piedras que ella le lanzaba.

El tiempo se había vuelto desagradablemente cálido desde el día en que llegamos a Boulder Creek. El aire era espeso, pesado en mis pulmones, y siempre me dolía la cabeza al final del día. Solo podía trabajar con un chaleco, pues con cualquier otra prenda terminaría empapada de sudor. Charlie trabajaba con pantalones y botas, y eso era todo, a excepción de ese pañuelo al cuello que nunca se quitaba. A su favor debo decir que nunca me miró ni hizo un comentario que no habría hecho delante de su esposa o de su madre. Intuí que no tenía ningún interés romántico en mí y el alivio que sentí no podría haber sido mayor, pues de solo pensarlo se me revolvía el estómago.

Charlie era un maestro muy detallista, aunque impaciente, y me enseñó los rudimentos de la minería de oro.

En verano, en una mina pobre, un hombre cava en la orilla o el lecho del río, en algún lugar elegido solo por su intuición. Amontona tierra y grava en grandes montículos, que luego filtra en una batea. Son unos pocos metros de largo, diez como mucho, y por allí sigue corriendo agua, que es el trabajo de otro hombre, quien vierte cubos de agua desde más arriba. Otro hombre se encarga de alimentar esas canaletas con paladas de tierra. El canal lava el oro del lodo y del suelo, y lo libera para que los hombres puedan recogerlo. El oro es pesado, y una vez libre del lodo y la piedra, se hunde hasta el fondo de la batea. En la otra punta del canal hay otro montón. O al menos así es en la concesión de los Rhodes. En otras minas esta mezcla de agua fangosa y oro cae en un gran depósito que baten los trabajadores más nuevos o más débiles, o incluso las esposas que buscan un ingreso extra.

En las minas más ricas hay decenas de obreros y también elevadores hidráulicos, canaletas de seis metros y chorros a presión para desprender la ladera. Algunas incluso cavan pozos enormes hasta la roca madre en invierno, para luego cribarlos y lavarlos en verano, cuando la tierra congelada que atrapa el oro se derrite.

Charlie insistía en que su oro era más fino que el de sus compañeros río abajo, así que su mezcla pasaba después por su caja cribadora. Dentro tenía una especie de alfombra, el llamado musgo del minero, que atrapaba las partículas más diminutas. Me dijo que los otros siempre olvidaban revisar esa parte de la caja.

"La fortuna está en el polvo, no en las pepitas, ¿lo ves?", decía, aunque con eso parecía convencerse solo a sí mismo.

Yo llevaba cubos de agua desde el río hasta la otra punta del canal. Nos habíamos situado más lejos de lo que debíamos, pero cuando sugerí acercar las bateas al agua dijo que estaba equivocada. Los brazos y los hombros me dolían, pero sentía también cómo se fortalecían. Era un trabajo brutal, que agotaba hasta al hombre más fuerte en pocas horas. Despojaba la tierra de sus árboles, dejaba cicatrices en el río y cambiaba su curso. Era un negocio violento y yo creí sentir a la tierra rebelarse contra él.

Pero lo entendí todo cuando vi mi primera pepa de oro.

El destello en la batea. La manera en que aparecía y desaparecía con cada enjuague, hasta quedar completamente expuesta. Una línea espesa de metal que los hombres valoran más que a sus propias vidas. Saqué una pepita del tamaño de un grano de maíz y la froté entre los dedos. Sentí su peso. Apenas parecía metal; retenía su propio calor y era suave al tacto. Mirarla era como mirar el fuego: apenas se puede apartar la vista.

Charlie vio mi expresión y me arrancó la pepita de los dedos.

—Mucho cuidado, Kate... o la fiebre te atrapará a ti también.

Solté la pepita de oro de mala gana y volví al trabajo.

Pensaba que solo los débiles de mente cedían al influjo del oro, pero vi la verdad ese día. Nos atrae lo que es precioso, lo que puede concedernos nuestros deseos, lo que cualquiera puede hallar en la tierra con solo tener derechos y una batea: rico o pobre, inmigrante o ciudadano, hombre o mujer, todos iguales en esta carrera por el oro.

Esa es la gran mentira de este lugar. La mentira del oro mismo.

Yo no estaba allí por el oro. Estaba allí por mi hermana, y la atracción del oro no era nada comparada con la del deseo de venganza.

Observé a Charlie Rhodes mientras trabajábamos juntos. Busqué arañazos en su piel que pudieran ser de las uñas de Molly, pero él siempre estaba cubierto de lodo o con el pañuelo tapándole el cuello.

También observaba a Ellen. Por las tardes o durante el almuerzo, cuando la sorprendía mirándome o me descubría a mí misma mirándola a ella. No era imposible de pensar que una mujer, si se enteraba de que su marido tenía una amante, empuñara el cuchillo ella misma.

Pero Ellen no parecía preocuparse por lo que hiciera su esposo. No le importaba que pasara sus días con alguien más, en especial con una mujer. Solo le importaban su caballo y ahora mi perro. Yukón seguía acudiendo cuando lo llamaba y dormía junto a mí en la tienda, pero no sin antes recibir una caricia de Ellen para desearle buenas noches.

Fue al segundo día de trabajo duro y de dormir sobre el suelo irregular de la tienda cuando pude reunir el valor.

—Señor Rhodes.

Se rio.

Estábamos tomando un descanso del sol y del trabajo, los dos sentados junto al arroyo.

—¿Cuánta tierra vamos a tener que mover antes de que comiences a tutearme y a llamarme Charlie?

Le sonreí.

—Charlie, entonces. —Sonrió—. No me gusta el chisme, pero he escuchado algunos rumores mientras estuve en

Dawson sobre un minero de este río que podría haber matado a una muchacha y luego, huido.

Resopló y la ligereza en su voz desapareció de repente.

—Yannick Early. Trabajaba dos concesiones río abajo. Uno de los hombres de Bill Mathers.

—He oído hablar de Mathers. Dicen que es el rey del Klondike, que posee las minas, pero no las trabaja.

—Correcto. Pero no posee esta.

Percibí de inmediato el orgullo en esa frase, un orgullo quizá mezclado con algo más. Era un hilo del que podía tirar más adelante.

—¿Dirías que el señor Early podría haber sido capaz de matar? —le pregunté, apelando a la mayor confianza recién inaugurada—. He oído que era un hombre callado.

Charlie se encogió de hombros.

—Uno nunca sabe... Los hombres aquí son capaces de cualquier cosa si se les antoja.

—¿Incluso de asesinato?

Se rascó el cuello debajo del pañuelo.

—Especialmente de asesinato.

Charlie y yo trabajamos hasta la medianoche aprovechando la luz tardía del sol. Dijo que solo duraría otro mes más o menos; después vendría el frío de septiembre y después el invierno encerraría la tierra y a su gente en puro hielo.

Me costaba conciliar el sueño; la luz nunca disminuía lo suficiente como para dejarme dormitar, y luego parecía amanecer de inmediato. Al menos en Dawson podía cerrar las cortinas y esconderme bajo la almohada, pero aquí la tienda era blanca y dejaba entrar una luz pálida constante.

Estaba tendida en la cama que había improvisado con unas pocas mantas unas sobre otras a modo de colchón y con mi abrigo enrollado como almohada cuando escuché abrir y cerrar la puerta principal de la cabaña.

Ya estaba vestida (porque nunca me desvestía, salvo para bañarme) y eso no sucedía con frecuencia. Fui hasta la puerta y miré a través de la lona. Mi tienda estaba al sur, entre la cabaña y el corral de caballos, y podía ver todo con claridad.

Ellen, con un chal sobre los hombros, caminaba en dirección a los caballos.

No era la primera vez que la veía. A menudo sacaba su caballo y se iba hasta lo alto de la concesión para luego desaparecer. Regresaba más de una hora después, antes de que Charlie se levantara, y luego andaba por ahí sonriendo, como rejuvenecida, y así se sentía durante un tiempo tras cada paseo.

No sé qué me impulsó, tal vez Yukón rozándome la pierna, con su cola moviéndose de un lado a otro, o tal vez fue mi propia curiosidad por esta mujer y sus extraños hábitos. La seguí. Vi que sacó a Bluebell del corral, le dio un premio con la mano y luego la montó. Respondiendo a su suave chasquido de lengua, Bluebell avanzó.

Yukón quiso lanzarse tras ella, pero lo sujeté del collar.

—Silencio, Yuke. Debes quedarte quieto y cerca de mí ahora, ¿entendido?

Inclinó la cabeza y me respondió con un pequeño gemido.

Lo tomé como un sí. Le rasqué bajo la barbilla y froté su cabeza como le gustaba.

—Buen chico.

Mientras cruzábamos la concesión siguiendo el camino de Ellen hacia los árboles, Yukón se mantuvo a mi lado, silencioso cual lobo en caza.

El sendero fue fácil al principio; luego tomó un giro pronunciado. Alguien había abierto un camino en zigzag a través de la maleza, pero no supe distinguir si habría sido Ellen o la propia naturaleza. No podía verla, pero me guie siguiendo el sonido de los cascos de Bluebell.

Pronto el sendero se niveló hasta transformarse en una vasta meseta, un oasis oculto de pasto y arbustos de arándanos. El aroma del lugar era embriagador después de haber estado expuesta a tanto lodo, piedra y hombres sin lavar. El mantillo del bosque, húmedo y dulce, con flores que se abren y se llenan de insectos. Un paraíso intacto en medio de un páramo. Entonces comprendí por qué Ellen venía aquí por las mañanas y regresaba sonriendo.

Bluebell estaba atada al otro lado del prado, pero no encontré a su jinete. Yukón olfateaba las flores mientras iba descubriendo aromas desconocidos y estaba demasiado excitado para permanecer en silencio.

Me acerqué al caballo y entonces la vi, a unos tres o cuatro metros de distancia. Estaba arrodillada junto al río, sus manos entrando y saliendo del agua. Llevaba el cabello suelto, que atrapaba la luz moteada del sol y se elevaba con una brisa invisible. Me di cuenta de que quería conocerla mejor. Saber qué giros había tomado su vida para depositarla justo allí. Qué vida deseaba para sí misma.

Me acerqué sigilosamente.

Se giró de repente, el oro cayó de sus dedos sobre la hierba sosteniendo un arma en la otra mano.

ELLEN

Boulder Creek, Klondike.

Julio de 1898

Bajo el arma, pero solo a medias. La traje conmigo por los osos, pero sirve igual para defenderse contra personas.

—Soy yo —dice Kate, esta extraña que se ha colado en nuestras vidas.

—Eres tú —la imito, y mi curiosidad inicial se reemplaza por irritación. Me siguió hasta mi tierra—. ¿Y eso qué quiere decir?

Intenta sonreír.

—¿Podrías bajar el arma?

—Me seguiste.

—Tenía curiosidad. He visto que sales a dar un paseo a caballo por la mañana y luego regresas radiante.

Sonríe como si pudiera verme en su mente también.

Mi mano comienza a temblar. Bajo el revólver y veo lo que Kate ve: el oro entre la hierba. Lo recojo mientras ella se arrodilla a mi lado.

Veo que encuentra una pepita. Luego mira al agua donde hay más esperando.

—Esto es…

—Mío. Esta concesión está a mi nombre. Charlie no sabe nada sobre esto.

Me mira con asombro.

—¿Y por qué no?

Seco el oro en mi vestido y le ofrezco la mano para que me dé la pieza que sostiene. Ella la entrega sin cuestionar ni intentar ocultarla. Un gesto honesto, parece, en medio de una nube de engaños.

—Charlie no tiene cabeza para el dinero.

—Pero seguramente tú…

—¿Yo qué? —me vuelvo hacia ella—. ¿Yo qué? ¿Quién eres, Kate Kelly? ¿Por qué estás aquí? No creo ni por un momento que tu interés sea la minería. Especialmente no con mi esposo, quien, por si aún no lo has notado, sabe poco y nada de su ocupación.

No me mira a los ojos. Permanece callada, parece buscar las palabras correctas. La mentira correcta. La observo mirar al agua. Hay un brillo en sus ojos, un fervor que yo solía tener en el pasado, pero que no experimento desde hace ya un tiempo. Lo siento a veces aquí, donde la naturaleza no ha sido despojada de todo lo suyo. La vieja sangre se calienta. Se afina. La vida regresa.

Me mira y el calor crece.

—Estoy aquí para aprender. Eso es todo —dice.

—No te creo. ¿Tienes otras intenciones con Charlie?

Suelta una carcajada y puedo ver la sorpresa en sus ojos, como si acabase de oír lo más ridículo del mundo.

—No. Dios, no. No deseo robarte el esposo, al menos puedes contar con eso.

Creo que es la primera cosa honesta que dice desde que llegó.

Me ha ablandado un poco pese a mis preocupaciones. Sonrío ante su risa y la manera en que agranda los ojos y niega con la cabeza ante la idea de tener a Charlie como esposo. Tiene un aire familiar, pero sé que no la he visto antes. Lo recordaría.

—¿Estás segura? —le digo—, porque podrías quedártelo. No me sirve de mucho.

Ella ríe de nuevo. Y ese sonido le queda muy bien a este lugar. No recuerdo la última vez que reí. Dios, qué pensamiento más desesperante. Charlie solía hacerme reír. Cuando nos conocimos era un verdadero payaso, usaba el humor para acercarse a los demás cuando sus habilidades de negocios no se lo permitían. Me pregunto si habrá hecho reír a Molly. Me pregunto si ella vio en él todo lo que yo vi y más. Si finalmente lo vio todo y ahora por eso…

—¿Ellen?

La mano de Kate está sobre mi hombro. Me mira con preocupación.

—¿Qué ocurre? —me pregunta.

Sacudo la cabeza.

—Nada. Solo estoy cansada. Deberíamos volver.

—¿En qué estabas pensando? Tu expresión cambió de repente.

Un cambio sutil en mí que Charlie jamás notaría. Siento el peso de los secretos sobre mi espalda y temo que me la quiebren. Kate observa, me ve. Ella es una extraña en este lugar, en mi tierra, en el Klondike. ¿Qué podría pasar si hablamos un poco y alivio la carga?

—Una chica fue asesinada en Dawson City una semana atrás. La vi una vez; era la amante de mi esposo.

Veo que se estremece ante la revelación.

—Estuve en el Hotel Dawson cuando llegué y ese era justamente el tema de conversación de todo el lugar.

—Vino aquí unos días antes de morir. Ella y Charlie tuvieron una disputa. Una pelea de amantes.

—¿Qué ocurrió?

—No mucho. Cruzaron unas palabras.

Kate se me cerca, su voz suena más urgente.

—Pero fue asesinada. ¿Podrían esas palabras haber sido una amenaza?

—No. Se marchó poco después. No sé a dónde fue ni a quién más vio.

—La policía montada dice que fue un hombre llamado Yannick Early.

—Early no la mató.

Se echa para atrás.

—Suenas muy segura.

—Lo estoy. Era un buen hombre.

Vuelvo a oír el disparo. Lo veo implorando clemencia a Frank Croaker antes del segundo.

—¿Cómo puedes saberlo?

—Simplemente lo sé.

Permanece callada un momento. Sus dedos juegan en el agua. Cuando los saca, están rojos por el frío.

—¿Quién crees que la mató?

Mi esposo, creo. Aunque no estoy segura de si en verdad lo creo o si simplemente deseo pensar lo peor de él.

—No lo sé —respondo—. Este lugar no se parece a ningún otro. Es un sitio sin ley, libre de las normas sociales y de los comportamientos que damos por sentados. Aquí lo único que importa es el oro y el poder, y la emoción que ambos provocan. Su muerte me atormenta. Me he preguntado cada día desde entonces si podría haber hecho algo más cuando vino aquí. Podría haberle pedido que se quedara en lugar de decirle que se fuera. Pero no lo hice.

Sus hombros se relajan, pero solo un poco. Levanta la mano para ponerla sobre la mía, pero la devuelve a su rodilla después de considerarlo un segundo.

—No puedes torturarte así. No sirve para nada… créeme. ¿Un rumbo no tomado? Ahora deseo conocer sus secretos más que cualquier otra cosa en el mundo.

—No confío en ti, Kelly, pero creo que estás empezando a agradarme.

Ríe otra vez. Abre la boca para hablar, pero un aullido agudo que se oye a lo lejos la interrumpe. Se pone de pie de un salto.

—¿Yukón? ¡Yukón!

Otro aullido y ella corre. De vuelta al prado. La encuentro arrodillada, sosteniendo a su perro.

—¡Ellen! ¿Qué le ha pasado?

Me acerco a ambos. Yukón se rasca el hocico, moviendo la cabeza. Tomo su pata y lo veo. En su hocico hay decenas de púas blancas.

Mi sangre se enfría como agua de deshielo.

—Un puercoespín.

Kate me mira horrorizada y luego vuelve a su pobre perro. Las púas están clavadas en el paladar, la lengua, las encías y hasta alrededor de un ojo, que perderá si no actuamos rápido. Corro hacia Bluebell y la preparo para salir. Kate sostiene al perro por sus patas delanteras. Le cuesta respirar.

—¿Qué hacemos? ¡Debemos ayudarlo!

—¡Súbete al caballo!

Sostengo a Yukón mientras ella sube; luego se lo paso y subo yo. Kate se sienta delante de mí, con Yukón en su regazo. Sostengo las riendas desde atrás.

Cabalgamos tan rápido como el sendero lo permite. Bluebell conoce el camino. Mi barbilla roza el hombro de Kate. Siento cómo se apoya contra mí mientras Bluebell desciende por la parte más empinada del sendero. Cuando salimos del bosque, tiro de las riendas y Bluebell sale volando.

En el corral se detiene. Bajo yo primero y tomo a Yukón de los brazos de Kate para que ella desmonte. El corazón del animal late con fuerza, su respiración es superficial, apenas un traqueteo en su pecho. Tiene el ojo muy abierto y desenfocado. Tampoco puede cerrar la boca. Veo dentro un manojo de púas blancas, como si se hubiera tragado un montón de agujas.

—Rápido, a la casa.

Corro y abro la puerta.

Charlie se está vistiendo. Seguramente esperaba encontrar el desayuno servido en la mesa. Comienza a hablar, a reprenderme, pero ve a Kate y a Yukón y el desconcierto en nuestros rostros. Al menos tiene la sensatez de callarse.

—A la mesa —digo, mientras aparto la jarra de agua y algunos cuencos para hacer lugar. Kate acuesta allí al perro. Está débil y respira apenas con un silbido. La lengua, llena de púas, cuelga de su boca—. Consígueme una manta.

Pero nadie se mueve.

Tomo el brazo de Kate. Su rostro cubierto de lágrimas se encuentra con el mío.

—Una manta.

Asiente y cubre a Yukón con una manta de lana marrón.

Charlie apenas presta atención. Toma un pedazo de pan del cuenco y lo huele. Da un mordisco y habla con la boca llena.

—¿Un puercoespín? —dice, mientras yo tomo las tenazas del fuego—. Eso sí que es mala suerte —continúa, mientras sigue masticando—. Ellen tiene una cerbatana en caso de que prefieras mostrar algo de misericordia.

Kate lo mira con ojos llenos de fuego y de amenaza.

Charlie niega con la cabeza como si fuera una pena que decida no hacerlo y luego se dirige a la puerta.

—Almuerzo aquí al mediodía y no comeré perro.

Cree que es gracioso. Hasta se ríe mientras se retira. Ya quisiera mostrarle yo a él un poco de misericordia con mi cerbatana.

Yukón gime de dolor.

—Ellen, está empeorando.

Quiero disculparme por mi esposo, pero no hay tiempo.

—¿Tienes pinzas?

Ella piensa un momento y sale corriendo.

Tomo dos cuencos; lleno uno con agua hirviendo de la tetera y pongo las tenazas dentro. Kate regresa con sus delicadas pinzas de plata y las coloco también en el agua.

—Sujétalo bien. Esto le dolerá, pero debemos hacerlo. ¿Me entiendes?

Asiente con la cabeza.

Tomo las tenazas y comienzo a remover las púas más grandes. Se enganchan y arrastran su carne, pero hago un poco de fuerza y salen. El pobre perro grita, se sacude. Kate se acuesta sobre él y lo calma. Uso las pinzas para quitar las que están cerca de su ojo.

—Sujétalo bien. Si una de estas cosas se rompe, se clavará en la piel y le hará perder el ojo.

Kate se pone pálida y aprieta más a su perro.

Me tiembla la mano. El ojo de Yukón me observa, aterrorizado. Veo mi reflejo en sus ojos marrones. Veo cuánto necesita ahora que yo mantenga la compostura.

Las saco con cuidado. Reviso que cada púa salga entera.

Ahora todas están fuera.

Debo enfrentar su boca. Uso un palo para mantener sus mandíbulas abiertas. El palo lastima su boca, pero eso es lo de menos. Me lleva una hora. La lengua está hinchada y morada, el paladar sangra.

Miro mis manos. Ensangrentadas, temblorosas. El cuenco está lleno de púas con punta roja.

—¿Va a estar bien? —pregunta Kate.

El perro no se mueve. Su respiración es superficial pero constante. El corazón late débilmente.

—No lo sé. Si sobrevive a esta noche...

—¿Si sobrevive?

—Un puercoespín es capaz de matar a un perro.

Kate entierra la cabeza en el costado de Yukón.

—Llevémoslo a tu tienda. Lo mantendremos caliente.

Ella lo carga como a un niño pequeño. Lo lleva envuelto en la manta, todavía dormido. Lo apoya en su cama, lo cubre. Vierte agua de una cantimplora en un cuenco poco profundo y lo coloca cerca de su cabeza. Lo acaricia, lo besa.

Me doy cuenta de que no había entrado en esta tienda desde que se construyó la cabaña. No desde que ella se unió a nosotros. La ha hecho suya. Se siente la calma y detrás del olor a tierra y aceite de linaza la encuentro a ella. Un perfume ligero, potenciado por el calor. Su ropa cuelga de una pared para secarse al sol. Sus pocas pertenencias están ordenadas. Un anotador grande... No, es un cuaderno con dibujos. Veo un dibujo que asoma. Papel para cartas. Cera y sello. Una vela. Un farol. De pronto la imagino aquí, escribiendo cartas a casa, sosteniendo el sello de cera roja sobre la llama. Los segundos de quietud. ¿Qué pensará entonces, durante esos segundos de quietud?

Kate se pone de pie, me mira. El aire es denso, ella está más cerca. Toma mi mano.

—Gracias.

—Es fuerte y tiene voluntad de vivir. Estará bien.

Kate sonríe.

—Gracias a ti. ¿Cómo es que sabes todo eso?

—El Klondike es un maestro rápido y cruel. Teníamos un perro cuando llegamos aquí. A Charlie no le gustaba, decía que solo estorbaba, pero Buck me hacía sentir segura. Y le gustaban los puercoespines.

—¿Qué pasó con él?

Miro al pobre Yukón.

—Charlie lo vendió. Dijo que lo enviaría a tirar trineos, pero el dinero que trajo a casa era mucho más de lo que cualquiera pagaría por un perro de esos. Luego vi un cartel en Dawson sobre peleas de perros y supe que me había mentido.

—Lo siento mucho.

—Por eso Charlie no debe saber nada sobre el oro. Si lo supiera se lo apropiaría y lo destruiría. Por favor, no le digas nada.

Kate toma mis manos. Su piel se siente áspera por el trabajo, pero su toque es más tierno de lo que Charlie jamás ha sido.

—No lo haré. Lo prometo. Pero... ¿qué harás con él? ¿Estás segura de que no se enterará?

—Recogeré lo suficiente para marcharme. Voy a dejar este lugar.

—¿Eso es lo que realmente quieres?

Miro a esta mujer libre, que puede irse y hacer lo que quiera, y me doy cuenta de que es la única que me ha hecho esa pregunta.

—No lo sé. Aún no veo forma de quedarme, aunque creo que me gustaría.

—Si tienes la voluntad siempre hay un camino. Y creo que tú la tienes.

Fuerzo una sonrisa. Me libero de sus manos, me doy la vuelta y entonces lo escucho. Es Charlie. Está gritando.

Salgo de la tienda y Kate me sigue.

Charlie está donde estaban los alisos. Lo veo saltar y agitar los brazos.

—¿Qué demonios…? —dice Kate, pero yo sé qué acaba de suceder.

Con una piedra en el centro de mi estómago, me acerco a él. Kate llega después.

—¡Oro! ¡Oro! —grita. Corre hacia mí y me toma de los hombros, me hace girar—. ¡Lo encontré, Ellen! ¡Te lo dije!

Tira de mi mano hacia el pozo que ha cavado. Allí, en la tierra, lo veo. Una veta gruesa de oro. Pepitas y polvo. Rodea una enorme roca.

—¡Fue justo aquí! ¡La curva!¡Lo sabía! ¡Lo sabía!

Su rostro está rojo, cubierto en sudor, y escupe cuando grita. Corre hacia Kate y la arrastra a la celebración.

—¡Dios mío…! —dice ella arrodillándose. Mete la mano en el pozo y la saca llena de oro.

—¡Es esa roca! —continúa él—. ¡Es nuestra fortuna!.

Veo los bordes. La roca es tan ancha como el largo de Charlie y le llega a la cintura. Me arrodillo junto a Kate. Ella se maravilla del oro que sostiene su mano, pero veo la duda en sus ojos. Yo también la veo. Los bordes, otra vez. El oro corre como si fuera un gran canal, pero se detiene. Quito la grava y limpio los residuos del río, pero no hay mucho más.

—¿No vas a decir nada, Ellen? —grita Charlie—. ¡Lo he logrado! ¡Lo he encontrado! ¿No te lo dije?

El corazón se me encoge.

—Maravilloso. Es maravilloso, Charlie.

El entusiasmo de Charlie lo vuelve sordo.

—Un golpe de la más alta categoría —dice Kate, poniéndose de pie y sacudiendo la tierra de sus rodillas. Sostiene una pepita grande, del tamaño de un carozo de durazno, que brilla al sol.

—Tiene razón, señorita Kelly. ¡Este será el hallazgo más grande en la historia del Klondike!

La toma de sus manos. Me abraza. Dejo que lo haga y observo por sobre su hombro a Kate, que sacude sus manos y fuerza una sonrisa. Ella ve lo que yo veo. Charlie rompe el abrazo y me besa. Es un beso forzado. Empuja su rostro contra el mío con tal fuerza que duele.

—¡Qué día! —grita—. Kate, ayúdame a sacarlo todo.

Y yo quedo a un lado. Me limpio la boca y me doy la vuelta.

Siento la mirada de Kate clavada en mi espalda. Un instante, quizá, y luego él la arrastra al pozo.

Se pasan el resto del día cavando, enjuagando y tamizando, hasta que Charlie considera que ya es suficiente.

Mientras tanto yo bato leche para mantequilla, horneo un pan duro y cuido de Yukón. El pobre animal duerme; patalea como si estuviera persiguiendo al puercoespín en sueños. Separo unos restos de carne para él. Cuando regreso una hora después veo que se ha comido la mitad y se ha vuelto a dormir. Una buena señal.

Charlie y Kate regresan a la cabaña cerca de las seis con dos bandejas llenas de oro. Ella lucha por no dejar caer la suya y la apoya sobre la mesa con un solo movimiento. Nunca había visto tanto oro junto.

Él sonríe de oreja a oreja y se me acerca, me rodea con un brazo y me besa nuevamente en la mejilla.

—Mira lo que ha hecho tu marido.

Yo miro a Kate. Está sonrojada, sin aliento y cubierta de lodo. Desearía que fuera su brazo el que me rodea la cintura. Pero aparto el pensamiento mientras alejo a mi esposo con un gesto.

—Miro —le digo.

—¡Y esto es solo el comienzo! Bajo esa roca está nuestra fortuna, cariño. ¡Debemos celebrarlo!

Charlie va al armario y saca una botella de *whisky*. Tres vasos. Tres medidas. Bebemos juntos. Un trío extraño lleno de secretos y mentiras.

Levanta una tabla suelta del suelo y saca tres frascos. Están vacíos, tienen apenas unas manchas de polvo dorado. Nos da un frasco a cada una. Los llenamos. Un solo cuenco de oro llena tres frascos. Encuentro un recipiente con semillas, lo vacío y también lo lleno de oro. Y luego una bolsa, hasta que los cuencos quedan vacíos y nos sentimos ricos por un momento.

Charlie alza dos frascos.

—Iré a Dawson esta noche. Al tasador. —Sé que irá con Bill Mathers. A pagar sus deudas—. Saldaré todas nuestras cuentas. —Ríe. Otro beso. Otra moradura—. Kate, ¿vienes? Este es tanto tu triunfo como mío.

Me encojo por dentro. ¿Su triunfo? ¿Y el mío? Todos mis años de trabajo en este lugar... ¿Acaso no significan nada para él?

—Me gustaría quedarme —dice ella—. Quiero vigilar a Yukón y hacerle compañía a Ellen. Además, apuesto a que la mitad de los hombres del valle escucharon nuestra celebración, así que tal vez un segundo par de ojos, o una segunda arma, vaya a disuadir a los ladrones.

Charlie asiente.

—¿Sabes usar una escopeta?

—Mi padre creía que una mujer debía saber defenderse sola.

—Un hombre sabio. El padre de Ellen solo enseñó a sus niñas a ser esposas.

Pero no dice todo lo demás: que mi padre hizo un mal trabajo. Charlie ya lo ha dicho antes.

No creo poder odiarlo más de lo que lo odio en este momento. Pienso en la camisa ensangrentada bajo las tablas. Pienso en cómo podría planear todo para su arresto. Pero el sentimiento muere enseguida. La policía montada tiene a su hombre. O al menos eso es lo que creen y eso basta cuando faltan hombres en el cuartel.

Charlie no tarda en irse. Kate y yo lo vemos subirse a Goldie, luchar un instante por controlar al animal y luego alejarse saludando. Valle abajo, los mineros lo observan; él se inclina y les da la mano. Hay menos mineros de lo habitual, quizá la mitad. Los que quedan son lentos y están cansados.

Kate se apoya en el poste del porche. Su cabello se ve más claro bajo el sol de verano. Los mechones sueltos de su trenza parecen fuego contra la luz. El rubor de su piel y el leve brillo que le da el sudor en su frente me desconciertan y debo apartar la mirada.

Observo el caballo de Charlie volverse pequeño en la distancia.

Más abajo, la luz cambia. Las nubes corren sobre la ladera como una manada de ciervos salvajes. Las tormentas de verano llegan casi sin aviso en el Klondike. Charlie cabalgará bajo la lluvia.

—Iré a ver a Yukón —dice Kate, mirándome de reojo como invitándome a pedirle que se quede. Pero el miedo me invade y simplemente asiento.

MARTHA

Dawson City, Klondike.

Julio de 1898

—CUATRO HABITACIONES VACÍAS. HAY DOS QUE NO SE presentaron —dijo Jerry.

Jessamine estaba de pie, con las manos en jarra.

—Y yo tengo las sobras amontonándose en la cocina. No hay suficientes bocas para comerlas.

Pero yo ya sabía todo eso incluso antes de que los dos entraran en mi oficina. Tengo el dinero frente a mis narices. Jamás habíamos tenido tan poco.

—¿Creen que se ha corrido la voz sobre la situación de Giselle? —pregunté a ambos.

Intercambiaron miradas. Jessamine se cruzó de brazos. Era puro codos y caderas esa mujer.

—Yo no he dicho nada.

Jerry no fue tan rápido para negarlo.

—He oído rumores. Los mineros dicen que la bebida aquí es buena, pero que las muchachas andan enfermas.

—¡Mierda…! —golpeteé el escritorio con las uñas—. ¿Quién abrió la boca? La niña lleva apenas tres días enferma.

—No lo sé, Ma —dijo él, y yo le creí.

—Está bien. Prepara un poco de carne picada con judías y usa las sobras para el desayuno. No quiero desperdiciar.

Jessamine asintió y salió de la oficina.

—Y diluye el alcohol un poco más —dije a Jerry mientras él se levantaba para irse.

—¿Acaso buscas que haya un motín? —preguntó.

—Quiero sobrevivir hasta fin de mes. Solo hazlo.

—Entendido, Ma —me dijo, y cerró la puerta tras de sí.

Habitaciones vacías. Mesas vacías. Bolsillos vacíos muy pronto y entonces… ¿qué será de mí y de mis niñas? Se me estrujó el pecho de solo pensarlo.

Se hizo de noche y comenzó a haber movimiento, aunque era notable que todo estaba más tranquilo que de costumbre. Hice mi ronda habitual, hablé con mis chicas, las animé a ponerse un poco más de colorete, un poco más de maquillaje en los ojos, a aflojar cordones aquí y allá. Todas me miraron con ojos tristes excepto Laura-Lynn. Ella tenía un rostro de piedra y ojos como guijarros, difíciles de leer, pero hasta un ciego habría visto que no estaba contenta con cómo iban las cosas en el Hotel Dawson. Yo no tenía tiempo de pensar en ella ni de escuchar sus quejas. Si había algo que Laura-Lynn sabía hacer bien era quejarse. Que mi cuarto está muy frío. Que mi manta está muy áspera. Que mi cama tiene un resorte suelto. Así fue como, cuando abrió la boca para hablar, la detuve con un gesto de la mano.

—Ahora no, Laura-Lynn. Debo atender a Giselle.

Estaba furiosa. Al diablo con ella.

Fui hasta la cocina por el caldo de huesos y subí con un cuenco.

Llamé suavemente a la puerta de Giselle y entré.

Estaba sentada en la cama. Seguía pálida, pero ya no temblaba. El corazón me dio un brinco y no pude evitar sonreír.

—Hola, Ma —dijo ella. La voz débil como la de un gatito, pero sin el tono febril.

—Bueno, mírate.

Me senté en la cama y le alcancé el cuenco. Ella bebió unos sorbos del caldo.

—El doctor dice que soy fuerte. Vino a ver cómo estaba esta mañana.

—Ajá. Está muy pendiente de ti.

El color le subió a las mejillas.

—Él y todos los hombres de Dawson.

—Tú también estás interesada en él.

—Ma, a ti no se te escapa nada.

—No, si puedo evitarlo.

Le tomé la mano, la apreté y la sostuve como debí haber sostenido la de Molly.

—Temí perderte a ti también —le dije, y Giselle me tomó la otra mano.

—No fue tu culpa lo que sucedió con Molly.

—Si hubiera sido más amable, si no la hubiera echado, hoy estaría viva. Lo sé.

—¿Y por qué la echaste? Quiero decir, nunca lo entendí, aunque supuse que había hecho algo malo. Pero no me pareció prudente preguntar en su momento.

Miré a Giselle. Tenía la cabeza bien plantada sobre los hombros y el corazón bien plantado en el pecho. En pocas personas confiaba como lo hacía en ella.

—Sospechaba que había revisado mis cosas privadas y leído unas cartas que no debía, que estaba recibiendo propinas de los mineros para pasárselas a Bill Mathers, preguntando a las chicas lo que oían y espiando.

Giselle frunció el ceño.

—Molly nunca hizo eso. Esa fue Laura-Lynn. Ella me preguntó qué caballeros tenían oro y rogó que le hablara sobre sus concesiones. Hasta me preguntó por ti y tus asuntos privados. Ahí sí le puse el freno. Esa niña es de mala entraña, se ve a kilómetros de distancia.

Sentí que se me desmoronaba el alma.

—Molly no se veía con Bill, ¿verdad?

Giselle resopló.

—Molly odiaba a Bill, no lo habría tocado ni muerta. Él estaba obsesionado con ella, por supuesto, creía que la amaba. Pero ella sabía cómo mantenerlo alejado.

—Entonces ¿de dónde salieron esas moraduras?

Se dejó caer sobre las almohadas, de repente agotada y pálida otra vez.

—No lo sé. Supuse que algún cliente se habría puesto pesado… pero ella no lo habría ocultado. Se lo habría dicho a Harry y él lo habría mandado a pasear. No tiene sentido.

No tenía ni pies ni cabeza, pero de repente tenía más sentido de lo que había tenido en meses. Mi mente iba a mil. Había sido Laura-Lynn la que dijo que Molly se estaba metiendo en mi despacho. Había sido ella la que dijo que la pobre se estaba viendo con Bill. Hasta me había jurado haberlos visto muy acaramelados en el Tivoli. Había dicho que Molly había estado preguntando a todas por sus hombres y su oro.

De alguna manera yo tenía razón. Había una serpiente en mi casa, pero había echado a la equivocada. La ira me subió a la cabeza como una tormenta.

—¿Ma? —me dijo Giselle, pero su voz se perdió detrás del sonido de la sangre que rugía en mis oídos. El sonido del engaño.

Debía estar segura. No cometería el mismo error dos veces. Le di una palmadita en la pierna.

—Ahora descansa.

—¿Qué piensas hacer?

Me puse de pie y sentí un tirón agudo en el vientre que me cortó la respiración. Cerré los ojos por un segundo y obligué al dolor a volver a su sitio.

Sonreí.

—Haré lo que tengo que hacer.

Y salí de la habitación, dejando atrás los gritos de Giselle, que me preguntaba si estaba bien. No le presté atención y bajé las escaleras. Laura-Lynn estaba junto a la mesa de póquer, sentada en el muslo de un tipo que era demasiado grande para la silla. Él la tenía de la cintura, con un cigarro saliéndosele de la boca. Tenía hebilla dorada, anillos de oro y una bolsa abierta a su lado. Los mineros desafortunados la miraban como unos perros hambrientos mirarían un gran hueso.

Ese tipo de hombre era peligroso, pero Laura-Lynn no parecía notarlo. Se reía y soplaba sobre sus cartas como si fuera su amuleto de la suerte.

La puerta se abrió y entró un grupo de mineros que trajeron consigo una ráfaga de aire. Y entonces esa fragancia: sándalo, jabón e incienso. Conocía a su dueña. La busqué con la vista y allí estaba, en el rincón más alejado, en una mesa que ni recordaba tener: la adivina.

Laura-Lynn podía esperar. Me acerqué a la mujer. La lámpara estaba apagada y ella estaba sentada en las sombras. Pero sus ojos... sus ojos brillaban, blancos y nítidos.

—¿Estás perdida? —le dije.

Sonrió.

—Ya no.

—¿Qué haces aquí? Te dije que no eras bienvenida.

—Ya casi es hora, Martha. Hora de elegir.

—¿Elegir qué?

—Entre lo que crees que quieres y lo que realmente deseas. Alguien más hará la elección por ti si esperas demasiado.

El tipo de la hebilla dorada debió perder la mano que estaba jugando porque se oyó el alboroto.

—¿Y qué te importa a ti? —pregunté. Puse ambas manos sobre la mesa y me incliné hacia adelante para hablarle—. No eres bienvenida en este lugar.

Sostenía un mazo de cartas. Eran grandes. Parecían pintadas a mano y las barajaba mientras hablaba. Mano sobre mano, una sobre otra, como si lanzara un hechizo.

—Debes saberlo, Martha Malone.

—¿Sabes qué necesito saber? Quién mató a Molly, eso.

Me miró y pude ver la tristeza en sus ojos.

—No lo sé. Eso pertenece al pasado. Pero lo descubrirás, te lo prometo. Aunque pagarás un precio muy alto por ello.

El alboroto se hizo más grande. Por el rabillo del ojo vi a Harry, que avanzaba para detenerlo. Oí una mesa que se daba vuelta y fichas de póquer que volaban por los aires.

—¿Y cuál será ese precio? —pregunté.

La adivina me tomó la mano. La que me había cortado y que aún estaba vendada. Las cartas cayeron sobre la mesa. Solo una quedó boca arriba.

La Parca.

Pegó sus labios a mi oreja.

—Todo.

El alboroto se convirtió en una pelea. Había gritos. El ruido de hombres luchando y el golpe seco de sus puños. Me zafé de la mujer y me giré para enfrentarlos.

El hombre de la hebilla dorada empujó a uno de los mineros contra una mesa, la cual se quebró al instante.

—Será mejor que te va...

Pero la adivina había desaparecido. Se escabulló como una serpiente cuando no la estaba mirando.

En la mesa, la carta de la Parca me miraba.

Harry gritó que me apartara y lo hice justo a tiempo. Un hombre voló hacia la mesa, donde yo había estado.

El de la hebilla dorada tenía a dos hombres encima. Laura-Lynn y las otras muchachas se escondieron debajo de la escalera y detrás del piano. Jerry tomó la escopeta de debajo de la barra justo cuando un hombre, recién golpeado por otro, voló sobre la barra y cayó encima de él.

—¡Maldita sea, Harry! Controla esto —grité, pero nadie me oyó por encima de tanto escándalo, excepto Harry: fue directo hacia el hombre de la hebilla dorada, empujó a los que estaban con él y lanzó unos golpes. Si lograba deshacerse de aquel tipo, el lugar entero se calmaría.

Tres hombres saltaron sobre el de la hebilla dorada y descargaron golpe tras golpe, patada tras patada. Harry se lanzó sobre todos ellos justo cuando el tipo se irguió otra vez. Tenía un arma en la mano.

Los disparos resonaron y cortaron el ruido. Dos hombres caídos. Harry corrió hacia él e intentó quitarle el arma, pero el otro fue más rápido.

El tiempo se volvió lento. Intenté gritar, pero mi voz era melaza en la garganta.

Harry echó el puño hacia atrás. El hombre gatilló. La bala golpeó el pecho de Harry. Su puño erró la mejilla del hombre.

Harry cayó al suelo y ya no se levantó.

El hombre de la hebilla dorada jugó con el arma.

—¿Alguien más? —gritó.

Nadie se movió.

Tres hombres muertos a sus pies y una sala repleta de testigos. Ni siquiera la policía montada podría negar todo aquello.

Se abrió paso a empujones y corrió hacia la calle.

—¡Harry! —grité. Jerry llegó primero. Cayó de rodillas, soltó la escopeta y presionó las manos sobre la herida—. ¡Alguien que vaya a buscar al doctor Pohl, ahora!

Pero yo ya lo veía desde donde estaba. El doctor no iba a poder hacer nada. Corrí al lado de Harry, puse mis manos sobre las de Jerry. No latía su corazón, no había sangrado que detener y no había vida que salvar.

—Todos fuera —ordené—. La fiesta se ha acabado.

Los mineros recogieron las fichas de póquer y el oro

derramado. Hasta recogieron las monedas que habían quedado entre la sangre del suelo y rebuscaron en los bolsillos de los otros muertos.

Buitres.

El lugar quedó vacío en pocos minutos.

Apoyé mi frente contra la de Harry. Las lágrimas no me ardían en los ojos. La rabia no me hervía en la sangre. Ya no sentía nada. Esto era el Klondike, esta era la fiebre. La Parca se erguía en su colina y reía ante semejante escena.

Me puse de pie, traté de respirar profundo, pero se sentía como aspirar vidrio.

Este lugar. Este maldito lugar.

Fui a la barra, encontré una botella de *whisky*, tomé un trago y luego la lancé contra la pared. Las chicas se sobresaltaron. Entre ellas vi a Laura-Lynn, que sollozaba.

No esta noche. Ella podía esperar.

Me dirigí a las escaleras y me detuve en el primer peldaño. Giselle se inclinaba sobre el balcón, con un brazo sobre el estómago y la boca abierta de la sorpresa.

—Que alguien vaya a buscar a Harriet —dije, y Jerry se levantó y salió sin decir una palabra—. Y cubran a ese hombre, por el amor de Dios. Se merece su dignidad.

Una de las chicas corrió escaleras arriba y regresó con una sábana. La extendió con cuidado sobre el cuerpo de Harry.

No esperé a Harriet. No podía enfrentarla, ni consolarla, ni explicarle. Subí a mi oficina y cerré la puerta con llave.

Pero la oí poco después. Ese grito, ese llanto desgarrador y animal, el verdadero sonido de un corazón que se acababa de romper. Un sonido que conocía mejor de lo que jamás me habría gustado admitir.

KATE

Boulder Creek, Klondike.

Julio de 1898

Yukón levantó la cabeza, se frotó el hocico con una pata y gimió como un cachorro. Le sujeté la pata para que no se hiciera daño y él no se resistió.

—Tranquilo, mi vida, podrías haber muerto.

Se arrastró hasta donde estaba yo, tal como hacen los perros cuando saben que han hecho algo malo. Le rasqué detrás de las orejas, con la mente en otra parte, hasta que finalmente bostezó y se acomodó a mi lado.

El viento azotaba la lona de la tienda que me rozaba la espalda. Al principio había sido una brisa, pero luego se transformó en un viento fuerte. La lluvia se sumó al viento, golpeando con fuerza contra mis paredes y mi techo, y las nubes oscurecieron el cielo hasta que pareció casi de noche. Siempre me habían gustado las tormentas, esa sensación de que el mundo está vivo a tu alrededor, danzando al compás de algún ritmo cósmico. Charlotte las odiaba: donde yo veía danza, ella veía lucha.

—El mundo está enfadado —dijo cuando tenía apenas nueve años— y quiere matarnos.

Y en Kansas eso no era una metáfora. Los tornados de comienzos del verano arrasaban los campos y cortaban los caminos, y no les importaba si tú habías puesto una cerca o reclamado una tierra como tuya: la tormenta no veía barreras ni límites. Era una fuerza pura y yo la respetaba. Más tarde, el viento rugiría y aullaría, todo lo que quedaba en el jardín desaparecería y todos sabíamos que la casa necesitaría reparaciones a la mañana siguiente.

—Estamos a salvo —le decía yo, mientras nos acurrucábamos en busca de calor y consuelo en aquel refugio subterráneo y nuestro padre caminaba de un lado a otro calculando los costos de los daños; nosotras, sus hijas que tanto lo necesitábamos, solo nos teníamos la una a la otra.

El viento volvió a soplar y me empujó contra la lona. Las paredes se agitaban y se deformaban a mi alrededor; la lona golpeaba los postes; el sonido de la lluvia se amortiguaba con las ráfagas de viento y volvía a acribillar la lona con la caída. Me hice pequeña contra Yukón.

Se le quedaron las orejas pegadas contra el cráneo.

Era fácil ser valiente en un sótano de paredes de piedra a los nueve años, pero en una tienda en la cima del mundo a horas de distancia del servicio médico más básico y rodeada de gente desesperada, entendí por qué Charlotte veía la ira en una tormenta. No era un arrebato de la pasión de la naturaleza, sino una demostración de su furia.

Yukón se apretó contra mí. Me arañaba las piernas y lo abracé mientras el agua se filtraba y nos inundaba. La lluvia formaba pequeños arroyos en el lodo bajo mis pies. Las costuras de la vieja tienda dejaban pasar las gotas; luego era más que eso, y acabamos con una llovizna constante dentro que se parecía bastante a la de fuera. Tomé una taza y atrapé la gota más cercana; otra cayó sobre el cuaderno y me lancé a recogerlo.

El viento sacudió la tienda y levantó una esquina que

no habían clavado bien… oí un desgarro. La esquina suelta aleteaba salvajemente, chasqueando como un animal atrapado. El sonido de la lluvia, del viento, de la lona soportando la embestida, me taladraba la cabeza. Otro ruido se alzó por encima de todo: un estruendo. No me atreví a abrir la tienda, pero entonces oí el relincho de un caballo.

—¡Quieto! —grité a Yukón, y la pobre bestia se acurrucó junto a mi bolsa.

Me puse la chaqueta y me até un pañuelo a la cabeza. El viento me atrapó cuando salí y me convirtió en una muñeca de trapo: tropecé, caí en el lodo que había sido polvo una hora atrás y el agua corría como un río sobre el suelo. Me levanté en una pausa del viento y corrí hacia los caballos.

En el corral vi una figura sujetando las riendas de Bluebell.

Ellen tiraba de ellas mientras la yegua se encabritaba y relinchaba.

—¡Ellen! —grité, y ella se volvió. Llevaba el cabello suelto, que le azotaba el rostro.

—¡Ayúdame!

Corrí hacia ella, resbalé en el suelo empapado, tomé las riendas y, las dos juntas, tiramos de la yegua.

—Tenemos que llevarla hasta donde están los árboles —grité por encima del viento.

Ellen fue hacia la puerta, que se abrió de golpe en cuanto la desenganchó. Gritó, apretándose con fuerza la palma de la mano. Pero ninguna tenía tiempo de preocuparse. Sujetó las riendas de Bluebell y la sacó. La yegua no quería avanzar: relinchaba con los ojos desorbitados por el miedo.

—Vamos, bestia estúpida —grité, dándole una palmada en el costado.

Se encabritó otra vez, pero sin fuerza.

Un relámpago cayó río abajo. En un valle sin árboles dio sobre una tienda que alguien había armado en terreno alto y que estalló en llamas. Los mineros corrían como hormigas de un lado a otro, con pánico y llevando cubetas.

—¡Rápido! —grité.

Ellen tiró de Bluebell justo cuando un trueno partió el cielo. Eso despertó a la yegua, que habría huido si Ellen no la hubiese estado sujetando con tanta fuerza.

Tomé las riendas y las dos intercambiamos miradas, compartiendo el miedo y también la empatía de la situación. Guiamos a la yegua. Las bateas se habían volado, los montones de tierra se deshacían en lodo. La fosa del aliso rico se había llenado de agua de lluvia. El lodo descendía en forma de grandes ríos por los costados del valle, arrastrando la grava y la tierra suelta, arrastrando matorrales y escombros. Unos troncos sueltos rodaban cuesta abajo y se estrellaban contra las rocas. El lodo se deslizaba sin árboles que sostuvieran la tierra.

El alivio no duró demasiado mientras estábamos refugiadas bajo los árboles. Los troncos aguantaban lo peor, pero el viento arrancaba las ramas altas y las hojas volaban como confeti. Bluebell se calmó momentáneamente. No la atamos; le quitamos la brida y la dejamos ir. Echó a correr entre los árboles, con la cola en alto y las orejas erguidas.

Ellen me tocó el brazo.

—Gracias.

Solo pude asentir, sin aliento, empapada hasta los huesos.

Luchamos contra el viento en nuestro regreso a la cabaña. Cada paso que dábamos era como avanzar por aguas profundas. Todo lo que no estaba atado al suelo intentaba lanzarnos bien lejos. Los truenos retumbaban y la lluvia golpeaba con tal fuerza que parecía que me cayeran piedras en la cabeza y la espalda. Cuando el viento se levantaba por el valle, esas piedras se volvían agujas, agujas heladas, que cortaban la piel del rostro y las manos. Cualquier centímetro de piel expuesto era atacado.

La cabaña tenía una docena de goteras. Ellen, chorreando con sus faldas empapadas, corría por todos lados con cuencos, jarras y palanganas, intentando atraparlas todas.

Fui hacia Yukón. La tienda estaba llena de tajos, pero él seguía allí, acurrucado. Lo levanté en mis brazos y, para mi sorpresa, vi el cuaderno de Charlotte en el lodo. Estaba abierto y las páginas pasaban solas con el viento. Lo tomé, corrí de vuelta a la cabaña y cerré de un portazo.

El sonido de la tormenta se amortiguó. La lluvia, más distante ahora, había quedado del otro lado de las paredes.

Dejé a Yukón temblando y quejándose junto a la estufa.

—¿Estará bien? —preguntó Ellen.

El perro me miró con esos ojos enormes. Le sonreí y su cola empezó a golpear el suelo. Su hocico seguía hinchado y lleno de pequeñas marcas, pero viviría.

—Solo está un poco mojado, eso es todo.

Ellen dejó salir un largo suspiro. Por alguna razón, eso me hizo reír.

—Esta cabaña ha resistido cosas peores —dijo, como queriendo consolarme, y debo admitir que lo consiguió. Se quedó en la cocina, apoyada contra la encimera. Cada respiración era una especie de temblor.

—¿Te encuentras bien? —le pregunté—. Debemos mantener el fuego.

Quiso ir a hacerlo ella misma, pero le puse la mano en el hombro para detenerla. Cedió y se apoyó en la mesa. Tomé tres troncos del montón junto al fogón y los eché al fuego. Me quedé un momento observando cómo las llamas encendían la madera nueva: el chasquido familiar de la savia, el silbido limpio, el fuego que lamía los bordes de los troncos.

Ellen miraba a la nada misma. Estaba pálida y temblaba, aunque parecía no darse cuenta. Se formó un charco alrededor de su falda y el cabello se le pegaba al cuello y a la cabeza. Yo no me veía mucho mejor.

—Deberíamos quitarnos esta ropa mojada. De prisa —le dije, mientras me quitaba la chaqueta y las botas.

Me volví a acercar a ella y luego, con los dedos entumecidos, le desabroché los botones del corpiño. No se quejó. Se lo quité y lo dejé caer al suelo; entonces pareció reaccionar y se desabrochó los botones de la falda ella sola. El lino pesado cayó y yo le aflojé la enagua que llevaba debajo. Así, hasta que se quedó solo con la camisa interior y temblando. La camisa también estaba empapada, pero no me pareció correcto quitársela. Fui a su habitación y encontré dos mantas. La envolví en una y la llevé más cerca de la estufa.

El viento seguía aullando fuera, sacudiendo las ventanas y la puerta, pero la cabaña era fuerte: las paredes eran sólidas y protectoras.

Me quité el pantalón y la camisa y me envolví con la otra manta. El temblor empezó a ceder y el color volvió a sus mejillas. Miró su mano, como recordando la herida. La sangre se acumulaba en la palma.

Busqué agua y un paño, y acerqué las sillas al fuego. Tomé su mano sin decir nada y comencé a limpiar la herida. Era un corte en la palma, hecho por la puerta, pero, gracias a Dios, no era lo bastante profundo como para necesitar una sutura. No se estremeció mientras le limpiaba la sangre: parecía que no sentir absolutamente nada.

—¿Crees que Charlie haya llegado a Dawson? —pregunté, aunque solo fuera para romper el silencio.

Ellen resopló.

—Creo que no me importa demasiado.

—¿No lo quieres?

Alzó la vista de su mano.

—Enséñame a una mujer del Klondike que ame al hombre que la trajo aquí y entonces estarás en presencia de una maldita mentirosa.

Sonreí mientras retorcía el paño ensangrentado.

—Ellen Rhodes, me intrigas.

—¿Ah sí? ¿Y por qué?

—He visto cómo miras este lugar. Tu concesión, el valle… te gusta estar aquí. Sin embargo, perdona que lo diga, pero… te ves muy triste.

Sentí su mirada sobre mí, el peso de sus ojos en mi coronilla mientras le vendaba la mano.

—Observo la belleza de este lugar a través de barrotes —dijo—. Puedo tocarla a veces, pero no soy libre para vivir en ella, no como tú.

Casi me reí. Terminé de limpiar la sangre y envolví su mano con una tira limpia de lino.

—¿Crees que soy libre?

—No tienes marido.

—Pero soy prisionera de otras cosas —dije, y mis pensamientos se dirigieron a mi hermana. A la rabia que aún sentía, aunque ahora sabía esconderla bastante bien. Estaría atada a esta tierra y a su gente hasta encontrar al responsable. Apreté el nudo y le devolví la mano al regazo.

—Eres muy amable, Kate Kelly.

Nuestras miradas se cruzaron y se pausaron un instante. De repente sentí un calor incómodo ante el fuego. Caminé hasta la ventana y observé la tormenta. La lluvia corría por el cristal y la oscuridad de las nubes era casi la de una noche invernal.

—No deberías estar tan cerca de la ventana. Hay una tabla bajo el lavabo.

Miré a Ellen, hacia donde señalaba: encontré la tabla y la coloqué contra el vidrio. El cuaderno de Charlotte yacía sobre la mesa, húmedo y manchado de lodo. Lo tomé en mis manos.

—¿Qué es eso? —preguntó Ellen.

Lo dejé cerca de la estufa para que se secara.

—Era de mi hermana.

—¿Dónde está ella ahora?

Intenté sonreír.

—Está muerta.

Su mano buscó la mía y el contacto trajo algo de consuelo. Fue como si parte del dolor que sentía se hubiera quedado fuera.

—Lo siento —dijo, y sentí cómo las lágrimas llenaban mis ojos.

Aparté su mano y, con ella, la amenaza del llanto.

—¿Te importaría si duermo aquí? La tienda no está en condiciones.

—Claro que no.

No hablamos mucho más aquella noche. La tormenta continuó hasta entrada la madrugada. Cenamos algo ligero y Ellen se retiró a su habitación, pero antes me dejó las mantas y una almohada de su propia cama para que yo usara.

Yukón roncaba. Esperé hasta oír que Ellen ya se había acomodado. El reloj seguía marcando hora tras hora. Estaba agotada, pero me obligué a mantenerme despierta, no iba a tener mejor oportunidad que esa. Charlie Rhodes había estado viéndose con mi hermana. Su rostro, dibujado por ella, aparecía por todo su cuaderno, cuyas hojas ahora estaban arrugadas y rígidas por el agua.

Me levanté tan silenciosamente como pude. La tormenta aún seguía, por lo que el ruido del agua cubría mis movimientos.

Fui hasta la esquina y levanté la tabla. Allí dentro estaban el tarro y la bolsa con el oro que habíamos encontrado esa misma mañana. A su lado, un montón de cartas dirigidas a Ellen desde una dirección en Seattle. Dos cajas de cartuchos de escopeta y otra de balas. Y nada más.

Miré a mi alrededor, intentando imaginar dónde escondería algo una persona para que su cónyuge no lo pudiera encontrar. Revisé cada armario, cada cajón en busca de un doble fondo. Abrí tarros de los estantes altos y hundí las manos en granos y harina. Abrí el cofre del té y el baúl de las mantas. Nada. Ninguna prueba de su culpa. Ningún cuchillo manchado con la sangre de mi hermana. Ninguna respuesta sencilla. Si Ellen o Charlie ocultaban algo, estaba bien escondido y así seguiría, al menos por ahora. Pero cuanto más tiempo pasaba allí con esa gente, más veía las mentiras escritas en sus rostros: los secretos evidentes en sus gestos, en su modo de hablarse. En cierta forma, esperaba estar equivocándome sobre Charlie; pese a sus defectos, me parecía que había un hombre bondadoso bajo la superficie, más allá de su torpeza.

Ellen, en cambio, me resultaba un misterio. No la creía capaz de matar, claro, pero me descubrí observándola y deseando hablarle. Me invadía una sensación de aventura cada vez que pensaba en ella, parecida a la de descender los rápidos del sendero del Caballo Muerto. Recordé aquella emoción, la pureza del gozo que había sentido en cada fibra de mi cuerpo, aunque fuera algo que una mujer no se suponía que hiciera.

Sin embargo, cuando el río se calmó al final del cañón, me descubrí deseando repetirlo. Una y otra vez.

ELLEN

Boulder Creek, Klondike.

Julio de 1898

LA MAÑANA TRAE CIELOS DESPEJADOS. ME DESPIERTO DE un sueño inquieto con ruidos en la cocina y pienso en Kate y en Yukón. Me levanto y me visto. Me duele la mano y pierdo la batalla con los botones. Por la ventana veo que Bluebell ha regresado sola a su corral. Me invade la alegría y voy a la cocina con una sonrisa.

Kate corta pan y coloca un trozo de panceta en la sartén. La observo, mientras que con una sola mano me cierro la camisa abierta a la altura del pecho. Me ve y da un salto.

—Ellen... estás despierta.

Tiene ojeras y el cabello alborotado, al igual que yo, supongo.

—¿Has dormido bien? —pregunto.

—No mucho. La lluvia no me ha dejado.

Señalo con la mirada mi camisa.

—¿Te importaría…?

No entiende, hasta que levanto mi mano herida y se la muestro.

Se coloca frente a mí, tan cerca que puedo sentir su aliento en mi rostro. Me mira e inmediatamente después sacude la cabeza y baja la vista hacia los botones, como si un pensamiento indeseado le cruzara la mente.

Voy hacia Yukón ya vestida y acaricio su cabeza suave. Él la levanta, me ve, su lengua cuelga fuera y su cola golpea el suelo.

—Es un animal fuerte —digo yo—. Y bastante tonto también.

Ladra una vez como si me desafiara y yo me río. Le rasco la barbilla.

—Al menos no volverá a hacerlo. Todos debemos meter la mano en el fuego alguna vez.

Yukón se levanta y camina hacia Kate; se frota contra su pierna hasta que ella le da una loncha de panceta. La engulle de un bocado y gime pidiendo otra. Kate se la da, sonriente, y en ese gesto veo la dulzura en ella. Se sonroja cuando nota que la observo y aparta la vista.

—¿Te he ofendido? —pregunto, porque su frialdad me hiela más que la lluvia de anoche.

—¿Por qué dices eso? —dice Kate dándome la espalda, sin volverse.

—Solo una impresión sin importancia, supongo.

Tomo el cuaderno de bocetos de su hermana y empiezo a hojearlo sin pensar. Sus hojas están secas y arrugadas. Algunos dibujos se han borrado por completo; en otros, el daño es mínimo. Son realmente extraordinarios. Hombres y mujeres. Fragmentos de ambos: manos, orejas. Estudios. Las Escaleras Doradas. El meandro del río que rodea Dawson, la vista desde un bote. Un borracho en las escaleras de un salón. El Hotel Dawson. Martha Malone.

Siento un escalofrío de repente, un vacío en el estómago: veo a Charlie una y otra vez, dibujado a lápiz y con tinta, en poses que jamás he visto, sin camisa, tumbado en una cama, sonriendo.

—¿Qué es esto? —digo.

Kate gira y ve lo que yo veo. Su expresión cambia en un segundo. Se lanza en busca del cuaderno, pero yo lo aparto de ella y me pongo en pie.

—Dijiste que era de tu hermana.

—Devuélvemelo.

—Y dijiste que tu hermana estaba muerta.

—Por favor, Ellen…

Paso las páginas una y otra vez. La lluvia ha hinchado el cuero y el forro se ha despegado del cartón al secarse. Metida dentro, escondida, hay una fotografía. La foto de una boda. Reconozco ese rostro. Esa mujer se sentó en mi casa. Se acostó con mi marido.

—¿Qué es eso? —pregunta Kate, como si se sorprendiera por mi hallazgo. La miro y ahora la veo, la familiaridad.

—Molly era tu hermana —digo, y es como si una pieza gigante del rompecabezas encajara por fin—. Por eso estás aquí.

Se sonroja sabiendo que la he descubierto.

—Enséñamela por favor.

El sentimiento que me embarga es extraño. No es ira por sus mentiras, como habría esperado, sino tristeza. Y también una sensación de necedad por haber creído que su permanencia se debía a otra cosa. La adivina se equivocó. Se había equivocado en tantas cosas.

Dejo caer el cuaderno al suelo, pero conservo la fotografía. Kate lo recoge, arrodillada a mis pies.

—Dime la verdad —le digo, pero antes de que pueda hablar se oye un grito fuera. Una voz de hombre. Urgente. Me llama.

Suelto la fotografía, que cae a los pies de Kate. No veo si la recoge porque ya estoy en la puerta.

Tres hombres corren hacia mi casa. Se quitan los sombreros con rostros preocupados.

—¿Se encuentra bien, señora Rhodes? Esa tormenta ha sido fatal —dice el primer hombre. Creo que se llama Johan, aunque ahora el recuerdo me resulta algo borroso.

—Bien, gracias, hemos sobrevivido sin problema —respondo.

Miro hacia el valle y veo la destrucción. Kate está a mi lado en la puerta y también la ve.

—Santo Dios... —murmura.

Un costado del valle ha desaparecido. Las tiendas de los mineros han sido arrasadas por el río y llevadas por la crecida. Chimeneas torcidas sobresalen del agua poco profunda. Veo herramientas desperdigadas a lo largo de la orilla.

Miro de nuevo a los hombres; están ensangrentados pero ilesos.

—¿Qué quieren?

Las formalidades ya no existen, nunca las hubo en este lugar. Mi mente va a Charlie. ¿Lo habrá alcanzado la tormenta?

—Pedimos prestada su carretilla, señora —dice Johan.

—¿Mi carretilla?

Asiente.

—Para el cuerpo.

Kate da un paso al frente mientras mi mundo se encoge.

—¿Un cuerpo?

Señala valle abajo y echo a correr sin pensarlo. Charlie ha sido alcanzado por la tormenta, ha acabado ahogado en la riada y aplastado por los escombros.

Los mineros son apenas sombras. Hombres destrozados que intentan recuperar algo de todo lo destruido, sacan bateas dobladas y tamizadoras astilladas. Levantan la cabeza cuando paso, pero ninguno dice mi nombre, ninguno me detiene.

Más adelante lo veo. Un grupo de hombres junto a una sábana, una docena de ellos.

Un caballo atado, pero no es Goldie. ¿También se la habrá llevado la corriente?

Bajo la sábana hay una forma; es el contorno de un hombre. Aminoro la marcha, me ven acercarme; oigo pasos detrás de mí y el chasquido de las ruedas de la carretilla. Kate está a mi lado y piensa lo mismo que yo, toma mi mano y yo la dejo.

Uno de los hombres, bien vestido, se nos acerca al verla.

—¿Señorita Kelly?

—Doctor Pohl —responde ella, y suelta mi mano. De pronto me siento a la deriva.

—¿Qué hace usted aquí? —le pregunta él.

—Me estoy quedando con... —me mira a mí y luego vuelve a él—. Con una amiga. ¿Quién es ese?

El médico se acerca a la sábana. Se acerca a mi marido debajo de ella. No puedo respirar. Me aproximo un paso. Kate me toma del brazo. Los mineros se abren como si ya supieran.

El doctor se arrodilla y levanta la tela para revelar el rostro.

No es Charlie. Pero me resulta familiar.

—Early...

—¿Lo conoces? —dice Kate, pero yo no puedo responder.

Su cara está gris y moteada. Todo su cuerpo, cubierto de lodo como si hubiera estado enterrado, pero veo los disparos.

—¿Qué ha pasado?

—Lo encontramos junto al río esta mañana —dice un hombre sin rostro, un minero cualquiera.

El médico vuelve a cubrir a Early con la sábana, pero yo no dejaré de verlo jamás.

—Aparentemente lleva muerto un tiempo. Le han disparado al menos dos veces —dice el doctor Pohl—. Lo habían enterrado y la tormenta debió arrastrarlo.

Kate me suelta y se arrodilla junto a él.

—¿Tiene los arañazos?

Frunzo el ceño.

—¿Qué arañazos?

El doctor y Kate me miran e intercambian una mirada entre ellos.

—El hombre que mató a Molly probablemente tenga arañazos —anuncia el médico—. Sabemos que ella se defendió, no lo sé aún. Tendré que examinarlo.

No tiene arañazos. Lo sé porque yo lo vi morir. ¿Debería hablar? Entonces debería también explicar que fue Frank Croaker y que Early me estaba salvando. Que Frank intentó violarme en mi propia casa. Ya puedo ver la lástima en sus ojos y el cuestionamiento a mi carácter. La idea de que debí haber hablado antes, de que de algún modo soy culpable de la muerte de Early. No puedo soportarlo.

—Tenemos la carretilla, señor —dice Johan.

—Cárguenlo con cuidado —ordena el doctor.

Los hombres obedecen. Conocían a Early, quizá alguno era su amigo. Kate toma al médico por el brazo.

—¿Qué significa esto? ¿Para Charlotte?

El doctor suspira.

—De momento, no significa nada, salvo que Yannick Early no huyó y que llevaba bajo tierra más o menos el mismo tiempo que su hermana.

Ella lo suelta. Los hombres enganchan el caballo a la carretilla, el doctor monta y toma las riendas.

—Sabré más muy pronto —nos dice.

Los caballos avanzan. El cuerpo va balanceándose en la parte trasera de mi carretilla.

Kate se gira hacia mí y veo cómo la ira vuelve a su rostro. Pasa a mi lado y sube la colina hacia mi casa. Voy tras ella.

Le hablo cuando estamos llegando a la cabaña.

—Kate... espera.

Ella camina más despacio al llegar a la puerta. Me acerco.

—¿A dónde vas?

—A la policía. Puede que Early no haya sido quien la matara, y el hombre que lo hizo aún anda suelto.

—¿Quieres llevarlo ante la justicia?

—Quiero matarlo.

Nunca he visto tal convicción en los ojos de alguien, nada de dudas, nada de titubeos.

—Ellos no te ayudarán.

—Es su deber.

Niego con la cabeza.

—No lo harán y tú lo sabes. No hay justicia en el Klondike, excepto la que hacemos con nuestras propias manos. Inventarán una historia que se ajuste a su cajita. Dirán que Early y tu hermana murieron al mismo tiempo y para ellos eso bastará para vincular las muertes. Esto no hará más que cerrar el caso.

—¡Pero ahora tengo pruebas!

Retrocedo, de pronto con miedo de que haya descubierto el fardo bajo las tablas.

—¿Pruebas?

Ella levanta la fotografía de Molly con su vestido de novia. Hay un hombre apuesto a su lado.

—¿Y qué prueba es esa? —pregunto.

Señala al hombre.

—Este es Henry Gable, su marido. No lo conocí, nunca vi esta fotografía, solo una reproducción en un diario, que resultó tan borrosa que no había logrado distinguir sus rasgos.

La demencia en sus ojos empieza a asustarme.

—¿Y qué pruebas tienes?

Saca una carta doblada del bolsillo y me la da. Es de Charlotte. Habla de su vida en el Klondike, de su trabajo en el Hotel Dawson y de su pesar por ser consciente de dónde ha acabado. Habla de su marido, un hombre del que escapó pero que la persiguió de ciudad en ciudad hasta que no tuvo más remedio que ir al fin del mundo. Mis ojos se quedan en las últimas líneas:

> Llegó una carta de la mujer con la que estuve en Seattle. Henry la amenazó hasta que le dijo dónde había ido. Dice que intentará tomar la ruta esta primavera. Lo ha dicho para asustarme, claro, y lo ha conseguido. Tengo miedo y no tengo dinero para marcharme. Estoy atrapada. Puede que esta sea mi última carta. Finalmente me ha encontrado y ya no tengo adónde huir. Lo siento. Diles a todos que lo siento.

Kate asiente.

—Gable estuvo en Skaguay, iba delante de mí en el sendero del Caballo Muerto y sobrevivió a la avalancha; se quedó atascado en el lago Bennett al mismo tiempo que yo, nos cruzamos, pero no sabía quién era. Su barco partió un día antes que el mío y llegó a Dawson antes de que Charlotte muriera. ¡Estuvo en su funeral! Está aquí, Ellen, está aquí y tiene una rabia tan feroz…

No dice más. Me acerco y la abrazo.

—¿Crees que fue él quien la mató? —pregunto.

—Con todo mi ser —responde—. Debo ir a Dawson.

—¿Y hacer qué? ¿Buscarlo en cada salón y en cada burdel hasta dar con él? ¿Y entonces qué harás? ¿Dispararle?

—Si hace falta.

Entra en la cabaña y la sigo. Yukón salta, la cola en movimiento. Ella recoge las pocas cosas que tiene.

—Kate, piénsalo bien. Hay miles de hombres en Dawson y puede que ya se haya marchado.

Hace una pausa. La magnitud de su hazaña se despliega ante ella.

—Entonces pediré ayuda. Tengo amigos aquí, o eso me dijeron.

—Iré contigo.

No le cuesta mucho aceptar. Por la tarde ya estamos listas. Bluebell ha comido y está descansada. Yukón está fuerte y con ganas de correr. Tomo la escopeta y cabalgamos juntas.

MARTHA

Dawson City, Klondike.

Julio de 1898

—FUE UN SERVICIO BONITO —dijo JERRY.

Ya había limpiado la barra tres veces, pero volvió a empezar.

Harry ya estaba bajo tierra, aunque sé que su cuerpo aún seguía caliente. Me quedé mirando el punto junto a la puerta donde él solía estar. Verlo vacío me partió el corazón.

El local estaba en silencio, demasiado silencio para ser de noche. La mancha de sangre no salía de las tablas. Cerca de ese punto estaba la zona ahora chamuscada a la que Bill Mathers había prendido fuego. Recordatorios de todo lo que había perdido... y de lo que aún me quedaba por perder.

—Iré a dar un paseo —dije, y no esperé a que nadie me detuviera.

La ciudad también estaba más tranquila de lo habitual. Como si todo el calor del verano hubiese pasado por el pueblo y nos hubiese dejado a todos más lentos. La fiebre tifoidea se había llevado a otra docena de personas. La policía montada había abierto otro terreno hacia el norte para enterrar los cadáveres. Cavaban los hoyos, echaban sal a la tierra, los arrojaban dentro como sacos de papas y los tapaban de nuevo. Más de veinte cruces nuevas, no todas con nombres.

Harry yacía cerca de Molly. Yo misma me aseguré de que fuera así.

Fui hasta la oficina de correos, pero estaba cerrada, así que subí los escalones del costado hasta la habitación de arriba. Llamé fuerte porque sabía que ella estaría borracha.

Harriet abrió la puerta. Sus ojos nadaban en ginebra, lo supe por el rojo en la punta de su nariz y el olor a trementina y a bilis.

—Vete de aquí, Ma.

—No digas eso. No permitiré que mi amiga beba sola.

Bufó, se apartó y me dejó entrar. Nunca había estado en su casa. Nunca había hecho falta. Nuestra amistad era estrictamente de un local a otro: chismes en el suyo y tragos en el mío. Su casa era un desastre y no pensé que todo fuera obra de Harry.

—Bebe —dijo Harriet, y me tendió la botella.

La olí y casi me provocó arcadas.

—¿Quién te vendió esto?

—¿Qué importa? Fuego es fuego.

—Esto te matará más rápido que la fiebre tifoidea.

—Qué bien.

Encontró otra botella, la descorchó y bebió como si fuera agua.

Miré la etiqueta. Napoleon, uno de los tantos destiladores ilegales que hacían negocios con Bill Mathers.

—¿Bill te dio esto?

Levantó la botella.

—Sí.

—¿Por pura bondad de su corazón?

Bebió y se tambaleó. Tuve que sujetarla del brazo.

—Ese hombre no tiene corazón —dijo Harriet, y se desplomó en la cama con la botella colgando entre las piernas y la cabeza caída sobre los hombros.

—Sé que estás sufriendo —le dije, y ella sin mirarme negó con la cabeza.

—No estoy sufriendo. Estoy sufrida, estoy tan muerta como él, ya me fui... solo falta que mi cuerpo se dé cuenta.

Odiaba ese tipo de autocompasión, siempre lo había odiado. Le arranqué la botella de las manos y la lancé por la ventana.

—Si sigues bebiendo este veneno no tardarás mucho más —le dije, arrodillándome frente a ella—. Yo también lo quise, también lo echo de menos. Siento muchísimo lo que sucedió con él, pero este no es el camino.

Ella me miró con el rostro empapado en lágrimas. Se las secó con la manga.

—Lo siento, Ma, lo siento mucho.

Se balanceaba, tan borracha que apenas podía mantenerse recta.

—¿Por qué te disculpas?

Harriet rompió a llorar de nuevo. La abracé y dejé que sollozara sobre mi hombro.

—Tranquila. Ahora necesitas dormir y comer algo.

Me empujó tan fuerte que caí.

—No necesito comida. ¡Necesito a mi hermano! Cada maldito minuto en este lugar olvidado por Dios... lo veo en todas partes... no lo soporto. ¡Y él lo sabía! ¡El bastardo lo sabía!

Me levanté y mantuve distancia.

—¿Quién sabía qué?

—¡Bill! ¡Bill, Bill, Bill! ¡Maldito Bill! —Se golpeó la cabeza con los puños y no me atreví a acercarme lo suficiente para detenerla—. Él sabía.

Sentí que se me encogía el estómago.

—¿Qué has hecho, Harriet?

Negó con la cabeza, cubierta de lágrimas, mocos y saliva, y buscó otra botella.

—Ahora es suyo. Yo ya terminé.

—¿Vendiste? —pregunté.

Se puso de pie. Aunque tambaleante, se las arregló para caminar. Fue hacia una caja.

—¿Le vendiste todo a Bill? —volví a preguntar.

Abrió la caja y sacó lingotes de oro. Uno tras otro. Decenas de ellos. Miles de dólares en oro. Sostuvo uno en la mano, lo miró, tambaleándose y balbuceando. Luego lo arrojó contra la pared con tanta fuerza que rompió una tabla. Cayó al suelo con un golpe sordo y pesado.

—Todo lo que valía mi hermano —dijo.

—Harriet, ¿cómo pudiste…?

Pero yo sabía. La pobre había perdido a su familia. Bill vio la oportunidad y la aprovechó, simplemente porque es ese tipo de hombre. Un demonio.

—No me juzgues, Ma. Gracias por la visita.

Quise sentir compasión y la sentí, pero no por eso. ¿Cómo pudo venderle todo a Bill, de entre todos, después de lo que había pasado? Sentí cómo se tensaba mi pecho. Dawson se extendía ante mí. Mi hogar. Y cada construcción en él, salvo la mía y los pocos terrenos que aún tenía en Front Street, pertenecía a ese hombre. Y no permitiría que lo tuviera todo, no era justo. Mi corazón latía cada vez más rápido, y por un momento creí que estaba a punto de desmayarme. Pero entonces lo vi, caminando por *su* ciudad, con sus matones flanqueándolo cual generales. Los mineros se quitaban el sombrero al verlo pasar; los hombres de negocios se cruzaban de brazos: lo odiaban, le temían y él disfrutaba cada maldito segundo de todo aquello.

Bajé los escalones manteniendo la calma tanto como pude. Él se detuvo al verme.

—Martha Malone, vivita y coleando.

—Bill —me limité a decir enderezando la espalda.

—¿Visitando a la querida Harriet? Qué pena lo de su hermano, ¿verdad? —No hablé por miedo a gritar. Me mordí la lengua hasta hacerla sangrar—. Solo he venido a ver mi nuevo establecimiento —dijo, señalando la oficina de correos—. Siempre quise ser cartero —se echó a reír y todos sus hombres rieron con él—. Me alegra haberte encontrado, Martha. Tengo un regalo para ti.

Chasqueó los dedos y un hombre apareció cargando algo grande envuelto en una tela de satén.

Lo reconocí: hebilla de oro y anillos de oro en los dedos.

El hombre de Bill enviado para causar problemas. Sentí como si un cuchillo se me clavara en el vientre.

—Te acuerdas de Clancy, ¿verdad? —dijo Bill, girando el cuchillo en mi vientre.

Tomó el paquete de manos de aquel asesino y se acercó a mí. Se detuvo a mi lado, tan cerca que llegué a oler el cuero de su chaleco. Me entregó el paquete y yo lo desenvolví. En mis manos había una piel de zorro plateado.

—Estas pieles son tan extrañas como dientes de gallina —dijo en voz baja—. Vino de un trampero del norte, un tal Sam Bridger. —El cuchillo se hundió en mi corazón y me quedé sin aire en el resto del cuerpo—. Parece ser que Sam tuvo una grave desgracia después de atrapar a este hermoso zorro. Tiene mal la pierna por lo que oí y ahora es presa fácil para los lobos.

—¿Qué estás haciendo, Bill?

Mi voz ya no era mía. Era débil, temblorosa, él oyó mi miedo y lo saboreó. Lo lamió como lamería la crema en un pastel.

—Solo cuido de una amiga.

—Él no tiene nada que ver con esto.

Bill chasqueó los dientes junto a mi oído y me estremecí.

—¿Lo amas? ¿Más de lo que me amaste a mí?

—A ti nunca te amé.

—Ah, eso duele. Si tanto te importa ese tipo, ¿no te vendría bien ir con Sam y dejarme a mí cuidar del hotel mientras tú estás fuera?

Mis hombres pronto darían con Sam. Él estaría bien, me repetí una y otra vez, iba a estar bien.

—Jamás tendrás mi hotel.

Bill sonrió con su típica sonrisa diabólica y me puso la piel sobre los hombros. Me encogí ante su tacto. Sentí cómo mi piel deseaba huir de allí.

—Pensé que te gustaría. Ah, y muchas gracias.

—¿Por qué?

—Hay dos hombres más que entraron a trabajar para mí. Un irlandés, lo sé por el color rojo de su cabello, y otro más. Un amigo mío los encontró forcejeando en el paso camino al lago Beaver. Resultó que estaban encantados de venir a trabajar conmigo.

Mi mundo se vino abajo.

—Necesitaré tu respuesta en tres semanas, Martha. ¡El tiempo apremia!

Y con eso se fue, dejándome rígida y temblando. Sus hombres me miraban con descaro, y ese bastardo del cinturón dorado también sonrió. Bill abrió la puerta y entró en la oficina de correos. Tuve que hacer uso de toda la fuerza del mundo para no salir corriendo, pero jamás le daría el gusto de verme afectada por sus palabras. Aunque lo estaba, hasta lo más profundo de mi ser. Sam estaba solo, sin nadie que fuera a ayudarlo... y todo por culpa de Bill. Tres semanas para vender y marcharme, y ahora ese bastardo tenía un seguro. Enviaría a sus hombres por Sam si no vendía… si es que no lo había hecho ya. Yo era la última en ofrecer resistencia en Dawson. Me quedaban pocos amigos, serpientes en mi propia casa y todavía todo por perder.

KATE

Río Klondike, Klondike.

Julio de 1898

—EL FERRY NO FUNCIONA —DIJO UN HOMBRE EN LA ORI-
lla del Klondike. Estaba sentado detrás de una mesa, vendiendo botas a un dólar la unidad. El sol estaba alto y el
lodo ya empezaba a secarse.

—¿Cómo que el ferry no funciona? —pregunté—.
¿Acaso no pasó un coche por aquí esta mañana?

—Ese cruzó en bote —masticó algo y escupió negro—.
Un tipo elegante a caballo trajo el bote y luego un tipo elegante en un coche se lo llevó de vuelta. La tormenta des-
trozó el cable del ferry.

Miré a Ellen. Tenía la misma expresión de fastidio que
imaginaba que tendría mi rostro.

—¿Hay algún bote cerca? —preguntó Ellen.

—A menos que lleves uno escondido entre las enaguas
—respondió, y soltó una carcajada.

Tuve ganas de retorcerle el cuello a ese flacucho, y quizá
lo habría hecho de no ser porque temía llenarme de piojos
si me le acercaba. Se rascaba y escupía como un perro sar-
noso. Ni siquiera Yukón se acercó a olfatearlo.

—¿Hay otro cruce?

El hombre ladeó la cabeza de un lado a otro como si eso pudiera ayudarlo a recordar.

—Sé de alguien que montó un ferry en Hunker Creek. Dicen que allí se salvaron de lo peor de la tormenta y que ese todavía funciona.

Miré a Ellen.

—Hunker Creek está unos doce kilómetros al este, en dirección contraria a Dawson. Nuestro viaje se haría el doble de largo —dijo ella.

—Es eso o quedarnos varadas —le respondí.

Sentí la fotografía ardiendo en mi bolsillo, el rostro de ese hombre mirándome, sonriendo. En mi memoria lo recordaba con otros ojos: un hombre limpio, *el* hombre limpio. También lo había dibujado en mi cuaderno. No tenía el talento de Charlotte, pero se parecía bastante.

—¿Volverá a funcionar el de aquí? —preguntó Ellen.

—Teniendo en cuenta que el viejo Gerald y su ferry se fueron río abajo y que aún no los han encontrado, por simple decencia diría que pasarán un par de días antes de que alguien ocupe su lugar.

Ellen sacó una moneda del bolso y se la arrojó. El hombre intentó atraparla, pero falló, y la moneda cayó entre la hierba alta. Saltó tras ella y Ellen chasqueó la lengua para que Bluebell siguiera avanzando.

Había un sendero bien trazado a lo largo de la ribera del Klondike hasta la cabecera de Hunker Creek, pero la tormenta había arrasado amplios tramos de la orilla, dejándolo prácticamente intransitable. Nos detuvimos justo al borde, donde el camino desaparecía. Un deslizamiento de lodo desde la colina contigua había arrasado la ribera por lo menos por un kilómetro.

—Debemos internarnos en el bosque y cruzar las montañas —dijo Ellen—. O esperar.

—No puedo esperar.

Ellen oyó la fiebre en mi voz y no intentó disuadirme, pese a lo que eso implicaba para ella.

Hizo girar el caballo y nos adentramos en la naturaleza salvaje.

***

Ellen tenía un don. Se movía con seguridad entre los árboles, algo que me sorprendió. No le temía a lo salvaje, ni a la ausencia de senderos o la falta de dirección. Se movía con una destreza y una naturalidad que yo no tenía. Podía enfrentarme a rápidos y a senderos traicioneros, pero abrirme paso en lo salvaje siempre me había aterrorizado. Sin embargo, Ellen lo hacía con una confianza que me costaba comprender.

Fue una tarea difícil, y Bluebell avanzaba con esfuerzo sobre el terreno irregular cubierto de musgo. Los helechos y demás plantas se le enredaban en las patas, hasta que llegamos al punto de tener que desmontar y caminar a su lado. Yukón iba y venía, correteando para olfatear algo y luego volver a nosotras a toda velocidad, con la lengua pinchada colgando.

—¿Cuánto tiempo llevas por aquí? —le pregunté.

Ellen eligió con cuidado dónde pisar sobre un tronco podrido, con sus faldas rozando el suelo y empapándose de lodo.

—Tres años este invierno, aunque parece más.

—Tres años son toda una vida cuando no es tu elección.

Pensé en Charlotte, en su matrimonio con aquel hombre cruel. Esos años debieron de parecerle interminables. No era de extrañar que huyera, lejos y deprisa, hasta aquí. Aun así, él la había encontrado.

Caminamos de nuevo en silencio. Un silencio cómodo

de alguna manera. La distancia no era mucha, apenas unos kilómetros, pero el recorrido no era sencillo. Lo que habría tomado unas horas por el sendero se convirtió en una jornada agotadora por el bosque. La lluvia de ayer goteaba aún desde las ramas de los árboles y el suelo estaba resbaladizo. De no ser por nuestras botas de buen cuero, habríamos tenido los pies empapados hasta los huesos. No llegaba a oscurecer del todo, pero la luz disminuía y bajo el dosel frondoso de pinos, rodeadas de matorrales densos y corteza oscura, había suficiente penumbra como para hacernos temer por nuestros propios pasos.

—Deberíamos detenernos ahora —dijo Ellen.

Llegamos a una zona llana cubierta de un musgo tan espeso que se sentía como estar pisando un colchón. El bosque estaba húmedo y por todas partes nos encontrábamos con señales de la tormenta. Ramas caídas, una alfombra fresca de agujas de pino verdes arrancadas por el viento, entre otras tantas. Me moría de ganas de seguir andando, de lanzarme de cabeza a lo salvaje y esperar lo mejor. Pero también sabía que debía contener mis peores impulsos. Perderme allí, a kilómetros de los senderos y las minas de los valles del arroyo, era el preludio de una muerte prematura. Me imaginaba avanzando con rabia e impaciencia, luego resbalando, con el tobillo torcido, y siendo descubierta por algún oso errante.

—Recoge algo de leña —me pidió Ellen—. La más seca que encuentres; busca ramas rotas que cuelguen de pino o abedul. Busca árboles desnudos, que lleven muertos mucho tiempo.

Me dispuse a la tarea con fervor. Yukón me seguía detrás, olfateando el suelo, más precavido que nunca. Creo que el escozor del puercoespín seguía presente en su memoria.

Busqué lo que Ellen me había encargado y encontré suficientes ramas. ¿Por qué sabría tanto Ellen? Pero esa pregunta no tenía mucho sentido. Era una mujer de la frontera, una esposa del Klondike; debía de haber encendido mil hogueras, recogido mil troncos y soportado lluvias infinitas. Me descubrí algo impresionada. Siempre me había considerado una aventurera, pero mis aventuras hasta entonces no habían pasado de ser excursiones bastante sencillas. Ellen lo vivía a diario.

Sonrió cuando dejé caer a su lado todas las ramas que había recolectado y se dispuso a husmear hasta encontrar la rama perfecta. Una de pino, arrancada del tronco, con un extremo abultado y olor a resina. Sacó de su bolsillo unas cerillas largas y acercó la llama a esa rama. El extremo prendió como una vela y siguió ardiendo mientras ella iba construyendo con cuidado una pequeña pila de trozos encima. En cuestión de segundos, teníamos un fuego cálido y, al sentirlo, empecé a tiritar.

—Ven aquí —dijo Ellen. Me hizo un gesto con la mano como una madre impaciente, y me senté a su lado en un tronco. Puso su brazo y su chal sobre mis hombros y con su otra mano me frotó el brazo.

Hablamos poco. Mis pensamientos estaban consumidos por la idea de encontrar al marido de mi hermana. El hombre limpio. Mi mente repasaba escenarios a toda velocidad: si tan solo yo hubiera sido más rápida en el sendero o él más lento y hubiese acabado atrapado en la avalancha. Si tan solo se hubiera hundido su barco. Si Walter y Biddy hubieran remado más deprisa. Si me hubiera unido a una tripulación más joven, más veloz. Si tan solo, si tan solo... Cien veces así, cien escenarios distintos. Todos con el mismo resultado: mi hermana estaría viva y yo no estaría cazando a su asesino.

ELLEN

Hunker Creek, Klondike.

Julio de 1898

KATE SE QUEDA MIRANDO EL FUEGO. VEO CÓMO TRABAJA su mente, sé lo que debe de estar pensando. ¿Podría haberlo detenido? Si tan solo... Cien veces.

Inútil. Un desperdicio de pensamientos.

Aun así, me descubro pensando lo mismo, pero sobre mi marido. Había estado segura de que Charlie había sido el responsable de la muerte de Molly, pero ahora, con este Henry Gable irrumpiendo en escena, mi certeza se desvanece. ¿Debería decírselo? ¿Debería mostrarle la camisa ensangrentada y contarle lo que vi aquella noche?

Todavía no.

—¿Estás pensando en tu hermana? —pregunto, y Kate me mira como si quisiera saber cómo lo he adivinado.

—Rara vez he dejado de hacerlo en este último tiempo. Quizá, cuando encuentre a quien la mató, mi mente pueda descansar un poco.

—¿Me contarás algo sobre ella?

Está a punto de hacerlo y a la luz del fuego veo las lágrimas en sus ojos.

—Charlotte era divertida, de un ingenio muy agudo, gastaba bromas a nuestra madre. Una vez echó un litro de jugo de remolacha donde mi madre lavaba y toda la ropa de lino terminó teñida de rosa.

Me río.

—¡Qué broma tan terrible!

—Por suerte, a mi padre le hizo gracia. De lo contrario, sé que la habrían azotado. Ella siempre desafiaba las normas. "¿Por qué tiene que ser blanco el lino, madre?" —Kate hace una pausa y sonríe—. Charlotte quería vivir en la gran ciudad, siempre en la punta de la lanza, siempre para adelante. En cierto modo, no es de extrañar que acabara aquí y en esas condiciones.

—¿Te refieres a su trabajo en el Dawson como...?

Pronunciar la palabra ahora me parece demasiado cruel.

—Sí. Además... bueno, no sé si debería contarte esto —me dice Kate y, pese al fuego, el cuerpo entero se me estremece en un escalofrío.

—¿Qué ocurre? No es tan sencillo sorprenderme.

Me mira y puedo ver un atisbo de compasión en sus ojos.

—Estaba encinta cuando la mataron.

Encinta...

—¿Y era de Charlie?

—Creo que sí.

Pienso en el día que Molly vino a la cabaña y aquella discusión acalorada entre ellos dos. Cómo él la tomó del brazo y cómo ella lo apartó. ¿Se habría llevado una mano al vientre? ¿Le estaría contando sobre su situación?

La boca se me llenó de un sabor amargo.

—Lo siento —dice Kate—. ¿Te he ofendido? Creí que debías saberlo. ¿Crees que él lo sabía?

Pienso que sí, pero no lo digo.

—No lo sé. Pero ¿cómo es que estaba tan segura de que era suyo? Quiero decir, por su oficio...

—No lo sé. Quizá no lo fuera, pero mi hermana siempre fue cuidadosa con esas cosas. ¿Sabes cómo se habría sentido Charlie?

Digo que no con la cabeza. Había una mujer embarazada del hijo de mi marido. Le acabo de decir que no era sencillo sorprenderme, pero esto sí lo ha hecho. Guardo silencio. Kate intenta retomar la conversación, pero yo no puedo seguirla. Calla y las dos nos quedamos con la mirada fija en el fuego.

Mis pensamientos se vuelven hacia un tiempo atrás, en los primeros días de mi cortejo. Dejo que el recuerdo se derrame en mi mente. Las calles salpicadas del sol de Seattle, el olor a estiércol de caballo y los vapores en el puerto mezclados con el calor, el sonido lejano de las sierras en los aserraderos.

Charlie y yo caminábamos del brazo por James Street, junto al Hotel Seattle. Mi acompañante, el ama de llaves de mi padre, venía detrás de nosotros. Apenas notaba su presencia, tan absorta estaba en Charlie, el primer hombre que me había mostrado atención y afecto, y que había expresado su deseo de casarse conmigo. Un hombre de buena familia, un buen partido. Atractivo a su manera, aunque de complexión ligera, casi afeminada, pero muy amable. Era el deseo de mi padre que me casara con un hijo mayor. Charlie era el tercero de su familia. Sin embargo, después de oír mis ruegos, le permitió cortejarme.

—Una jornada hermosa para una caminata junto a una hermosa mujer —dijo Charlie, y yo me sonrojé.

—Es usted muy amable. Me alegra caminar a su lado.

—Hace calor. ¿Me permitiría invitarla a un helado?

Asentí. Encontramos un carrito y compramos dos helados de limón. Ácidos y fríos en la lengua, dulces y ricos en azúcar. Caminamos hasta el parque, donde nos sentamos en un banco. Vi que mi acompañante resoplaba detrás de nosotros con las mejillas encendidas, y sentí una punzada de culpa por no haberle comprado uno también.

—¿Deberíamos buscar una limonada para la señora Holt? —pregunté.

Charlie miró a la mujer y ella le devolvió una mirada fulminante.

—Creo que está bien así —dijo él.

Nos sentamos y disfrutamos de nuestro helado. El parque estaba lleno de parejas paseando y familias empujando cochecitos. Más adelante, por el sendero, un alboroto. Vi una figura avanzando tambaleante. Llevaba un bulto en un brazo y el otro brazo extendido al cielo.

—Mire eso —dije, y Charlie también lo vio.

Vi que era una mujer cuando estuvimos más cerca. Del bulto que cargaba en sus brazos brotó un llanto y vi agitarse un bracito rosado.

—Tiene un bebé en brazos —dije.

—¿Y qué? —preguntó Charlie.

La mujer se movía entre las demás personas, con la mano extendida, la cabeza gacha y el bebé, que seguía llorando. Se veía delgada, un chal colgaba de sus hombros y parecía no haber comido en días, quizá más. Pero también era joven, sin duda no mayor que yo.

—Pobre mujer, tiene hambre.

Busqué en mi bolso y forcejeé con el broche. Charlie puso su mano sobre la mía para detenerme.

—No lo hagas.

—¿Por qué? Lo necesita y yo puedo compartir un poco.

Me quitó el bolso de las manos.

—Una mujer con pocos recursos no debería tener un hijo si luego no puede cuidar de él.

—A veces no es elección de la mujer —le respondí, con un punto de irritación en mi voz.

—Siempre hay formas. Un niño solo debe nacer dentro del marco de un matrimonio, un bastardo jamás tendría lugar en este mundo.

Disimulé mi sorpresa ante aquellas palabras. ¿Era posible que este hombre tan amable no lo fuera tanto después de todo?

Charlie notó mi tensión.

—No debe preocuparse por cosas como esta, señorita Ellen. Yo estoy aquí para cuidar de usted, para protegerla de un destino como el de esa gente. Nuestros hijos nacerán bien ante los ojos de Dios y usted será una madre fuerte y devota. Pero veo que el infortunio de esa mujer la ha afectado.

—Así es —respondí.

—Sea, pues —dijo él, poniéndose de pie. Caminó hacia la mujer y le entregó mi bolso.

No me levanté para detenerlo aunque hubiese querido, porque aquel bolso había sido un regalo de mi madre justo antes de morir. Al menos la pobre mujer podría venderlo y conseguir unas cuantas monedas por él. Me vio detrás de Charlie, juntó las manos a modo de plegaria y me hizo una reverencia.

Sentí una oleada en el pecho tan intensa que casi me hizo llorar. Asentí y la mujer salió corriendo. Deseé con todas mis fuerzas que estuviera yendo hacia algún lugar donde pudiera comprar leche para su hijo y algo caliente para ella.

Charlie volvió a donde estábamos sentados.

—Ahí lo tiene. Su futuro esposo es generoso.

Con mi dinero, pensé.

—Muy amable de su parte —respondí.

Ya no estaba de ánimos para seguir con mi helado de limón, así que reanudamos el paseo. En los días siguientes pensé mucho en aquella mujer, en su bebé y en las palabras de Charlie contra ellos.

¿Le habría dicho algo parecido a Molly? ¿Habría actuado según su repulsión? ¿Habría intentado obligarla a deshacerse del niño? *Siempre hay formas...* ¿Se habría defendido ella para proteger a su hijo y su propia vida? ¿Le habría arañado el cuello, ese que ahora siempre cubre con un pañuelo? Si se lo quitara, ¿vería yo esas cicatrices?

No sé cuánto tiempo habremos permanecido sentadas en ese bosque, pero regresa la luz y Kate se pone en pie.

—Debemos irnos —dice, y yo también me levanto.

Yukón me olfatea como si percibiera mi desasosiego y gime para pedir comida. Kate le da cerdo salado. Comemos y apagamos el fuego.

Kate avanza decidida hacia el ferry y hacia Henry Gable. Yo voy detrás, más convencida que nunca de que mi marido, mi amable y débil marido, es un asesino.

MARTHA

Dawson City, Klondike.

Julio de 1898

—MA...

Giré y me encontré con Giselle parada en la puerta que daba al balcón exterior donde yo estaba.

—Ya estás levantada —le dije, con una sonrisa.

Se colgó una manta sobre los hombros y salió a hacerme compañía. No hacía frío, pero la poca grasa que la chica tenía en su cuerpo hacía una semana ya había desaparecido del todo. Era puro hueso y, ahora que podía volver a comer sin vomitar, Jessamine se había propuesto alimentarla bien.

—¿Qué haces aquí fuera? —preguntó.

—Observo el pueblo.

El balcón era una especie de pasillo estrecho que corría por la parte delantera del hotel, justo detrás del gran cartel. Lo usábamos para tomar un poco de aire sin tener que calzarnos las botas y a mis chicas les encantaba pasar el rato allí, fumando y llamando a los caballeros para que subieran a visitarlas. Yo no lo fomentaba tanto porque sentía que nos hacía parecer un burdel de los comunes, pero debo admitir que atraía a la maldita clientela.

Giselle se apoyó a mi lado en la barandilla.

—Creo que este será mi último verano por aquí.

Sonreí.

—Bien. Llévate a ese doctor contigo y cásate con él.

Obvié decirle que tal vez también fuese mi último verano allí; no quería admitirlo ni tampoco asustarla. Aún sentía la masa en mi vientre de vez en cuando. Bastaba presionar un poco el abdomen para dar con ella.

—Hablando de Roma... —dijo Giselle, enderezando el torso.

Allí estaba. Venía subiendo por Front Street. Conducía un carro tirado por un solo caballo. En la parte de atrás, había algo largo y cubierto con una manta bastante mal colocada, y no hacía falta ser un genio para ver que se trataba de un cuerpo.

Giselle silbó y saludó, y el médico levantó la vista. Tenía una expresión sombría, pero a ella sí le sonrió.

La gente se detenía para mirar el carro. Sabían lo que transportaba. Algunos se quitaron el sombrero y otros apartaron la vista. Los más curiosos estiraban el cuello para ver quién yacía bajo la tela. Un chiquillo corrió detrás del carro, tomó la punta de la manta y tiró de ella, y el muerto quedó al descubierto.

No era lo que había esperado ver. Un cuerpo cubierto de lodo de pies a cabeza, como si ya hubiese sido enterrado. Tal vez fuese un pobre minero atrapado en algún desprendimiento. El carro siguió su camino y pasó frente al local del tasador Bill. Frank Croaker estaba fuera, bebiendo de una botella marrón. Reparé en él y vi cómo se le transformaba la expresión al ver el cuerpo.

Se irguió, alejó la botella de los labios y miró alrededor, como si sintiera que los ojos de todo Dawson estaban puestos sobre su persona. Salió de debajo del toldo para ver mejor. Se puso pálido, tapó la botella y se marchó con prisa.

—¿Qué interés crees que tiene Frank Croaker en ese cuerpo? —pregunté a Giselle—. Casi se orina encima.

Giselle se encogió de hombros.

—Quizá fue él quien lo mató.

O Bill.

Le di un beso en la mejilla y le dije que no se desabrigara. Bajé las escaleras y salí del hotel. Para cuando llegué al consultorio del médico, el cuerpo ya estaba sobre su mesa.

—¿Quién es? —pregunté, sin esperar invitación o saludo.

El olor me golpeó de lleno: el hedor de los moribundos detrás y de los muertos también. Ese cuerpo no era reciente, eso era seguro.

El doctor soltó un suspiro, como cansado de verme, pero a mí me dio igual.

—Yannick Early —dijo, mientras se remangaba.

—¿Early? ¿El hombre que dicen que mató a Molly?

Asintió.

—Pero no creo que él sea nuestro asesino, lleva muerto un tiempo, tiene disparos en el pecho. Por el aspecto, diría que estuvo enterrado y la tormenta lo desenterró.

Se me fue el aire de los pulmones.

—¿Y… los arañazos?

—Difícil saberlo con tanto lodo encima. Si va usted a quedarse, será mejor que esté dispuesta a ayudarme.

Me tendió un paño y un cuenco.

—Se ha vuelto más duro, doc. Me alegra que así sea.

Tomó un pequeño frasco de un estante, lo abrió y se untó algo bajo la nariz.

—Ayudará con el hedor —dijo, pasándomelo.

Era una pomada blanca con olor a menta y hierbas, y olía mucho mejor que el cuerpo. Me la apliqué del mismo modo que él lo había hecho, y nos dispusimos a trabajar.

El médico cortó la ropa del muerto y le quitó las botas. Yo le lavé los brazos, el pecho, la cara. Esperaba dar con los arañazos con cada pasada del paño. El doctor se pasó al otro lado de la mesa y me imaginé que pensaba lo mismo. Cuando Early estuvo más limpio de lo que habría estado jamás en vida, examinó cada centímetro de su piel. Ahora se veía gris y hubo sitios en los que parecía que lo habían devorado los gusanos. Sin embargo, y salvo por los dos enormes agujeros de bala en el pecho, su piel estaba intacta.

Ni un solo arañazo.

—No fue él —dije.

—No, no fue él —confirmó el doctor, mientras se lavaba las manos.

No me extrañó que Frank Croaker se hubiese puesto blanco al ver el cuerpo de Early.

Era ni más ni menos que el hombre al que la ley y Bill Mathers habían culpado de la muerte de Molly. Qué conveniente que Early hubiera desaparecido justo cuando mataron a la muchacha. Pero resulta que no había desaparecido: estaba muerto y enterrado, y Frank Croaker debía de saberlo. Tenía que saberlo porque fue él quien lo había puesto allí. Convirtió a ese pobre hombre en un chivo expiatorio para desviar todas las miradas, para apartarlas de los arañazos de su propio cuello.

—Hijo de puta —murmuré.

—¿Quién? —preguntó el doctor.

Pero yo ya me había marchado.

KATE

Hunker Creek, Klondike.

Julio de 1898

El ferry en Hunker Creek era más pequeño que el de Bonanza Creek y había el doble de gente aguardando para subir. Esperamos en una fila, pero yo no podía quedarme quieta. Ellen, Yukón y Bluebell se habían quedado guardando nuestro sitio y yo fui de hombre en hombre mostrando la fotografía y mis notas de Henry Gable.

—¿Han visto a este hombre? —preguntaba, forzándolos a mirar ambos papeles.

La mayoría de los mineros negaban con la cabeza o murmuraban que no, y entonces yo avanzaba al siguiente. Algunos intentaban estafarme. Otros eran incluso peores.

—Yo lo vi. Yo lo vi —exclamó un hombre pequeño, ni más ancho ni mejor formado que el mango de una pala.

—¿Dónde?

Extendió la mano.

—Un gramo de oro me aflojará los labios.

—O has visto al hombre o no lo has visto. No voy a pagarte por lo que tus ojos hayan conseguido gratis.

—Nada es gratis en el Klondike, señora.

Me disponía a seguir mi camino, pero el hombre me tomó de la mano.

—Si no tiene oro, puede pagar de otra manera —me guiñó un ojo, se humedeció los labios y movió las cejas arriba y abajo, como si yo no hubiera captado la indirecta.

—No, gracias —le contesté. Intenté librarme, pero me sujetó más fuerte.

—Seré suave —añadió.

Nadie me ayudó. Ningún hombre se levantó para hacerle frente mientras tiraba de mí para apartarme del camino. Ellen estaba demasiado lejos para gritar y ella tenía la escopeta.

—¡Suéltame!

Tiré y noté que su agarre se aflojaba. Entonces lo acerqué de un tirón y le pegué una patada. Le clavé la rodilla entre sus piernas y me soltó. Terminó doblándose en dos.

—¡Zorra! —exclamó, y yo le di otra patada en el costado solo por si acaso.

Gritó y rodó en el lodo. Los mineros a nuestro alrededor rieron y silbaron. Algunos me dieron palmaditas en la espalda mientras me marchaba.

Uno de ellos me sujetó del hombro y yo me preparé para otra pelea. Me giré, con el cuchillo en la mano, pero él tenía las manos en alto en señal de rendición.

—¿Qué? —bufé.

—Ese hombre. El de la foto.

Hablaba con un marcado acento sureño. Ya le había enseñado la foto mientras caminaba por la fila. Había mirado, pero no había dicho nada. Pensé que no lo conocía y había seguido mi camino.

—¿Qué hay de él?

—Pues lo vi hace apenas unos días.

Suspiré.

—No me haga perder el tiempo a menos que quiera acabar en el lodo también.

Me quedó claro que aquel hombre no llevaba en las minas mucho tiempo y seguramente aún le quedaban fuerza y dientes. Dudaba de que pudiera darle una patada a él también.

—No, señorita, para nada.

—¿Dónde lo ha visto?

—Llevo aquí apenas una semana, aunque pareciera mucho más, y ahora he conseguido un buen puesto. Pero lo había perdido todo en el camino antes de llegar. Nuestro bote volcó en los rápidos, ¿sabe? Y mi hermano se hundió con él.

Sentí una punzada de culpa por haber sido tan brusca con él.

—Lamento oírlo. Esos rápidos son muy traicioneros.

Me llevé la mano a la cabeza, al lugar donde aún tenía la marca roja junto al cuero cabelludo. Él se dio cuenta y me hizo un gesto solemne. Todos los hombres a nuestro alrededor se habían acercado a escuchar. Un caballero sureño sabe cómo contar una historia como nadie.

—Cuando llegué a Dawson, apenas tenía dos monedas a mi nombre —prosiguió— y acabé en las peleas de perros. Un deporte sucio, si es que puede llamarse deporte. Pero daban crédito y eso era justo lo que yo necesitaba.

La fila avanzaba mientras él hablaba y sabía que pronto nos tocaría abordar. Ya empezaba a impacientarme.

—¿Y el hombre de la foto?

—Estaba allí. Apostando por los perros, lo vi tres noches seguidas.

—¿Dónde se hacen esas peleas?

—En uno de esos almacenes en el muelle, no recuerdo cuál.

Eso era suficiente para encontrar a Gable. Eché a correr, dándole las gracias mientras me alejaba. El hombre agitó su sombrero y recé para que me hubiera dicho la verdad.

Pronto lo sabría.

En la cabecera de la fila oí mi nombre. Ellen me estaba llamando y Yukón ladraba; ya estaban a bordo del ferry y estaban demorando la salida. Corrí para alcanzarlos, el barquero empezó a empujar el bote pese a las protestas de Ellen; no me detuve cuando llegué a la orilla, salté y caí sobre la cubierta. Me torcí el tobillo y sentí una punzada de dolor recorrerme la pierna entera. Los mineros vitorearon, aunque sospecho que más de uno habría aplaudido con más entusiasmo si me hubiese caído al agua.

Yukón se me echó encima, me lamió el rostro y me arañó con las patas hasta que le acaricié la cabeza y pude apartarlo con suavidad. Ellen me ayudó a incorporarme. La sujeté por los hombros, sin poder contener mi entusiasmo.

—Ya sé por dónde empezar la búsqueda —dije sin aliento, y le conté lo que me había dicho el último hombre.

Ellen esbozó una breve sonrisa.

—Eso es bueno.

La noté distraída. Lo había estado desde que dejamos el bosque y nuestro pequeño campamento. Como si hubiera descubierto algo entre los árboles que le hubiese hecho cambiar de parecer. Tal vez fuera la verdad sobre el destino de mi hermana o quizá empezara a arrepentirse de haberme acompañado. No podía detenerme a pensar ahora. Tenía una pista sobre el hombre que había matado a mi hermana y, ante eso, todo lo demás perdía importancia.

ELLEN

Río Klondike, Klondike.

Julio de 1898

EL TRAYECTO EN FERRY ES CORTO, PERO NO TRANQUILO. El río está crecido y hay muchos troncos. El bote pasa por encima de uno y el golpe hace que un joven caiga al agua. Por suerte logran rescatarlo, aunque el pobre se queda temblando el resto del trayecto.

Muchos hombres jóvenes, rostros nuevos, frescos y regordetes, aún no arruinados por la mala alimentación. No tienen en la cabeza más que dientes y sueños; el Yukón se llevará ambas cosas tarde o temprano.

El sendero está despejado al otro lado del río Klondike y Bluebell avanza con soltura.

—¿Qué piensas hacer? —pregunto a Kate, que camina a mi lado. Dice que no puede estar quieta sobre un caballo, que necesita moverse. Yukón trota a su lado, fiel.

—¿Eh?

—Cuando encuentres a Gable... cuando se haga justicia. ¿Qué harás entonces?

Guarda silencio un momento.

—La verdad es que no he pensado en eso aún. Todo mi

propósito al venir aquí era encontrar a Charlotte y ayudarla. Sin embargo, ahora ese único propósito es encontrar a su asesino y no he pensado en lo que viene después.

—Será mejor que lo hagas. El invierno aquí es cruel, el frío congela el río a principios de noviembre y entonces la única manera de salir es en trineo tirado por perros.

—¿Tú te irás antes del invierno?

Hay una nota curiosa en su tono, como si mi respuesta pudiera influir en la suya.

Pienso en lo que me espera en Dawson, en Charlie y en sus secretos.

—Supongo que dependerá de lo que haga mi marido.

Kate asiente.

—Claro. Perdóname. No tener marido hace que rara vez piense en los de las demás.

Me echo a reír.

—¿Nunca has sentido la tentación de buscarte uno?

Frunce el rostro entero y niega con la cabeza, como si acabara de tragar una uva podrida.

—Por lo que he visto, son más una molestia que una ayuda, y peligrosos también. No son más que niños ya crecidos, pero provocan el doble de dolores de cabeza.

Reímos y luego nos quedamos en silencio. La pregunta entre nosotras queda sin respuesta.

—Supongo que ambas tendremos una decisión que tomar cuando todo esto termine —le digo.

Kate se limita a asentir.

Llegamos a Dawson City por la tarde. El sol nos da de lleno en la espalda y el cielo está despejado; los edificios de madera despiden vapor, ahora que el agua de lluvia se seca. Bluebell sacude las moscas de su melena y el aire trae un dejo de frío, un resto de la tormenta.

—Debo encontrar a Charlie —digo cuando entramos en

la ciudad. No puedo dar un paso más junto a Kate mientras ella crea una verdad y yo otra. Siento que mi presencia es una mentira.

—¿Estás segura?

—Sí. Debo hablar con él sobre el embarazo —respondo, aunque eso es solo una parte. Kate, sin embargo, no pregunta nada más.

Le entrego la escopeta.

—Ten cuidado. Y mantén a Yukón cerca mientras estén entre toda esa gente.

Se cuelga la escopeta al hombro.

—Si no me ves en el Hotel Dawson dentro de unas horas, ven a buscarme.

Sonrío y asiento. Ella y Yukón se alejan y yo me aferro a la esperanza de volver a verla.

Doy comienzo a mi propia búsqueda en el Hotel Arcadia. Goldie no está afuera, aunque eso no significa mucho tampoco: podría estar en cualquier otro sitio. Dentro, Barnum, el encargado, está detrás del mostrador.

—Señora Rhodes, qué sorpresa. ¿En qué puedo ayudarla?

—Mi marido debía recoger un paquete. ¿Ya ha pasado por aquí?

Una esposa nunca debe admitir que ha perdido a su marido.

Él parece desconcertado, como es natural.

—Lo siento, pero no hemos recibido nada y al señor Rhodes no lo he visto. De hecho, no lo veo desde la última vez que ustedes dos se alojaron juntos aquí.

Asiento y no me sorprende.

—Quizá haya confundido los días.

Salgo antes de que Barnum pueda decir algo más. Charlie lleva dos noches en Dawson y, si no es en el Arcadia, solo hay un puñado de lugares más donde podría estar. Llevo a Bluebell a un establo cercano y le doy al encargado, un chico de poco más de diez años, unas pequeñas pepitas de oro a cambio de que la mantenga a salvo y bien alimentada. Se muestra tan encantado que estoy segura de haberle pagado de más. Al menos tratará bien a mi niña.

Me marcho. Avanzo por las calles enlodadas de Dawson en busca de un asesino.

MARTHA

Dawson City, Klondike.

Julio de 1898

—¡BILL!

Entré de sopetón en La Gran Pepa. El local estaba lleno de borrachos que se sobresaltaron con mi llegada. Frank no estaba allí; se habría escabullido en algún agujero. Uno de los hombres de Bill intentó interponerse en mi camino, pero le lancé una mirada tan fulminante que decidió apartarse. Recorrí el lugar, subí las escaleras y casi derribé la puerta de su despacho.

No estaba solo, por supuesto. Había una muchacha sentada en su regazo; con una mano, él le tocaba un seno, y con la otra escribía en un libro de cuentas. La pobrecita pegó un brinco cuando abrí la puerta.

Era la primera vez que veía a Bill Mathers sorprendido.

—Martha… —dijo, pero pronto se recompuso—. ¿Has venido a firmar los papeles?

—Que se largue.

La muchacha me miró mal y se pegó aún más a Bill, pero este la apartó, chasqueó los dedos como si estuviese dirigiéndose a un perro y ella finalmente se marchó, no sin antes lanzarme una mirada de asco por encima de su hombro.

—¿Es otro asunto por el que estás aquí? —dijo él levantando una ceja. La rabia me quemaba por dentro y no estaba de ánimos para sus juegos.

—Molly te importaba mucho, ¿verdad?

La mención de su nombre borró cualquier expresión de su rostro.

—¿Y qué?

—Y matarías al hombre que la lastimó, ¿verdad?

—Le arrancaría la cabeza de cuajo, sí. ¿A qué vas con esto? Quien lo haya hecho ya se ha marchado. Tengo hombres buscándolo.

—¿Frank Croaker también?

Entonces captó mi tono. Se levantó y rodeó el escritorio hasta plantarse frente a mí.

—Más te vale explicarte —me dijo, y no era una amenaza—. La policía cree haber dado con el asesino, pero no lo ha hecho. Me temo que tú y yo tenemos un enemigo en común hasta que esto acabe —Bill se cruzó de brazos y se sentó al borde de su escritorio—. Te escucho.

—Quiero un trato —le dije.

—Me quedaré con tu hotel, Martha. Cueste lo que cueste.

—Prefiero dar mi tierra y mi hotel a un borracho a cambio de una sola moneda.

Se le torció el labio.

—¿Entonces…?

—El hombre que mató a Harry. Dispárale o mándalo fuera en el próximo barco. No quiero volver a verlo en este pueblo.

Su rostro entero se contrajo mientras lo consideraba. La ira se iba acumulando y se encendía dentro de él.

—Está bien.

Sellamos el trato con un fuerte apretón de manos.

ç—Cuando el médico examinó el cuerpo de Molly, encontró piel y sangre bajo sus uñas.

—¿Y eso qué significa?

—Significa que intentó defenderse. Significa que arañó a la persona que la mató y le sacó algo de su sangre.

—Y el cobarde se largó de aquí.

Negué con la cabeza.

—Esta mañana encontraron el cuerpo de Yannick Early. Lleva muerto un tiempo, le dispararon en el pecho y no tiene ni un rasguño. Frank sí, justo en la mejilla.

Lo vi caer en la cuenta de lo que le estaba diciendo. El peso de la traición se asentó sobre sus hombros.

—Me dijo que había sido en una pelea en una taberna.

—Te mintió, Bill, eran rasguños recientes la mañana después del asesinato de Molly.

Y entonces estalló con una furia ardiente. Ya lo había visto antes: Frank Croaker era hombre muerto.

Había encendido la mecha; ahora solo tenía que sentarme y ver el espectáculo.

Bill salió dando zancadas del despacho y gritó desde el balcón.

—¡Tráiganme a Frank Croaker ahora mismo!

KATE

Dawson City, Klondike.

Julio de 1898

ME RESULTÓ FÁCIL DAR CON EL ALMACÉN QUE ME HABÍAN indicado en la parte sur de Dawson. Yukón ladraba a mi lado mientras nos acercábamos. Creo que fue porque podía oler a los otros perros y su sangre derramada.

Los hombres entraban por unas puertas anchas. Cuando yo lo hice con ellos, me asaltaron todos los sentidos: la vista, pues me encontré con decenas de hombres apiñados en torno a un ring, oculto de todo lo demás dentro del viejo almacén y que estaba hecho de cajas, coronadas por lámparas de aceite que desprendían una luz naranja y grasienta; el olfato, por el olor a serrín y a animales, a sudor y *bourbon* derramado, a carne cruda y podrida para enfurecer a los perros; ¡y el oído! Por los gritos, gruñidos, las mandíbulas desgarrando carne canina, los hombres lanzando apuestas y gritando por su perro preferido, y también algunas voces por encima de todas gritando las estadísticas.

La marea humana me empujó hacia una de las esquinas. Yukón se pegó a mi lado, con el rabo metido entre las patas y los ojos blancos de miedo. Nunca debí traerlo aquí. Me arrodillé a su lado y le sujeté la cara, le froté las orejas y la barbilla y peiné su pelaje con ambas manos.

—No te preocupes cariño, no te harán daño.

Un ladrido feroz se alzó desde el ring y las orejas de Yukón se erizaron. Se puso inquieto. Encontré un trozo corto de cuerda y se lo até flojo al cuello, y le hice una correa para que no se perdiera. Enrollé la cuerda en mi mano y le di un trozo de carne seca que había guardado en el bolsillo. Este lugar era como yo lo imaginaba: un infierno rugiente y hediondo de violencia y pecado, de desprecio por la vida en nombre del deporte y del dinero. Había polvo de oro en el suelo, que brillaba cuando la multitud se movía y la luz entraba por la puerta. Unos cuantos niños pequeños corrían por ahí, con los dedos negros de lodo, recogiendo escamas doradas. Me abrí paso entre la gente, mientras observaba a perros y a hombres.

El ring estaba delimitado por tablones que me llegaban a la altura de la cintura. Dentro del cuadrilátero, dos hombres, uno a cada lado, sosteniendo palos, azuzaban y gritaban a sus perros. Los animales eran una distorsión del noble compañero que yo tenía junto a mí ahora. Ambos estaban cubiertos de sangre proveniente de arañazos y mordiscos varios. A uno le faltaban las orejas, no sé si porque su dueño se las habría cortado o si habrían sido arrancadas por algún oponente en el pasado. El otro no tenía cola. La pelea alcanzó su clímax cuando el perro sin cola, un gran can negro similar a un husky o a un lobo, clavó sus dientes en el cuello del perro más pequeño y jamás lo soltó. El pitbull, delgado, se agitó y aulló, pero no llegó a librarse. Los hombres dentro del ring enloquecieron; algunos celebraron la victoria, y otros lamentaron al caído.

La multitud estalló, agitando sus boletos de apuestas delante de las narices de quienes repartían premios. Alguien abrió las mandíbulas del perro vencedor con un palo y luego lo arrastraron fuera del ring para depositarlo detrás de otras cajas. El perdedor, en cambio, quedó inmóvil en el centro del ring. No se levantó, a pesar de las patadas del dueño. Verlo me partió el corazón y apreté a Yukón muy fuerte contra mí, sintiendo su cuerpo cálido junto a mi pierna. Mientras se llevaban al pobre animal, vi al otro lado del ring una pizarra grande y a un hombre subido a una caja que iba anunciando las cuotas para la siguiente pelea.

Lo reconocí al instante.

El hombre limpio. El que me había gritado por sentarme junto al lago Bennett. El marido de mi hermana.

Su asesino.

Henry Gable.

Se veía muy distinto de aquel hombre al que había visto caminando por el sendero del Caballo Muerto y cuyos caballos le había costado tanto dominar. Llevaba el cabello crecido, en el rostro le asomaba una barba de varios días y parecía más delgado bajo todas esas prendas de ropa. Tenía ojeras muy profundas, y entonces me pregunté si no sería porque estaría aplacando su culpa en alguno de los muchos fumaderos de opio de Dawson. El hombre en Hunker Creek me había dicho que Gable era un jugador, pero aquí y ahora parecía más bien estar a cargo del lugar, y apenas habían pasado unos días. En Dawson las cosas cambiaban muy deprisa. La ciudad entera había surgido casi de la noche a la mañana y eran hombres como Gable los que sacaban provecho de ello. Unos sabían encantar a sus rivales hasta llegar a su meta; otros usaban los puños. Todavía no estaba segura de a qué grupo pertenecía Gable.

Palpé el cuchillo en mi bolsillo y comprobé que estaba bien colocado por si necesitara sacarlo rápido. A mi alrededor la gente se había calmado un poco y esperaba ahora que comenzara una nueva pelea.

Alguien tiró de la correa de Yukón.

—Te daré veinte dólares por él.

Podría haber sido cualquiera, otro minero sin rostro. Saqué el cuchillo del bolsillo y le corté la mano; él la retiró con un alarido.

—No.

El hombre escupió a mis pies y se dio la vuelta para desaparecer entre la multitud. Otro tipo intentó hacer lo mismo, pero una sola mirada al cuchillo y a mi rostro le bastó para advertir que mi perro no estaba a la venta.

Encontré un hueco junto a la pared, lo más lejos posible del ring. Observé a Gable, pero el lugar comenzaba a llenarse de gente y se me hacía cada vez más difícil mantenerme firme. Los perros empezaron a ladrar e inmediatamente después un golpeteo rítmico y grave, fruto de cientos de botas pisando al unísono, hizo temblar el suelo.

—¡Caballeros! ¡Últimas apuestas! —gritó Gable, y se desató una avalancha.

Hombres con trajes y bombines marrones avanzaban entre la multitud con bolsas. Iban repartiendo boletos de apuesta, recogiendo oro y dinero a cambio.

Trajeron al ring a un par de pitbulls robustos que chasqueaban los dientes y se gruñían el uno al otro, tensando las cadenas, adiestrados solo para morder y matar al animal que estuviera frente a ellos. Se me revolvió el estómago: ningún perro merecía eso. Aquellos hombres y las pocas mujeres entre ellos, hambrientos de sangre, no podían encontrar nada más amable con lo que entretenerse. Cuando no existía ley, los hombres volvían a ser bestias. Sin consecuencias, nuestra especie no tenía moral ni pensaba en el sufrimiento ajeno. Me enfermaba.

Intenté bloquear los sonidos de los perros, sus ladridos de dolor, el olor a almizcle y a sangre, los gritos animales que venían de la multitud. Fijé la vista en Gable, apreté la correa de Yukón y avancé entre la masa de gente.

Gable se bajó del cajón cuando me acerqué, sin que me viera, e intentó avanzar mientras se limpiaba el sudor del cuello con un trapo mugriento.

Lo tomé del brazo. Pude sentir cómo se tensaba y se giró para enfrentarme. Un destello de confusión cruzó su rostro: sin duda había creído que era un hombre más, pero luego vio a Yukón.

—Bruce se encarga de los perros. Ve por detrás —me dijo e intentó zafarse, pero yo me mantuve firme.

—¿Henry Gable? —pregunté.

—¿Qué diablos quieres?

Su voz también era distinta: ya no tenía ese sonido tajante y limpio de la ciudad, sino que ahora era más bien un murmullo pastoso, como si siempre hablara con comida escondida en una mejilla. Había imaginado este momento desde que vi su fotografía. Había imaginado cómo lo enfrentaría y qué diría él, pero ahora que lo tenía delante las palabras habían abandonado mi cuerpo.

Él arrancó su brazo de mi agarre y esbozó una mueca.

—Entonces vete a la mierda.

Me empujó para seguir su camino y eso desató mi ira. Aquel hombre había herido a mi hermana, la había golpeado durante su matrimonio, la había perseguido por todo el país y amenazado hasta llegar aquí. De pronto me imaginé la última noche de Charlotte, su miedo al verlo, el terror al entender sus intenciones.

La furia me dominó; el cuchillo ya estaba en mi mano. Me lancé sobre él, se lo apoyé en la garganta y lo empujé contra la pared en un solo movimiento. Los pocos hombres que estaban cerca se apartaron, sin ganas de intervenir y más pendientes de los perros.

Gable no parecía preocupado por mí ni por mi cuchillo. Se pensó que solo era un juego y no tuvo mucha paciencia.

—¿Te debo dinero?

Yukón gruñó al oír su tono y él casi se echó a reír.

—No. Me debes mucho más que dinero —dije, y él frunció el ceño.

—¿De qué demonios hablas?

—Soy Kate Kelly. Creo que conociste a mi hermana.

De repente dejó de sonreír.

ELLEN

Dawson City, Klondike.

Julio de 1898

OTRA VEZ BUSCO A MI MARIDO EN ESTA CIUDAD CUBIERTA de lodo. Otra vez camino sobre las mismas tablas y resulto invisible. Me invento historias para poder preguntar por su paradero. La mayoría dice no haberlo visto. Algunos sí tienen noticias: Sutter lo vio ayer, por ejemplo, y lo anuncia con el mismo orgullo de un pavo real.

"Encontré mi oro", le habría dicho Charlie. Y Sutter le dio una palmada en la espalda y saldaron la cuenta.

La mesera del Sweet Café dijo que había estado allí esa misma mañana para desayunar. También se había jactado de su oro.

Me quedo en la acera frente al café. El aroma del pan y la panceta frita flota en el aire y no logro recordar cuándo fue la última vez que saboreé una comida completa. Suena música en algún lugar cercano. El sol que le sigue a la tormenta saca lo mejor de este pueblo. El viento sopla con fuerza desde el sur trayendo consigo la frescura de la montaña. Ojalá pudiera disfrutarlo sin tener que preocuparme siempre por lo que hace Charlie, por dónde está, por cómo sigue creciendo nuestra deuda o a quién podría estar haciéndole daño.

Cada momento que paso en esas calles lo veo de nuevo: sale corriendo del callejón, con manchas oscuras de sangre en la camisa y en el rostro, y también la vuelvo a ver a ella. Inmóvil. Le aparto el cabello del rostro. En mi recuerdo, me mira y dice: *me ha encontrado*.

En la carta hablaba de su marido. En mi mente habla del mío.

Solo puedo pensar en un sitio donde podría estar Charlie ahora y es en la fila del tasador.

Voy al sector de Dawson que rara vez he visitado. Allí se alza un edificio más sólido y mejor construido que todos los que lo rodean. Fuera hay dos hombres armados con garrotes y pistolas. A lo largo de la calle cubierta de lodo se extiende una fila de mineros, todos aferrados a sus sacos, frascos y bolsas de lona.

Me quedo a un costado y los observo. Me fijo en las facciones de cada uno de los hombres que esperan. Algunos se ven pulcros; otros están cubiertos de lodo. Hay quienes tienen mucho y quienes apenas cargan algo. Los últimos en la fila sostienen pequeñas bolsas; los primeros, frascos y sacos pesados. Se nota el peso en sus manos. Los pobres están solos. Los ricos van en grupo, para protegerse.

Charlie no está allí. Ya se debe haber marchado.

Pero tengo que saberlo con certeza.

Me acerco a la puerta del tasador. Uno de los hombres grandotes me bloquea el paso.

—No tengo oro para pesar —le digo—, pero sí una pregunta para hacer.

El tipo asoma la cabeza por la puerta abierta. Los hombres a mi alrededor resoplan y se impacientan.

—Hay una señora aquí con una pregunta para ti, Ham.

Desde dentro se oye una voz.

—Déjala pasar.

El guardia se aparta y hace un gesto con la cabeza.

Nunca había estado aquí; el negocio del oro y sus fases eran asuntos exclusivos de Charlie. El lugar no es grande. Una puerta al fondo está abierta y llego a oler el fuego de carbón en una estufa alta y cuadrada, abierta por arriba. Un muchacho demacrado lo cuida con un atizador.

Dentro hay un mostrador de todo el largo de la habitación; sobre él, las herramientas del tasador: una balanza con pesas de latón y una ancha artesa, moldes de fundición, frascos con ácidos para probar la pureza y una caja fuerte alta. El suelo está cubierto de arenilla dorada, polvo de oro caído. Una trampa de los tasadores, según decía Charlie: dejar caer un poco aquí y allá hasta llenar una pala al final del día.

El hombre tras el mostrador es robusto y de poca altura, y lleva una camisa con chaleco negro abierto al frente. Tiene el bigote peinado con aceite y unas gafas gruesas para protegerse los ojos del calor de la fundición y las salpicaduras del ácido.

Un minero espera frente al mostrador para cobrar lo suyo.

—¿Qué necesita, señorita? —pregunta el tasador. Su acento es extraño, poco habitual por estos parajes.

—¿Es usted inglés?

Sonríe. Se lo nota jovial y no es para menos: se queda con el diez por ciento de cada fundición.

—De Mánchester.

Un silbido llega desde el otro lado de la puerta.

—Un momento —dice el tasador y se pone de pie, rodea el mostrador, se calza unos guantes de lona y toma unas pesadas tenazas de hierro.

El muchacho se aparta mientras el tasador saca del fuego un crisol al rojo vivo y vierte el contenido en unos moldes de hierro preparados fuera. El oro fundido fluye como sirope. Brilla de forma irreal, como el sol.

El molde no tarda en enfriarse y, al cabo de unos minutos, el hombre lo golpea para sacar los lingotes y los sumerge en una cubeta con agua. El oro chispea. Extrae las cuatro barras y las lleva hasta el escritorio. Están negras. El minero que sacó ese oro de la tierra se adelanta, impaciente por su recompensa.

El tasador toma un cepillo de cerdas gruesas y comienza a limpiar el oro.

—Tenía usted una pregunta.

Vuelvo en mí de golpe, recordando a qué he venido.

—Sí. Estoy buscando a alguien. Charlie Rhodes.

La costra negra en el lingote comienza a desprenderse.

—Estuvo aquí esta mañana. El primero de la fila.

—¿Cuánto oro trajo?

Había salido con tres frascos.

—Un tarro de conservas, casi lleno. Se lo contaba a todo el mundo. Presumía de su hallazgo. Sin embargo, temo que no recibió buenas noticias.

—¿De qué habla?

—La pureza era una miseria. Diez o doce quilates como mucho. Apenas valía el esfuerzo de haberlo extraído. Algunos filones son así: puedes tener oro podrido a tres metros del bueno.

Se me estruja el corazón. Todo el trabajo, la arrogancia y por fin el alivio de haberlo encontrado… para que valiera la mitad de lo esperado.

—Mala suerte —dice el minero, negando con la cabeza y sin apartar la vista de su oro.

El tasador termina de limpiarlo y el lingote brilla con ese resplandor cálido e imposible. La sonrisa del minero cada vez es más amplia. El hombre raya el borde del oro sobre una piedra negra, y lo hace con tanta fuerza que me duele con tan solo mirarlo. Luego toma un frasco.

—Aquí está la magia —dice, guiñando un ojo.

Vierte unas gotas del líquido sobre la raya dorada. Todos nos inclinamos para mirar. Toma otros dos frascos y repite el gesto. El oro permanece bajo los dos primeros líquidos, pero desaparece bajo el tercero.

—Enhorabuena, amigo —anuncia el tasador—. Es buen oro. Dieciocho quilates.

El minero aplaude, recoge los lingotes y le paga. Se marcha. El tasador limpia la piedra.

—¿Qué es todo eso? —le pregunto—. Me refiero a los líquidos.

—El ácido disuelve lo que no es oro —explica él—. El oro puro no desaparece. El suyo, el del señor Rhodes, se deshizo con la primera gota.

—¿Sabe dónde fue?

—Lo siento, querida.

Estoy a punto de irme, pero me detengo. Saco del bolsillo una de las pepitas grandes que encontré en la concesión alta.

—¿Podría probar esta? Puede quedarse con ella como pago.

La examina entre los dedos y me mira.

—¿Está segura?

Desde fuera se oye una voz.

—¡La fila crece, jefe!

—Segura.

Toma una piedra negra limpia y la raya contra mi pepita. Repite el proceso con los tres ácidos. El oro permanece.

Alza las cejas.

—Puro como el sol. Veinticuatro quilates.

Siento el calor que trepa por dentro.

Oro puro en abundancia y todo mío.

—Gracias —respondo.

El tasador guarda la pepita en el bolsillo.

—Gracias a usted. Enhorabuena, querida, ha dado usted con una mina de oro.

Salgo del tasador con paso ligero y el corazón más liviano.

¿Cuánto oro podré sacar de ese río antes de que llegue el invierno? Lo suficiente para irme rica de aquí, supongo. Pero necesitaré ayuda. Necesitaré a Kate.

MARTHA

Dawson City, Klondike.

Julio de 1898

—¡Lo encontramos! —llegó un grito desde la puerta de La Gran Pepa. Habían sido unas horas tensas e incómodas, atrapada en la oficina de Bill, viéndolo observarme. No pensaba irme. No me perdería el espectáculo ni por todo el oro del río.

Bill se incorporó de golpe al oír eso y se colocó la pistola en el cinturón.

—Quédate aquí.

—Ni loca.

Ignoré la punzada en el estómago y lo seguí hasta el bar.

Frank Croaker se hallaba entre dos hombres, uno más grande y otro más delgado. Estaba alterado, cambiando el peso de un pie al otro, mirando de un hombre a otro, de una mujer a otra. Bueno, de las pocas que había allí.

—Bill, ¿qué es esto? —preguntó, pero no estaba enfadado, sino pálido de miedo.

Bill se acercó sin dudar y le tomó el rostro para girarlo hacia un lado. Allí estaban los arañazos, ya con costra después de una semana, un poco ocultos bajo la barba.

—¿Cómo te hiciste eso? —preguntó.

Frank intentó zafarse, pero no pudo.

—Una pelea.

Bill soltó una risita desdeñosa y acercó su rostro al de Frank.

—Nunca he visto a un hombre terminar arañado así en una pelea. Eso me dice que estuviste peleando con una mujer.

Los ojos de Frank se abrieron justo lo suficiente para que Bill supiera que tenía razón.

—No fue así —intentó decir Frank, pero Bill negó con la cabeza y chistó para que su hombre no siguiese hablando.

Se apartó lentamente de Frank y sacó su arma.

Se aseguró de que Frank y todos los presentes la vieran.

—Molly arañó a su asesino. El médico lo confirmó —dijo Bill.

Entonces Frank comprendió. Desde mi lugar junto a la barra, llegué a ver el pánico subirle hasta la coronilla. Sus ojos recorrieron cada rostro en busca de compasión, pero nadie se atrevería a enfrentarse a Bill y ese bastardo lo sabía.

—¿Tú crees que yo…? —la boca de Frank se abrió y se cerró, soltando un bufido incrédulo, pero todo era fingido. En mi oficio se aprende a leer a los hombres como un menú y yo sabía que Frank escondía algo.

Antes de que Frank pudiera hablar, Bill le dio un golpe con la pistola. Lo derribó, un puñetazo tras otro, descargando el metal del arma contra su mejilla blanda. Bill se detuvo tan rápido como había empezado. Frank se quejó y escupió sangre y algunos dientes; levantó las manos para intentar detener a su viejo amigo.

—Yo no toqué a Molly —dijo con una voz débil que lo único que hizo fue enfurecer aún más a Bill.

Bill le apuntó justo a la cara. La sangre chorreaba del cañón.

—Vuelve a mentirme. Te reto.

Lo levantó de un tirón. Frank apenas podía mantenerse en pie, las piernas se le doblaban. Bill lo sujetó del cuello de la camisa, lo arrastró por la sala y lo lanzó contra la puerta. La madera crujió y se partió, y Frank rodó hasta la calle. Bill fue tras él. Todos lo hicimos. Dawson entero contuvo el aliento. El pueblo pareció detenerse. Veían a quien le apuntaba a Bill y se quedaban helados.

Frank se cubría la mejilla rota con una mano, justo donde estaban los arañazos, ahora abiertos de nuevo por la furia de Bill. Se movía encorvado, con la sangre saliéndole por la boca, levantando la otra mano para detenerlo. Pero nada podría detener a Bill.

—No le hice daño, lo juro —escupió e intentó incorporarse—. Tienes razón, fue una mujer, pero no Molly.

—¿Entonces quién, Frank? —dijo Bill.

Frank no respondió de inmediato y eso bastó para echar más leña al fuego. Los hombres honestos no tardan tanto en decir la verdad. Frank buscaba una mentira y Bill lo sabía.

Yo estaba en la puerta de La Gran Pepa con el corazón en la garganta. Rezaba a Dios para tener razón. Debía tenerla. Frank era un demonio. Conocía a Molly. Tal vez intentó acostarse con ella o llevarla por la fuerza hasta Bill, pero ella se defendió y murió por eso.

—¿Y qué hay de Yannick Early? —grité, y Frank me miró por encima del hombro de Bill.

Sus ojos se abrieron como platos.

—Yo no… él… intervino —balbuceó Frank.

No podía ver a Bill desde donde estaba, pero podía imaginarme su expresión. Su mueca. Su respiración agitada. Los ojos como dos monedas de plata.

—¿Mataste a un hombre que intentó impedir que mataras a una mujer? —dijo Bill con una voz baja, mortal.

Frank no supo qué decir, estaba acabado, no le quedaba nada y cayó de rodillas.

—Por favor, Bill, te juro que no le hice daño a Molly. Por favor, tienes que creerme.

Bill le apuntó con su pistola.

—Levántate.

Frank se puso en pie a trompicones, con el lodo pegado a la ropa.

—Vamos, Bill. Hablemos... No fui yo, te lo juro por mi vida.

—Contaré hasta cinco —dijo Bill.

Frank sabía lo que eso significaba y empezó a entrar en pánico.

—¡Maldita sea! ¡Alguien que me crea! ¡Yo no maté a Molly!

—Uno.

—¡Bill, por el amor de Dios! ¡No hice nada!

—Dos.

—¿Y ustedes solo van a mirar? ¡Pedazos de mierda! —escupió sangre con las palabras.

—Tres.

Frank retrocedió. Todos en la calle se echaron atrás, pegando la espalda a las paredes o escondiéndose detrás de barriles y cajones.

—Cuatro.

Frank se dio la vuelta y empezó a correr. La gente se apartó.

Tropezó.

Nunca oí a Bill llegar al "cinco". Sonó el disparo y Frank cayó.

Bill bajó el brazo, el arma parecía pesarle de pronto.

El policía montado William Deever, al otro lado de la calle, se acercó al cuerpo y lo pateó suave con el pie.

Luego se volvió hacia Bill.

Bill abrió los brazos, como diciendo "adelante, pues", pero Deever no se movió. Miró a la multitud, a Bill, a Frank en el suelo. Lo había oído todo. Su sospechoso por el asesinato era Yannick Early. Frank había matado a Early. Frank había matado a Molly. Fin de la historia una vez más.

Me aferré al marco de la puerta. De no hacerlo me habría desplomado allí mismo. Mi corazón no se atrevía a latir más fuerte mientras esperaba que el oficial tomara su decisión. Se habría podido oír la caída de un alfiler sobre el lodo de aquella calle.

Deever y yo cruzamos una mirada que creí que significaba alivio, que todo había terminado y que el hombre correcto estaba muerto. Luego, sin mediar palabra, se marchó.

Eso rompió el hechizo. Todos soltaron el aire que habían estado conteniendo y volvieron a sus asuntos. Pasaban por encima del cuerpo de Frank. Unos pocos buscavidas corrieron a vaciarle los bolsillos.

Bill se detuvo cuando pasó a mi lado.

—Me ocuparé de nuestro trato.

Asentí. Le creí.

Bill era muchas cosas, casi ninguna buena, pero tenía una veta de honor. Al fin y al cabo, un trato es un trato.

KATE

Dawson City, Klondike.

Julio de 1898

Estaba tan concentrada en Gable que no vi al otro hombre, ni su puño, hasta que me golpeó justo en la mejilla. Me tambaleé y vi las estrellas. Yukón ladró, pero su ladrido apenas se oyó por el estruendo de los perros que seguían peleando.

El que me atacó fue uno de los hombres con traje y bombín marrón. Gable se llevó la mano al cuello, en el punto donde mi cuchillo lo había rozado. La fuerza del puñetazo me había empujado hacia atrás, pero mi cuchillo había cortado más hondo. Lo sentí.

Gable empujó al hombre y gruñó.

—¡Idiota! —apartó la mano y la sangre le empezó a brotar del cuello.

Alcé el cuchillo, con la cabeza y la mejilla palpitando, y le grité.

—¡Tú mataste a Charlotte!

Gable se volvió hacia mí, sorprendido; el otro hombre nos miró a los dos.

—Yo no la toqué.

—¡Mentiroso!

Me lancé contra él. Me sujetó de la muñeca y me dio un golpe en el estómago. Las piernas se me doblaron y perdí el agarre de la cuerda de Yukón. El perro se volvió loco y enseñaba sus dientes. Mordió la pierna de Gable y el hombre gritó del dolor y empezó a patear, en un intento de sacárselo de encima.

Bowler sujetó a Yukón por la cabeza y tiró de él, pero no destrabó su mordedura.

Gable me golpeó la muñeca contra una viga de madera; el cuchillo se me cayó y sentí un fuerte dolor en todo el brazo.

Por encima de su hombro vi a Bowler. Había encontrado un garrote. Lo levantó. Con un solo golpe, el cráneo de Yukón se habría partido en mil pedazos.

—¡Yukón, suéltalo! —grité—. ¡Suelta! —Y lo soltó—. ¡Corre, Yukón!

Me miró confundido, mientras Bowler se abalanzaba sobre nosotros aún con el garrote en alto. Gable, libre al fin, se preparó para darle una patada.

—¡Vete de aquí!

Yukón vio el peligro y se apartó justo cuando el garrote descendía. La patada de Gable alcanzó su pata trasera; eso lo hizo tropezar y rodar, pero enseguida se puso en pie y salió disparado hacia la puerta.

Gable todavía sujetaba mi muñeca, pero mi otra mano encontró el cuchillo entre la paja.

Yukón salió corriendo, orejas hacia atrás. Estaba a salvo. Bowler intentó perseguirlo, pero el animal ya se había marchado.

Gable volvió su atención hacia mí. Yo estaba de rodillas con el cuchillo escondido detrás de la espalda.

Lo miré desde abajo.

—Admítelo. Fuiste tú.

—Yo no hice nada.

—Tú mataste a Charlotte.

—¿Qué demonios…? No fui yo. Llegué a este agujero de mala muerte y fui puerta por puerta preguntando por ella. Pasé por todos los sitios en que pude pensar. Nadie conocía a Charlotte Gable. Ni a Charlotte Kelly. Supuse que ya se la habían llevado.

—Eres un mentiroso —escupí esas palabras—. Odiabas que se te hubiera escapado. Me alegra que así fuera. Está mejor bajo tierra que contigo.

Sus labios se curvaron con la ira, dejó los dientes al descubierto, igualito a cualquiera de esos perros. Su puño se estrelló contra mi otra mejilla. Un dolor oscuro me atravesó y yo caí al suelo. Pero no había terminado. Me levanté con los brazos temblorosos.

—¿Esto es lo que le hiciste a ella? ¿Así demostraste cuánto la querías?

—¿Quieres comprobarlo?

Bowler ya había vuelto y se colocó detrás de Gable.

—¿Qué vas a hacer con ella?

—No es asunto de tu puta madre —gruñó, y Bowler dio un paso atrás.

Gable tiró de mi cabello y comenzó a arrastrarme. Grité y unos pocos se volvieron a mirar, pero nadie me ayudó. Nadie lo detuvo.

Me arrastró hasta colocarnos detrás de unas cajas, donde nadie podía vernos. Trajeron nuevos perros para pelear y la multitud perdió la cabeza. Nadie oiría nada, ni a él ni a mí. Nadie vendría a ayudar. Ya había aprendido en el camino, en la barcaza, que una mujer siempre debe salvarse a sí misma en este lugar. Apreté fuerte el cuchillo.

Me levantó y me empujó contra la pared, con su mano en mi garganta.

—Estuviste en Bennett —me dijo, tan cerca que podía oler su aliento.

—Llegaste justo antes de que mataran a Charlotte. Hasta estuviste en su funeral, ¿no es así? Yo te vi.

—¿Acaso no puede un marido ir al funeral de su mujer?

—No si fue él quien la mandó a esa tumba.

—Yo no la maté.

Apreté más mi rostro contra el suyo, incluso cuando su agarre me estaba dejando morada la garganta.

—No te creo.

—Esa maldita perra me dejó. Me sacó el dinero de la cartera y se fue de noche. ¿Qué clase de mujer hace eso?

Sentí la sangre en la boca; quise escupir, pero no pude girar la cabeza.

—Y viniste hasta aquí a darle una lección, ¿verdad?

Apretó más mi garganta.

—Le dije a Charlotte que siempre la encontraría. Ella era mía. La rastreé hasta una casa de huéspedes en Seattle. Solo me costó unos pocos dólares y esa vieja cantó como un canario.

Quise matarlo. Tomar mi cuchillo y clavárselo.

—¿Y ahora organizas peleas de perros? ¿Y todas las provisiones que compraste?

Se burló.

—Solo hice eso para ajustarme al límite de peso, si no los montañeses no me habrían dejado subir. Aquí está el dinero de verdad y yo soy un hombre de negocios.

Pensé en la báscula en el puesto de pesaje, un recuerdo de otra vida.

—¿Qué negocio tienes tú? ¿Golpear mujeres?

Me dedicó una sonrisa repugnante.

—Si es lo que hace falta para mantenerlas en su sitio.

—¿Charlotte necesitaba que la mantuvieran en su sitio?

No respondió; solo apretó más mi cuello.

—Admítelo —mi voz era débil, agrietada, y la vista me empezó a fallar.

—No la maté, pero desearía haberlo hecho.

Lo miré a los ojos. Mi última pizca de energía se volcó en la rebeldía.

—Pruébalo.

—¿Cómo quieres que lo pruebe?

Tosí y la sangre me llenó la boca. La tragué y se me acalambró el estómago. Luego aflojó lo suficiente para que el aire entrara y ahí le di la respuesta.

—Quítate la camisa.

Se rio.

—¿Hablas en serio?

—Si quieres probarlo, esa es la manera.

Por fin apartó la mano de mi cuello y dio un paso atrás. Me doblé hacia delante, tosiendo y vomitando sangre. Había decidido que no le haría daño. Tenía el cuchillo en la mano, escondido detrás de la espalda. Esperaría a estar segura, esperaría a ver las marcas de los arañazos. Quería confrontarlo con la prueba escrita en su propia piel.

Gable se quitó el chaleco y la camisa. Abrió los brazos y giró despacio.

—¿Has visto suficiente?

Cogí una lámpara de aceite para mirar mejor.

Más allá del muro de cajas, los perros seguían luchando y se oyó un golpe. La multitud aplaudió.

Estaba cubierto de arañazos, algunos nuevos y otros viejos. Un semicírculo de marcas enrojecidas en el antebrazo, un entrecruzado de arañazos en el pecho. Cuando se giró, también los tenía en la espalda.

—No —exhalé.

Había tantos. Algunos aún sangraban. Otros tenían su debida costra. Otros se veían rojos y con relieve. No había forma de saber si eran de Charlotte.

—Los perros no se entrenan solos —dijo, y se volvió a vestir—. ¿Has conseguido lo que necesitabas?

Tenía que haber sido él. Cualquiera de esas marcas podría ser la de sus uñas. Las marcas de ella luchando por su vida mientras él le clavaba un cuchillo. Su sangre había cubierto sus manos. Él la había visto morir, lo sabía hasta los huesos. Era culpable, y nadie, excepto yo, podía hacer nada al respecto. ¿Cuánto tardaría en hacer daño a otra persona, en encontrar otra esposa a la que golpear, otra vida que arrebatar?

—¿Y ahora qué voy a hacer contigo? —dijo en voz baja.

Salí de mi espiral de pensamientos y Gable ya estaba a un suspiro de distancia.

—No te acerques —le dije, pero no le importaron mis palabras y dio otro paso hacia adelante.

—Te pareces a ella, ¿sabes? Incluso eres más guapa.

Levanté el farol dispuesta a estrellárselo en la cabeza, pero él fue más rápido. Me tomó la muñeca y la torció. Grité, solté el farol y me abofeteó.

Aún tenía el cuchillo en la otra mano, escondido a mi espalda. Su mano se enredó en mi cabello y tiró de él mientras me empujaba contra la pared.

—Veamos si también sabes como ella —murmuró en mi oído.

El asco me trepó por la garganta. Lo hice sin pensarlo. La hoja se deslizó por su piel, justo bajo la costilla y hasta el mango. Se le escapó todo el aire y aparté el cuchillo.

Eso era lo que le había hecho a Charlotte, pese a sus palabras que clamaban inocencia. Era un mentiroso, una serpiente encantadora con piel de hombre. Charlotte había caído en sus mentiras y se había casado con él. Yo no cometería su error.

Hundí el cuchillo una vez más. Gable me soltó y retrocedió, tambaleante. Se llevó la mano al costado, vio la sangre un poco confundido al principio, y luego lo invadieron el dolor y la rabia. Su rostro cambió, sus ojos se volvieron espejos. Corrió hacia mí y pateó el farol. Oí el cristal romperse.

No me moví lo suficientemente rápido. Cayó encima de mí, con sus puños sobre mi cabeza.

Apunté a ciegas con el cuchillo. Me volvió a tomar de la muñeca y me la aplastó contra el suelo hasta que no pude sujetarlo más. El cuchillo salió volando. Ahora él tenía las manos en mi garganta y apretaba con fuerza.

El brillo llenó mis ojos, pero no eran destellos ni chispas, ni la luz de las lámparas. Era fuego.

Fuego a nuestro alrededor. Fuego real que crecía y se expandía. Él no lo vio. Yo no podía hablar. La visión se me oscureció por los bordes.

Y entonces sus manos desaparecieron. Lo oí chillar. El fuego le lamía las piernas. Intentó apagarlo con las manos, pero las llamas se le pegaban, trepaban, se extendían. El suelo ardía en pequeños infiernos. Las cajas se incendiaban. Las paredes se ennegrecían.

—¡Fuego! ¡Fuego! —gritaban todos.

El suelo tembló con el pánico de todos los presentes. Gable giraba en círculos, cubierto de sangre y de fuego. Siguió chillando, salió corriendo y se perdió entre la multitud.

Me obligué a ponerme en pie. El fuego me alcanzó la mano, pero apenas lo sentí. La cabeza me latía fuertemente y la sangre me nublaba la vista. Sentía el cráneo hecho polvo. Saboreaba mi propia sangre. Olía el humo. Las llamas alcanzaron mi pantalón y el dolor me devolvió la lucidez.

Todo el almacén ardía en llamas. La paja seca, el aserrín, las lámparas volcadas en medio del caos. Los perros ladraban frenéticos y abandonados en sus jaulas.

Tragué humo y tosí. La sangre y el alquitrán chisporroteaban en las llamas. El almacén había quedado vacío: todos habían huido, y yo me estaba quedando atrás.

Una mujer debe salvarse sola.

Me arrastré bajo el humo mientras el fuego caía del techo en forma de gotas de lluvia. La puerta parecía alejarse. La luz menguaba.

Entonces una sombra, una silueta en la puerta. Una mujer.

—Ayuda... —intenté decir, pero mi voz se había ido con el humo.

ELLEN

Dawson City, Klondike.

Julio de 1898

Un disparo resonó en la otra calle. Me pregunto si será Charlie, reunido con Bill Mathers y Frank Croaker, con su deuda al fin saldada. Mi marido, paseándose con su oro en medio de un pueblo de tiburones al que ha prometido su sangre.

Espero que sea él.

Espero que no lo sea.

Cruzo de una calle a la otra una y otra vez. No importa la temperatura, no importa si es verano, estos callejones siempre a la sombra conservan el lodo y pronto mis botas se hunden en él.

Salgo de la penumbra y me sumo a una pequeña multitud. Nadie se mueve. Están esperando. Un cuerpo yace en medio de la calle. A unos pasos, de pie, está Bill Mathers, arma en mano. Desde aquí no puedo distinguir quién es el muerto, pero sé que no es Charlie.

No sé si me alegro porque sé que escucharé su versión de su propia boca o si tengo miedo exactamente de eso mismo.

Un oficial montado, el mismo que me había interrogado

por la muerte de Molly, está allí, quieto y en silencio. Todo Dawson contiene la respiración. El oficial saluda a Bill con un gesto de cabeza y se marcha.

La multitud lanza una exhalación. Unos jóvenes se abalanzan sobre el cuerpo y lo despojan de toda pieza de valor. Una vez hecho su trabajo, se dispersan. La sangre se acumula bajo el hombre muerto y ahora lo reconozco.

Es Frank Croaker.

Muerto en manos de su propio jefe. Pero ¿por qué?

Miro alrededor como si las respuestas estuvieran escritas en el aire. Entonces veo a Martha que viene hacia mí.

—Pensé que no volvería a verte —dice, con una media sonrisa.

—¿Qué ha pasado aquí?

—Frank mató a Molly.

Es un puñetazo en el pecho.

—¿Él?

Vuelvo a mirarlo. Ya no es un peligro para mí y aun así le temo. Es la primera vez que veo a Frank desde que vino a la cabaña. Recuerdo su tacto, su fuerza, su aliento. Siento todavía el dolor en la espalda donde me empujó contra la valla. Me alegra que esté muerto.

—Vio al médico pasar con el cuerpo de Early por aquí y se puso blanco como un papel —cuenta Martha—. Frank disparó a Early y dejó que cargara con la culpa de Molly. Dijo que Early había intervenido, ¿puedes creerlo? Tenía tres arañazos en la mejilla, los vi el día después de que ella apareciera muerta.

Asiento despacio. Martha está equivocada, yo hice esos arañazos a Frank. Recuerdo la sensación de mis uñas rasgando su piel tan vívidamente que me pican los dedos. Aún oigo su rugido, una bestia herida que se volvió aún más peligrosa.

Martha mira el cuerpo con una sonrisa. Cruza un brazo

sobre el vientre y va un poco encorvada. Ya no tiene la postura de siempre.

—¿Estás segura? —pregunto, y ella frunce el ceño.

—Tan segura como la nieve que cae y los lobos que mean en ella.

Quisiera decírselo. Quisiera desahogarme. Pero ella parece aliviada, casi feliz de dar por cerrado el asunto en su mente. Me toma del brazo y me lo aprieta.

—Por fin Molly podrá descansar en paz —me dice.

No puedo permitir que esa mentira quede así. Molly no descansa; se revuelca en su tumba mientras nosotras tropezamos persiguiendo justicia. Kate por su lado, Martha por el suyo y yo por el mío. No sé si Charlie la mató, tampoco sé si Henry Gable lo hizo, pero sí sé que no fue Frank Croaker. No era un hombre inocente y son muchos sus crímenes, incluido el asesinato de Yannick Early, por el que se acaba de hacer justicia. Pero en lo que a Molly respecta, en eso es inocente. Me repugna tener que defenderlo, pero por Molly, por Kate, debo hacerlo.

—Martha, hay algo que tienes que saber…

Pero me interrumpe el sonido de una campana.

—¡Fuego! —se oye el grito desde la calle de abajo—. ¡Fuego! ¡Fuego!

Nos damos vuelta y vemos una columna de humo que se eleva en gruesas bocanadas desde el lado sur del pueblo.

—Dios mío —dice Martha—. ¡Los almacenes!

—¿Almacenes? —mi corazón se acelera. La tomo del brazo—. Kate está allí.

Martha me mira atónita.

—¿Kate? ¿Tú la conoces? ¿Y qué diablos está haciendo allí?

—No hay tiempo para explicaciones —le digo, ya moviéndome—. Debo ver si está bien.

—Voy contigo.

El pueblo bulle en pánico. La campana de incendios es implacable. Algunos hombres corren hacia las llamas: voluntarios. El humo indica que el fuego se extiende. Antes había una columna de humo; ahora son tres.

Llegamos a la orilla del río justo a tiempo para ver la bomba de vapor: un gran tanque de metal tirado por cuatro caballos, un rollo de manguera y una bomba sobre ruedas de madera. Un solo hombre la maneja y otros cinco corren a su lado. Dicen que es nueva, que llegó desde Seattle durante la primavera. Es una pieza fantástica, toda válvulas y tuberías. La seguimos.

El cielo se llena de humo negro, las llamaradas lo tiñen de naranja.

Por fin llegamos al almacén. Nos frenan los hombres que forman una cadena desde el río, pasándose cubetas. Lanzan agua. El agua helada del Yukón se vuelve vapor y el fuego prevalece. El almacén está cubierto en llamas. Las dos construcciones a cada lado también se han prendido y los bomberos ahora dirigen el agua hacia ellas.

Trabajan con rapidez. Un bombero lleva una manguera hasta el río. Baja por la ribera y tropieza con la grava. Lanza el extremo de la manguera y aterriza bien. Grita algo que no alcanzo a oír, pero el mensaje llega a los que manejan la máquina de vapor y esos hombres discuten entre sí. Señalan la bomba y agitan los brazos. Uno prueba una válvula; la máquina carraspea. Otro lo aparta y prueba otra palanca. Un tercero salta sobre el gran tanque de acero en la parte trasera.

—¿Qué sucede? —pregunto.

Martha se pega a mí con la respiración entrecortada. El esfuerzo de correr le ha pasado factura.

—No lo sé —dice, entrecerrando los ojos contra el resplandor—. ¿Qué hacía Kate aquí?

Repaso la multitud con la vista, pero no doy con ella.

—Buscaba al marido de Molly.

Martha se vuelve para mirarme.

—¿*Marido*?

—Dice Kate que está en Dawson ahora. Molly le escribió, dijo que la había encontrado. Kate cree que fue él quien la mató.

Lo digo sin pensar en lo que le ha pasado a Croaker ni en la convicción de Martha sobre su culpabilidad. No hay tiempo para detenernos en eso. Tenemos que encontrar a Kate antes de…

Un estruendo colosal parte el cielo y el tejado del almacén se viene abajo.

Una gran bola de fuego explota desde las ruinas y los escombros en llamas llueven sobre los bomberos, la multitud en general y las construcciones cercanas. Apenas puedo respirar por el calor. Kate podría estar allí dentro. Podría haber muerto. ¿Habré llegado tarde? Tengo que intentarlo. Tengo que saberlo.

Me abro paso entre todos. Veo a los hombres con sus perros de pelea. Veo hombres quemados. Pero no la veo a ella.

—¡Kate! —grito—. ¡Yukón!

Martha también llama.

—¡Kate Kelly!

Los bomberos amontonan leña en la máquina de vapor. Están perdiendo tiempo y las llamas se extienden. El viento sopla hacia el norte, hacia el resto de la ciudad. Cientos de construcciones de madera, todas demasiado juntas. Cientos de estufas cubiertas de creosota, o lo que es igual a pequeñas bombas en cada uno de los hogares de Dawson.

Este fuego se los llevará a todos.

Aparto la idea de la mente. En todo lo que puedo pensar ahora es en Kate. Me la imagino saliendo del sitio en llamas, buscándome en el Hotel Dawson. Me la imagino en cualquier sitio menos aquí.

Le hablo a un hombre quemado.

—¿Ha visto a una mujer con pantalones y un perro? —le pregunto.

Atónito, niega con la cabeza.

El doctor Pohl está aquí, corriendo entre los heridos. Los bomberos gritan: "¡Atrás! ¡Despejen!".

Las personas se amontonan. Otras comienzan a empujarnos. ¡Y el ruido! El fuego ruge tan fuerte que hay que gritar para hacerse oír. Los alaridos de dolor, de miedo, las órdenes al grito de "¡rápido, la bomba, muévanse, muévanse!".

Siento la mano de Martha en la mía. Tira de ella.

—¡Por aquí!

Vamos hasta el otro lado. Allí también trabajan frenéticamente; más y más gente que viene de los campamentos con cubetas, tazas, sartenes, lo que sea que pueda contener un poco de agua. Forman filas hasta el río. Escupen sobre el incendio.

Al menos aquí el viento empuja el calor y el ruido en la dirección opuesta.

—¡Kate! ¡Yukón!

Llamo a cada paso, pero no hay respuesta. Silbo. Grito. Martha hace lo que yo hago.

Entonces oigo ladridos.

Martha señala.

—¡Allí!

El perro atraviesa las calles llenas de gente. Esquiva pies, piernas, patadas. Salta sobre mí y yo lo atrapo en mis brazos. Me lame; su piel huele a quemado y apesta. Tiene sangre en la boca. Frenético, araña mi cuerpo, se aferra buscando seguridad.

—¿Dónde está Kate? —le pregunto, como si pudiera responderme—. ¿Dónde está?

Le sujeto la cara. Todavía se ven en el hocico las marcas vivas de las púas de puercoespín. Lo miro a los ojos.

—Busca a Kate. Ve y encuéntrala, Yuke.

Parpadea. Inclina la cabeza. Me lame otra vez.

Me quedo de pie, frustrada y asustada. Miro por donde vino Yukón, esperando ver a Kate corriendo tras él, pero las calles son un caos y ella no está por ningún lado. Vuelvo a mirar el almacén, que es ahora apenas un esqueleto negro que echa humo. Toso por el olor, por la sensación pesada en los pulmones.

Estoy perdida en el caos. Otra construcción se viene abajo y la oleada de calor, ruido y cuerpos que salen corriendo casi nos tumba.

—¿Qué hacemos? —me pregunto a mí misma, le pregunto a Martha, al perro, a la ciudad.

—Al río, allí estaremos a salvo —dice, y vuelve a tomarme de la mano.

MARTHA

Dawson City, Klondike.

Julio de 1898

—¡Más agua! —gritó un bombero—. ¡Formen una cadena!

Salimos del laberinto de calles, donde las construcciones ardían como paja en un horno, y resbalamos por la orilla del río hasta la playa. Estaba llena de gente; el propio suelo parecía moverse con tanta carrera y tanto grito. Hombres y mujeres por todas partes: algunos atendían a los heridos, otros solo gritaban de dolor. Ellen y el perro me seguían como si yo supiera dónde demonios estaba yendo. Me aferré a ella como si fuera lo único sólido en el mundo.

En lo alto, la bomba de vapor por fin empezó a funcionar. Lanzó un chorro de agua, resopló, se detuvo un instante y luego volvió a rugir con fuerza. Pero ya era tarde. El almacén había desaparecido y todo lo que había a su alrededor seguía envuelto en llamas. El viento soplaba con más fuerza y empujaba el fuego hacia el nordeste, directo por Front Street, hasta el corazón de la ciudad. Las llamas saltaban de tejado en tejado; las lonas y tiendas de campaña se reducían a puras cenizas y varillas ennegrecidas.

Pensé en mi hotel, erguido con orgullo en lo alto de Queen, justo en la dirección en la que iba el viento. Recé para que las chicas hubiesen huido ya, que Jerry tuviera el buen juicio de llevarse los libros de cuentas y dejar atrás la caja fuerte. Recé para que Harriet no estuviese durmiendo aún borracha y sin saber que la muerte estaba tan cerca. Pero en ese momento era Kate quien ocupaba todos mis pensamientos.

Ella estaba allí, en algún lugar, buscando a un asesino que, al menos yo creía, ya había sido hallado. Al menos eso había pensado antes de que Ellen me hiciera dudar. Tenía sentido. El marido de Molly había venido a buscarla y no le había gustado nada lo que encontró, pero Frank tenía aquellas marcas... Y ese marido podía estar en cualquier parte.

Al igual que Kate.

—¿La ves? —preguntó Ellen.

La pobre estaba frenética: el pánico se había apoderado de su cuerpo y no la soltaba. Le puse las manos en los hombros.

—Tienes que mantener la calma. Si está aquí la encontraremos. Si no, estará a salvo en otro lugar. Pero tienes que mantener la cabeza fría.

Ella parpadeó como si mis palabras le hubieran devuelto el sentido.

Y entonces el perro enloqueció. Ladrando echó a correr por la orilla.

—¡Yukón! —gritó Ellen, y fue tras él.

La seguí tan rápido como pude. Sentía el cuerpo pesado, el dolor en el vientre cada vez más agudo con cada paso que daba.

Pasé junto a un hombre con la mitad de la cabeza quemada, sin pelo, sin oreja, mirando al vacío y tambaleándose con la brisa. Otro tenía el brazo roto, el hueso torcido y asomando, me dijo que una viga le había caído encima. Dos perros de pelea ladraban dentro de una jaula de madera, con el pelaje chamuscado; era imposible saber qué heridas provenían del fuego y cuáles, de sus propias batallas. Seguí adelante, alejándome de los muertos en vida, pasando junto a las cadenas humanas que drenaban el agua del Yukón.

Alcancé a Ellen y al perro, que movía la cola con tanta fuerza que supe que había encontrado a su dueña.

La tienda frente a la que se detuvieron era blanca, con espirales rojos y amarillos pintados a mano. Un cartel en la entrada decía:

Madame Renio
Lecturas del pasado, presente y futuro
Lecturas mineras, nuestra especialidad

Podía oler el incienso y oír el tintinear de las campanas de viento que colgaban en la entrada.

Ellen me miró y en sus ojos vi que sentía lo mismo que yo. No lo dudó ni un segundo: corrió la tela de la tienda y entró, con Yukón pegado a los talones.

Una vez dentro, el rugido del fuego y el pánico de la gente quedaron atrás, todo amortiguado por alfombras y cortinas de terciopelo. Ninguna cantidad de tela podía realmente acallar el infierno que ardía fuera, y sin embargo aquí sí era posible. La tienda parecía más grande por dentro y, al mismo tiempo, se sentía como si las paredes se cerraran sobre nosotros. Había una mesa con una gran bola de cristal encima y, en un rincón en penumbra, un diván. Yukón fue directo hacia él, olfateando y gimiendo, y enseguida comprendí por qué.

Había un cuerpo tendido allí.

Ellen y yo nos lanzamos al lado de Kate al instante. Estaba cubierta de sangre, con un ojo hinchado y el rostro ennegrecido por los golpes. El fuego también la había alcanzado: tenía manchas de humo en la cara y quemaduras en los brazos. Respiraba, gracias a Dios, pero solo apenas.

Su brazo colgaba fuera del diván. Yukón le lamía los dedos con una dulzura infinita y acercaba la cabeza a ella. Noté que su palma estaba enrojecida, con una marca negra en el centro, como si hubiese apagado una vela con la mano.

—Vivirá —dijo una voz al fondo de la tienda.

Ellen y yo nos volvimos para ver a la adivina acercarse con un juego de té acomodado sobre una bandeja de plata. El aroma de menta y azúcar desplazó al incienso y se me hizo agua la boca. La última vez que hubo menta en el almacén de Sutter fue en el verano del 97.

—Tú... —dijo Ellen, y la mujer sonrió.

—¿La conoces? —pregunté.

Ellen asintió y bajó la vista avergonzada.

—Me hizo una lectura, con las cartas... —señaló la mesa y vi un mazo de cartas junto a la bola de cristal que juraría que no estaba allí cuando entramos.

—Y a mí solo me soltó un montón de tonterías —dije yo.

La adivina rio, una risa cálida e íntima, completamente fuera de lugar con lo que ocurría fuera. Dejó el té sobre la mesa y sirvió tres tazas. No supe si la tercera era para ella o para Kate.

—¿Cuál es tu nombre? —pregunté—. Supongo que lo de "Renio" es solo para el cartel.

Se detuvo con la tetera en la mano y, tras pensarlo un momento, respondió.

—Cora.

—¿Y ese es tu nombre verdadero?

Dejó la tetera y tendió a Ellen la primera taza.

—Tan verdadero como cualquier otro.

—¿Sabes qué le pasó a Kate? —preguntó Ellen, y de pronto me sentí como un gato que saca las garras cuando debe cuidar a una amiga.

Cora me ofreció una taza.

—La encontré en el almacén donde hacen pelear a los

perros. Dijo algo de un hombre. De unos arañazos. Bastante incoherente.

—No me extraña —dije, mirando el estado en que estaba la pobre.

—¿Arañazos? —preguntó Ellen—. ¿Dijo que el hombre tenía arañazos?

—Creo que sí.

Ellen me miró como si el mundo se le hubiera abierto bajo los pies.

—¿Dónde está ese hombre?

—No lo sé.

Ellen se volvió presa del pánico.

—¿No puedes mirar en esa bola o volver a echar las cartas? Cora sonrió con tristeza.

—No funciona de esa manera. Pero no teman, la verdad se revelará, siempre es así.

Kate dejó escapar un gemido, como si estuviese soñando, pero no se despertó. Bastó para que todas calláramos. Cora fue hasta ella, se arrodilló y le tomó la mano.

—Ya les dije todo lo que necesitaban saber: un amor, una muerte, un futuro.

El recuerdo de mi lectura volvió a mí, más lúcido bajo la luz del infierno que ardía del otro lado de la carpa.

—A mí me dijiste que venía el fuego. ¿Sabías que esto pasaría?

Cora ni siquiera pareció oírme; solo miraba a Kate con ternura, como una madre mira a su hija enferma.

—Las mujeres llevamos dentro una magia innata —siguió—. Estamos unidas a través del tiempo y la distancia por siglos de dolor y responsabilidad compartidos. Lo sientes cuando ves a un niño solo, por ejemplo. No apartas la vista hasta que sabes que está a salvo con su madre. Nuestra conexión es lo que nos hace fuertes. Ustedes tres están unidas por los hilos de una vida truncada y ahora deben sacar fuerza de todo ello. Somos las unas para las otras. El rebaño y la centinela. Todas cargamos con el mismo yugo invisible: el de un mundo construido por nosotras, pero no para nosotras. Por eso les dije no lo que necesitaban oír, sino lo que ya sabían. Aquí, en el fin de todas las cosas, una mujer puede ser lo que quiera. Una minera. Una exploradora. Una señora del oro. Incluso una esposa si así lo desea.

Al final me miró a los ojos, y sentí cómo se me retorcían las entrañas.

Yo había querido ser esposa de un solo hombre, si llegaba el momento adecuado y el yugo no pesaba demasiado. Pero ese hombre quizá ya estuviese muerto. No podía pensarlo demasiado o acabaría hecha un ovillo sobre la alfombra, llorando contra el tejido.

—Antes de venir al Klondike, el futuro de Kate ya estaba trazado —siguió Cora—, igual que el de ustedes dos, aunque ella no lo supiera. La carta de su hermana lo cambió todo y ahora, miren… —señaló la mano de Kate y la quemadura en la palma—. Su línea de la vida está interrumpida, rota por sus decisiones, y su futuro está sin escribir. Igual que el futuro de ustedes dos.

Dejó la mano de Kate sobre el diván y alzó la vista hacia Ellen y hacia mí.

—¿Qué significa eso? —preguntó Ellen mirando su propia palma, donde una herida cruzaba la piel, como si en ella pudiera hallarse la respuesta. Miré la mía también: el corte del cristal roto.

—Significa que cada una es libre de elegir el destino que realmente desea. De vivir la vida que dicta su corazón y no la que otros, la que sus mentes o su orgullo les hacen creer que es la correcta.

Hacía tanto que no escuchaba a mi corazón que ya no estaba segura de que siguiera hablándome. Ellen miró a Kate y supe que estaba pensando lo mismo. Aquella mujer había dado en el clavo muchas veces. Tal vez en esto también tuviera razón. Este fuego devoraría Dawson y se limpiaría los dientes con las astillas. ¿Y luego qué quedaría para mí? ¿Para mis chicas?

—Por favor —dijo Cora con esa sonrisa perpetua en el rostro—, beban su té. Todo se aclara con una taza de té.

Apartó una cortina y se agachó para pasar a un espacio privado al fondo, dejándonos a Ellen, a Kate y a mí a solas.

Me senté al borde del diván, junto a los pies de Kate. Yukón resoplaba cerca de su hombro y Ellen le tomó la mano.

Nos quedamos así, en silencio, evitando posar los ojos en las atrocidades que el fuego y aquel hombre le habían hecho. No existía el exterior, ni el incendio, ni los cuerpos quemados en la orilla, ni la mitad de la ciudad reducida a cenizas; solo estábamos nosotras tres. Ellen alargó la mano hacia mí y vi que lloraba. Le estreché los dedos; no hacía falta preguntar por quién derramaba esas lágrimas.

Su mano se aferró con más fuerza a la mía.

—Ma... —dijo, en un suspiro entrecortado.

Alcé la vista y vi a Ellen mirando a Kate... y a Kate mirándonos a nosotras dos.

KATE

Dawson City, Klondike.

Julio de 1898

—NO RECUERDO NADA DESPUÉS DE ESO —dije, refiriéndome a la imagen de una mujer entrando en el almacén y todo lo que vino antes.

Tenía la voz áspera, la garganta quemada por el humo. Me llevó una eternidad pronunciar cada palabra, pero las mujeres frente a mí fueron pacientes: me dieron té caliente y me sostuvieron mientras tosía alquitrán negro de los pulmones. Mi querido Yukón no se apartó de mi lado ni por un segundo; su cabeza tocaba siempre mi hombro o mi brazo. Tenía un parche de pelaje chamuscado en un costado, con la piel roja y viva debajo. Eso me hizo saltar las lágrimas.

—El incendio empezó por mi culpa.

Ma negó con la cabeza.

—En Dawson los incendios empiezan si alguien deja caer una cagada caliente en el lugar equivocado.

Me habló de Frank Croaker y de lo que le había sucedido.

—Entonces fue él —dije, con la voz ronca y arenosa—. Croaker... lo que le hizo a Early, los arañazos...

—Parece que sí —dijo Ma—, pero no entiendo por qué.

—No fue él —dijo Ellen con la mirada fija en su regazo.

—Ellen, ¿qué dices? —preguntó Ma.

Ella alzó la vista apenas un instante antes de volver a mirar sus manos. Un suspiro profundo le alzó los hombros.

—No fue Frank. Los arañazos en su rostro no se los hizo Molly... o Charlotte.

—¿Cómo puedes saberlo? —preguntó Ma.

—Lo sé porque se los hice yo. Yo lo arañé cuando intentó violarme.

Pese al dolor que sentía en cada rincón del cuerpo, me incorporé y tomé su mano. La miré a los ojos y la sostuve así, sin saber qué decir. Yukón apoyó la cabeza en su pie, como había hecho el primer día en la cabaña. Ella le acarició las orejas.

—Lo siento mucho, cariño —dijo Ma, con el tono de quien ha escuchado ese relato mil veces de parte de mil mujeres distintas.

—Yannick Early era un buen hombre. Intentó detener a Frank, lo apartó cuando intentó atacarme. Me gritó que corriera, y luego Frank le disparó dos veces —Ellen era un ovillo de tensión y, a medida que hablaba, fue poco a poco desenrollándose—. Debería haberlo ayudado, debería haberme quedado a hacer frente a Frank.

Ma negó con la cabeza.

—Frank era una bestia, no habría servido de nada.

De pronto, Ellen parecía tan joven, tan vulnerable... Siempre la había visto como una mujer forjada en plata. Se ocultaba en su armadura, pero había ternura allí dentro, bajo el metal que la cubría.

—¿Por qué no dijiste nada? —pregunté.

—No quería lástima ni chismes. Frank hizo lo que hizo o lo que intentó hacer y eso fue terrible, pero peor habría sido que todos lo supieran. Quise contarlo cuando la policía montada culpó a Early por la muerte de Charlotte, pero sabía que él ya estaba muerto, fuera de mi alcance, y yo aún tenía que seguir viviendo en este lugar.

La cabeza y el corazón me palpitaban fuerte. Mi querida hermana seguía lejos de la justicia y del descanso. Frank no la había matado. Tampoco Early. El pueblo y la ley misma ya habían pasado página sobre su vida y su muerte, pero yo no podía hacer eso. Dawson, ahora azotado por un fuego que lo consumiría todo, no tenía tiempo para el asesinato de una mujer cuando la ruina se cernía sobre él.

—¿Quién la mató entonces? —pregunté, agotada de no saber.

—No lo sé. Tal vez haya sido Gable. Aunque tenía una buena coartada: dijo que ojalá hubiera sido él quien la matara y, cuando vi el odio en sus ojos, le creí.

Ellen volvió a tensarse, pero solo por un momento. Se giró hacia mí, me tomó la mano entre las suyas y pareció de pronto llena de pesar.

—Intenta no odiarme cuando oigas esto.

Ma enderezó la espalda, como preparándose para lo peor, y eso es lo que fue.

—No te lo dije, Kate, pero fui yo quien encontró a Charlotte aquella noche.

Sentí que un trozo de hielo se me clavaba en el pecho al oír esas palabras. Miré a Martha, que no parecía sorprendida.

—¿Tú?

—Estaba buscando a Charlie después de que Frank me atacara, no tenía a nadie más. Lo busqué por todo Dawson hasta que por fin lo vi —se detuvo al borde de las lágrimas—. Salía corriendo de un callejón cubierto de manchas oscuras. Entré en ese callejón y… bueno… ya sabes el resto.

Sentí como si me hubieran disparado directo al corazón. Retiré mi mano de la suya, pero Ellen aún no había terminado.

Ma se tapó la boca con una mano.

—Ay, niña —dijo, incapaz de decir más—. Nunca dijiste que tu marido estaba allí.

—No lo creí entonces —dijo Ellen—. ¿Cómo podría haberlo creído? Mi marido, tan dulce, tan débil, ¿un asesino? Dijo que la había encontrado muerta. Estaba fuera de sí, incoherente. No paraba de llorar. Creo que la amaba.

—¿Tiene arañazos en el cuerpo? —preguntó Ma, porque yo no podía hablar.

—No lo sé. No somos lo que se diría una… pareja íntima.

—Lleva un pañuelo al cuello —dije despacio—. No se lo quitó ni cuando el sol nos abrasaba.

El rostro de Ellen era una máscara de vergüenza y tristeza.

—No podía decir nada, tienes que entenderlo. Si se llevaban a Charlie, me quedaría sin nada. Tenemos dos concesiones. Una no vale nada y tiene tantas deudas con Bill Mathers que él se quedaría con la tierra y con mi cabaña y nadie podría impedirlo. La otra es rica, pero difícil de explotar a gran escala. No tenía lo suficiente guardado como para contratar hombres que trabajaran conmigo ni para pagar alojamiento mientras lo hacía, ni siquiera para asegurarme el pasaje de vuelta a casa. Mi padre me había abandonado, no habría tenido protección frente a hombres como Bill Mathers, que me quitarían la tierra, o como Frank Croaker, que reclamaría mi cuerpo. Simplemente no podía contar la verdad.

—¿Y por qué ahora? —pregunté, con más veneno del que en realidad sentía.

Ellen se estremeció.

—Ahora todo es distinto. Tengo oro que es solo mío, puedo pagar las deudas de Charlie y quedarme con la concesión. Puedo elegir. Tengo una salida hacia la libertad.

La ira empezó a crecer dentro de mí como una tormenta que se aproxima. Estallaría en cualquier momento.

—Pero yo no. Yo vine aquí por mi hermana y, mientras ella no esté en paz, yo tampoco podré estarlo.

Intenté bajar las piernas del sofá. Un dolor agudo me recorrió todo el costado.

Ma me puso una mano en el pecho.

—No estás en condiciones.

—No me vas a detener.

Ellen se puso en pie. Yukón, sobresaltado por su movimiento, se apartó con un resoplido. Yo me esforcé por incorporarme. Ella intentó ayudarme, pero la aparté. No podía ni mirarla a los ojos. Donde antes había visto tanto ahora solo veía mentiras. Me dolía el cuerpo entero, pero el mayor dolor estaba en el corazón, porque la traición de una amiga quema más que cualquier llama.

—Kate, no lo hagas —dijo Ma.

—Debo saberlo —respondí.

La tos volvió, más fuerte que nunca, y ambas mujeres acudieron a mi lado para sostenerme; Ma lo hizo colocando un brazo alrededor de mi cintura. La tos pasó y respiré con consciencia y más despacio, lo que me ayudó a aliviar la quemazón en el pecho.

—Si te importo algo, déjame ir —dije.

Miré a Ellen a los ojos y entre las dos hubo un hilo de comprensión. Me soltó el brazo.

—Iré contigo.

—No. Me has mentido desde el momento en que te conocí y yo…

La tos me sacudió el cuerpo otra vez.

—No todo fueron mentiras. Si mi marido es culpable debo saberlo, y tú no llegarás ni al final de esta playa sin ayuda.

Ma soltó mi otra mano y dio un paso atrás.

—Vayan ustedes. Yo debo ocuparme de mis muchachas.

Ellen extendió su mano, esperando a que yo la tomara.

Miré a ambas mujeres, las personas que habían conocido a mi hermana, cada una a su manera, y que ahora veía, pese a mi ira, como mis amigas. Más que amigas en realidad. Algo más parecido a una familia, y por eso la traición de Ellen dolía tanto. Aun así, descubrí que no podía aferrarme al odio, porque no podía decir que yo no hubiera hecho lo mismo en su lugar.

Tomé su mano. Sus hombros se relajaron como si se aliviara, y me sonrió.

—Tengan mucho cuidado —nos dijo Ma— y vengan a verme pronto.

Asentí.

Nos quedamos un instante más las tres juntas. Luego Ma se apartó, abrió la puerta de la tienda y dejó entrar de nuevo el mundo en llamas.

ELLEN

Dawson City, Klondike.

Julio de 1898

El mundo es caos al otro lado de la tienda. Kate y yo observamos a Ma avanzar con cuidado por la orilla, si es que eso puede llamarse orilla todavía. Se ha convertido más bien en un lodazal cubierto de grava.

No me atrevo a mirar en dirección a la ciudad.

Kate me sujeta del brazo; siento su peso y eso me reconforta.

Yukón también se apoya contra nosotras: fuerte, sólido, tembloroso.

—Dios santo… —murmura ella.

Entonces miro.

Dawson está ardiendo en llamas. El cielo azul del verano se ha vuelto negro de tanto humo. Las construcciones junto a la playa ya son carbón, las cenizas flotan en la brisa como copos de nieve, las llamas han abierto una franja de ruinas en mitad de la ciudad y más al norte el fuego sigue causando estragos también. La lengua ardiente lame los cielos. Los gritos suenan ya lejanos. El pánico se ha desplazado.

Pienso en Bluebell, que está en un establo al norte del

pueblo. Se me rompe el corazón, pero no puedo hacer nada por ella ahora.

—Necesitaremos un bote —digo.

Kate señala a la distancia. Un bote golpea la orilla con el vaivén del agua a unos cientos de metros río arriba con dos remos y ningún dueño a la vista.

En pocos minutos ya estamos en el río alejándonos del fuego. Nadie corre por la playa para reclamar el robo y me pregunto si el dueño de este bote estará vivo.

—Son tres kilómetros río arriba hasta la desembocadura del arroyo Bonanza y luego unos ocho más a pie hasta la concesión —explico mientras tomo los remos.

Kate no responde. Ella solo mira hacia la inmensidad salvaje de la otra orilla.

Remo porque ella no puede, y noto cómo eso la irrita.

La destrucción de Dawson se ve con más claridad desde el río. Decenas de construcciones del lado sur ya fueron reducidas a cenizas y otras tantas decenas tendrán el mismo destino muy pronto. El fuego arrasa la madera en cuestión de segundos, salta al siguiente tejado y no hay forma de detenerlo. El humo se aleja de nosotras, pero el olor es insoportable. Temo que me acompañe por el resto de mis días.

Remo con fuerza contra la corriente llevándonos lejos del incendio y me adentro en la boca del Klondike. Ni siquiera sé si Charlie estará aún en la mina. Podría estar bebiéndose su oro podrido en el Horseshoe Saloon o apostándolo en el Monte Carlo; quizá arrojando esas pepitas inútiles a las muchachas imprudentes. O podría estar cargando cubetas de agua para apagar el fuego. Podría estar muerto.

Mi marido es un extraño en sus actos, pero no en su naturaleza. Creo que huyó al descubrir la verdad en la oficina del tasador. Huir es lo único constante en él. Escapa. Se oculta. Me miente. Cava más tierra. Se aferra a su sueño de ser el rey del Klondike.

Miro a Kate, pero ella no me devuelve la mirada. Una amiga perdida. No duró mucho.

—Lo siento —digo mientras remo—. Kate: tienes que entenderlo, no soy como tú —ella me lanza una mirada fugaz y aparta la vista. Yukón, acurrucado en la proa, bosteza—. Tienes una libertad que yo no tengo, puedes moverte por el mundo como te plazca. Yo estoy encadenada a un hombre y sin él no soy nada.

—¿De verdad lo crees? —me pregunta, y su voz es un hilo apenas, un eco cansado.

—Sí, lo creo, lo creí. Antes de casarme vivía bajo el yugo de mi padre y lo único que hizo fue pasar la llave a Charlie. Tuve que seguirlo, obedecerle sin importar lo que hiciera. Lo seguí hasta aquí con la promesa de unos pocos meses de esfuerzo y toda una vida de riqueza. —Recuerdo aquella conversación, el brillo en sus ojos y el brillo en los míos cuando me convenció; aventura, viajes, tiempos duros, sí, pero todo temporal; qué necia fui—. Sabía lo que Charlie hacía en el pueblo. Las mujeres con las que se acostaba y a las que pagaba con el dinero que mi padre le daba. Cuando una de esas mujeres vino a mi hogar, tuve que sonreírle y ser amable. ¿Puedes imaginar cómo se siente eso?

El bote se atasca en un remolino. Hago el doble de fuerza con los remos; me duele el pecho.

Kate toma un remo y empuja conmigo. Logramos salir de la corriente. Se reclina con una mueca y se sujeta el brazo quemado.

Los hombres corren hacia la ciudad con cubetas de agua.

—Podrías haberlo dejado —dice Kate, mirando a los hombres en lugar de mirarme a mí.

—¿Para ir a dónde? Cuando vi la sangre en su camisa, cuando decidí ocultarla, no tenía dinero propio para pagar un pasaje al sur. Mi padre me había desheredado por culpa de las mentiras y las deudas de Charlie, y a nosotros solo nos quedaba una tierra sin valor. Hay muy pocos caminos para una mujer sola en un lugar como este y no podía soportar rebajarme a ellos. Lo protegí para protegerme a mí misma, incluso cuando creí que había hecho algo imperdonable. —Pensé en el oro que dormía en mi concesión y en la mujer que venía conmigo en mi bote—. Pero ahora todo es diferente. —La expresión de Kate cambia apenas y creo que empieza a perdonarme—. La adivina me dijo hace algunos meses que conocería a una persona extraña, alguien que ignoraría las reglas del mundo. Dijo que cambiaría mi forma de ver las cosas y quizás también mi corazón.

La miro y por fin nuestras miradas se cruzan.

—Creo que esa persona eres tú.

No cuento lo demás. El deseo que no se puede nombrar, la pasión que el mundo considera pecado. Porque creo que esa figura, ese demonio, ese fuego prohibido, también habita en Kate. Pero todavía no entiendo del todo el sentimiento como para transformarlo en palabras.

Entonces remo y guardo silencio.

Llegamos a la cabecera del Bonanza y ato la cuerda del bote a un tronco. No muy lejos de aquí están construyendo un nuevo ferry. Su conductor será un rostro nuevo, así es aquí: siempre hay otro que ocupa el lugar del que cae.

Los mineros y sus capataces se reúnen junto al río y observan el humo. Se han olvidado de su trabajo. Algunos corren hacia nosotras, nos ayudan a salir del bote y nos bombardean con preguntas.

—¿Otro incendio?

—¿Quién fue?

Y así, una tras otra, solo respondo que no sé. Kate no dice nada. Subimos por el sendero y nos alejamos.

En el camino reina el silencio, salvo por los rezagados que corren hacia el río para ver cómo arde la ciudad. Los campamentos mineros se han vaciado.

Son dos horas de caminata hasta la concesión y las recorremos sin hablar. Kate se tambalea llegando al final; su respiración se vuelve un silbido y cojea con la pierna quemada. Le paso el brazo por los hombros y ella no se aparta. Yukón trota detrás.

La que tambalea soy yo al llegar a la cabaña.

—¿Qué ocurre? —pregunta Kate.

—Goldie está en el corral. Charlie está aquí.

—Bien. Tendrá que responder por sus actos.

Kate avanza, pero la sujeto del brazo para que se detenga.

—Tiene muy mal genio.

—Yo también —responde.

Ella intenta soltarse, pero la retengo.

—¿Qué esperas conseguir? ¿Que lo admita? Y si lo hace, ¿qué harás entonces?

Kate mira al suelo, luego al cielo y finalmente a mí.

—Nada. La policía no nos escuchará, el pueblo está en llamas. A nadie le importa ya, pero yo tengo que saberlo. Solo eso.

—¿Y si no fue Charlie?

Aparta mi mano de su brazo. No responde, porque ¿qué respuesta podría darme? Si no fue Charlie quien mató a Molly, cualquiera de los miles de hombres en Dawson podría haberlo hecho. Sería una locura acusarlos a todos.

—Yuke —dice, y el perro mueve la cola de un lado a otro. Cojeando, se acerca al corral y lo ata. Le acaricia el lomo—. Tú quédate aquí, buen chico.

Kate pasa a mi lado caminando despacio y veo el dolor en cada uno de sus pasos. Sube los tres peldaños hasta la puerta de la cabaña. Está entreabierta y se oyen ruidos que vienen de adentro. El estallido de algo frágil. Kate no lo duda. Empuja la puerta y, justo por encima de su hombro, lo veo.

Mi marido. Con una expresión de furia tan extraña que

casi creo que un desconocido ha irrumpido en mi propio hogar. En una mano sostiene la camisa ensangrentada que me había pedido quemar y en la otra, la bolsa de seda con mi oro.

MARTHA

Dawson City, Klondike.

Julio de 1898

—¡Doctor!

Lo encontré en la playa. Ya había improvisado un hospital, que era más bien una lona tensada sobre unos postes. Había gente con cortes y quemaduras y un hombre con una estaca de madera clavada en la pierna después de derrumbarse un techo.

El doctor Pohl tenía una bonita camisa blanca manchada de sangre y hollín remangada hasta los codos y una expresión de horror en el rostro.

—Doctor —volví a decir, y entonces me vio.

Parpadeó un par de veces.

—Martha... ¿Está herida?

—Yo no, pero usted sí.

Le tomé la mano ensangrentada por un corte encima de la muñeca.

—Hay tantos... —me dijo—. No puedo...

—No puede —lo interrumpí—. Debe mantenerse a salvo. Iré a buscar a mis chicas. Dios mío, espero que mi hotel no se haya incendiado.

—¿Giselle? —preguntó—. Ella estará a salvo, ¿verdad?

Le puse la mano en la mejilla.

—Esa niña puede oler el peligro como una rata en una tubería. Ya debe de estar a medio camino en el monte, arrastrando a todo el mundo con ella, incluso aún medio muerta después del tifus.

Sus ojos se abrieron de golpe y me tomó de la mano.

—La clínica. Los enfermos. Dios... Debo sacarlos.

Comenzó a agitarse, a andar de un lado a otro, respirando como si hubiera corrido un kilómetro y medio sobre arena. Le di la bofetada más fuerte que pude.

—Contrólese, este no es su momento para entrar en pánico, es el de ellos —señalé a los heridos a nuestro alrededor—. Ya tendrá tiempo usted para eso, ahora debe curarlos.

Salí de la tienda y me dirigí a los curiosos. Un grupo de mujeres miraban la escena como si fuera un maldito espectáculo.

—¡Ey! —les grité—. ¡Hagan algo útil! Desgarren telas para hacer vendas y traigan agua para limpiar. Vamos a ayudar al doctor.

Miraron más allá de mí, hacia el interior de la tienda, y luego se miraron entre ellas. Las mujeres ven una necesidad y la llenan. En un instante ya estaban dentro convirtiendo el caos en orden.

Subí por la playa todo lo que pude y trepé por la orilla hasta Front Street. El fuego rugía, impulsado por la brisa veraniega del Yukón. La gente corría, husmeaba o intentaba ayudar. Algunos ya saqueaban las construcciones calcinadas. Peleas entre los tenderos que intentaban salvar su mercancía y los desalmados que querían robársela. La policía montada trataba de poner orden, pero no había orden posible.

Corrí tan rápido como pude por Princess Street. El humo me picaba los ojos y me hacía toser alquitrán. Crucé un callejón y llegué a la oficina de correos.

Golpeé la puerta.

—¡Harriet! ¡Harriet! ¿Estás ahí, mi niña?

No respondió nadie y tampoco se oía nada dentro, ni siquiera ronquidos… aunque con el rugido del incendio bien podría haber estado cantando y yo no lo habría oído.

Desde lo alto de los escalones pude ver mejor. Pude ver el fuego acercándose. Una o dos manzanas más y ya bastaría un soplido del viento desde el oeste para que llegara hasta aquí. Había toda una franja destrozada al noreste que atravesaba la ciudad, empezando en los almacenes del suroeste. Se me heló la sangre, aunque sentía el calor del fuego en la piel. No parecía real. Una columna de humo negro subía al cielo y, debajo, las llamas de un rojo anaranjado devoraban mi ciudad. Paredes de madera. Techos de madera. Todo construido tan junto que no cabía una hoja de papel en el medio. Había bastado una chispa para encender la hoguera entera.

Llegué a ver mi hotel. El fuego estaba a solo cuatro o cinco manzanas de allí. Tenía tiempo. Poco.

Corrí. Ignoré el dolor punzante en el vientre hasta que ya no pude soportarlo más. Me detuve para recuperar el aliento. La gente corría a mi alrededor, cargando suministros que había tomado de tiendas y salones, y los llevaba a los carros. Los caballos olían el humo y tiraban de las riendas intentando huir.

Llegué a la Quinta Avenida. Más adelante, en la esquina con Queen, el cuerpo de Frank Croaker seguía tendido sobre el suelo, pisoteado y abandonado. Más adelante, el fuego ya había alcanzado el extremo este.

—¡Traigan cubos! —oí los gritos, y reconocí la voz.

Me acerqué para ver mejor. La esquina de La Gran Pepa estaba en llamas y Bill Mathers se encontraba plantado en la puerta, dando órdenes a gritos, pistola en mano. Sus hombres, en su mayoría borrachos y torpes, eran menos que inútiles. Sus chicas, con los ojos vidriosos por el opio y el *whisky*, se apiñaban fuera.

Ese lugar de mala muerte se convertiría en cenizas en minutos... y la corona de Bill, también.

No tenía tiempo de sentarme a mirar, aunque me hubiera encantado.

Mi hotel estaba en la esquina de Queen y Front, en el lado oeste, aunque el fuego se extendía ya en todas direcciones.

Empujé la puerta y me encontré con una escopeta que me apuntaba justo a la cara.

Jerry la dejó caer de inmediato.

—¡Mierda...! ¡Ma!

Tenía sangre en el costado de la cabeza. Detrás de él, mi hotel era un desastre. Todas las mesas dadas vuelta. Todos los vasos hechos añicos. La pared detrás de la barra estaba vacía de licor y Jessamine estaba al pie de las escaleras con un cuchillo de carnicero en cada mano.

—Nos saquearon. Todos animales —dijo Jerry, y escupió sangre.

—¿Están todos bien? —pregunté.

Asintieron.

—No entraron al almacén —anunció Jerry.

Subí las escaleras y abracé a Jessamine.

—¿Dónde están mis chicas?

—Se fueron —dijo—. Aquí no queda nadie, solo estamos nosotros.

—Bien, ustedes también deberían ponerse a salvo.

Se miraron y supieron que no estaban en condiciones de discutir. Tampoco deseaban hacerlo.

Arriba, en mi despacho, crujió el piso. Si el lugar estaba vacío...

—Jerry, déjala, ¿sí? —le dije.

Me pasó la escopeta.

—¿Segura, Ma?

—Ahora voy detrás, solo necesito recoger algunas cosas.

Salieron los dos y escuché otro crujido y cómo arrastraban una silla. Enganché la escopeta bajo el brazo y subí a la oficina.

—Me lo imaginaba —dije.

Laura-Lynn saltó del lado de mi caja fuerte.

—¡Ma! Pensé que habías…

—¿Muerto? ¿Huido? Lamento decepcionarte, cariño. ¿Qué demonios crees que haces en mi oficina? —Levanté la escopeta—. Y no me mientas.

Laura-Lynn me miró a mí y luego el arma. No pudo mentir. Esos ojos inocentes se endurecieron y su voz bajó varios tonos.

—Se acabó aquí, Ma. Vende todo y vete a pudrirte a otro sitio.

—¿Fuiste tú la que contó a Bill sobre mis cartas? —No contestó y eso me dio la respuesta que necesitaba—. ¿Y fuiste tú la que le hizo esas moraduras a Molly?

A la única persona a la que Molly habría protegido sería a otra de mis chicas, y entonces lo supe. Molly me lo habría contado si hubiera sido Bill, si hubiera sido uno de sus hombres, pero no si eso significaba poner a alguien aquí en problemas. Se me rompió un poco el corazón. Dolió otro poco más.

—Ella no quiso colaborar —dijo Laura-Lynn.

Las lágrimas me escocieron los ojos, pero las contuve.

—¿Colaborar cómo?

—Bill la quería y Bill siempre consigue lo que quiere. Tú, más que nadie, deberías saberlo.

La manera en que me miró, como si yo no fuera mejor que ella, me dio ganas de apretar el gatillo y borrarle de un tiro esa maldita sonrisa.

—¿Tú la mataste? —pregunté, aunque me dolía hasta pronunciarlo.

Negó con la cabeza.

—Ojalá lo hubiera hecho. Esa perra me habría quitado a Bill, estoy en deuda con quien lo hizo. Si lo encuentran, le daré una noche gratis.

Una chica con la que compartía casa estaba muerta y todo lo que Laura-Lynn podía hacer era burlarse. Me revolvía el estómago.

—Será mejor que te vayas antes de que pierda la paciencia —le dije. La voz me salía impregnada de tensión y de humo, apenas podía pronunciar las palabras—. Tu precioso Bill te necesita para acarrear agua. La Gran Pepa está ardiendo igual que su dinero. Tu rey del Klondike será rey de las cenizas por la mañana.

Se le apagó la sonrisa. Miró hacia la ventana abierta. El humo y las llamas llenaban el encuadre. Podía oír el chisporroteo y el rugido de las vigas partiéndose, cayendo; vio las chispas saltar y danzar contra la oscuridad.

—Mientes —dijo.

—Ve a comprobarlo tú misma.

Sus ojos iban del fuego a mí y de mí al arma. Tenía un aire que conocía bien: el de los mineros con los bolsillos vacíos y con deudas infinitas.

—Bill quiere este sitio —dijo, retorciéndose las manos.

—No se lo daré.

—Él siempre consigue lo que quiere. Si yo se lo doy…

Se quedó callada. Su mirada se posó en un abrecartas. Lo tomó y lo apuntó hacia mí.

Retrocedí un paso. Tenía un arma, sí, pero en verdad no sabía si sería capaz de apretar el gatillo.

—No lo hagas, Laura-Lynn —dije.

—Yo lo amo, Ma —respondió con mano temblorosa. Rodeó el escritorio hasta que ya no quedaba nada entre nosotras—. Él también me querrá si le doy este lugar.

—Hombres como Bill solo se aman a sí mismos.

—¡Eso es mentira! —gritó, y se abalanzó sobre mí.

Laura-Lynn era flaca como un galgo, y yo no llegué a moverme lo bastante rápido. Bajó el abrecartas con intención de atravesarme.

No pude disparar. El dedo no quiso apretar el maldito gatillo.

Levanté el arma y bloqueé su mano. La fuerza con que se me echó encima despertó todos mis dolores.

Me empujó y mi espalda golpeó la pared, dejándome sin aire.

—Detente —quise decir, pero la voz no tenía nada detrás.

Volvió a atacarme. Giré el arma y golpeé su muñeca. El abrecartas salió volando.

Laura-Lynn gimió, se tomó el brazo y se me lanzó encima con las uñas. Era más fuerte de lo que parecía; me arañó, me abrió la piel de brazos y manos. Usé la escopeta como un escudo intentando alejarla. Sus ojos estaban desquiciados y ya no eran suyos. ¿Qué veneno le había metido Bill? ¿Qué mentiras le habría dicho para convertirla en esto?

Tomó el arma y, con un movimiento tan brusco que casi me rompió las muñecas, me la arrancó. Sus manos se cerraron en mi garganta. Apretó, hundió las uñas. Me abandonó la poca energía que me quedaba. Me dolía mantenerme en pie. Caí sobre una rodilla mientras ella se alzaba encima y me estrangulaba. Me mataba.

Por un instante, pensé en dejar que lo hiciera, estaba tan cansada… pero entonces vi a Sam, esos ojos grandes y brillantes mirándome desde la cama que compartimos una temporada. Lo vi besándome antes de partir la última vez que visitó Dawson. Lo vi en su cabaña, en tierras de trampeo, la pierna destrozada, la fiebre consumiéndolo, muriendo sin mí.

Hundí el puño en el estómago de Laura-Lynn. Una vez, dos, otra más. Soltó un bufido y se aflojó. La empujé y le di un derechazo en la cara. Estoy segura de que algo crujió. Mis anillos le abrieron la cara.

—¡Vieja zorra!

Gateé como pude y alcancé la escopeta. Se lanzó hacia mí y me giré, me tumbé de espaldas, levanté el cañón, puse el dedo en el gatillo.

—¡Detente ahora!

Algo en mi voz le dijo que esta vez no estaba bromeando. Un paso más y lo sabría. Se quedó helada.

—Ma —dijo, alzando las manos temblorosas, manchadas de sangre. Un corte en la mejilla le corría a chorros—. No lo harías.

Le apunté a la cabeza respirando apenas.

—Ponme a prueba, niña.

Laura-Lynn retrocedió hacia la puerta.

—Él tendrá este sitio de un modo u otro.

Me puse en pie sin bajar la escopeta.

—Fuera. Si te vuelvo a ver por aquí te mataré, lo juro sobre la tumba de Molly.

Y entonces me creyó. Miró más allá de mí, por la ventana, hacia la ciudad en llamas. Retrocedió hasta la puerta, bajó las escaleras y echó a correr.

Esperé hasta oír que las puertas en la planta baja se cerraban. Sentí lo vacío que quedó el lugar de repente y supe que se había marchado. Entonces sí dejé caer el arma. Dio contra el suelo y se sintió como un estruendo entre tanto silencio, incluso a pesar del infierno que estaba teniendo lugar fuera.

Fui a mi escritorio, abrí el cajón de abajo y tomé las cartas de Sam. Un manojo que yo misma había atado con una cinta. Eran lo único que merecía la pena salvar de este lugar.

El viento cambió y el humo entró a raudales por la ventana abierta. Tenía que salir, y rápido. Todo en mí gritaba; el dolor en el estómago se volvió rabioso y me caló hasta los huesos. Abracé las cartas contra el pecho y me dirigí hacia la puerta, pero el mundo se volvió oscuro y no recuerdo haber golpeado el suelo.

KATE

Boulder Creek, Klondike.

Julio de 1898

—¿Qué es esto, Ellen? —dijo Charlie, mientras le mostraba una bolsa. No podía apartar la vista de la camisa manchada con la sangre de mi hermana. Su camisa.

—Eso es...

El pañuelo alrededor de su cuello. Hacía demasiado calor para llevar uno. Sin embargo, ahí estaba. Lo llevaba todo el día, toda la noche. No podía dejar de mirarlo porque sabía lo que ocultaba. Tenía que ser él. Quise arrancárselo.

—La guardaste. ¿Por qué? ¡Respóndeme, maldita sea! — Gritó impaciente alzando la camisa.

Ellen me miró, y fue recién entonces cuando Charlie pareció notar que yo también estaba ahí. Me observó de arriba abajo, vio la extensión de mis heridas y sé que estuvo a punto de preguntar, pero hablé yo primero.

—Prueba de que mataste a Molly.

Odiaba usar ese nombre, pero él aún no sabía que yo era su hermana y quería mantenerlo así un poco más.

Me miró un instante y algo pasó por su rostro que no supe descifrar; luego, echó a reír.

—¿Otra vez con eso? ¡Yo no la maté! ¿Cuántas veces tengo que decirlo?

—Entonces, ¿cómo llegó la sangre de ella a tu camisa? —pregunté.

Charlie miró a Ellen. Pude ver que le preocupaba más el oro que la muerte de mi hermana, y mis preguntas lo irritaban aún más, pero no me importó. Tenía que saber la verdad.

—La encontré —dijo con voz cortada, como si el recuerdo fuera demasiado doloroso o la mentira demasiado grande para sostenerla—. La sostuve en mis brazos mientras moría.

Me erguí un poco y noté que la piel quemada de mi pierna se tensaba y se rasgaba apenas. El dolor fue como una lanza, pero me mantuve firme.

—Quítate el pañuelo —dije despacio, porque si hablaba deprisa iba a gritar.

La mano de Charlie fue al cuello, como si se hubiera olvidado de que lo llevaba puesto. Un destello en sus ojos. ¿Miedo?

—No me lo quitaré.

—¿Por qué? —pregunté, dando un paso hacia adelante. Todo me dolía: las quemaduras, los hematomas; hasta mi sangre se sentía en brasas, y cada latido la empujaba hirviendo por mi cuerpo.

—¿Cómo te atreves a venir aquí y a interrogarme en mi propia casa? —bufó con falsa valentía—. Ellen, dile que está loca.

Ellen miró al suelo. No quiso vernos a ninguno de los dos. En ese segundo, no supe qué podría llegar a decir, a quién elegiría.

—¿Ellen? —la llamé yo, y ella fijó la mirada en la mía. Luego volvió a mirar a su marido.

—Quítate el pañuelo, Charlie —dijo, y mi corazón latió de nuevo.

Su indignación estalló en furia.

—¡Yo soy el hombre de esta casa! Me harás caso y acatarás mi palabra, o las golpearé con el cinturón a las dos y les enseñaré a obedecer.

Su voz temblaba como la de un cachorro intentando ladrar. Busqué un arma, pero la escopeta estaba detrás de Charlie. Los cuchillos de la cocina estaban guardados. El hacha, fuera. Mi propio cuchillo se había perdido en el incendio.

Charlie dejó caer la camisa ensangrentada al suelo y abrió la bolsa. Metió la mano y sacó pepitas de oro. Luego, algunas más. Después volcó el resto en el suelo. Se oyó el golpe seco cuando cayeron. Ellen se estremeció al oírlo y sé que su instinto habría sido recogerlas. Al fin y al cabo, eran suyas.

—¿Dónde has encontrado todo esto? —preguntó, con tanto veneno que se veía claramente dónde radicaba su ira. No era en la muerte de la persona que supuestamente amaba, sino en el oro. Aquí siempre todo se trataba del oro.

Ellen se irguió.

—No te lo diré.

Él se acercó a ella.

—¿Es tu oro acaso? ¿Te has estado vendiendo como esas otras prostitutas?

—¿Cómo te atreves? —exclamé, y él se volvió hacia mí.

—Cierra la puta boca, vienes aquí con tus preguntas… Te veo, Kate Kelly, tú has envenenado la mente de mi mujer.

—No fue ella —dijo Ellen, y su voz ganó fuerza—. Tú lo hiciste con tus mentiras, tus deudas, tus putas y tu fracaso. Eres un fracasado, Charles Rhodes, y no voy a quedarme aquí para soportarlo.

—¡Tú...!

Se lanzó hacia ella con la violencia en cada fibra de su cuerpo.

Me interpuse en su camino y sentí cómo la piel quemada de mi pierna se desgarraba.

—No la tocarás, no te lo permitiré.

Me tomó del brazo y no pude moverme. Me apartó de un empujón y tropecé con la alfombra. Mi cuerpo golpeó el suelo, mi cabeza dio contra la mesa y cada corte, cada quemadura y cada moradura gritaron al unísono. Se me nubló la vista y sentí la bilis subir por la garganta.

—¿De dónde salió el oro, Ellen? —dijo, con voz baja y amenazante.

Alcé la vista. La cabeza me daba vueltas. Charlie sostenía a Ellen por el brazo, casi levantándola en el aire, y en sus garras ella parecía una niñita. Tenía el rostro pegado al suyo y pude ver su terror. Ya no quedaba fuerza en ella ni vestigio de desafío.

Tenía un puñado de oro y se lo apretó contra la mejilla.

—¿De dónde salió? —repitió.

Ellen no respondió. Él hundió aún más el puño y ella soltó un grito. Intenté incorporarme, pero los brazos me pesaban como plomo.

—¿De dónde? —le rugió en la cara, tan fuerte que me dolieron los oídos.

Ella por fin señaló.

—¡No! —grité, y su furia se volvió fugazmente hacia mí. Sin soltarla, me clavó la bota en el estómago.

El aire abandonó mi cuerpo y no pude respirar. No podía ver bien tampoco. Tosí sangre y me desplomé, con una mejilla pegada a las tablas del suelo. Sentí las pisadas sacudir la madera. La puerta de la cabaña se abrió y Charlie arrastró a Ellen afuera.

—¡Kate! —gritó ella—. ¡Kate!

Estiró la mano hacia mí. Intenté arrastrarme, pero tenía el cuerpo destrozado. Le tendí una mano, pero él la empujó por los escalones y desaparecieron de mi vista.

ELLEN

Boulder Creek, Klondike.

Julio de 1898

—¡KATE! —grito.

Chillo. Intento arrojarme al suelo, pero no me suelta.

Salimos de la cabaña. Yukón ladra, tira de la cuerda. Charlie me arrastra por la concesión. Mi pie se engancha en una tabla y tropiezo. Él no me suelta y casi me arranca el brazo de la articulación.

—¡Charlie, detente! —clamo—. Yo te llevaré, pero déjame andar.

Miro su rostro, que ya no parece el suyo. Ese maldito pañuelo sigue anudado a su cuello. Me ayuda a ponerme de pie y por fin relaja la mano.

—Muéstramelo. Ahora.

Caminamos. Yo voy un paso por delante. Siento sus ojos ardiendo en mi espalda. En la parte trasera del brazo, donde me sujetó tan fuerte, ya presiento la moradura. Así había sujetado a Molly cuando vino a la cabaña. ¿Le estaría contando lo del embarazo? ¿Pidiéndole ayuda?

—Date prisa —gruñe, y me empuja.

Subimos entre los árboles en silencio. Tengo un

presentimiento terrible: no saldré de aquí hoy. Creo ahora, más que nunca, que Charlie es capaz de matar.

Miro por encima de mi hombro mientras subimos la colina. Los campamentos mineros están vacíos de hombres. Todos observan o ayudan en el incendio. No oirán mis gritos.

Y Kate... medio muerta en el suelo. Se plantó entre nosotros dos. Arriesgó su vida por mí. La sensación que me invade es demasiado fuerte para nombrarla. Me falta el aire y mi paso flaquea. Me llevo la mano al pecho. Me duele como si me hubieran disparado. Siento a mi marido detrás, su ira y su fuerza, pero eso no es nada, nada comparado con esa sensación.

Una nueva resolución se vuelve firme dentro de mí: volveré a mi casa, volveré a verla.

Llegamos al prado.

—¿Qué es este sitio? —pregunta Charlie—. No debería haber nada aquí.

—Nunca miraste tan arriba —respondo, cansada de él—. Simplemente inscribiste esta tierra a mi nombre porque creías que no valía nada. Yo intenté decírtelo, pero tú sabías más, ¿o no?

Me mira. Entrecierra los ojos.

—¿Dónde está el oro?

Lo llevo al río, lo ve enseguida, el oro reluce bajo el agua poco profunda. Charlie se deja caer de rodillas en la orilla pedregosa. Su rostro se ilumina. La fiebre del oro lo domina.

Mete la mano en el agua, recoge un puñado de grava, deja que las piedras y la tierra se vayan y espera hasta que su palma queda llena de oro.

—Mira esto, Ellen —dice con voz de asombro—. ¡Somos ricos! ¡Ricos, te digo! ¡Por fin!

Se incorpora y me toma por los hombros. Es Charlie de nuevo, saltando, sonriendo, lleno de grandes promesas.

—Podemos pasar lo que queda del verano trabajando

aquí y vivir como reyes en Seattle por el resto de nuestras vidas. No, no en Seattle. ¡San Francisco! ¡Nueva York! ¡O París! ¡Ahora entiendo por qué no me dijiste nada! No entendías. Creíste que no valía la pena. Por eso este negocio es negocio de hombres, Ellen.

—Ya veo —le digo.

Porque ahora lo veo. Veo su verdad, más clara que nunca.

Se arrodilla otra vez y remueve el agua. Remueve las piedras y vuelve mi río marrón. Está empapado, pero poco a poco aparecen montones de oro a su lado.

—Soy rico —se dice una y otra vez. Mira cada pepita a la luz y se ríe.

La rabia me quema. Yo soy rica, es mi concesión y, por ley, cada escama de ese río me pertenece. Y él es un mentiroso, un fraude, un hombre lleno de odio hacia las mujeres. Lo oculta, pero no tan bien. Ya no. Y no delante de mí.

—¿Lo sabías? —pregunto.

Pero no me escucha. No puede oírme.

—¿Qué? ¿Irás a buscar una pala?

—¿Lo sabías? —vuelvo a preguntar, y Charlie se gira.

—¿De esta fortuna? Claro que no. Deberías habérmelo dicho antes, Ellen. No estaríamos viviendo en esa choza.

Vuelve al agua y remueve los guijarros con las manos.

—¿Sabías que Molly estaba encinta?

Se detiene.

Sus manos quedan colgando en el agua.

—¿Qué?

—Me escuchaste. ¿Lo sabías? ¿Sabías que Molly estaba embarazada cuando la mataron?

Tiene la espalda vuelta hacia mí, así que no puedo ver su expresión. Saca las manos del agua.

—¿Cómo lo sabes? —pregunta.

—No importa, tú lo sabías. ¿Es por eso que está muerta?

Veo en él una lucha entre el amor y el odio, entre el oro y

la furia. Quiere seguir escarbando en el agua. Quiere arruinar este lugar como ya ha arruinado todo lo demás.

—No hables de cosas que no entiendes, Ellen.

—Sé lo suficiente como para saber que ya no quiero estar casada contigo.

Entonces se gira.

—No lo dices en serio.

—Lo digo.

Sabe lo que eso significa. Mi oro será intocable sin matrimonio. Ahí está su corazón: en esa tierra.

—Ellen —intenta, con tono suave—. Estás alterada, puedo entenderlo. He cometido errores, sí. He sido débil y he dejado que los vicios de este lugar sin Dios entren en nuestro matrimonio —se acerca y mis músculos se ponen rígidos. Solo miro el pañuelo anudado a su cuello—. Te mereces algo mejor que yo, pero no hay otro hombre que te quiera como yo lo hago.

—Si esto es el amor de un hombre, no lo quiero.

Él se acerca más, a un brazo de distancia.

—No lo dices en serio, podemos hacerlo bien. Tenemos el oro, podemos tener nuestra propia casa. Podemos construir una familia. ¿No es eso lo que quieres? ¿Una casa llena de niños?

Yo había pensado que sí, una vez. Cuando mi tía me preparaba para la boda, ella me hizo la misma pregunta. Dije que sí, claro, porque eso era lo que tocaba. Yo seguía instrucciones.

—Podemos tenerlo todo, Ellen, solo tú y yo.

Sonríe. Sigue siendo apuesto pese a la suciedad y al hollín. Pese a las mentiras.

—¿Te lo crees? —pregunto.

Sus manos me toman suavemente por los hombros.

—Yo sí.

—Entonces tendrás que hacer algo por mí primero.

—Lo que sea.

Me besa la mejilla. El cuello. No lo soporto.

—Quítate el pañuelo.

Se detiene. Tengo sus labios rozándome la nuca. El aliento caliente me pica la piel. Retrocede, las manos caen de mis brazos.

—¿Por qué?

—Tengo que saber la verdad. Debo saber si vamos a empezar de nuevo en este matrimonio.

El labio de Charlie tiembla, se curva en una mueca. Mira detrás, hacia el oro. La pila de pepitas en la orilla. La fortuna que aguarda en el agua.

Manos al pañuelo, deshace el nudo.

Al caer, las veo, las cuatro líneas que ya sabía que estaban ahí, aunque no quería creerlo. Cuatro arañazos de uñas de más de una semana, inconfundibles sobre su piel pálida.

Me llevo la mano a la boca.

—Tú la mataste.

Él se acerca a mí, pero yo doy un paso atrás.

—Ellen, es que no entiendes. No es lo que crees.

—La mataste.

—Fue un accidente. —Se abalanza sobre mí y me sujeta, de repente brusco otra vez—. Ella quería contarte lo del niño. Quería arruinarnos.

Lo empujo, pero no me suelta.

—¡Tú nos enviaste a la ruina! ¡Con tus mentiras y tu cobardía! Tomaste dinero de otros para tapar tus errores.

—No, no fue así.

Golpeo su pecho con los puños.

—¡Suéltame!

Charlie clava sus garras en mí. Sus uñas me cortan la piel.

—No hasta que me escuches, maldita sea.

—Nunca volveré a escucharte.. Eres un asesino y un fracasado, Charles Rhodes. Mi padre lo sabía y ahora yo también.

Su voz suplicante se torna salvaje en un segundo.

—Tu padre estaba feliz de librarse de ti. Una chica común y corriente, sin esperanzas. Le hice un favor.

—Me das asco.

—Y tú no eres nada. No vales ni un penique para un marinero desesperado.

Su crueldad me escuece. Se me corta la respiración.

—Tengo oro.

—¿Crees que esto es tuyo? —se ríe, agrio y extraño—. Eres tan tonta como decía tu padre. Tú no tienes nada. Todo lo que posees me pertenece, incluido tu cuerpo inútil. Ni siquiera pudiste darme un hijo. ¿Qué clase de mujer eres, Elly?

No puedo creer que esté oyendo semejante veneno de parte de mi marido.

El hombre que una vez creí dulce.

—¿Qué clase de hombre eres tú para hablar así?

Vuelve a reírse. Un bufido. Una mueca.

—Hablaré como yo quiera. Tú eres mi propiedad y ese oro me pertenece por derecho.

—Te equivocas, Charlie —digo, recuperando el valor una vez más—. Te equivocas en muchas cosas. Apostaría a que Molly te vio tal como eras. Supo que no serías mejor padre que minero y todos ya sabemos que no eres minero tampoco.

La bofetada me toma por sorpresa. Una palma abierta contra mi mejilla. El golpe me sacude y retrocedo, tambaleándome. Siento que el ojo está a punto de estallar. Luego llega el dolor, caliente e implacable.

Lo miro. A este hombre con quien debía pasar mi vida entera.

Veo a un extraño. Veo en él odio, una violencia que nunca le creí capaz de albergar. No sé lo que hará en este lugar donde la ley no existe.

Corro.

Me sujeta del vestido y caigo al suelo. Las rocas semienterradas se me clavan en la espalda, en las piernas, una piedra afilada me atraviesa el hombro. Hasta oigo la tela rasgarse. Siento la sangre. Él se me echa encima y forcejeamos. Giro y golpeo con los puños. Uno roza su cabeza y él hunde la rodilla en mi antebrazo.

—¡Detente, Ellen!

—¡Suéltame!

Libero una mano y me giro. Araño, golpeo. Le tiro de la oreja. Él ruge. Tira de mi cabello y me alza la cabeza solo para luego estrellarla con fuerza contra el suelo.

Mi cabeza golpea una roca y el mundo me da vueltas. Estrellas brillantes. Explosión. Dolor.

—Lo siento mucho, Ellen, pero debo tener ese oro —su voz suena lejana, jadeante—. Es mío. ¿Lo ves? Mío. Me lo gané. Hice cosas... Yo me lo gané. Si tú desapareces, será mío.

La vista se me aclara y lo veo encima de mí. Sostiene una roca enorme con ambas manos.

—Charlie... por favor.

—No me lo quitarás.

Alza la roca sobre su cabeza.

Un disparo rompe el silencio. Charlie se sobresalta. La roca cae junto a mí.

—Apártate de ella —dice una voz de mujer.

El corazón me da un vuelco de alivio.

Es Kate. Está viva y ha venido.

—No lo diré otra vez —le dice.

Él se aparta de mí y yo intento incorporarme. Veo mi sangre sobre las rocas. Me toco la parte trasera de la cabeza. El cabello está apelmazado. Los dedos me quedan rojos.

—Ellen —dice Kate.

—Estoy bien —respondo, aunque no lo estoy.

Charlie retrocede en dirección al río, hacia su mísero montón de oro.

Kate se acerca cojeando. Ve el pañuelo en el suelo. Ve su cuello, por fin al descubierto.

—¿Él...? —pregunta.

—Fue él.

La mandíbula de Kate se tensa. Apunta el arma a su pecho.

—Tú mataste a mi hermana.

Por un instante él se ve confundido.

—Molly era... por eso has venido.

—Podría matarte —dice Kate—. Nadie se enteraría ni le importaría a nadie, sospecho. ¿Por qué tú sigues vivo y ella no?

El arma tiembla. Sus ojos arden de odio. Charlie ve su intención, ve su furia. Sabe que podría hacerlo, apretar el gatillo y obtener su justicia. Sus ojos se agrandan de tanto miedo y no voy a negar que eso me causa placer.

—Kate, por favor —suplica, cayendo de rodillas—. Por favor, no lo hagas. Yo la amaba.

—La amabas, pero la mataste.

Él hunde el rostro entre las manos y llora.

—¡Lo siento! No hay nada que pueda hacer. Nada que pueda decir. Soy un hombre débil. ¡Soy un necio! Ten piedad.

—¿Qué fue lo que pasó? En ese callejón aquella noche. Cuéntame.

Su ojo hinchado llora sangre. Ríos rojos le surcan la suciedad del rostro.

—Molly tenía un cuchillo —empieza él, con voz temblorosa, apenas un eco de sí mismo—. Siempre tenía uno encima. Fui a verla la noche después de que viniera a la cabaña. Estaba muy alterada. Y yo... —Se detiene y Kate le apunta al rostro con el arma. Él levanta las manos más alto y tropieza con sus propias palabras—. Me contó lo del bebé. Me pidió dinero. Yo... Lo siento, pero le pregunté si estaba segura de que el bebé era mío. Ella dijo que siempre tenía mucho cuidado, que se lavaba y esas cosas, excepto conmigo. Porque me amaba, dijo. Pero yo no le creí. Se enfadó mucho. Yo también. Dije cosas horribles. Discutimos. Tenía el cuchillo en la mano y... se le escapó.

—¿Se le escapó? ¿Un accidente, dices? Pero luego la estrangulaste. Querías que muriera. Ella y su hijo.

Él solloza sin respuesta posible.

—Debería matarte ahora mismo —dice Kate, con una voz afilada como agujas de pino.

—¡No! ¡Por favor!

—Espera —digo yo. No soporto oír los ruegos de Charlie ni un segundo más. Me pongo de pie. El mundo por fin deja de girar. Veo que Kate se debate entre matar, vengarse y ser igual que él o dejar que la justicia siga su curso, sea cual sea su forma.

Pongo la mano sobre el cañón del arma y la insto a bajarlo con suavidad. Ella me mira a los ojos. Tiene los suyos llenos de lágrimas.

—No vale la pena cargar con su muerte —le digo, y Kate deja escapar su rabia y su dolor en sollozos entrecortados. Me entrega el arma.

Veo cómo Charlie se relaja por un instante. Cree que está a salvo. Entonces apunto el arma hacia él, respiro y me doy cuenta de que mi mano no tiembla.

Mi voz tampoco.

—Estás robando mi oro y como propietaria de la concesión tengo derecho a dispararte —le digo entonces. Los ojos de Charlie se abren de par en par. Suplica de nuevo, pero yo ya no escucho—. Pero no lo haré. No voy a matarte, Charlie. Aunque no habría tribunal en el país que me culpara si decidiera hacerlo.

Llora. Llantos cortos, torpes, como un niño que acaba de ser reprendido.

—Por favor, por favor, por favor…

Habla de amor, de promesas que cumplirá esta vez, de planes que podríamos hacer juntos, de nuestros hijos, de envejecer a mi lado.

Pienso en la lectura de la adivina. Una elección que debía hacer.

Aquí está mi elección, arrodillada ante mí.

—Enfrentarás la justicia. Sea cual sea su forma en este lugar. Vendrás con nosotras a Dawson y dirás a todos lo que hiciste.

El asombro le afloja la mandíbula.

—Pero… soy tu marido. Estamos casados.

—Nos divorciaremos, si no te cuelgan antes.

Intenta incorporarse, con una expresión en su rostro como si hablar de divorcio fuera lo más repugnante del día. Apunto el arma y apoyo el dedo en el gatillo. Él vuelve a hundirse de rodillas.

—Intentaste matarme, Charlie. Por oro —le digo, y el peso de esas palabras me aplasta el pecho.

Unos segundos más y Kate me habría encontrado con la cabeza destrozada contra las rocas. Charlie, cubierto de sangre una vez más.

Kate está junto a mí, me pone una mano en el hombro y su presencia me calma. Me da fuerza.

Charlie llora.

La escopeta se vuelve pesada en mis manos, pero no dejo que tiemble ni un instante mientras apunto a lo que queda de mi marido.

—Es hora de irnos.

MARTHA

Dawson City, Klondike.

Julio de 1898

—Vaya, mira quién se ha despertado —dijo Giselle cuando abrí los ojos. Estaba en mi dormitorio, no en el suelo de la oficina, donde me había caído. La habitación no estaba quemada. Mi hotel no estaba quemado. La luz del sol entraba por la ventana y solo unos pocos hilos de humo empañaban el cielo azul. Mi manojo de cartas yacía en la mesita de noche. Sentí el alivio en mi corazón.

—¿Ya está? —pregunté, y noté la garganta áspera, como si me la hubieran frotado con sal.

Tosí y escupí negro.

—Se apagó sola durante la noche —dijo ella.

Me incorporé con esfuerzo.

Giselle me puso una mano en el hombro.

—Con cuidado, Ma. Estuviste respirando humo un largo rato.

—¿Están todos bien?

Giselle asintió.

—Más seguros que nunca —dijo, con esa sonrisa suya.

—Ayúdame a levantarme.

Me sostuvo del brazo y me ayudó a caminar hasta la ventana, y cuando vi lo que quedaba de mi pueblo, me aferré fuerte a ella.

Casi todo era una negrura calcinada. Como si el mismísimo diablo hubiera pasado por aquí y borrado el lugar del mapa. Decenas de construcciones habían desaparecido. Tejados hundidos, vigas chamuscadas que sobresalían como huesos de un cadáver. Cosas rotas. Gente rota.

—Maldita sea —dije.

El extremo norte de Front Street y el lado oeste de Queen se habían salvado de las llamas, pero el este del pueblo había desaparecido por completo. Alcancé a ver el escenario del Teatro Marcello, aún en pie. El resto ya no existía. La oficina de correos seguía humeando, y yo recé a quien quisiera oírme para que Harriet no hubiera estado dentro cuando ardió. El techo del Banco de Norteamérica se había derrumbado; las jaulas de los cajeros eran metal retorcido y la bóveda colgaba abierta en el aire.

Hombres y mujeres que se habían quedado sin nada escarbaban entre las ruinas, revolviéndose como ratas. Estaban negros de hollín, hurgando entre los restos, levantando motas de oro, buscando en los rincones ocultos que ahora habían quedado a la vista donde los mineros escondían sus frascos.

Pero Dawson nunca se rendía tan fácilmente. Desde los aserraderos del norte del pueblo ya salían carros cargados de tablas nuevas. Alguien había montado una tienda de campaña para vender clavos y martillos, con precios multiplicados por mil, pero nadie iba a culparlos. Aquí uno podía ganar y perder una fortuna en una misma tarde, y todos en Dawson se habían enfrentado a esa dura verdad el día de ayer.

—Triplica las tarifas —le dije a Giselle—. Esta noche habrá mucha gente buscando cama.

En las calles, el ánimo era una mezcla de extremos. La mayoría miraba las ruinas sin poder creerlo; algunos rebuscaban entre lo que quedaba de sus vidas para salvar lo que pudiera salvarse; otros trataban de sacar provecho de la situación. Hombres de lengua afilada y traje elegante acosaban a los dueños en ruina, ofreciéndoles comprarles el local, encargarse de todo, reconstruir y venderles un carro de madera a un precio que hacía pensar que los árboles mismos eran de oro. Los más desesperados buscaban entre los escombros antes de que los echaran.

Dawson no era ajena al fuego. En mi tiempo aquí había habido cuatro o cinco incendios, pero esto era otra cosa. Un tercio de la ciudad había desaparecido. Los bancos, los almacenes del sur, donde muchos guardaban sus provisiones, todo se había perdido. Pasé junto a Sutter. Su tienda era cenizas y él estaba sentado en el escalón, con una botella de licor marrón, mientras un par de saqueadores hurgaban entre los restos. Sonreía: acababa de vender todo a Bill.

La ciudad cambiaría, pero tuve la sensación de que seguiría siendo exactamente la misma, lo que me provocó un nudo en el estómago. Repetiríamos los viejos errores. Construiríamos más alto y más pegados. Esperaríamos la próxima chispa.

Esquivé restos calcinados y retorcidos. Las pasarelas de madera se habían quemado y el lodo se había secado y convertido en grietas. Reinaba el silencio. Un incendio es como una nevada: se lleva el sonido del lugar y deja a la gente mirando, boquiabierta, lo que ha hecho de su hogar.

Fui primero a la oficina de correos, o a lo que quedaba de ella. Detuve a alguien que pasaba por ahí y le pregunté.

—Harriet... ¿Sabes si logró salir?

La mujer negó con la cabeza.

—La gente se ha estado reuniendo en la iglesia. Puede que esté allí.

Le di las gracias y la dejé ir.

Caminé con pasos doloridos. El estómago y la espalda me volvieron a doler. Busqué al doctor Pohl. Su clínica y su tienda con los enfermos de tifus estaban en la parte este del pueblo. Sabía con qué iba a encontrarme.

El consultorio del médico era un esqueleto. Las paredes y el techo se habían desplomado; solo quedaban las vigas. Dentro, el doctor apartaba trozos de madera quemada con un pie, buscando algo que aún pudiera servir.

—¿Doc? —dije, y él me vio a través de lo que solía ser su pared.

—Gracias al cielo —respondió—. Me alegra verla bien. ¿Y el hotel…?

—Sigue en pie. ¿Y usted?

Se acercó y ya no era el hombre que había sido. Se veía diez años mayor y la mitad de corpulento detrás del hollín. Ya no estaba nervioso ni preso del pánico. Este lugar le había arrancado el alma a golpes.

—Tres muertos, Martha. Un hombre junto al almacén donde empezó todo, y dos allá afuera —señaló el patio, lleno de objetos rotos y carbonizados—. Decenas de heridos, pero perder solo a tres es una bendición.

—¿Qué piensa hacer ahora?

Arrojó al suelo un frasco de vidrio que tenía en la mano.

—Me marcho. Empezaré de nuevo en otro sitio, cualquier otro sitio. Giselle quiere venir conmigo.

Sonreí.

—Muy bien.

—¿Y usted?

Miré más allá de los escombros y vi mi hotel, orgulloso y en pie al otro extremo del pueblo. Una vista que nunca creí volver a tener.

—Aún tengo el Dawson, así que supongo que me quedaré.

Sentí su mirada. Esa mirada que lo comprendía todo.

—Si eso es lo que quiere.

¿Era eso lo que quería?

Me sonrió.

—Giselle dijo que usted nunca dejaría este lugar. Que solo lo haría dentro de una caja de pino y con los dos pies por delante.

—Esa niña es lista —dije yo, distraída por mis propios pensamientos—. Cuide bien de ella.

Lo dejé con un gesto de despedida. El doctor volvió la vista hacia las ruinas de la vida que había construido; luego, hacia las montañas, el muelle, el río, que los llevaría a él y a su amor a algún sitio nuevo. Entonces, ya no parecía tan roto.

Seguí caminando un trecho. Entre las ruinas y lo que había sobrevivido.

Oía fragmentos de conversaciones. El costo de los daños se contaría en millones y millones. Más de un centenar de construcciones hechas cenizas. Gente que lo había perdido todo.

Yo no había perdido nada y aun así sentía como si me acabaran de vaciar por dentro. Me quedé de pie en el medio de Front Street. Ahora, mitad empedrada. El trabajo se había detenido, pero solo por hoy, supuse. La tragedia pasa rápido por aquí. La fiebre del oro continúa y los hombres siguen llegando.

Volví a ver la belleza de la tierra fuera de la ciudad que había hecho mía. Las montañas bajas del norte, donde la niebla se posaba en franjas; las colinas cubiertas de pinos y abetos al otro lado del río.

Pensé en Sam. Mi Sam. El único hombre al que había amado. Aún lo sentía en este mundo. Sabía que aún respiraba allá arriba, en su cabaña, en una parte del país que seguía siendo salvaje, pero no sabía por cuánto tiempo más. Después de todo lo ocurrido este verano, ¿de verdad sería capaz de volver al Dawson y empezar otra vez?

La respuesta llegó rápida y sencilla. Como si la hubiera sabido desde el principio, desde el momento en que la adivina me dijo que tendría que elegir la vida que de verdad quería, no la que creía desear. Al fin entendí lo que había querido decir.

Entonces caminé, sin el menor dolor, hasta su puerta, hasta lo que quedaba de ella.

Él estaba en la barra como si nada hubiera pasado. Era la primera vez que veía La Gran Pepa vacía. La pared a su izquierda ya no existía, pero el resto del lugar olía a madera mojada y a humo. El suelo estaba empapado.

Bill Mathers, mi maldición durante años, se veía distinto. Más pequeño, más delgado, un emperador sin sus zapatos.

—Puedes quedártelo —le dije, y él levantó la vista.

—No estoy de humor hoy, Ma —respondió.

—Ni yo. Ya está, Bill, puedes quedarte con el Dawson.

Rodeó la barra con el ceño fruncido.

—¿Dónde está la trampa?

—Cincuenta mil.

Soltó una breve carcajada, pero sabía que no estaba bromeando.

—¿En verdad crees que tengo ese dinero encima?

—Es el único hotel que sigue en pie. El único almacén que no ha sido saqueado. Lo necesitas.

Chasqueó la lengua.

—Veinticinco. Y estoy siendo generoso.

—Cuarenta y cinco. Y lo tendrás en dos días.

—Treinta.

—Cuarenta y cinco, Bill. O me iré con alguno de los ricachones que bajan de los barcos cada día.

Lo pensó mejor. Vi cómo le giraban las ruedas de la cabeza.

—Cuarenta.

Hice un gesto de meditarlo.

—Está bien, pero mis chicas, Jerry y Jessamine podrán elegir. Que se vayan si quieren.

—¿Qué fue lo que cambió, Martha?

Sentí el peso en mi vientre.

—Yo cambié. Después de Molly, de Harry, de este incendio. La vida es demasiado corta. ¿Trato hecho?

Bill me miró como si fuéramos viejos camaradas de duelo y yo hubiera decidido rendirme antes de tiempo. Extendió la mano.

—Trato hecho.

Estreché su mano y el peso se me desprendió tan rápido que sentí que podía flotar.

Fue a su caja fuerte y midió el oro en barras y en pepitas sueltas. Lo metió en un bolso y sacó unos documentos que, por lo visto, llevaban meses listos y esperando por mí. Me eché a reír al verlos y él hizo un comentario burlón sobre cómo sabía que yo acabaría cediendo.

Firmé mi renuncia a la vida que había construido en el Yukón y, en ese mismo instante, supe que había obrado bien. Había llegado mi momento con Sam. Por los años que nos quedaran, no pensaba permitir que ninguno de los dos pasara un solo día más en soledad.

Dejé a Bill atrás cargando más oro del que podría gastar en el norte.

Durante los dos días que siguieron, empaqué solo lo que me importaba. El hotel ya no era mío y hacía tiempo que no lo sentía como tal. Me di cuenta entonces de que eso había cambiado mucho antes.

Jessamine lloró cuando se lo conté, pero le di una barra de oro para que montara su propio café.

—La gente vendrá desde lejos solo a probar tu *brisket* — le dije.

Jerry dijo que se quedaría con Bill para asegurarse de que no destrozara el lugar.

Las chicas tomaron sus propias decisiones y nunca supe bien qué rumbo siguieron. Sus vidas les pertenecían a ellas y nada más que a ellas. Me alegró que Giselle tuviera su corazón decidido. Me abrazó y se despidió.

—Cuida del doctor —le dije.

Ella rio y me besó la mejilla.

Recorrí mi hotel una última vez. Se veía igual, pero distinto. Allí estaba la mancha negra en el suelo donde Bill había prendido fuego con su *whisky*. Allí, la marca despintada de sangre donde murió Harry. Allí, el dibujo de Molly, aún colgado en la pared. Un mundo de recuerdos, oscuros y luminosos, y ahora por fin estaba lista para dejarlos atrás.

No me detuve. No vi motivo. No soy una mujer sentimental y, cuando tomo una decisión, hay poco que pueda convencerme de echarme atrás.

Había venido al Klondike para hacerme un nombre y una fortuna, y conseguí ambas cosas. Ahora me tocaba a mí.

El invierno estaba cerca. Los primeros copos ya espolvoreaban las montañas y no pasaría mucho antes de que los senderos y los ríos se congelaran otra vez.

Pagué a un correo y a sus perros para que me llevaran hacia el norte, hacia lo salvaje, donde no había oro ni fuego, donde yo no era Martha Malone, donde nadie intentaría quitarme nada, ni engañarme ni mentirme.

Donde podría descansar y respirar.

Donde podría ser suya y él, mío.

KATE

Dawson City, Klondike.

Septiembre de 1898

Estimado señor Everett:

Adjunto un informe completo sobre las penurias y realidades de la minería en la región del Klondike, junto con una serie de artículos para su publicación donde usted considere oportuno. En ellos relato mis aventuras en el sendero del Caballo Muerto, los rápidos de Whitehorse y un testimonio de primera mano sobre la extracción de oro en una de las concesiones. Confío en que a sus lectores les gustarán mucho.

Permítame darle un consejo: no venga. La fiebre ha terminado. Las concesiones ya tienen dueño y el oro ya ha sido encontrado. He oído rumores de un nuevo hallazgo en Nome, en Alaska. Dado que Nome es una ciudad costera y de fácil acceso, le sugiero invertir allí sus recursos.

Atentamente,

Kate Kelly

Envié la carta en la nueva oficina de correos. Las tablas de madera aún estaban ásperas y el olor a savia y a serrín llenaba la sala. Un hombre alegre con gorra azul tomó mi penique y, cuando pregunté si había correspondencia para mí, me entregó una carta. Reconocí la letra enseguida y sonreí. Le di las gracias. No me miró demasiado. Las moraduras y las cicatrices aún estaban sanando. Hacía mucho que no podía sonreír sin que me doliera.

Cargaba con una terrible culpa por mi parte en el incendio, pero Dawson estaba resurgiendo. Estructuras de madera de un amarillo pálido crecían como brotes nuevos entre las ruinas de las anteriores. Un café sobre otro café. Una tienda sobre otra tienda. Un nuevo teatro sobre el escenario del viejo. El pueblo respiraba un aire de laboriosidad. Los hombres que no conseguían trabajo en las minas eran contratados para construir. La policía montada patrullaba y el cuerpo de bomberos había comprado una nueva bomba. Dawson City renacía de sus propias cenizas y, según los políticos en las esquinas y el periódico *The Klondike Nugget*, resultaría más fuerte que antes. Casi daban ganas de creerlo.

Pasé frente al Hotel Dawson camino de mi encuentro con Ellen y Yukón. Pensé en entrar, en volver a ver el lugar donde mi hermana había vivido, pero el impulso se desvaneció en un segundo. Sin Martha, ya no era lo que había sido. Fui al cementerio y me detuve ante dos tumbas. La primera, de Henry Gable, víctima del incendio y hallado junto al almacén. La culpa regresó a mí. No había sido un buen hombre, pero yo había causado su muerte y tendría que vivir con eso. En la fila de atrás, junto a la cerca donde apenas crecía la hierba y el cardo del diablo se enredaba entre las cruces, la segunda tumba. Charles Rhodes, ahorcado por asesinato. No me detuve ante esa ni sentí remordimiento.

Al otro lado del cementerio, donde daba el sol y crecían unas flores de un violeta brillante, encontré la tumba de mi hermana. Flores viejas y nuevas adornaban su cruz. Dejé mi propio ramillete.

—Lamento mucho que me haya llevado tanto tiempo venir. Sentía que no podía hacerlo hasta dar con el responsable —le dije, sentándome con las piernas cruzadas junto a ella—. Ahora lo sé. No lo maté, sé que no te habría gustado que lo hiciera. Pero fue llevado ante la justicia y te alegrará saber que Martha está bien. Me ha enviado una carta. Llegó justo hoy.

Saqué la carta de mi bolsillo.

> **Queridas Kate y Ellen:**
> Cuando reciban esto, habrá pasado ya más de un mes y el clima estará cambiando. Sam está bien; su pierna se está curando sin problemas. El sitio huele bastante mejor ahora que tiene una mujer en casa. Yo tengo mis achaques, pero me siento mucho mejor de lo que me he sentido en años. Hay mucho que hacer por aquí. Sam y yo viajaremos a Whitehorse al comienzo del año para comerciar. Haremos una parada en Dawson para saludar a todos.

Guardé el papel en el bolsillo y me quedé sentada un momento. Ojalá mi hermana estuviera aquí conmigo para poder hablarle, oír su descaro y su chispa, sabiendo que los dos hombres que la habían herido ya estaban bajo tierra. Odiaba que los hubieran enterrado cerca de ella, pero a los muertos eso no les importa. Otra vez me invadió la oleada de remordimiento. Otra vez las palabras "y si…" amenazaron con escaparse de mi boca.

¿Y si hubiera llegado antes? ¿Y si la hubiera encontrado yo primero?

Miré el nombre de mi hermana en la cruz.

—Ellen dice que debo dejar de culparme. ¿Crees que tiene razón? —Sentí un remolino en el viento, el olor del perfume de Charlotte en la brisa. Sonreí—. Vine hasta aquí por ti. Casi no pensé en otra cosa más que en ayudarte. ¿Qué haré ahora? No creo que pueda quedarme, Charlotte, pero tampoco sé adónde ir.

Empezó a caer una ligera nieve, pero eso no me dio ninguna respuesta. Me puse de pie, con el frío calándome los huesos, y llevé la mano a mis labios para besarla y posar ese beso sobre su cruz.

—Te quiero, Charlotte.

No dije adiós, porque entre nosotras no había adiós. Iría a mi lado, silenciosa e invisible, con cada paso que diera, adondequiera que esos pasos me llevaran.

Fui al extremo norte de Front Street, donde Ellen me esperaba. Yukón vino corriendo hacia mí.

Mis ojos vieron un espectáculo que me colmó de alegría. Ellen, con una sonrisa más grande que nunca, sostenía las riendas de su Bluebell. Resulta que la habían encontrado en el bosque una semana después del incendio. El muchacho que cuidaba a los caballos los había soltado cuando estalló el fuego y Bluebell había logrado regresar sola.

Di la carta a Ellen.

—Es de Martha. Está bien.

Ellen la tomó, la leyó, y su rostro se iluminó… aunque la sonrisa se apagó enseguida.

—¿Estás bien? —le pregunté.

Me devolvió la carta.

—Me alegro por ella, por el comienzo de su nueva vida con Sam, pero no puedo evitar sentir un poco de envidia también. Estar aquí sola es mejor que estar aquí con Charlie, pero creo que aún deseo la compañía. Te he estado tan agradecida por la tuya estos dos últimos meses…

—Nunca he trabajado tanto en mi vida como en tu concesión, pero ese oro lo vale.

—Y queda muchísimo más. Un día me iré de aquí convertida en una mujer rica.

Sonreí.

—Eso espero.

Caminamos en silencio un rato, hasta que Ellen volvió a hablar.

—¿Qué tal tú? ¿Te encuentras bien? Te noto pensativa.

No pude responder enseguida porque aún no había encontrado las palabras correctas. Llegaron despacio, como una helada de invierno.

—Creo que debo marcharme.

Por el rabillo del ojo vi que Ellen sonreía.

—Me preguntaba cuándo lo dirías. He visto cómo se ha esfumado tu pasión por este lugar.

—Y a ti se te ha encendido.

—Siempre amé este lugar. Es solo que nunca amé a quienes vivían aquí y debía soportar.

—¿Te quedarás, entonces?

Lo pensó un momento, luego asintió.

—Dawson es un lugar nuevo ahora. Tengo un hogar, tengo mi oro y contrataré mujeres para trabajar la tierra. Creo que aquí puedo convertirme en algo más. Por fin soy libre de elegir esta vida.

El corazón se me hinchó y se me partió, al ver cómo aquella mujer tímida y callada se había vuelto de acero noble. Tomé fuerza de su fuerza. Yo también era libre. Tenía dinero gracias a la excesiva compensación del señor Everett y a la generosidad de Ellen.

—Creo que me iré hacia el oeste, como dije al señor Everett. Me iré a Nome. Hay un sueco que dice que el oro aparece tirado en la playa. En el sur querrán oír sobre eso.

—Está a mil kilómetros de aquí. Casi el doble del viaje de Skaguay a Dawson City. El trayecto no será fácil.

—El río y las montañas ya no me asustan. Quizá compre una bicicleta para llegar.

Ellen rio.

—Te creo capaz Kate Kelly.

Pensé en todo lo que había soportado para llegar hasta aquí: el sendero, la avalancha, la muerte y la euforia, la pena, la ira y el dolor y aquella locura abrumadora, el torbellino de oro y odio y amor... todo en un solo verano, un solo lugar, un solo rincón del mundo.

Me habían despojado de mí misma y vuelto a armar, como a Dawson. Mi vida había cambiado y ya no podía volver atrás. No podía volver a Topeka ni a mi familia y su deseo de boda y quietud. Ya no podía quedarme inmóvil. No podía vivir una vida marcada por otros. Tenía que decidir por mí misma, vivir a mi manera. Debía, como bien decía Ellen, elegir mi propia vida, tal como la adivina siempre afirmó que debía hacer.

Revolví la cabeza de Yukón.

—¿Listo para otro viaje, Yuke?

Él me lamió la mano y movió la cola. Con la lengua afuera, sin rastro de nada de lo que había sucedido, excepto por un parche de pelo chamuscado que ya empezaba a crecer.

Ellen me tomó de la mano. Lo vio todo en mis ojos. Me sonrió y miró hacia la ciudad nueva que renacía de las cenizas de la vieja. Negó con la cabeza, casi riéndose.

—La fiebre empieza de nuevo.

Otro viaje a la tierra salvaje, persiguiendo la fortuna y a quienes eran lo bastante valientes o insensatos como para ir a buscarla. El corazón me dio un vuelco de solo pensarlo.

Un nuevo viaje. Mil kilómetros. Mil peligros, pruebas y euforias. La emoción, el miedo y el asombro de semejante aventura. Y de este país. De la tierra indómita. Lo vería todo, porque ahora yo también era indómita y libre. Pero dondequiera que fuese, sabía que tendría una amiga aquí y otra en una cabaña más al norte. Sabía que podría recurrir a ellas si lo necesitaba y que volvería a verlas a lo largo de nuestras vidas.

Las tres estábamos unidas por los hilos de una vida truncada. Nuestros destinos entrelazados, como lo están los de todas las mujeres.

UN POCO DE HISTORIA

Las historias sobre la Fiebre del Oro del Klondike, a veces llamada erróneamente la Fiebre del Oro de Alaska (aunque el Klondike está en Canadá), fueron siempre relatadas por las voces y experiencias de los hombres. Existe una especie de romanticismo en torno al aventurero curtido que asciende las Escaleras Doradas por el Sendero Chilkoot, como en la famosa fotografía de E. A. Hegg de 1898. Los relatos sobre la Fiebre del Oro comienzan con Jack London y sus historias del hombre o el joven muchacho frente a la naturaleza salvaje. Es un escenario masculino, un campo de prueba para los "hombres de verdad", y es por ello que las historias de las mujeres de la Fiebre del Oro suelen pasarse por alto. Por suerte, existen algunos libros que corrigen ese desequilibrio, entre ellos un testimonio contemporáneo de Mary Evelyn Hitchcock, *Two Women in the Klondike: The Story of a Journey to the Gold Field of Alaska* (1899), y más recientemente, una recopilación detallada de las experiencias e historias de varias mujeres que viajaron hacia el norte, *Women of the Klondike*, de Frances Backhouse (1995). Hay algunos otros libros, en su mayoría de editoriales pequeñas y que son difíciles de conseguir, pero que también resultan excelentes fuentes sobre estas mujeres: *Gold Rush Women*, de Claire Rudolf Murphy y Jane G. Haigh (1997); *Good*

Time Girls of the Alaska-Yukon Gold Rush, de Lael Morgan, y *Rebel Women of the Gold Rush*, de Rich Mole (2009).

Cuando en la novela hablo del pueblo de Skagway, me he encargado de usar la grafía contemporánea "Skaguay", tal como aparece en los relatos de la época, pero en esta nota he preferido la ortografía moderna para mayor claridad. Mis personajes son ficticios, pero todos están inspirados en personas reales o en combinaciones de ellas.

Kate Kelly está inspirada en Emma Kelly, reportera de Topeka, Kansas, nacida en 1873, que viajó a los campos auríferos para informar sobre las condiciones y realidades de la Fiebre del Oro. Emma era una aventurera de corazón e hija de un exsenador. Mientras trabajaba para un periódico de Chicago, conoció a unos financieros interesados en la minería. Ellos la enviaron a los campos de oro en 1897, con apenas veinticuatro años y con algo más de dos mil dólares, una fortuna para la época. Escribió de manera bellísima sobre sus experiencias, en especial sobre su travesía por los rápidos. Se dice que fue la primera mujer en remar por los rápidos de Whitehorse, y sin duda la primera en hacerlo dos veces, solo por diversión. Escribió sobre aquella experiencia en *Lippincott's Monthly Magazine*, en 1901, texto que sirvió de base para la escena similar en esta novela. Poseyó concesiones mineras, regresó varias veces al Klondike, ofreció conferencias sobre sus vivencias, escribió para numerosas revistas y periódicos, y fue objeto de rumores malintencionados sobre su estado civil. Alcanzó fama por sus viajes y experiencias, pero su nombre no se recuerda con el mismo prestigio que el de escritores varones como Jack London. Emma vivió bajo sus propias reglas, tuvo sus propias aventuras y rompió el rígido molde de las expectativas victorianas sobre las mujeres. También tenía un perro llamado Klondike, que, por supuesto, me inspiró para el perro de Kate, Yukón.

Martha Malone está basada en una combinación de Belinda Mulrooney y Harriet "Ma" Pullen. Harriet Pullen fue una mujer extraordinaria. Dejó a sus cuatro hijos para viajar a Skagway con la esperanza de ganar el dinero suficiente para mantenerlos. Llegó al muelle con apenas siete dólares en el bolsillo y pronto consiguió trabajo como cocinera. Se hizo famosa por sus pasteles de manzana y pronto se dio cuenta de que el verdadero dinero no estaba en el oro, sino en los propios mineros. Con el dinero que obtuvo de sus pasteles montó un negocio de transporte y con esas ganancias abrió un hotel. Lo inauguró un año después de su llegada a Skagway. Sus hijos se le unieron más tarde, al igual que su marido, que se marchó después en busca de fortuna. Vivió toda su vida en Skagway y fue enterrada cerca de su hotel. Belinda Mulrooney fue conocida como la "mujer más rica del Klondike". Una empresaria astuta que también "explotó" a los mineros, convencida de que lo que más desearían serían los lujos de la vida, y no se equivocó. Abrió el Hotel Fairview en la esquina de Princess Street y First Avenue, justo donde en la novela se ubica el Hotel Dawson de Martha. Poseyó cinco concesiones mineras y también hacía pasar los restos del suelo trabajado por una canaleta junto a su hotel, recogiendo así más de cien dólares diarios en polvo de oro caído.

Ellen Rhodes está vagamente inspirada en Ethel Berry y en otras "esposas de mineros" de la época. Ethel Berry era conocida como la "novia del Klondike". Ella y su marido, Clarence, fueron en busca de oro en los primeros tiempos de la Fiebre y, mientras aguardaban su fortuna, Clarence trabajó de camarero para ganarse la vida. Fue en un bar donde conoció a George Carmack, una de las tres personas, junto con Kate Carmack y Skookum Jim, que descubrieron el primer gran yacimiento de oro que desató la Fiebre. Clarence Berry reclamó una parcela en El Dorado Creek y la pareja vivió allí, trabajando juntos en la mina. Abandonaron el Klondike convertidos en millonarios.

Molly/Charlotte está vagamente inspirada en Molly Walsh y Ella Wilson. Molly Walsh regentaba una tienda de víveres sobre el sendero, alimentando a los mineros enloquecidos por el oro. Tuvo muchos pretendientes y acabó casándose con un hombre llamado Mike Bartlett, a quien más tarde dejó. Sin embargo, Bartlett era violento: la rastreó, la persiguió hasta un callejón y la mató. Uno de los pretendientes de Molly, aún enamorado de ella, encargó una estatua en su memoria, que todavía hoy sigue en pie en Skagway. Ella Wilson, por su parte, era una trabajadora sexual afroamericana que vivía en Skagway. Ser prostituta durante la Fiebre del Oro era una de las profesiones más peligrosas que una mujer podía ejercer. Fue asesinada trágicamente en lo que pareció un robo. El principal sospechoso fue un hombre llamado Jeff "Soapy" Smith (que inspiró al personaje Bill Mathers), pero él nunca fue condenado y su asesinato sigue sin resolverse hasta la fecha. Tristemente, al igual que Charlotte en esta novela, se dice que está enterrada en el mismo cementerio que su asesino.

La adivina Madame Renio está inspirada vagamente en una adivina real del mismo nombre. También conocida como Cora Madole, era una quiromántica, médium y lectora del destino que trabajó en Dawson aproximadamente entre 1898 y 1903. La adivinación era ilegal en aquel tiempo, ya que se consideraba un acto ocultista, y la Policía Montada del Noroeste (también conocida como los Mounties) reprimió con severidad a los pocos videntes que ejercían en Dawson. Madame Renio fue la única que no cerró su negocio. Fue arrestada y se convirtió en la única persona en el Yukón que llegó a ser acusada de brujería, aunque nunca fue condenada.

El oficial William Deever, de la Policía Montada del Noroeste, es un personaje ficticio, pero el líder de los Mounties destacados en el Klondike en aquella época fue un hombre llamado Sam Steele. Según todos los relatos, era un hombre honorable en un lugar poco honorable y aplicó una política de tolerancia cero frente al desorden y la indisciplina de los buscadores de oro. Fue él quien estableció la norma que exigía a cada buscador llevar consigo provisiones para un año, con el fin de evitar el riesgo de inanición. Aquello hizo que un viaje ya largo y peligroso de por sí fuera aún más arduo. Sus políticas y su firmeza redujeron de forma significativa la delincuencia en Dawson y su éxito en la región dio fama a la Policía Montada y aseguró su continuidad.

En cuanto a tres de los grandes acontecimientos de la novela —la epidemia de tifus, la avalancha en el Paso Blanco y el gran incendio del final—, todos son hechos reales ocurridos durante la Fiebre del Oro, aunque me he tomado algunas licencias creativas respecto de sus fechas y lugares para adaptarlos mejor a la historia. El tifus era una amenaza constante para los mineros, tanto en el trayecto como en los campamentos y las ciudades mineras. Se producían brotes con frecuencia debido al agua contaminada y las condiciones insalubres, y murieron varias personas a causa de la enfermedad. Habría sido mucho peor si los mineros no hubieran atendido las advertencias de hervir el agua. Muchos bebían licor para evitar posibles contagios, pero este solía estar tan aguado en Dawson que también los enfermaba. En esta historia me centré en el tifus, aunque los mineros también sufrían escorbuto, meningitis, tuberculosis y malnutrición. Era un lugar peligroso desde todos los ángulos. Las avalanchas eran frecuentes en los dos senderos principales que conectaban la costa con los yacimientos auríferos, siendo la más famosa la Avalancha del Domingo de Ramos. Ocurrió el 2 de abril de 1898 en el sendero Chilkoot. Las intensas nevadas de los meses previos unidas a los vientos cálidos de primavera hicieron que la tragedia fuera casi inevitable. Hubo varios deslizamientos de nieve en el transcurso de dos días que provocaron la muerte de unas sesenta y cinco personas. Fue el suceso más mortífero de toda la Fiebre del Oro y la inspiración para la avalancha durante el viaje de Kate. Por último, el incendio que destruyó Dawson. La ciudad estaba acostumbrada a los incendios. Hubo varios durante los prósperos últimos años de la década de 1890. Dos de los más importantes, al parecer, fueron causados por mujeres ebrias que se pelearon y volcaron lámparas de aceite. El peor incendio de todos los que azotaron Dawson tuvo lugar en mayo de 1899, aunque en mi relato he trasladado ese suceso al caluroso verano de 1898. Cerca de un tercio de la ciudad se perdió en las llamas y los daños se estimaron en millones. Las cabañas donde los mineros guardaban dinamita estallaron y, en los días siguientes, quienes lograron escapar o salvar sus bienes cobraban precios exorbitantes por un trago de *whisky*. Por suerte nadie murió, aunque muchos lo perdieron todo.

La Fiebre del Oro del Klondike fue un constante juego de auge y caída. De los más de cien mil buscadores que emprendieron el viaje hacia los campos auríferos se estima que solo unos cuatro mil se hicieron ricos, y entre ellos apenas hubo un puñado de mujeres. Sus historias suelen pasarse por alto. Pero, para mí, jamás serán olvidadas.

AGRADECIMIENTOS

Este libro no estaría en tus manos ahora de no ser por la intervención de varias personas maravillosas.

Mi agente, David Headley, que vio el potencial en esta historia y en mí justo cuando estaba a punto de rendirme, y por eso le estaré eternamente agradecida, y el equipo de DHH y Goldsboro Books, que me ha acompañado a lo largo de toda mi carrera y cuyo apoyo constante lo significa todo para mí. No creo que hubiese seguido haciendo esto sin todos ellos.

Mi grandiosa editora, Miranda Jewess, y todo el equipo de Viper, con los que ha sido un verdadero sueño trabajar: profesionales apasionados en cada paso del camino. Me siento increíblemente afortunada y agradecida de formar parte de su catálogo.

Gracias de corazón a mis colegas escritores que se tomaron el tiempo de leer los primeros manuscritos y me dieron sus opiniones tan hermosas sobre este libro. Les debo varias rondas para celebrarlo.

Y gracias a las mujeres de mi vida (mi madre, mi esposa, mi hija) por ser fuente de inspiración y acompañarme en esta aventura tan alocada. Las quiero a todas.

NOVELAS HISTÓRICAS EN VIDIS

Históricas épicas
Escape de Viena · Weina Dai Randel
Viena, 1938. La conmovedora historia real del cónsul chino,
Dr. Ho Fengshan, que junto a su esposa salvó del nazismo a
miles de judíos.

Las brujas de Vardø · Anya Bergman
En una fortaleza noruega del siglo XVII, se encarcelaban a
las mujeres y se las quemaba por brujas.

Los hijos de Rachel · Eleanor Shearer
La increíble aventura por tierra y por mar de una esclava
fugitiva que decide recuperar a sus hijos robados.

Históricas de aventuras
Entre nosotras, la libertad · Chitra Banerjee Divakaruni
Tres hermanas sufren la muerte de su padre y la trágica
partición de la India, mientras luchan por sus sueños, su
libertad y la inquebrantable fuerza del amor.

Las cuarenta ladronas · Erin Bledsoe
Inspirada en la historia real de Alice Diamond, la reina de
los ladrones de Londres en 1920.

Río llévame a casa · William Kent Krueger
Durante la Depresión del 30, cuatro niños escapan en una
canoa, en busca de un lugar al que llamar su hogar. Emoción, peligro, amistad y aventura con un final inolvidable.